笑傲江湖

前頁圖／徐渭「梅花」——題字：「從來不信梅花譜，信手拈來自有神，不信試看千萬樹，東風吹著便成春。」「梅花譜」自來是畫梅的典範，徐渭不理經典的規範，信手揮寫。徐渭（1521-1593），字文長，浙江紹興人，於詩文、戲曲、書法、繪畫等造詣都甚深。他參加過抗倭戰爭和反對權奸嚴嵩的鬥爭，性格清高狂傲，憤世嫉俗，曾因發狂入獄，是藝術家中極具「笑傲江湖」性格的人物。

本書選用徐渭、傅山、八大山人、鄭燮四人的畫作封面。這四人為人重風骨節操，書畫重自由發揮。

右頁圖／
福建武夷山玉女峯——
林平之家鄉附近的景色。

本頁圖／
青城山絕頂
上清宮前之大平台——
樹木圍繞，當為勞德諾窺探
青城派弟子練劍處。

青城山主觀常道觀——建構宏麗，建於隋朝大業年間，當為青城派掌門余滄海之居處。

衡山雲海。

衡山的主廟南嶽廟。

衡山一景——
散木攝。

若惡獸圍繞　利牙爪可怖
念彼觀音力　疾走無邊方
蚖蛇及蝮蠍　氣毒烟火然
念彼觀音力　尋聲自回去
雲雷鼓掣電　降雹澍大雨
念彼觀音力　應時得消散
衆生被困厄　無量苦逼身
觀音妙智力　能救世間苦
具足神通力　廣脩智方便
十方諸國土　無刹不現身

種種諸惡趣　地獄鬼畜生
生老病死苦　以漸悉令滅
真觀清淨觀　廣大智慧觀
悲觀及慈觀　常願常瞻仰
無垢清淨光　慧日破諸闇
能伏災風火　普明照世間
悲體戒雷震　慈意妙大雲
澍甘露法雨　滅除煩惱焰
諍訟經官處　怖畏軍陣中
念彼觀音力　衆怨悉退散

明成祖寫《妙法蓮華經・普門品》之兩頁。

改琦「觀音像」——改琦，清代畫家，善繪仕女。

唐山金盆——
出土文物。
劉正風用以洗手之金盆
大概沒有
這樣精致華貴。

宋文治「華嶽參天」——宋文治，當代畫家。

吳鏡汀「太華勝概」——吳鏡汀，當代畫家。

華山一景。

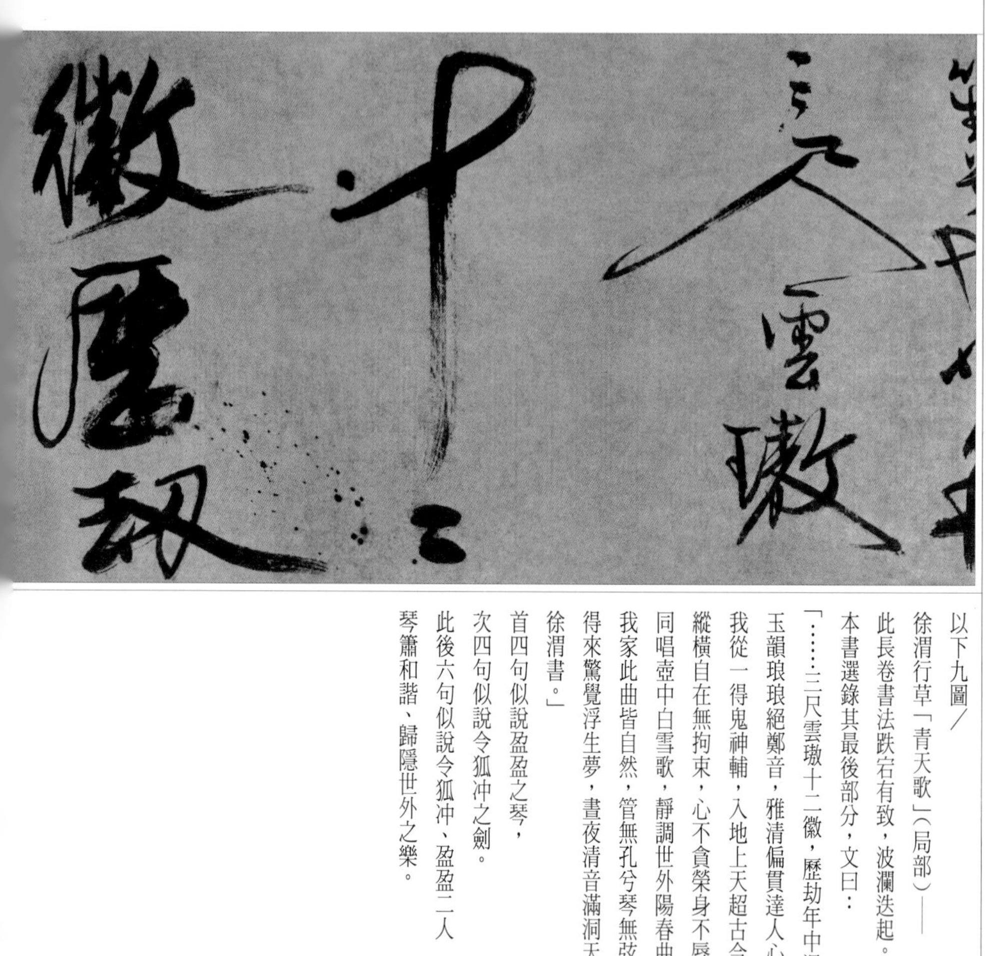

以下九圖／

徐渭行草「青天歌」（局部）——

此長卷書法跌宕有致，波瀾迭起。

本書選錄其最後部分，文曰：

「……三尺雲璈十二徽，歷劫年中混元斲，
玉韻琅琅絕鄭音，雅清偏貫達人心。
我從一得鬼神輔，入地上天超古今，
縱橫自在無拘束，心不貪榮身不辱。
同唱壺中白雪歌，靜調世外陽春曲。
我家此曲皆自然，管無孔兮琴無弦，
得來驚覺浮生夢，晝夜清音滿洞天。
徐渭書。」

首四句似說盈盈之琴，
次四句似說令狐沖之劍。
此後六句似說令狐沖、盈盈二人
琴簫和諧、歸隱世外之樂。

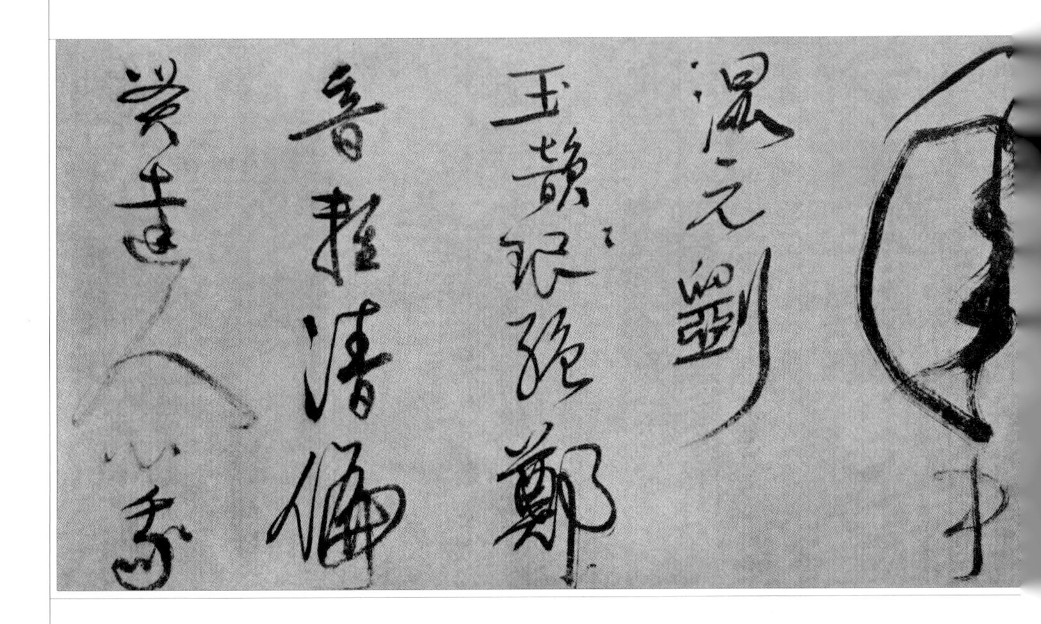

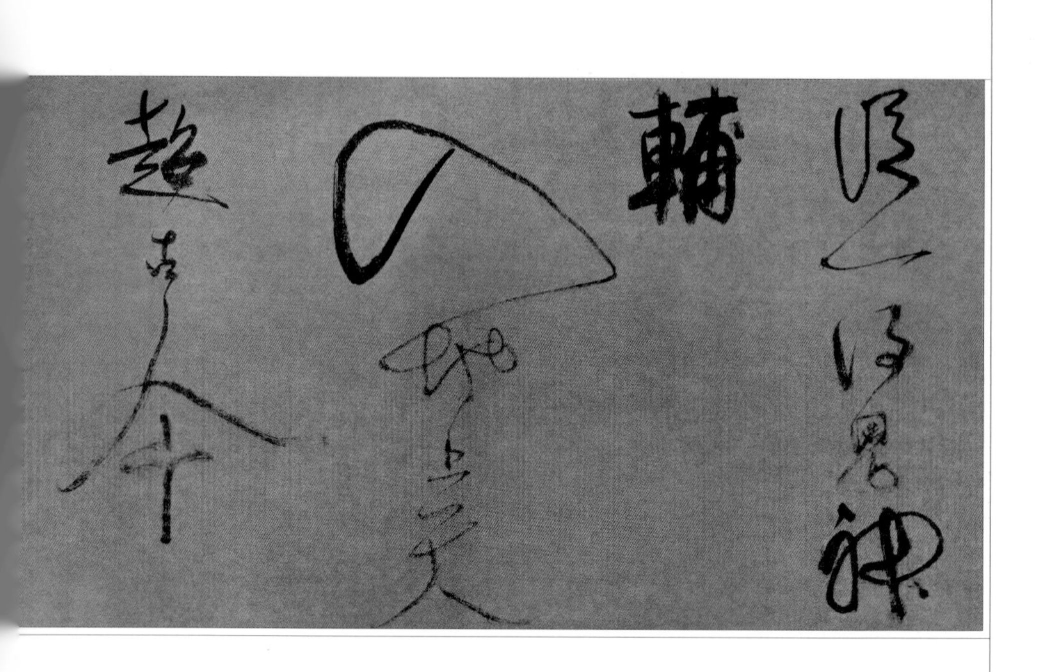

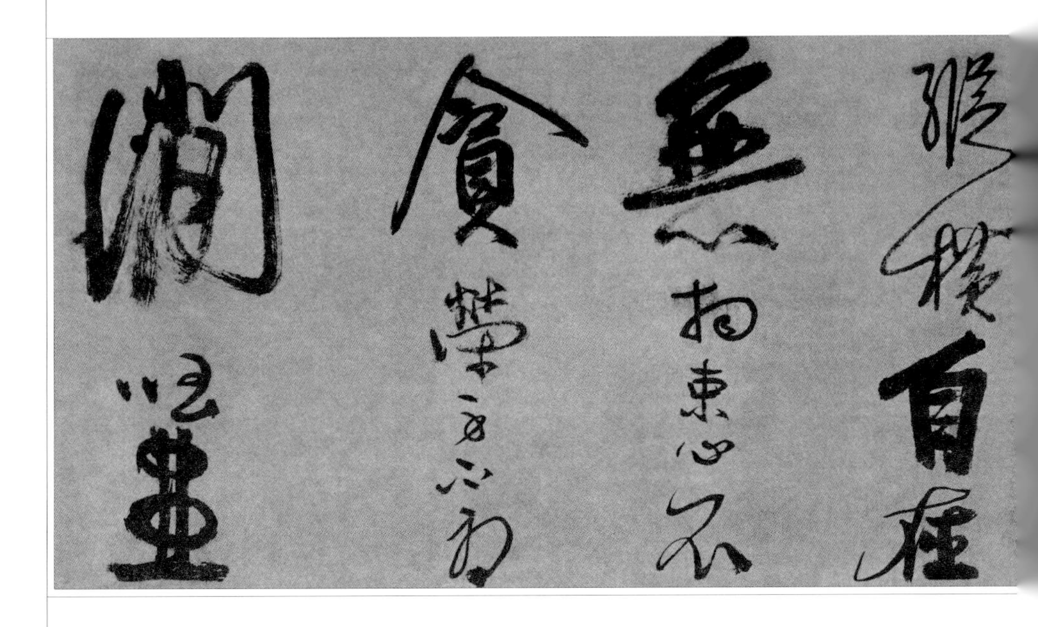

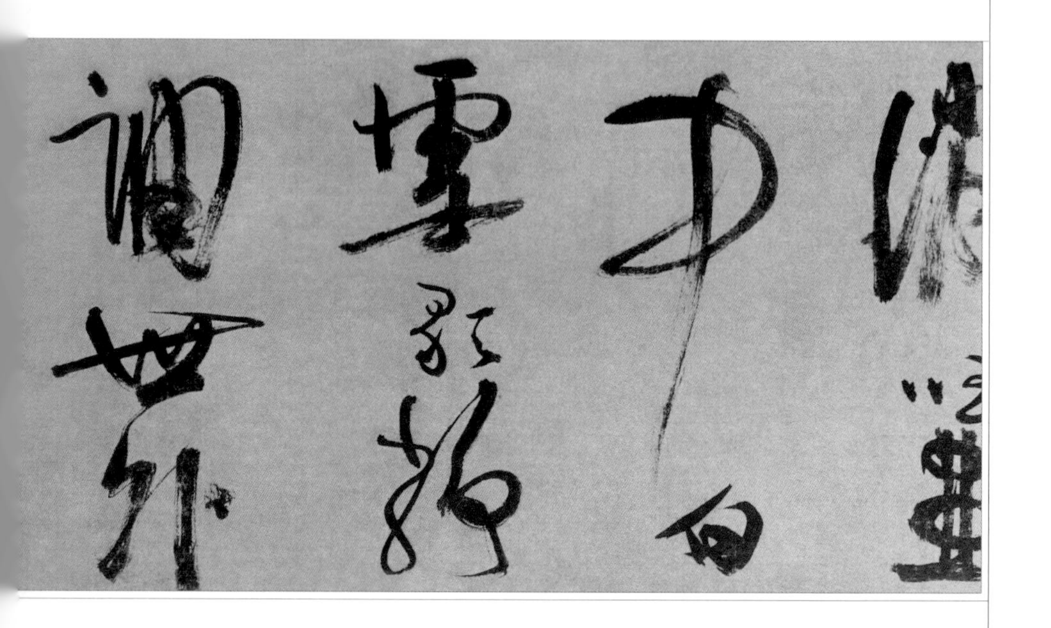

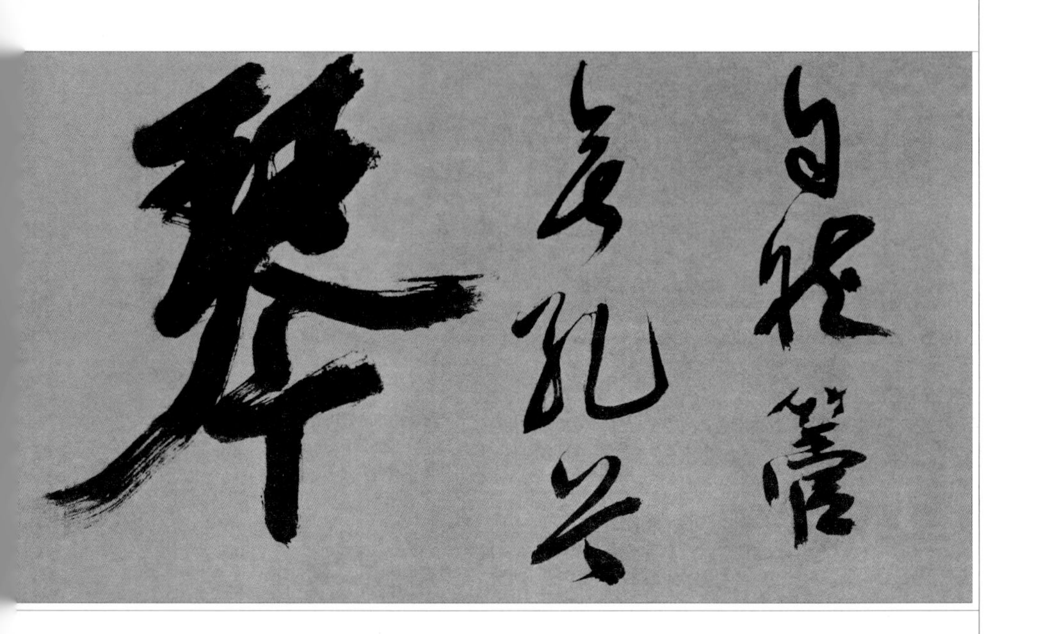

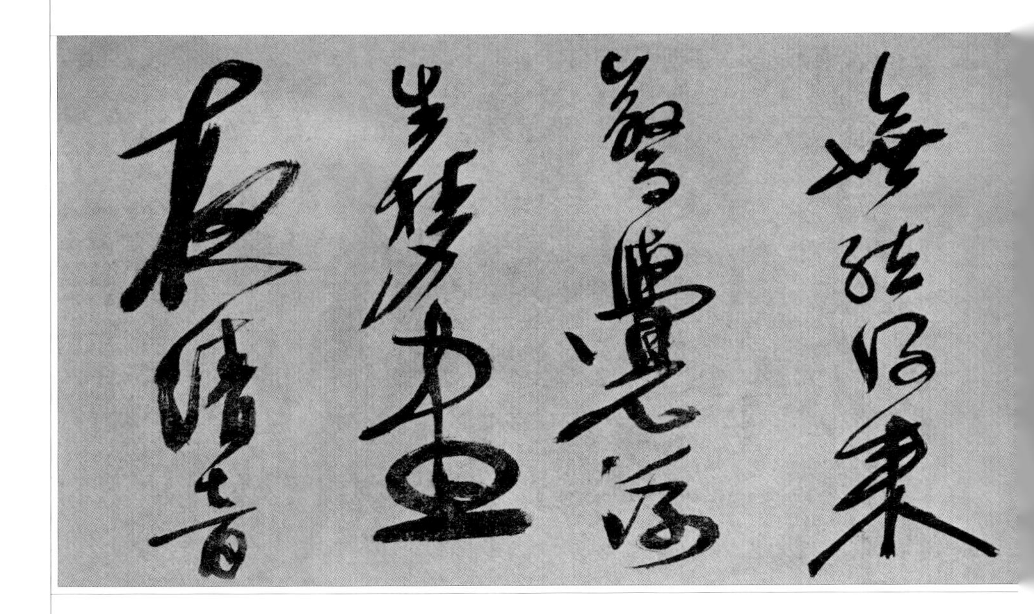

王蒙「少白雲松圖」——王蒙，元末明初大畫家，浙江吳興人，趙孟頫之外孫。

本圖題字有云：「登華嶽，游玉女峯，入少白深處，塗次有見，為摹其意。」

明代版畫「華山圖」——錄自明刊《名山圖》。

笑傲江湖

（一）

金庸

「金庸作品集」新序

小說是寫給人看的。小說的內容是人。

小說寫一個人、幾個人、一羣人、或成千成萬人的性格和感情。他們的性格和感情從橫面的環境中反映出來，從縱面的遭遇中反映出來，從人與人之間的交往與關係中反映出來。長篇小說中似乎只有《魯濱遜飄流記》，才只寫一個人，寫他與自然之間的關係，但寫到後來，終於也出現了一個僕人「星期五」。只寫一個人的短篇小說多些，尤其是近代與現代的新小說，寫一個人在與環境的接觸中表現他外在的世界、內心的世界，尤其是內心世界。有些小說寫動物、神仙、鬼怪、妖魔，但也把他們當作人來寫。

西洋傳統的小說理論分別從環境、人物、情節三個方面去分析一篇作品。由於小說作者不同的個性與才能，往往有不同的偏重。

基本上，武俠小說與別的小說一樣，也是寫人，只不過環境是古代的，主要人物是有武功的，情節偏重於激烈的鬥爭。任何小說都有它所特別側重的一面。愛情小說寫男女之間與性有關的感情和行動，寫實小說描繪一個特定時代的環境與人物，《三國演義》與《水滸》一類小說敘述大羣人物的鬥爭經歷，現代小說的重點往往放在人物的心理過程上。

小說是藝術的一種，藝術的基本內容是人的感情和生命，主要形式是美，廣義的、美學上的美。在小說，那是語言文筆之美、安排結構之美，關鍵在於怎樣將人物的內心世界通過某種形式而表現出來。甚麼形式都可以，或者是作者主觀的剖析，或者是客觀的敘述故事，從人物的行動和言語中客觀的表達。

讀者閱讀一部小說，是將小說的內容與自己的心理狀態結合起來。同樣一部小說，有的人感到強烈的震動，有的人卻覺得無聊厭倦。讀者的個性與感情，與小說中所表現的個性與感情相接觸，產生了「化學反應」。

武俠小說只是表現人情的一種特定形式。作曲家或演奏家要表現一種情緒，用鋼琴、小提琴、交響樂、或歌唱的形式都可以，畫家可以選擇油畫、水彩、水墨、或版畫的形式。問題不在採取甚麼形式，而是表現的手法好不好，能不能和讀者、聽者、觀賞者的心靈相溝通，能不能使他的心產生共鳴。小說是藝術形式之一，有好的藝術，也有不好的藝術。

好或者不好，在藝術上是屬於美的範疇，不屬於真或善的範疇。判斷美的標準是美，是感情，不是科學上的真或不真（武功在生理上或科學上是否可能），道德上的善或不善，也不是經濟上的值錢不值錢，政治上對統治者的有利或有害。當然，任何藝術作品都會發生社會影響，自也可以用社會影響的價值去估量，不過那是另一種評價。

在中世紀的歐洲，基督教的勢力及於一切，所以我們到歐美的博物院去參觀，見到所有中世紀的繪畫都以聖經故事為題材，表現女性的人體之美，也必須通過聖母的形象。直到文藝復興之後，凡人的形象才大量在繪畫和文學中表現出來，所謂文藝復興，是在文藝上復興希臘、羅馬時代對「人」的描寫，而不再集中於描寫天使與聖人。

中國人的文藝觀，長期以來是「文以載道」，那和中世紀歐洲黑暗時代的文藝思想是一致的，用「善或不善」的標準來衡量文藝。《詩經》中的情歌，要牽強附會地解釋為諷刺君主或歌頌后妃。對於陶淵明的〈閒情賦〉，司馬光、歐陽修、晏殊的相思愛戀之詞，或惋惜地評之為白璧之玷，或好意地解釋為另有所指。他們不相信文藝所表現的是感情，認為文字的唯一功能只是為政治或社會價值服務。

我寫武俠小說，只是塑造一些人物，描寫他們在特定的武俠環境（中國古代的、缺乏法治的、以武力來解決爭端的不合理社會）中的遭遇。當時的社會和現代社會已大不相同，人的性格和感情卻沒有多大變化。古代人的悲歡離合、喜怒哀樂，仍能在現代讀者的心靈中引起相應的情緒。讀者們當然可以覺得表現的手法拙劣，技巧不夠成熟，描寫殊不深刻，以美學觀點來看是低級的藝術作品。無論如何，我不想載甚麼道。我在寫武俠小說的同時，也寫政治評論，也寫與歷史、哲學、宗教有關的文字，那與武俠小說完全不同。涉及思想的文字，是訴諸讀者理智的，對這些文字，才有是非、真假的判斷，讀者或許同意，或許只部份同意，或許完全反對。

對於小說，我希望讀者們只說喜歡或不喜歡，只說受到感動或覺得厭煩。我最高興的是讀者喜愛或憎恨我小說中的某些人物，如果有了那種感情，表示我小說中的人物已和讀者的心靈發生聯繫了。小說作者最大的企求，莫過於創造一些人物，使得他們在讀者心中變成活生生的、有血有肉的人。藝術是創造，音樂創造美的聲音，繪畫創造美的視覺形象，小說是想創造人物、創造故事，以及人的內心世界。假使只求如實反映外在世界，那麼有了錄音機、照相機，何必再要音樂、繪畫？有了報紙、歷史書、記錄電視片、社會調查統計、醫生的病歷紀錄、黨部與警察局的人事檔案，何必再要小說？

武俠小說雖說是通俗作品，以大眾化、娛樂性強為重點，但對廣大讀者終究是會發生影響的。我希望傳達的主旨，是：愛護尊重自己的國家民族，也尊重別人的國家民族；和平友好，互相幫助；重視正義和是非，反對損人利己；注重信義，歌頌純真的愛情和友誼；歌頌奮不顧身的為了正義而奮鬥；輕視爭權奪利、自私可鄙的思想和行為。武俠小說並不單是讓讀者在閱讀時做「白日夢」而沉緬在偉大成功的幻想之中，而希望讀者們在幻想之時，想像自己是個好人，要努力做各種各樣的好事，想像自己要愛國家、愛社會、幫助別人得到幸福，由於做了好事、作出積極貢獻，得到所愛之人的欣賞和傾心。

武俠小說並不是現實主義的作品。有不少批評家認定，文學上只可肯定現實主義一個流派，除此之外，全應否定。這等於是說：少林派武功好得很，除此之外，甚麼武當派、崆峒派、太極拳、八卦掌、彈腿、白鶴派、空手道、跆拳道、柔道、西洋拳、泰拳等等全部應當廢除取消。我們主張多元主義，既尊重少林武功是武學中的泰山北斗，而覺得別的小門派也不妨並存，它們或許並不比少林派更好，但各有各的想法和創造。愛好廣東菜的人，不必主張禁止京菜、川菜、魯菜、徽菜、湘菜、維揚菜、杭州菜、法國菜、意大利菜等等派別，所謂「蘿蔔青菜，各有所愛」是也。不必把武俠小說提得高過其應有之份，也不必一筆抹殺。甚麼東西都恰如其份，也就是了。

我寫這套總數三十六冊的《作品集》，是從一九五五年到七二年，前後約十五、六年，包括十二部長篇小說，兩篇中篇小說，一篇短篇小說，一篇歷史人物評傳，以及若干篇歷史考據文字。出版的過程很奇怪，不論在香港、臺灣、海外地區，還是中國大陸，都是先出各種各樣翻版盜印本，然後再出版經我校訂、授權的正版本。在中國大陸，在「三聯版」出版之前，只有天津百花文藝出版社一家，是經我授權而出版了《書劍恩仇錄》。他們校印認真，依足合同支付版稅。我依足法例繳付所得稅，餘數捐給了幾家文化機構及支助圍棋活動。這是一個愉快的經驗。除此之外，完全是未經授權的，直到正式授權給北京三聯書店出版。「三聯版」的版權合同到二〇〇一年年底期滿，以後中國內地的版本由廣州出版社出版，主因是港粵鄰近，業務上便於溝通合作。

翻版本不付版稅，還在其次。許多版本粗製濫造，錯訛百出。還有人借用「金庸」之名，撰寫及出版武俠小說。寫得好的，我不敢掠美；至於充滿無聊打鬥、色情描寫之作，可不免令人不快了。也有些出版社翻印香港、臺灣其他作家的作品而用我筆名出版發行。我收到過無數讀者的來信揭露，大表憤慨。也有人未經我授權而自行點評，除馮其庸、嚴家炎、陳墨三位先生功力深厚、兼又認真其事，我深為拜嘉之外，其餘的點評大都與作者原意相去甚遠。好在現已停止出版，出版者道歉賠償，糾紛已告結束。

有些翻版本中，還說我和古龍、倪匡合出了一個上聯「冰比冰水冰」徵對，真正是大開玩笑了。漢語的對聯有一定規律，上聯的末一字通常是仄聲，以便下聯以平聲結尾，但「冰」字屬蒸韻，是平聲。我們不會出這樣的上聯徵對。大陸地區有許許多多讀者寄了下聯給我，大家浪費時間心力。

為了使得讀者易於分辨，我把我十四部長、中篇小說書名的第一個字湊成一副對聯：「飛雪連天射白鹿，笑書神俠倚碧鴛」。（短篇《越女劍》不包括在內，偏偏我的圍棋老師陳祖德先生說他最喜愛這篇《越女劍》。）我寫第一部小說時，根本不知道會不會再寫第二部；寫第二部時，也完全沒有想到第三部小說會用甚麼題材，更加不知道會用甚麼書名。所以這副對聯當然說不上工整，「飛雪」不能對「笑書」，「連天」不能對「神俠」，「白」與「碧」都是仄聲。但如出一個上聯徵對，用字完全自由，總會選幾個比較有意思而合規律的字。

有不少讀者來信提出一個同樣的問題：「你所寫的小說之中，你認為哪一部最好？最喜歡哪一部？」這個問題答不了。我在創作這些小說時有一個願望：「不要重複已經寫過的人物、情節、感情，甚至是細節。」限於才能，這願望不見得能達到，然而總是朝著這方向努力，大致來說，這十五部小說是各不相同的，分別注入了我當時的感情和思想，主要是感情。我喜愛每部小說中的正面人物，為了他們的遭遇而快樂或惆悵、悲傷，有時會非常悲傷。至於寫作技巧，後期比較有些進步。但技巧並非最重要，所重視的是個性和感情。

這些小說在香港、臺灣、中國內地、新加坡曾拍攝為電影和電視連續集，有的還拍了三、四個不同版本，此外有話劇、京劇、粵劇、音樂劇等。跟著來的是第二個問題：「你認為哪一部電影或電視劇改編演出得最成功？劇中的男女主角哪一個最符合原著中的人物？」電影和電視的表現形式和小說根本不同，很難拿來比較。電視的篇幅長，較易發揮；電影則受到更大限制。再者，閱讀小說有一個作者和讀者共同使人物形象化的過程，許多人讀同一部小說，腦中所出現的男女主角卻未必相同，因為在書中的文字之外，又加入了讀者自己的經歷、個性、情感和喜憎。你會在心中把書中的男女主角和自己或自己的情人融而為一，而每個讀者性格不同，他的情人肯定和你的不同。電影和電視卻把人物的形象固定了，觀眾沒有自由想像的餘地。我不能說那一部最好，但可以說：把原作改得面目全非的最壞，最自以為是，最瞧不起原作者和廣大讀者。

武俠小說繼承中國古典小說的長期傳統。中國最早的武俠小說，應該是唐人傳奇的《虬髯客傳》、《紅線》、《聶隱娘》、《崑崙奴》等精彩的文學作品。其後是《水滸傳》、《三俠五義》、《兒女英雄傳》等等。現代比較認真的武俠小說，更加重視正義、氣節、捨己為人、鋤強扶弱、民族精神、中國傳統的倫理觀念。讀者不必過份推究其中某些誇張的武功描寫，有些事實上是不可能的，只不過是中國武俠小說的傳統。聶隱娘縮小身體潛入別人的肚腸，然後從他口中躍出，誰也不會相信是真事，然而聶隱娘的故事，千餘年來一直為人所喜愛。

我初期所寫的小說，漢人皇朝的正統觀念很強。到了後期，中華民族各族一視同仁的觀念成為基調，那是我的歷史觀比較有了些進步之故。這在《天龍八部》、《白馬嘯西風》、《鹿鼎記》中特別明顯。韋小寶的父親可能是漢、滿、蒙、回、藏任何一族之人。即使在第一部小說《書劍恩仇錄》中，主角陳家洛後來也對回教增加了認識和好感。每一個種族、每一門宗教、某一項職業中都有好人壞人。有壞的皇帝，也有好皇帝；有很壞的大官，也有真正愛護百姓的好官。書中漢人、滿人、契丹人、蒙古人、西藏人……都有好人壞人。和尚、道士、喇嘛、書生、武士之中，也有各種各樣的個性和品格。有些讀者喜歡把人一分為二，好壞分明，同時由個體推論到整個羣體，那決不是作者的本意。

歷史上的事件和人物，要放在當時的歷史環境中去看。宋遼之際、元明之際、明清之際，漢族和契丹、蒙古、滿族等民族有激烈鬥爭；蒙古、滿人利用宗教作為政治工具。小說所想描述的，是當時人的觀念和心態，不能用後世或現代人的觀念去衡量。我寫小說，旨在刻畫個性，抒寫人性中的喜愁悲歡。小說並不影射甚麼，如果有所斥責，那是人性中卑污陰暗的品質。政治觀點、社會上的流行理念時時變遷，不必在小說中對暫時性的觀念作價值判斷。人性卻變動極少。

在劉再復先生與他千金劉劍梅合寫的《父女兩地書》（共悟人間）中，劍梅小姐提到她曾和李陀先生的一次談話，李先生說，寫小說也跟彈鋼琴一樣，沒有任何捷徑可言，是一級一級往上提高的，要經過每日的苦練和積累，讀書不夠多就不行。我很同意這個觀點。我每日讀書至少四五小時，從不間斷，在報社退休後連續在中外大學中努力進修。這些年來，學問、知識、見解雖有長進，才氣卻長不了，因此，這些小說雖然改了三次，相信很多人看了還是要嘆氣。正如一個鋼琴家每天練琴二十小時，如果天份不夠，永遠做不了蕭邦、李斯特、拉赫曼尼諾夫、巴德魯斯基，連魯賓斯坦、霍洛維茲、阿胥肯那吉、劉詩昆、傅聰也做不成。

這次第三次修改，改正了許多錯字訛字、以及漏失之處，多數由於得到了讀者們的指正。有幾段較長的補正改寫，是吸收了評論者與研討會中討論的結果。仍有許多明顯的缺點無法補救，限於作者的才力，那是無可如何的了。讀者們對書中仍然存在的失誤和不足之處，希望寫信告訴我。我把每一位讀者都當成是朋友，朋友們的指教和關懷，自然永遠是歡迎的。

二〇〇二年・四月 於香港

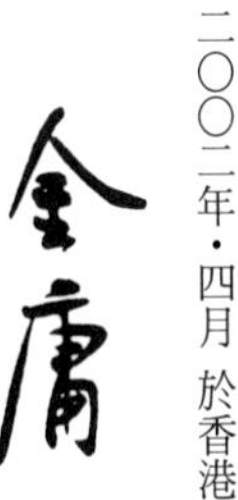

#《笑傲江湖》目錄

一 滅門 …… 3
二 聆秘 …… 49
三 救難 …… 91
四 坐鬥 …… 133
五 治傷 …… 173
六 洗手 …… 231
七 授譜 …… 263
八 面壁 …… 309
九 邀客 …… 357
一〇 傳劍 …… 399

那少年哈哈大笑，馬鞭在空中啪的一響，

虛擊聲下，胯下白馬昂首長嘶，

在青石板大路上衝了出去。

一名漢子叫道：「史鏢頭，今兒再抬口野豬回來，

大夥兒好飽餐一頓。」

一 滅門

和風薰柳，花香醉人，正是南國春光漫爛季節。

福建省福州府西門大街，青石板路筆直的伸展出去，直通西門。一座建構宏偉的宅第之前，左右兩座石壇中各豎一根兩丈來高的旗桿，桿頂飄揚青旗。右首旗上黃色絲線繡著一頭張牙舞爪、神態威猛的雄獅，旗子隨風招展，顯得雄獅更加威武靈動。雄獅頭頂有一對黑絲線繡的蝙蝠展翅飛翔。左首旗上繡著「福威鏢局」四個黑字，銀鉤鐵劃，剛勁非凡。

大宅朱漆大門，門上茶杯大小的銅釘閃閃發光，門頂匾額寫著「福威鏢局」四個金漆大字，下面橫書「總號」兩個小字。進門處兩排長凳，分坐著八名勁裝結束的漢子，個個腰板筆挺，顯出一股英悍之氣。

突然間後院馬蹄聲響，那八名漢子一齊站起，搶出大門。只見鏢局西側門中衝出五騎馬來，沿著馬道衝到大門之前。當先一匹馬全身雪白，馬勒腳蹬都是爛銀打就，鞍上一個錦衣少年，約莫十八九歲年紀，左肩上停著一頭獵鷹，腰懸寶劍，背負長弓，潑喇喇縱馬疾馳。身後跟隨四騎，騎者一色青布短衣。

一行五人馳到鏢局門口，八名漢子中有三個齊聲叫了起來：「少鏢頭又打獵去啦！」那少年哈哈一笑，馬鞭在空中啪的一響，虛擊聲下，胯下白馬昂首長嘶，在青石板大路上衝了出去。一名漢子叫道：「史鏢頭，今兒再抬口野豬回來，大夥兒好飽餐一頓。」那少年身後一名四十來歲的漢子笑道：「一條野豬尾巴少不了你的，可先別灌飽了黃湯。」衆人大笑聲中，五騎馬早去得遠了。

五騎馬出了城門，少鏢頭林平之雙腿輕夾，白馬四蹄翻騰，直搶出去，片刻間便將後面四騎遠遠拋離。他縱馬上了山坡，放起獵鷹，從林中趕了一對黃兔出來。他取下背上長弓，從鞍旁箭袋中取出一支雕翎，彎弓搭箭，嗖的一聲響，一頭黃兔應聲而倒，待要再射時，另一頭兔卻鑽入草叢中不見了。鄭鏢頭縱馬趕到，笑道：「少鏢頭，好箭法！」只聽得趟子手白二在左首林中叫道：「少鏢頭，快來，這裏有野雞！」

林平之縱馬過去，見林中飛出一隻雉雞，林平之嗖的一箭，那野雞對正了從他頭頂飛來，這一箭竟沒射中。林平之急提馬鞭向半空中抽去，勁力到處，波的一聲響，將那野雞打了下來，五色羽毛四散飛舞。五人齊聲大笑。史鏢頭道：「少鏢頭這一鞭，別說野雞，便大兀鷹也打下來了！」

五人在林中追逐鳥獸，史、鄭兩名鏢頭和趟子手白二、陳七湊少鏢頭的興，總是將獵物趕到他身前，自己縱有良機，也不下手。打了兩個多時辰，林平之又射了兩隻兔子，兩隻雉雞，只是沒打到野豬和獐子之類的大獸，興猶未足，說道：「咱們到前邊山裏再找找去。」

史鏢頭心想：「這一進山，非到天色全黑不可，咱們回去可又得聽夫人的埋怨。」便道：「天快晚了，山裏尖石多，莫要傷了白馬的蹄子，趕明兒咱們起個早，再去打大野豬。」這匹大宛名駒是林平之的外婆在洛陽重價覓來，兩年前他十七歲生日時送他的。果然一聽說怕傷馬蹄，林平之便拍了拍馬頭，道：「我這小雪龍聰明得緊，決不會踏到尖石，不過你們這四匹馬卻怕不行。好，大夥兒都回去吧，可別摔破了陳七的屁股。」

五人大笑聲中，兜轉馬頭。林平之縱馬疾馳，卻不沿原路回去，轉而向北，疾馳一陣，這才盡興，勒馬緩緩而行。只見前面路旁挑出一個酒招子。鄭鏢頭道：「少鏢頭，咱們去喝一杯怎麼樣？新鮮兔肉、野雞肉，正好炒了下酒。」林平之笑道：「你跟我出來打獵是假，喝酒才要緊。若不請你喝個夠，明兒便懶洋洋的不肯跟我出來了。」一勒馬，飄身下了馬背，緩步走向酒肆。

若在往日，店主人老蔡早已搶出來接他手中馬韁：「少鏢頭今兒打了這麼多野味啊，當眞箭法如神，當世少有！」這麼奉承一番。但此刻來到店前，酒店中卻靜悄悄地，只見酒爐旁有個青衣少女，頭束雙鬟，插著兩支荊釵，正在料理酒水，臉兒向裏，也不轉過身來。鄭鏢頭叫道：「老蔡呢，怎麼不出來牽馬？」白二、陳七拉開長凳，揮衣袖拂去灰塵，請林平之坐了。史鄭二位鏢頭在下首相陪，兩個趟子手另坐一桌。

內堂裏咳嗽聲響，走出一個白髮老人，說道：「客官請坐，喝酒麼？」說的是北方口音。鄭鏢頭道：「不喝酒，難道還喝茶？先打三斤竹葉青上來。老蔡那裏去啦？怎麼？這酒店換了老闆麼？」那老人道：「是，是，宛兒，打三斤竹葉青。不瞞衆位客官說，小老兒姓薩，原是本地人氏，自幼在外做生意，兒子媳婦都死了，心想樹高千丈，葉落歸根，這才帶了孫女兒回故鄉來。那知離家四十多年，家鄉的親戚朋友全不在了。剛好這家酒店的老蔡不想幹了，三十兩銀子賣了給小老兒。唉，總算回到故鄉啦，聽著人人說家鄉話，心裏就說不出的受用，慚愧得緊，小老兒自己可都不會說啦。」

那青衣少女低頭托著一隻木盤，在林平之等人面前放了杯筷，將三壺酒放在桌上，又低著頭走開，始終不敢向客人瞧上一眼。

林平之見這少女身形婀娜，膚色卻黑黝黝地甚是粗糙，臉上似有不少痘瘢，容貌甚醜，想是她初做這賣酒勾當，舉止生硬，當下也不在意。

史鏢頭拿了一隻野雞、一隻黃兔，交給薩老頭道：「洗剝乾淨了，去炒兩大盆。」薩老頭道：「是，是！爺們要下酒，先用些牛肉、蠶豆、花生。」宛兒也不等爺爺吩咐，便將牛肉、蠶豆之類端上桌來。鄭鏢頭道：「這位林公子，是福威鏢局的少鏢頭，少年英雄，行俠仗義，揮金如土。你這兩盤菜倘若炒得合了他少鏢頭的胃口，你那三十兩銀子的本錢，不用一兩個月便賺回來啦。」薩老頭道：「是，是！多謝，多謝！」提了野雞、黃兔去了。

鄭鏢頭在林平之、史鏢頭和自己的杯中斟了酒，端起酒杯，仰脖子一口喝乾，伸舌頭舐了舐嘴唇，說道：「酒店換了主兒，酒味倒沒變。」又斟了一杯酒，正待再喝，忽聽得馬蹄聲響，兩乘馬自北邊官道上奔來。

兩匹馬來得好快，倏忽間到了酒店外，只聽一人道：「這裏有酒店，喝兩碗去！」史鏢頭聽話聲是川西人氏，轉頭張去，見兩個漢子身穿青布長袍，將坐騎繫在店前的大榕樹下，走進店來，向林平之等晃了一眼，便即大剌剌的坐下。

這兩人頭上都纏了白布，一身青袍，似是斯文打扮，卻光著兩條腿，腳下赤足，穿著無耳麻鞋。史鏢頭知道川人大都如此裝束，頭上所纏白布，乃當年諸葛亮逝世，川人為他戴孝，武侯遺愛甚深，是以千年之下，白布仍不去首。林平之卻不免希奇，心想：

「這兩人文不文、武不武的，模樣兒可透著古怪。」

只聽那年輕漢子叫道：「拿酒來！格老子福建的山眞多，硬是把馬也累壞了。」

宛兒低頭走到兩人桌前，低聲問：「要甚麼酒？」聲音雖低，卻清脆動聽。那年輕漢子一怔，突然伸出右手，托向宛兒的下頦，笑道：「可惜，可惜！」宛兒吃了一驚，急忙退後。另一名漢子笑道：「余兄弟，這花姑娘的身材硬是要得，一張臉蛋嘛，卻是釘鞋踏爛泥，翻轉石榴皮，格老子好一張大麻皮。」那姓余的哈哈大笑。

林平之氣往上衝，伸右手往桌上重重一拍，說道：「甚麼東西！兩個不帶眼的狗崽子，卻到我們福州府來撒野！」

那姓余的年輕漢子笑道：「賈老二，人家在罵街哪，你猜這兔兒爺是在罵誰？」林平之相貌像他母親，眉清目秀，甚是俊美，平日只消有那個男人向他擠眉弄眼的瞧上一眼，勢必一個耳光打了過去，此刻聽這漢子叫他「兔兒爺」，那裏還忍耐得住？提起桌上的一把錫酒壺，兜頭摔將過去。那姓余漢子一避，錫酒壺直摔到酒店門外的草地上，酒水濺了一地。史鏢頭和鄭鏢頭站起身來，搶到那二人身旁。

那姓余的笑道：「這小子上台去唱花旦，倒眞勾引得人，要打架可還不成！」鄭鏢頭喝道：「這位是福威鏢局的林少鏢頭，你天大膽子，到太歲頭上動土？」這「土」字剛出口，左手一拳已向他臉上猛擊過去。那姓余漢子左手上翻，搭上了鄭鏢頭的脈門，回力一拖，鄭鏢頭站立不定，身子向板桌急衝。那姓余漢子左肘重重往下一頓，撞在鄭鏢頭的後頸。喀喇喇一聲，鄭鏢頭撞垮板桌，連人帶桌的摔倒。

鄭鏢頭在福威鏢局之中雖算不得是好手，卻也不是膿包腳色，史鏢頭見他竟讓這人一招之間便即撞倒，足見對方頗有來頭，問道：「尊駕是誰？既是武林同道，難道就不將福威鏢局瞧在眼裏麼？」

那姓余漢子冷笑道：「福威鏢局？從來沒聽見過！那是幹甚麼的？」

林平之縱身而上，喝道：「專打狗崽子的！」左掌擊出，不等招術使老，右掌已從左掌底下穿出，正是祖傳「翻天掌」中的一招「雲裏乾坤」。那姓余的道：「小花旦倒還有兩下子。」揮掌格開，右手來抓林平之肩頭。林平之右肩微沉，左手揮拳擊出。那姓余的側頭避開，不料林平之左拳突然張開，拳開變掌，直擊變成橫掃，一招「霧裏看花」，啪的一聲，打了他個耳光。姓余的大怒，飛腳向林平之踢來。林平之衝向右側，還腳踢出。

這時史鏢頭也已和那姓賈的動上了手，白二將鄭鏢頭扶起。鄭鏢頭破口大罵，上前夾擊那姓余的。林平之道：「幫史鏢頭，這狗賊我料理得了。」鄭鏢頭知他要強好勝，不願旁人相助，順手拾起地下的一條板桌斷腿，向那姓賈的頭上打去。

兩個趟子手奔到門外，一個從馬鞍旁取下林平之的長劍，一個提了一桿獵叉，指著那姓余的大罵。鏢局中的趟子手武藝平庸，但喊慣了鏢號，個個嗓子洪亮。他二人罵的是福州土話，那兩個四川人一句也不懂，但知總不會是好話。

林平之將父親親傳的「翻天掌」一招一式使將出來，只鬥得十餘招，便驕氣漸挫，驚覺對方手底下甚是硬朗。那人手上拆解，口中仍在不三不四：「小兄弟，我越瞧你越不像男人，準是個大姑娘喬裝改扮的。你這臉蛋兒又紅又白，給我香個面孔，格老子咱們不打了，好不好？」

林平之心下愈怒，斜眼瞧史、鄭二名鏢師時，見他二人雙鬥那姓賈的，仍然落了下風。鄭鏢頭鼻子上給重重打了一拳，鼻血直流，衣襟上滿是鮮血。林平之出掌更快，驀然間啪的一聲響，又打了那姓余的一個耳光，這一下出手甚重，那姓余的大怒，喝道：「不識好歹的龜兒子，老子瞧你生得大姑娘一般，跟你逗著玩兒，龜兒子卻當眞打起老子來！」拳法一變，驀然如狂風驟雨般直上直下的打來。兩人一路鬥到了酒店外。

林平之見對方一拳中宮直進，記起父親所傳的「卸」字訣，當即伸左手擋格，將他拳力卸開，不料這姓余的膂力甚強，這一卸竟沒卸開，砰的一拳，正中胸口。林平之身子一晃，領口已讓他左手抓住。那人臂力一沉，將林平之的上身揿得彎了下去，跟著右臂使招「鐵門檻」，橫架在他後頸，狂笑說道：「龜兒子，你磕三個頭，叫我三聲好叔叔，這才放你！」

史鄭二鏢頭大驚，便欲撇下對手搶過來相救，但那姓賈的拳腳齊施，不容他二人走開。趟子手白二提起獵叉，向那姓余的後心戳來，叫道：「還不放手？你到底有幾個腦……」那姓余的左足反踢，將獵叉踢得震出數丈，右足連環反踢，將白二踢得連打七八個滾，半天爬不起來。陳七破口大罵：「烏龜王八蛋，他媽的小雜種，你奶奶的不生眼珠子！」罵一句，退一步，連罵八九句，退開了八九步。

那姓余的笑道：「大姑娘，你磕不磕頭！」臂上加勁，將林平之的頭直壓下去，越壓越低，額頭幾欲觸及地面。林平之反手出拳去擊他小腹，始終差了數寸，沒法打到，只覺頭骨奇痛，似欲折斷，眼前金星亂冒，耳中嗡嗡之聲大作。他雙手亂抓亂打，突然碰到自己腿肚上一件硬物，情急之下，更不思索，隨手一拔，使勁向前送去，插入了那姓余漢子的小腹。

那姓余漢子大叫一聲，鬆開雙手，退後兩步，臉上現出恐怖之極的神色，只見他小腹上已多了一把匕首，直沒至柄。他臉朝西方，夕陽照在匕首黃金的柄上，閃閃發光。他張開了口想要說話，卻說不出來，伸手想去拔那匕首，卻又不敢。

林平之也嚇得一顆心似要從口腔中跳了出來，急退數步。那姓賈的和史鄭二鏢頭住手不鬥，驚愕異常的瞧著那姓余漢子。

只見他身子晃了幾晃，右手抓住了匕首柄，用力一拔，匕首離腹，登時鮮血直噴出數尺之外，旁觀數人大聲驚呼。那姓余漢子叫道：「賈……賈……跟爹爹說……給……給我報……」右手向後一揮，擲出匕首。那姓賈的叫道：「余兄弟，余兄弟！」急步搶過去。那姓余的撲地俯跌，身子抽搐了幾下，就此不動了。

史鏢頭低聲道：「抄傢伙！」奔到馬旁，取了兵刃在手。他江湖閱歷豐富，眼見鬧出了人命，那姓賈的非拚命不可。

那姓賈的向林平之瞪視半晌，搶過去拾起匕首，奔到馬旁，躍上馬背，不及解韁，匕首一揮，便割斷了韁繩，雙腿力夾，縱馬向北疾馳而去。

陳七走過去在那姓余的屍身上踢了一腳，踢得屍身翻了起來，只見傷口中鮮血兀自汩汩流個不住，說道：「你得罪咱們少鏢頭，這不是活得不耐煩了？那才叫活該！」

林平之從沒殺過人，這時已嚇得臉上全無血色，顫聲道：「史……史鏢頭，那……那怎麼辦？我本來……本來沒想殺他。」

史鏢頭心下尋思：「福威鏢局三代走鏢，江湖上鬥毆殺人，事所難免，但所殺傷的沒一個不是黑道人物，且這等兇毆鬥殺必是在山高林密之處，殺了人後就地一埋，就此了事，總不見劫鏢的盜賊會向官府告福威鏢局一狀？然這次所殺的顯然不是盜賊，又近城郊，人命關天，非同小可，別說是鏢局子的少鏢頭，就算總督、巡按的公子殺了人，可也不能輕易了結。」皺眉道：「咱們快將屍首挪到酒店裏，這裏鄰近大道，莫讓人見了。」好在其時天色向晚，道上並無別人。白二、陳七將屍身抬入店中。史鏢頭低聲道：「少鏢頭，身邊有銀子沒有？」林平之忙道：「有，有，有！」將懷中帶著的二十幾兩碎銀子都掏了出來。

史鏢頭伸手接過，走進酒店，放在桌上，向薩老頭道：「薩老頭，這外路人調戲你家姑娘，我家少鏢頭仗義相助，迫於無奈，這才殺了他。這件事由你身上而起，倘若鬧了出來，誰都脫不了干係。這些銀子你先使著，大夥兒先將屍首埋了，再慢慢兒想法子遮掩。」薩老頭道：「是！是！是！」鄭鏢頭道：「咱們福威鏢局在外走鏢，殺幾個綠林盜賊，當真稀鬆平常。這兩隻川耗子，鬼頭鬼腦的，我瞧不是江洋大盜，便是採花大賊，多半是到福州府來做案的。咱們少鏢頭招子明亮，才把這大盜料理了，保得福州府一方平安，本可到官府領賞，只是少鏢頭怕麻煩，不圖這個虛名。

老頭兒，你這張嘴可得緊些，漏了口風出來，我們便說這兩個大盜是你勾引來的，你開酒店是假的，做眼線是眞。聽你口音，半點也不像本地人。否則爲甚麼這二人遲不來，早不來，你一開酒店便來。天下的事情那有這門子巧法？」薩老頭連聲答應。

史鏢頭帶著白二、陳七，將屍首埋入酒店後面的菜園，又將店門前的血跡用鋤頭鋤得乾乾淨淨，覆到了土下。鄭鏢頭向薩老頭道：「十天之內，我們要是沒聽到消息走漏，再送五十兩銀子來給你做棺材本。你若亂嚼舌根，哼哼，福威鏢局刀下殺的賊子沒一千，也有八百，再殺你一老一少，也不過是在你菜園子的土底再添兩具死屍。」

薩老頭道：「多謝，多謝！不敢說，不敢說！」

待得料理妥當，天已全黑。林平之心下略寬，忐忑不安的回到鏢局子中。一進大廳，只見父親坐在太師椅中，正自閉目沉思，林平之神色不定，叫道：「爹！」

林震南面色甚愉，問道：「去打獵了？打到野豬沒有？」林平之道：「沒有。」林震南舉起手中煙袋，突然向他肩頭擊下，笑喝：「還招！」林平之知道父親常出其不意的考較自己功夫，如在平日，見他使出這招「辟邪劍法」第二十六招的「流星飛墮」，便會應以第四十六招「花開見佛」，但此刻他心神不定，只道小酒店中殺人之事已給父親知悉，是以用煙袋責打自己，竟不敢避，叫道：「爹！」

林震南的煙袋桿將要擊上兒子肩頭，在離他衣衫三寸處硬生生的凝招不下，問道：「怎麼啦？江湖上如遇到了勁敵，應變竟也這等遲鈍，你這條肩膀還在麼？」話中雖含責怪之意，臉上卻仍帶著笑容。

林平之道：「是！」左肩一沉，滴溜溜一個轉身，繞到了父親背後，順手抓起茶几上的雞毛帚，便向父親背心刺去，正是那招「花開見佛」。

林震南點頭笑道：「這才是了。」反手以煙袋格開，還了一招「江上弄笛」。林平之打起精神，以一招「紫氣東來」拆解。父子倆拆到五十餘招後，林震南煙袋疾出，在兒子左乳下輕輕一點，林平之招架不及，只覺右臂一酸，雞毛帚脫手落地。

林震南笑道：「很好，很好，這一個月來每天都有長進，今兒又拆多了四招！」回身坐入椅中，在煙袋中裝上了煙絲，說道：「平兒，好教你得知，咱們鏢局子今兒得到了一個喜訊。」林平之取出火刀火石，給父親點著了紙媒，道：「爹又接到一筆大生意？」林震南搖頭笑道：「只要咱們鏢局子底子硬，大生意怕不上門？怕的倒是大生意來到門前，咱們沒本事接。」他長長的噴了口煙，說道：「剛才張鏢頭從湖南送了信來，說道川西青城派松風觀余觀主已收了咱們送去的禮物。」

林平之聽到「川西」和「余觀主」幾個字，心中突的一跳，道：「收了咱們的禮物？」

林震南道：「鏢局子的事，我向來不大跟你說，你也不明白。不過你年紀漸漸大了，爹爹挑著的這副重擔子，終究要移到你肩上，此後也得多理會些局子裏的事才是。孩子，咱們三代走鏢，一來仗著你曾祖父當年闖下的威名，二來靠著咱們家傳的玩藝兒不算含糊，才有今日的局面，成為大江以南首屈一指的大鏢局。江湖上提到『福威鏢局』四字，誰都要翹起大拇指，說一聲：『好福氣！好威風！』江湖上的事，名頭佔了兩成，功夫佔了兩成，餘下的六成，卻要靠黑白兩道的朋友們賞臉了。你想，福威鏢局的鏢車行走十省，倘若每一趟都得跟人家廝殺較量，那有這許多性命去拚？就算每一趟都打勝仗，常言道：『殺敵一千，自傷八百』，鏢師若有傷亡，單是給家屬撫卹金，所收的鏢銀便不夠使，咱們的家當還有甚麼剩的？所以嘛，咱們吃鏢行飯的，第一須得人頭熟，手面寬，這『交情』二字，倒比眞刀眞槍的功夫還要緊些。」

林平之應道：「是！」若在往日，聽得父親說鏢局的重擔終究要移上他肩頭，必定十分興奮，和父親談論不休，此刻心中卻似十五隻吊桶打水，七上八下，只想著「川西」和「余觀主」那幾個字。

林震南又噴了一口煙，說道：「你爹爹手底下的武功，自是勝不過你曾祖父，也未必及得上你爺爺，然而這份經營鏢局子的本事，卻可說是強爺勝祖了。從福建往南到廣東，往北到浙江、江蘇，這四省的基業，是你曾祖闖出來的。山東、河北、兩湖、江西和廣西六省的天下，卻是你爹爹手裏創的。那有甚麼秘訣？說穿了，也不過是『多交朋友，少結冤家』八個字而已。福威，福威，『福』字在上，『威』字在下，那是說福氣比威風要緊。福氣便從『多交朋友，少結冤家』這八個字而來，倘若改作了『威福』，那可就變成作威作福了。哈哈，哈哈！」

林平之陪著父親乾笑了幾聲，但笑聲中殊無歡愉之意。

林震南並未發覺兒子怔忡不安，又道：「古人說道：既得隴，復望蜀。你爹爹卻是既得鄂，復望蜀。咱們一路鏢自福建向西走，從江西、湖南，到了湖北，那便止步啦，可為甚麼不溯江而西，再上四川呢？四川是天府之國，那可富庶得很哪。咱們走通了四川這一路，北上陝西，南下雲貴，生意少說也得再多做三成。只不過四川省是臥虎藏龍之地，高人著實不少，福威鏢局的鏢車要去四川，非得跟青城、峨嵋兩派打上交道不可。我打從三年前，每年春秋兩節，總是備了厚禮，專誠派人送去青城派的松風觀、峨嵋派的金頂寺，可是這兩派的掌門人從來不收。峨嵋派的金光上人，還肯接見我派去的鏢頭，謝上幾句，請吃一餐素齋，然後將禮物原封不動的退了回來。松風觀的余觀主哪，可就厲害了，咱們送禮的鏢頭只上到半山，就給擋了駕，說道余觀主閉門坐關，不見外客，觀中百物俱備，不收禮物。咱們的鏢頭別說見不到余觀主，連松風觀的大門是朝南朝北也說不上來。每一次派去送禮的鏢頭總是氣呼呼的回來，說道若不是我嚴加囑咐，不論對方如何無禮，咱們可必須恭敬，他們受了這肚子悶氣，還不媽天娘地、甚麼難聽的話也罵出來？只怕大架也早打過好幾場了。」

說到這裏，他十分得意，站起身來，說道：「那知道這一次，余觀主居然收了咱們的禮物，還說派了四名弟子到福建來回拜……」林平之道：「是四個？不是兩個？」林震南道：「是啊，四名弟子！你想余觀主這等隆重其事，福威鏢局可不是臉上光采之極？剛才我已派出快馬去通知江西、湖南、湖北各處分局，對這四位青城派的上賓，可得好好接待。」

林平之忽問：「爹，四川人說話，是不是總是叫別人『龜兒子』，自稱『老子』？」

林震南笑道：「四川粗人才這麼說話。普天下那裏沒粗人？這些人嘴裏自然就不乾不淨。你聽聽咱們局子裏趟子手賭錢之時，說的話可還好聽得了？你爲甚麼問這話？」林平之道：「沒甚麼。」林震南道：「那四位青城弟子來到這裏之時，你可得和他們多親近親近，學些名家弟子的風範，結交上這四位朋友，日後可是受用不盡。」

爺兒倆說了一會子話，林平之始終拿不定主意，不知該不該將殺了人之事告知爹爹，終於心想還是先跟娘說了，再跟爹爹說。

吃過晚飯，林震南一家三口在後廳閒話，林震南跟夫人商量，大舅子是六月初的生日，該打點禮物送去了，可是要讓洛陽金刀王家瞧得上眼的東西，可還眞不容易找。

說到這裏，忽聽得廳外人聲喧嘩，跟著幾個人腳步急促，奔了進來。林震南眉頭一皺，說道：「沒點規矩！」只見奔進來的是三個趟子手，爲首一人氣急敗壞的道：「總……總鏢頭……」林震南喝道：「甚麼事大驚小怪？」趟子手陳七道：「白……白二死了。」林震南吃了一驚，問道：「是誰殺的？你們賭錢打架，是不是？」心下好生著惱：「這些在江湖上闖慣了的漢子可眞難以管束，動不動就出刀子，拔拳頭，這裏府城之地，出了人命可大大的麻煩。」

陳七道：「不是的，不是的。剛才小李上茅廁，見到白二躺在茅廁旁的菜園裏，身上沒一點傷痕，全身卻已冰冷，可不知是怎麼死的。怕是生了甚麼急病。」林震南呼了口氣，心下登時寬了，道：「我去瞧瞧。」當即走向菜園。林平之跟在後面。

到得菜園中，只見七八名鏢師和趟子手圍成一團。衆人見到總鏢頭來到，都讓了開來。林震南看白二的屍身，見他衣裳已讓人解開，身上並無血跡，問站在旁邊的祝鏢頭道：「沒傷痕？」祝鏢頭道：「我仔細查過了，全身一點傷痕也沒有，看來也不是中毒。」林震南點頭道：「通知帳房董先生，叫他給白二料理喪事，給白二家送一百兩銀子去。」

一名趟子手因病死亡，林震南也不如何放在心上，轉身回到大廳，向兒子道：「白二今天沒跟你去打獵嗎？」林平之道：「去的，回來時還好端端的，不知怎的突然生了急病。」林震南道：「嗯，世上的好事壞事，往往都是突如其來。我總想要打開四川這條路子，只怕還得用上十年功夫，那料得到余觀主忽然心血來潮，收了我的禮不算，還派了四名弟子，千里迢迢的來回拜。」

林平之道：「爹，青城派雖是武林中的名門大派，福威鏢局和爹爹的威名，在江湖上可也不弱。咱們年年去四川送禮，余觀主派人到咱們這裏，那也不過是禮尚往來。」

林震南笑道：「你知道甚麼？四川省的青城、峨嵋兩派，立派數百年，門下英才濟濟，著實了不起，雖趕不上少林、武當，可是跟嵩山、泰山、衡山、華山、恆山這五嶽劍派，已算得上並駕齊驅。你曾祖遠圖公創下七十二路辟邪劍法，當年威震江湖，當真說得上打遍天下無敵手，但傳到你祖父手裏，威名就不及遠圖公了。你爹爹只怕又差了些。咱林家三代都是一線單傳，連師兄弟也沒一個。咱爺兒倆，可及不上人家人多勢眾了。」

林平之道：「咱們十省鏢局中一眾英雄好漢聚在一起，難道還敵不過甚麼少林、武當、峨嵋、青城和五嶽劍派麼？」

林震南笑道：「孩子，你這句話跟爹爹說說，自然不要緊，倘若在外面一說，傳進了旁人耳中，立時便惹上麻煩。咱們十處鏢局，八十四位鏢頭各有各的玩藝兒，聚在一起，自然不會輸給了人。可是打勝了人家，又有甚麼好處？常言道和氣生財，咱們吃鏢行飯，更加要讓人家一步。自己矮著一截，讓人家去稱雄逞強，咱們又少不了甚麼。」

忽聽得有人驚呼：「啊喲，鄭鏢頭又死了！」

林震南父子同時一驚。林平之從椅中直跳起來，顫聲道：「是他們來報……」這「仇」字沒說出口，便即縮住。其時林震南已迎到廳口，沒留心兒子的話，只見趟子手陳七氣急敗壞的奔進來，叫道：「總……總鏢頭，不好了！鄭鏢頭……鄭鏢頭又給那四川惡鬼索了……討了命去啦。」林震南臉一沉，喝道：「甚麼四川惡鬼，胡說八道。」

陳七道：「是，是！那四川惡鬼……這川娃子活著已這般強兇霸道，死了自然更加厲害……」他遇到總鏢頭怒目而視的嚴峻眼色，不敢再說下去，只是向林平之瞧去，臉上一副哀懇害怕的神氣。林震南道：「你說鄭鏢頭死了？屍首在那裏？怎麼死的？」

這時又有幾名鏢師、趟子手奔進廳來。一名鏢師皺眉道：「鄭兄弟死在馬廄裏，便跟白二一模一樣，身上也沒半點傷痕，七孔既不流血，臉上也沒甚麼青紫浮腫，莫非……莫非剛才隨少鏢頭出去打獵，眞的撞了邪，沖……沖撞了甚麼邪神惡鬼。」

林震南哼了一聲，道：「我一生在江湖上闖蕩，可從來沒見過甚麼鬼。咱們瞧瞧去。」說著拔步出廳，走向馬廄。只見鄭鏢頭躺在地下，雙手抓住一個馬鞍，顯是他正在卸鞍，突然之間便即倒斃，絕無與人爭鬥廝打的跡象。

這時天色已黑，林震南教人提了燈籠在旁照著，親手解開鄭鏢頭的衣褲，前前後後仔細察看，連他周身骨骼也都捏了一遍，果然沒半點傷痕，手指骨也沒斷折一根。林震南素來不信鬼神，白二忽然暴斃，那也罷了，但鄭鏢頭又是一模一樣的死去，這其中便大有蹊蹺，若是黑死病之類的瘟疫，怎地全身渾沒黑斑紅點？心想此事多半與兒子今日出獵途中所遇有關，轉身問林平之：「今兒隨你去打獵的，除了鄭鏢頭和白二外，還有史鏢頭和他？」說著向陳七一指。林平之點了點頭，林震南道：「你們兩個隨我來。」吩咐一名趟子手：「請史鏢頭到東廂房說話。」

三人到得東廂房，林震南問兒子：「到底是怎麼回事？」

林平之當下便將如何打獵回來在小酒店中喝酒；如何兩個四川人戲侮賣酒少女，因而言語衝突；又如何動起手來，那漢子揪住自己頭頸，要自己磕頭；如何在驚慌氣惱之中，拔出靴筒中的匕首，殺了那個漢子；又如何將他埋在菜園之中，給了銀兩，命那賣酒的老兒不可洩漏風聲等情，一一照實說了。

林震南越聽越知事情不對，但跟人鬥毆，殺了個異鄉人，也不是天坍下來的大事。他不動聲色的聽兒子說完了，沉吟道：「這兩個漢子沒說是那個門派，或者是那個幫會的？」林平之道：「沒有！」林震南問：「他們言語舉止之中，有甚麼特異之處？」林平之道：「也不見有甚麼古怪，那姓余的漢子……」一言未畢，林震南接口問道：「你殺的那漢子姓余？」林平之道：「是！我聽得另外那人叫他余兄弟，可不知是人未余，還是人則俞。外鄉口音，卻也聽不準。」林震南搖搖頭，自言自語：「不會，不會這樣巧法。余觀主說要派人來，那有這麼快就到了福州府，又不是身上長了翅膀。」

林平之一凜，問道：「爹，你說這兩人會是青城派的？」林震南不答，伸手比劃，問道：「你用『翻天掌』這一式打他，他怎麼拆解？」林平之道：「他沒能拆得了，給我重重打了個耳光。」林震南一笑，連說：「很好！很好！很好！」廂房中本來一片肅然驚惶之氣，林震南這麼一笑，林平之忍不住也笑了笑，登時大爲寬心。

林震南又問：「你用這一式打他，他又怎麼還擊？」仍一面說，一面比劃。林平之道：「當時孩兒氣惱頭上，也記不清楚，似乎這麼一來，又在他胸口打了一拳。」林震南顏色更和，道：「好，這一招原該如此打！他連這一招也拆架不開，決不會是名滿天下的青城派松風觀余觀主的子姪。」他連說「很好」，倒不是稱讚兒子的拳腳不錯，而是大爲放心，四川一省姓余的不知有多少，這姓余的漢子爲兒子所殺，武藝自然不高，跟青城派決扯不上甚麼干係。他伸出右手中指，在桌面上不住敲擊，又問：「他又怎地揪住了你腦袋？」林平之伸手比劃，怎生給他揪住了動彈不得。

陳七膽子大了些，插嘴道：「白二用鋼叉去搠那傢伙，給他反腳踢去鋼叉，又踢了個觔斗。」林震南心頭一震，問道：「他反腳將白二踢倒，又踢去了他手中鋼叉？那……那是怎生踢法的？」陳七道：「好像是如此這般。」雙手揪住椅背，右足反腳一踢，身子一跳，左足又反腳一踢。這兩踢姿式拙劣，像是馬匹反腳踢人一般。

林平之見他踢得難看，忍不住好笑，說道：「爹，你瞧……」卻見父親臉上大有驚恐之色，便停了口。林震南道：「這兩下反踢，有些像青城派的絕技『無影幻腿』，孩兒，到底他這兩腿是怎樣踢的？」林平之道：「那時候我給他揪住了頭，看不見他反踢。」

林震南道：「是了，要問史鏢頭才行。」走出房門，叫道：「來人哪！史鏢頭呢？怎麼請了他這許久還不見人？」兩名趟子手聞聲趕來，說道到處找史鏢頭不到。

林震南在花廳中踱來踱去，心下沉吟：「這兩腳反踢倘若眞是『無影幻腿』，那麼這漢子縱使不是余觀主的子姪，跟青城派總也有些干係。到底是甚麼人？非得親自去瞧一瞧不可。」說道：「請崔鏢頭、季鏢頭來！」

崔、季兩個鏢師向來辦事穩妥，老成持重，是林震南的親信。他二人見鄭鏢頭暴斃，史鏢頭又人影不見，早就等在廳外，聽候差遣，一聽林震南這麼說，當即走進廳來。

林震南道：「咱們去辦一件事。崔季二位，孩兒和陳七跟我來。」

五人騎了馬出城，一行向北。林平之縱馬在前領路。

不多時，五乘馬來到小酒店前，見店門已然關上。林平之上前敲門，叫道：「薩老頭，薩老頭，開門。」敲了好一會，店中竟沒半點聲息。崔鏢頭望著林震南，雙手作個撞門的姿勢。林震南點了點頭，崔鏢頭雙掌拍出，喀喇一聲，門閂折斷，兩扇門板向後張開，隨即又自行合上，再向後張開，如此前後搖晃，發出吱吱聲響。

崔鏢頭一撞開門，便拉林平之閃在一旁，見屋中並無動靜，晃亮火摺，走進屋去，點著了桌上的油燈，又點了兩盞燈籠。幾個人裏裏外外的走了一遍，不見有人，屋中的被褥、箱籠等一干雜物卻均未搬走。

林震南點頭道：「老頭兒怕事，這裏殺傷了人命，屍體又埋在他菜園子裏，他怕受到牽連，就此一走了之。」走到菜園裏，指著倚在牆邊的一把鋤頭，說道：「陳七，把死屍掘出來瞧瞧。」陳七早認定是惡鬼作祟，只鋤得兩下，手足俱軟，直欲癱瘓在地。

季鏢頭道：「有個屁用？虧你是吃鏢行飯的！」一手接過鋤頭，將燈籠交在他手裏，舉鋤扒開泥土，鋤不多久，便露出死屍身上的衣服，又扒了幾下，將鋤頭伸到屍身下，用力一挑，挑起死屍。陳七轉過了頭，不敢觀看，卻聽得四人齊聲驚呼，陳七一驚之下，失手拋下燈籠，燭火熄滅，菜園中登時一片漆黑。

林平之顫聲道：「咱們明明埋的是那四川人，怎地……怎地……」林震南道：「快點燈籠！」他一直鎮定，此刻語音中也有了驚惶之意。崔鏢頭晃火摺點亮燈籠，林震南彎腰察看死屍，過了半晌，道：「身上也沒傷痕，一模一樣的死法。」陳七鼓起勇氣，向死屍瞧了一眼，尖聲大叫：「史鏢頭，史鏢頭！」

地下掘出來的竟是史鏢頭的屍身，那四川漢子的屍首卻已不知去向。

林震南道：「這姓薩的老頭兒定有古怪。」搶過燈籠，奔進屋中查看，從灶下的酒罈、鐵鑊，直到廳房中的桌椅都細細查了一遍，不見有異。崔季二鏢頭和林平之也分別查看。突然聽得林平之叫道：「咦！爹爹，你來看。」

林震南循聲過去，見兒子站在那少女房中，手中拿著一塊綠色帕子。林平之道：「爹，一個貧家女子，怎會有這種東西？」林震南接過手來，一股淡淡幽香立時傳入鼻中，那帕子甚是軟滑，沉甸甸的，顯是上等絲緞，再一細看，見帕子邊緣以綠絲線圍了三道邊，一角上繡著一枝小小的紅色珊瑚枝，繡工甚為精致。

林震南問：「這帕子那裏找出來的？」林平之道：「掉在床底下的角落裏，多半是他們匆匆離去，收拾東西時沒瞧見。」林震南提著燈籠俯身又到床底照著，不見別物，沉吟道：「你說那賣酒的姑娘相貌甚醜，衣衫質料想來不會華貴，但是不是穿得十分整潔？」林平之道：「當時我沒留心，但不見得污穢，倘若很髒，她來斟酒之時我定會覺得。」

林震南向崔鏢頭道：「老崔，你以為怎樣？」崔鏢頭道：「我看史鏢頭、鄭鏢頭、與白二之死，定和這一老一少二人有關，說不定還是他們下的毒手。」季鏢頭道：「那兩個四川人多半跟他們是一路，否則他們幹麼要將他屍身搬走？」

林平之道：「那姓余的明明動手動腳，欺侮那個姑娘，否則我也不會罵他，他們不會是一路的。」崔鏢頭道：「少鏢頭有所不知，江湖上人心險惡，他們常布下了圈套等人去鑽。兩個人假裝打架，引得第三者過來勸架，那兩個正在打架的突然合力對付勸架之人，那是常常有的。」季鏢頭道：「總鏢頭，你瞧怎樣？」林震南道：「這賣酒的老頭和那姑娘，定是衝著咱們而來，只不知跟那兩個四川漢子是不是一路。」林平之道：「爹爹，你說松風觀余觀主派了四個人來，他們……他們不是一起四個人嗎？」

這一言提醒了林震南，他呆了一呆，沉吟道：「福威鏢局對青城派禮數有加，從來沒甚麼地方開罪了他們。余觀主派人來尋我晦氣，那為了甚麼？」

四個人你瞧瞧我，我瞧瞧你，半晌都說不出話來。隔了良久，林震南才道：「把史鏢頭的屍身先移到屋中再說。這件事回到局中之後，誰也別提，免得驚動官府，多生事端。哼，姓林的對人客氣，不願開罪朋友，卻也不是任打不還手的儒夫。」季鏢頭大聲道：「總鏢頭，養兵千日，用在一朝，大夥兒奮力上前，總不能損了咱們鏢局的威名。」林震南點頭道：「是！多謝了！」

五人縱馬回城，將到鏢局，遠遠望見大門外火把照耀，聚集多人。林震南心中一動，催馬上前。好幾人說道：「總鏢頭回來啦！」林震南縱身下馬，只見妻子林夫人鐵青著臉，道：「你瞧！哼，人家這麼欺上門來啦。」

只見地下橫著兩段旗桿、兩面錦旗，正是鏢局子門前的大旗，連著半截旗桿，給人弄倒在地。旗桿斷截處甚是平整，顯是以寶刀利劍一下子就即砍斷。

林夫人身邊未帶兵刃，從丈夫腰間抽出長劍，嗤嗤兩聲響，將兩面錦旗沿著旗桿割了下來，搓成一團，拿著進了大門。林震南吩咐：「崔鏢頭，把這兩根半截旗桿索性都砍了！哼，要挑了福威鏢局，可沒這麼容易！」崔鏢頭道：「是！」季鏢頭罵道：「他媽的，狗賊就是沒種，乘著總鏢頭不在家，上門來偷偷摸摸的幹這等下三濫勾當！」林震南向兒子招招手，兩人回進局去，季鏢頭兀自在「狗強盜，臭雜種」的破口大罵。

父子兩人來到東廂房中，見林夫人已將兩面錦旗平鋪在兩張桌上，一面旗上所繡的那頭黃獅雙眼爲人剜去，露出了兩個空洞，另一面旗上「福威鏢局」四字之中，那個「威」字也已給剜去。林震南便涵養再好，也已難以再忍，啪的一聲，伸手在桌上重重一拍，喀喇一聲響，那張花梨木八仙桌的桌腿震斷了一條。

林平之顫聲道：「爹，都……都是我不好，惹出了這麼大的禍事來！」林震南高聲道：「咱們姓林的殺了人便殺了，又怎麼樣？這種人倘若撞在你爹爹手裏，一般的也殺了。」林夫人問道：「殺了甚麼人？」林震南道：「平兒，說給你母親知道。」

林平之於是將日間如何殺了那四川漢子、史鏢頭又如何死在那小酒店中等情一一說了。白二和鄭鏢頭暴斃之事，林夫人早已知道，聽說史鏢頭又離奇斃命，林夫人不驚反怒，拍案而起，說道：「大哥，福威鏢局豈能讓人這等上門欺辱？咱們邀集人手，上四川跟青城派評評這個理去。連我爹爹、我哥哥和兄弟都請了去。」林夫人自幼是一股霹靂火爆的脾氣，做閨女之時，動不動便拔刀傷人，她洛陽金刀門藝高勢大，誰都瞧在她父親金刀無敵王元霸的臉上讓她三分。她現下兒子這麼大了，當年火性仍然不減。

林震南道：「對頭是誰，眼下還拿不準，未必便是青城派。我看他們不會只砍倒兩根旗桿，殺了兩名鏢師，就此了事……」林夫人插口道：「他們還待怎樣？」林震南向兒子瞧了一眼，林夫人明白了丈夫的用意，心頭怦怦而跳，登時臉上變色。

林平之道：「這件事是孩兒做出來的，大丈夫一人做事一身當，孩兒也……也不害怕。」他口中說不怕，其實不得不怕，話聲發顫，洩漏了內心的惶懼之情。

林夫人道：「哼，他們要想動你一根寒毛，除非先將你娘殺了。林家福威鏢局這桿鏢旗立了三代，可從未折過半點威風。」轉頭向林震南道：「這口氣倘若出不了，咱們也不用做人啦。」林震南點了點頭，道：「我去派人到城裏城外各處查察，看有何面生的江湖道，再加派人手，在鏢局子內外巡查。你陪著平兒在這裏等我，別讓他出去亂走。」林夫人道：「是了，我理會得。」他夫婦心下明白，敵人下一步便會向兒子下手，敵暗我明，林平之只須踏出福威鏢局一步，立時便能有殺身之禍。

林震南來到大廳，邀集鏢師，分派各人探查巡衛。眾鏢師早已得訊，福威鏢局的旗桿給人砍倒，那是給每個人打上個老大耳光，人人敵愾同仇，早已勁裝結束，攜帶兵刃，一得總鏢頭吩咐，便即出發。

林震南見局中上下齊心，合力抗敵，稍覺寬懷，回入內堂，向兒子道：「平兒，你母親這幾日身子不大舒服，又有大敵到來，你這幾晚便睡在咱們房外的榻上，保護母親。」林夫人笑道：「嘿，我要他……」話說得一半，猛地省悟，丈夫要兒子保護自己是假，實則是夫婦倆就近保護兒子，這寶貝兒子心高氣傲，要他依附於父母庇護之下，說不定他心懷不忿，自行出去向敵人挑戰，那便危險之極，當即改口道：「正是！平兒，媽媽這幾日發風濕，手足痠軟，你爹爹照顧全局，不能整天陪我，若有敵人侵入內堂，媽媽只怕抵擋不住。」林平之道：「我陪著媽媽就是。」

當晚林平之睡在父母房外榻上。林震南夫婦打開了房門，將兵刃放在枕邊，連衣服鞋襪都不脫下，只身上蓋一張薄被，只待一有警兆，立即躍起迎敵。

這一晚卻太平無事。第二日天剛亮，有人在窗外低聲叫道：「少鏢頭，少鏢頭！」林平之半夜沒好睡，黎明時分睡得正熟，一時未醒。林震南道：「甚麼事？」外面那人道：「少鏢頭的馬……那匹馬死啦。」這匹白馬林平之十分喜愛，負責照看的馬夫一見馬死，慌不迭來稟報。林平之矇矇矓矓中聽到了，翻身坐起，忙道：「我去瞧瞧。」林震南知事有蹊蹺，一起快步走向馬廄，只見那匹白馬橫臥在地，早已氣絕，身上卻也沒半點傷痕。

林震南問道：「夜裏沒聽到馬叫？有甚麼響動？」那馬夫道：「沒有。」林震南拉著兒子的手道：「不用可惜，爹爹叫人另行去設法買一匹駿馬給你。」林平之撫摸馬屍，怔怔的掉下淚來。

突然間趟子手陳七急奔過來，氣急敗壞的道：「總……總鏢頭不好……不好啦！那些鏢頭……鏢頭們，都給惡鬼討了命去啦。」林震南和林平之齊聲驚問：「甚麼？」陳七只是道：「死了，都死了！」林平之怒道：「甚麼都死了？」伸手抓住他胸口，搖晃了幾下。陳七道：「少……少鏢頭……死了。」林震南聽他說「少鏢頭死了」，這不祥之言入耳，說不出的厭悶煩惡，但若由此斥罵，更著形跡。只聽得外面人聲嘈雜，有的說：「總鏢頭呢？快稟報他老人家。」有的說：「這惡鬼如此厲害，那……那怎麼辦？」

林震南大聲道：「我在這裏，甚麼事？」兩名鏢師、三名趟子手聞聲奔來。為首一名鏢師道：「總鏢頭，咱們派出去的衆兄弟，一個也沒回來。」林震南先前聽得人聲，料到又有人暴斃，但昨晚派出去查訪的鏢師和趟子手共有二十二人之多，豈有全軍覆沒之理，忙問：「有人死了麼？多半他們還在打聽，沒來得及回來。」那鏢師搖頭道：「已發現了十七具屍體……」林震南和林平之齊聲驚道：「十七具屍體？」

那鏢師一臉驚恐之色，道：「正是，一十七具，其中有富鏢頭、錢鏢頭、施鏢頭。屍首停在大廳上。」林震南更不打話，快步來到大廳，只見廳上原來擺著的桌子椅子都已挪開，橫七豎八的停放著十七具屍首。

饒是林震南一生經歷過無數風浪，陡然間見到這等情景，雙手也禁不住劇烈發抖，膝蓋酸軟，幾乎站不直身子，問道：「爲……爲……爲……」喉頭乾枯，發不出聲音。

只聽得廳外有人道：「唉，高鏢頭爲人向來忠厚，想不到也給惡鬼索了命去。」只見四五名附近街坊，用門板抬了一具屍首進來。爲首的一名中年人道：「小人今天打開門板，見到這人死在街上，認得是貴局的高鏢頭，想是發了瘟疫，中了邪，特地送來。」林震南拱手道：「多謝，多謝。」向一名趟子手道：「這幾位高鄰，每位送三兩銀子，你到帳房去支來。」這幾名街坊見到滿廳屍首，不敢多留，領了銀子謝了自去。

過不多時，又有人送來三名鏢師的屍首，林震南核點人數，昨晚派出去二十二人，眼下已有二十一具屍首，只褚鏢師的屍首尚未發現，然料想那也是轉眼間之事。

他回到東廂房中，喝了杯熱茶，心亂如麻，始終定不下神來，走出大門，見兩根旗桿已齊根截去，心下更是煩惱，直到此刻，敵人已下手殺了鏢局中二十餘人，卻始終沒露面，亦未正式叫陣，表明身分。他回過頭來，向著大門上那塊書著「福威鏢局」四字的金字招牌凝望半晌，心想：「福威鏢局在江湖上揚威數十年，想不到今日要敗在我手裏。」

忽聽得街上馬蹄聲響，一匹馬緩緩行來，馬背上橫臥著一人。林震南心中料到了三分，縱身過去，果見馬背上橫臥著一具死屍，正是褚鏢頭，自是在途中讓人殺了，將屍首放在馬上，這馬識得歸途，自行回來。

林震南長嘆一聲，眼淚滾滾而下，落在褚鏢頭身上，抱著他的屍身，走進廳去，說道：「褚賢弟，我若不給你報仇，誓不為人，只可惜……只可惜，唉，你去得太快，沒來得及說出仇人的姓名。」這褚鏢頭在鏢局子中也無過人之處，和林震南並無特別交情，林震南心情激盪之下，忍不住落淚，這些眼淚之中，其實氣憤猶多於傷痛。

只見林夫人站在廳口，左手抱著金刀，右手指著天井，大聲斥罵：「下三濫的狗強盜，就只會偷偷摸摸的暗箭傷人，倘若真是英雄好漢，就光明正大的到福威鏢局來，明刀明槍的決一死戰。這般鬼鬼祟祟的幹這等鼠竊勾當，武林中有誰瞧得起你？」林震南低聲道：「娘子，瞧見了甚麼動靜？」一面將褚鏢頭的屍身放在地下。

林夫人大聲道：「就是沒見到動靜呀！這些狗賊，就怕了我林家七十二路辟邪劍法！」右手握住金刀刀柄，在空中虛削一圈，喝道：「也怕了老娘手中這口金刀！」忽聽得屋角上有人嘿嘿冷笑，嗤的一聲，一件暗器激射而下，噹的一響，正打在金刀的刀背上。林夫人手臂一麻，拿捏不住，金刀脫手，餘勢不衰，那刀直滾到天井中去。

林震南一聲輕叱，青光閃動，已拔劍在手，雙足力點，上了屋頂，一招「掃蕩羣魔」，劍點如飛花般散了開來，疾向敵人發射暗器之處刺到。他受了極大悶氣，始終未見到敵人一面，這一招竭盡平生之力，絲毫沒留餘地。那知這一劍卻刺了個空，屋角邊空蕩蕩地，那裏有半個人影？他矮身躍到了東廂屋頂，仍不見敵人蹤跡。

林夫人和林平之手提兵刃，上來接應。林夫人暴跳如雷，大叫：「狗崽子，有種的便出來決個死戰，偷偷摸摸的，是那一門不要臉的狗雜種？」向丈夫連問：「狗崽子逃走了？是怎麼樣的傢伙？」林震南搖了搖頭，低聲道：「別驚動了旁人。」三個人又在屋頂尋覓一遍，這才躍入天井。林震南低聲問道：「是甚麼暗器打了你的金刀？」林夫人罵道：「這狗崽子！不知道！」三人在天井中一找，不見有何暗器，只見桂花樹下有無數極細的磚粒，散了一地，顯而易見，敵人是用一小塊磚頭打落了林夫人手中的金刀。

林夫人本在滿口「狗崽子，臭雜種」的亂罵，見到這些細碎的磚粒，氣惱之情不由得轉而爲恐懼，呆了半晌，一言不發的走進廂房，待丈夫和兒子跟著進來，便即掩上了房門，低聲道：「敵人武功甚是了得，咱們不是敵手，那便如何……如何……」

林震南道：「向朋友求救！武林之中，患難相助，那也是尋常之事。」林夫人道：「咱們交情深厚的朋友固然不少，但武功高過咱夫妻的卻沒幾個。比咱倆還差一點的，邀來了也沒用處。」林震南道：「話是不錯，但人衆主意多，邀些朋友來商量商量，也是好的。」林夫人道：「也罷！你說該邀那些人？」林震南道：「就近的先邀，咱們先把杭州、南昌、廣州三處鏢局中的好手調來，再把閩、浙、粵、贛四省的武林同道邀上些。」

林夫人皺眉道：「這麼事急求救，江湖上傳了開去，實是大大墮了福威鏢局的名頭。」林震南忽道：「娘子，你今年三十九歲罷？」林夫人啐道：「呸！這當兒還來問我年紀？我屬虎，你不知道我幾歲嗎？」林震南道：「我發帖子出去，便說是給你做四十歲的大生日……」林夫人道：「爲甚麼好端端給我添上一歲年紀？我還老得不夠快麼？」林震南搖頭道：「你幾時老了？頭上白髮也還沒一根。我說給你做生日，那麼請些至親好友，誰也不會起疑。等到客人來了，咱們只揀相好的暗中一說，那便跟鏢局子的名頭無損。」林夫人側頭想了一會，道：「好罷，且由得你。那你送甚麼禮物給我？」

林震南在她耳邊低聲道：「送一份大禮，明年咱們再生個大胖兒子！」

林夫人呸的一聲，臉上一紅，啐道：「老沒正經的，這當兒還有心情說這些話。」林震南哈哈一笑，走向帳房，命人寫帖子去邀請朋友，其實他憂心忡忡，說幾句笑話，不過意在消減妻子心中的驚懼而已，心下暗忖：「遠水難救近火，多半便在今晚，鏢局中又會有事發生，等到所邀的朋友們到來，不知世上還有沒有福威鏢局？」

他走到帳房門前，只見兩名男僕臉上神色十分驚恐，顫聲道：「總……總……鏢頭……這……這不好了。」林震南道：「怎麼啦？」一名男僕道：「剛才帳房先生叫林福去買棺材，他……他……出門剛走到東小街轉角，就倒在地上死了。」林震南道：「有這等事？他人呢？」那男僕道：「便倒在街上。」林震南道：「去把他屍首抬來。」心想：「光天化日之下，敵人竟在鬧市殺人，當眞膽大妄爲之極。」那兩名男僕道：「是……是……」卻不動身。林震南道：「怎麼了？」一名男僕道：「請總鏢頭去看……看……」

林震南情知又出了古怪，哼的一聲，走向大門，只見門口三名鏢師、五名趟子手望著門外，臉色灰白，極是驚惶。林震南道：「怎麼了？」不等旁人回答，已知就裏，只見大門外青石板上，淋淋漓漓的鮮血寫著六個大字：「出門十步者死」。離門約莫十步之處，畫著一條寬約寸許的血線。

林震南問道：「甚麼時候寫的？難道沒人瞧見麼？」一名鏢師道：「剛才林福死在東小街上，大家擁了過去看，門前沒人，就不知誰寫了，開這玩笑！」林震南提高嗓子，朗聲說道：「姓林的活得不耐煩了，倒要看看怎地出門十步者死！」大踏步走出門去。

兩名鏢師同時叫道：「總鏢頭！」林震南將手一揮，逕自邁步跨過了血線，瞧那血字血線，兀自未乾，伸足將六個血字擦得一片模糊，這才回進大門，向三名鏢師道：「這是嚇人的玩意兒，怕他甚麼？三位兄弟，便請去棺材鋪走一趟，再到西城天寧寺，去請班和尚來作幾日法事，超度亡靈，驅除瘟疫。」

三名鏢師眼見總鏢頭跨過血線，安然無事，當下答應了，整一整身上兵刃，並肩走出門去。林震南望著他們過了血線，轉過街角，又待了一會，這才進內。

他走進帳房，向帳房黃先生道：「黃夫子，請你寫幾張帖子，是給夫人做壽的，邀請親友們來喝杯壽酒。」黃先生道：「是，不知是那一天？」忽聽得腳步聲急，一人奔將進來，林震南探頭出去，聽得砰的一聲，有人摔倒在地。林震南循聲搶過去，見是適才奉命去棺材鋪三名鏢頭中的狄鏢頭，身子尚在扭動。林震南伸手扶起，忙問：「狄兄弟，怎樣了？」狄鏢頭道：「他們死了，我……我逃了回來。」林震南道：「敵人甚麼樣子？」狄鏢頭道：「不……不知……不知……」一陣痙攣，便即氣絕。

片刻之間，鏢局中人人俱已得訊。林夫人和林平之都從內堂出來，只聽得每個人口中低聲說的都是「出門十步者死」這六個字。林震南道：「我去把那兩位鏢師的屍首揹回來。」帳房黃先生道：「總……總鏢頭……去不得，重賞之下，必有勇夫。誰……誰去揹回屍首，賞三十兩銀子。」他說了三遍，卻無一人作聲。

林夫人突然叫道：「咦，平兒呢？平兒，平兒！」最後一聲已叫得甚是惶急。衆人跟著都呼喊起來：「少鏢頭，少鏢頭！」

忽聽得林平之的聲音在門外響起：「我在這裏！」衆人大喜，奔到門口，只見林平之高高的身形正從街角轉將出來，雙肩上各負一具屍身，正是死在街上的那兩名鏢師。林震南和林夫人雙雙搶出，手中各挺兵刃，過了血線，護著林平之回來。

衆鏢師和趟子手齊聲喝采：「少鏢頭少年英雄，膽識過人！」

林震南和林夫人心下也十分得意。林夫人埋怨道：「孩子，做事便這麼莽撞！這兩位鏢頭雖是好朋友，然而總是死了，不值得冒這麼大的險。」

林平之笑了笑，心下說不出的難過：「都爲了我一時忍不住氣，殺了一人，以致這許多人爲我而死。我若再貪生怕死，何以爲人？」

忽聽得後堂有人呼喚起來：「華師傅怎地好端端的也死了？」

林震南喝問：「怎麼啦？」局中的管事臉色慘白，畏畏縮縮的過來，說道：「總鏢頭，華師傅從後門出去買菜，卻死在十步之外。後門口也有這……這六個血字。」那華師傅是鏢局中的廚子，烹飪功夫著實不差，幾味冬瓜盅、佛跳牆、糟魚、肉皮餛飩，馳譽福州，是林震南結交達官富商的本錢之一。林震南心頭一震，尋思：「他只是尋常一名廚子，並非鏢師、趟子手。江湖道的規矩，劫鏢之時，車夫、轎夫、騾夫、挑夫，一概不殺。敵人下手卻如此狠辣，竟是要滅我福威鏢局滿門麼？」向衆人道：「大家休得驚慌。哼，這些狗強盜，就只會乘人不防下手。你們大家都親眼見到的，剛才少鏢頭和我夫婦明明走出了大門十步之外，那些狗強盜又敢怎樣？」

衆人唯唯稱是，卻也無一人敢再出門一步。林震南和林夫人愁眉相對，束手無策。

當晚林震南安排了眾鏢師守夜，那知自己仗劍巡查之時，見十多名鏢師竟自團團坐在廳上，沒一人在外把守。眾鏢師見到總鏢頭，都訕訕的站起身來，卻仍無一人移動腳步。林震南心想敵人實在太強，局中已死了這樣多人，自己始終一籌莫展，也怪不得眾人膽怯，當下安慰了幾句，命人送酒菜來，陪著眾鏢師在廳上喝酒。眾人心頭煩惱，誰也不多說話，只喝悶酒，過不多時，便已醉倒了數人。

次日午後，忽聽得馬蹄聲響，有幾騎馬從鏢局中奔了出去。林震南一查，原來是五名鏢師耐不住這局面，不告而別。他搖頭嘆道：「大難來時各自飛。姓林的無力照顧眾位兄弟，大家要去便去罷。」餘下眾鏢師有的七張八嘴，指斥那五人太沒義氣；有幾人卻默不作聲，只是嘆氣，暗自盤算：「我怎麼不走？」

傍晚時分，五匹馬又馱了五具屍首回來。這五名鏢師意欲逃離險地，反先送了性命。

林平之悲憤難當，提著長劍衝出門去，站在那條血線的三步之外，朗聲說道：「大丈夫一人做事一人當，那姓余的四川人，是我林平之殺的，可跟旁人毫不相干。要報仇，儘管衝著林平之來好了，千刀萬剮，死而無怨，你們一而再、再而三的殺害良善，算是甚麼英雄好漢？我林平之在這裏，有本事儘管來殺！不敢現身便是無膽匪類，是烏龜忘八羔子！」他越叫越大聲，解開衣襟，袒露了胸膛，拍胸叫道：「堂堂男兒，死便死了，有種的便一刀砍過來，爲甚麼連見我一面也不敢？沒膽子的狗崽子，賊畜生！」

他紅了雙眼，拍胸大叫，街上行人遠遠瞧著，又有誰敢走近鏢局觀看。

林震南夫婦聽到兒子叫聲，雙雙搶到門外。他二人這幾日來心中也憋得狠了，滿腔子的惱恨，眞連肚子也要氣炸，聽得林平之如此向敵人叫陣，也即大聲喝罵。

衆鏢師面面相覷，都佩服他三人膽氣，均想：「總鏢頭英雄了得，夫人是女中丈夫，那也罷了。少鏢頭生得大姑娘似的，居然這般天不怕、地不怕的向敵人喝罵。」

林震南等三人罵了半天，四下裏始終鴉雀無聲。林平之叫道：「甚麼出門十步者死，我偏偏再多走幾步，瞧你們又怎麼奈何我？」說著向外跨了幾步，橫劍而立，傲視四方。

林夫人道：「好啦，狗強盜欺善怕惡，便是不敢惹我孩兒。」拉著林平之的手，回進大門。林平之兀自氣得全身發抖，回入臥室之後再也忍耐不住，伏在榻上，放聲大哭。林震南撫著他頭，說道：「孩兒，你膽子不小，不愧是我林家的好男兒，敵人就是不敢露面，咱們又有甚麼法子？你且睡一陣。」

林平之哭了一會，迷迷糊糊的便睡著了。吃過晚飯後，聽得父親和母親低聲說話，卻是局中有幾名鏢師異想天開，要從後園中挖地道出去，通過十步之外的血線逃生，否則困在鏢局子中，早晚送了性命。林夫人冷笑道：「他們要挖地道，且由得他們。只怕……只怕……哼！」林震南父子都明白她話中之意，那是說只怕便跟那五名騎馬逃命的鏢師一般，徒然提早送了性命。林震南沉吟道：「我去瞧瞧，倘若這是條生路，讓大夥兒走了也好。」他出去一會，回進房來，說道：「這些人只嘴裏說得熱鬧，可是誰也不敢眞的動手挖掘。」

當晚三人一早便睡了。鏢局中人人都打著聽天由命的念頭，也沒人巡查守夜。

林平之睡到中夜，忽覺有人輕拍自己肩頭，他一躍而起，伸手去抽枕底長劍，卻聽母親的聲音說道：「平兒，是我。你爹出去了半天沒回來，咱們找找他去。」林平之吃了一驚：「爹到那裏去了？」林夫人道：「不知道！」

二人手提兵刃，走出房來，先到大廳外一張，只見廳中燈燭明亮，十幾名鏢師正在擲骰子賭博。大家提心吊膽的過了數日，都覺反正無能爲力，索性將生死置之度外。林夫人打個手勢，轉身便去，母子倆到處找尋，始終不見林震南的影蹤，二人心中越來越驚，卻不敢聲張，局中人心惶惶之際，一聞總鏢頭失蹤，勢必亂得不可收拾。兩人尋到後進，林平之忽聽得左首兵器間發出喀的一聲輕響，窗格上又有燈光透出。他縱身過去，伸指戳破窗紙，往裏一望，喜呼：「爹爹，原來你在這裏。」

林震南本來彎著腰，臉朝裏壁，聞聲回過頭來。林平之見到父親臉上神情恐怖之極，心中一震，本來滿臉喜色登時僵住了，張大了嘴，發不出聲音。

林夫人推開室門，闖了進去，只見滿地是血，三張並列的長凳上臥著一人，全身赤裸，胸膛肚腹均已剖開，看這死屍之臉，認得是霍鏢頭，他日間和四名鏢頭一起乘馬逃走，卻讓馬匹馱了屍體回來。林平之也走進兵器間，反手帶上房門。林震南從死人胸膛中拿起了一顆血淋淋的人心，說道：「一顆心給震成了八九片，果然是……果然是……」林夫人接口道：「果然是青城派的『摧心掌』！」林震南點了點頭，默然不語。

林平之這才明白，父親原來是在剖屍查驗被害各人的死因。

林震南放回人心，將死屍裹入油布，抛在牆角，洗了手上血跡，和妻兒回入臥房，說道：「對頭確是青城派的高手。娘子，你說該怎麼辦？」

林平之氣憤憤的道：「此事由孩兒身上而起，孩兒明天再出去叫陣，和他決一死戰。倘若不敵，給他殺死也就是了。」林震南搖頭道：「此人一掌便將人心震成八九塊，死者身體外卻不留半點傷痕，此人武功之高，就在青城派中，也是數一數二的人物，他要殺你，早就殺了。我瞧敵人用心陰狠，決不肯爽爽快快將咱一家三口殺了。」林平之道：「他要怎樣？」林震南道：「這狗賊是貓捉老鼠，要玩弄個夠，將老鼠嚇得心膽俱裂，自行嚇死，他方快心意。」林平之怒道：「哼，這狗賊竟將咱們福威鏢局視若無物。」林震南道：「他確是將福威鏢局視若無物。」林平之道：「說不定他是怕了爹爹的七十二路辟邪劍法，否則爲甚麼始終不敢明劍明槍的交手，只是乘人不備，暗中害人？」林震南搖頭道：「平兒，爹爹的辟邪劍法用以對付黑道的盜賊，那是綽綽有餘，但此人的摧心掌功夫，實遠遠勝過了你爹爹。我……我向不服人，可是見了霍鏢頭的那顆心，卻是……唉！」林平之見父親神情頹喪，和平時大異，不敢再說甚麼。

林夫人道：「既然對頭厲害，大丈夫能屈能伸，咱們便暫且避他一避。」林震南點頭道：「我也這麼想。」林夫人道：「咱們連夜動身去洛陽，好在已知敵人來歷，君子報仇，十年未晚。」林震南道：「不錯！岳父交友遍天下，定能給咱們拿個主意。收拾些細軟，這便動身。」林平之道：「咱們一走，丟下鏢局中這許多人沒人理會，那可如何是好？」林震南道：「敵人跟他們無冤無仇，咱們一走，鏢局中衆人反而太平無事了。」

林平之心道：「爹爹這話有理，敵人害死鏢局中這許多人，其實只爲了我一人。我脫身一走，敵人決不會再跟這些不相干的鏢師、趟子手爲難。」當下回到自己房中收拾。

心想說不定敵人一把火便將鏢局燒個精光，看著一件件衣飾玩物，只覺這樣捨不得，那件丟不下，竟打了老大兩個包裹，兀自覺得留下東西太多，左手又取過案上一隻玉馬，右手捲了張豹皮，那是從他親手打死的花豹身上剝下來的，背負包裹，來到父母房中。

林夫人見了不禁好笑，說道：「咱們是逃難，可不是搬家，帶這許多勞什子幹麼？」林震南嘆了一口氣，搖了搖頭，心想：「我們雖是武學世家，但兒子自小養尊處優，除了學過一些武功之外，跟尋常富貴人家的紈袴子弟也沒甚麼分別，今日猝逢大難，倉皇應變，卻也難怪得他。」不由得愛憐之心，油然而生，說道：「你外公家裏甚麼東西都有，不必攜帶太多物件。咱們只須多帶些黃金銀兩，值錢的珠寶也帶一些。此去到江西、湖南、湖北都有分局，還怕路上討飯麼？包裹越輕越好，身上輕一兩，動手時便靈便一分。」林平之無奈，只得將包裹放下。

林夫人道：「咱們騎馬從大門正大光明的衝出去，還是從後門悄悄溜出去？」林震南坐在太師椅上，閉起雙目，將旱煙管抽得呼呼直響，過了半天，才睜開眼來，說道：「平兒，你去通知局中上下人等，大家收拾收拾，天明時一齊離去。叫帳房給大家分發銀兩。待瘟疫過後，大家再回來。」林平之應道：「是！」心下好生奇怪，怎地父親忽然又改變了主意。林夫人道：「你說要大家一鬨而散？這鏢局子誰來照看？」林震南道：「不用看了，這座鬧鬼的凶宅，誰敢進來送死？再說，咱三人一走，餘下各人難道不走？」當下林平之出房傳訊，局中登時四下裏都亂了起來。

林震南待兒子出房，才道：「娘子，咱父子換上趟子手的衣服，你就扮作個僕婦，天明時一百多人一鬨而散，敵人武功再高，也不過一兩個人，他又去追誰好？」林夫人拍掌讚道：「此計極高。」便去取了兩套趟子手的污穢衣衫，待林平之回來，給他父子倆換上，自己也換了套青布衣裳，頭上包了塊藍花布帕，除了膚色太過白皙，宛然便是個粗作僕婦。林平之只覺身上的衣衫臭不可當，心中老大不願意，卻也無可奈何。

黎明時分，林震南吩咐打開大門，向衆人說道：「今年我時運不利，局中疫鬼為患，大夥兒只好避一避。衆位兄弟倘若仍願幹保鏢這一行的，請到杭州府、南昌府去投咱們的浙江分局、江西分局，那邊劉鏢頭、易鏢頭自不會怠慢了各位。咱們走罷！」當下一百餘人在院子中紛紛上馬，擁出大門。

林震南將大門上了鎖，一聲呼叱，十餘騎馬衝過血線，人多膽壯，大家已不如何害怕，都覺早一刻離開鏢局，便多一分安全。蹄聲雜沓，齊向北門奔去，衆人大都無甚打算，見旁人向北，便也縱馬跟去。

林震南在街角邊打個手勢，叫夫人和兒子留下，低聲道：「讓他們向北，咱們卻向南行。」林夫人道：「去洛陽啊，怎地往南？」林震南道：「敵人料想咱們必去洛陽，定在北門外攔截，咱們卻偏偏向南，兜個大圈子再轉而向北，叫狗賊攔一個空。」

林平之道：「爹！」林震南道：「怎麼？」林平之道：「孩兒還是想出北門，這狗賊害死了咱們這許多人，不跟他拚個你死我活，這口惡氣如何咽得下去？」林夫人道：「這番大仇，自然是要報的，但憑你這點兒本領，抵擋得了人家的摧心掌麼？」林平之氣忿忿的道：「最多也不過像霍鏢頭那樣，給他一掌碎了心臟，也就是啦。」

林震南臉色鐵青，道：「我林家三代，倘若都似你這般逞那匹夫之勇，福威鏢局不用等人來挑，早就自己垮啦。」

林平之不敢再說，隨著父母逕向南行，出城後折向西南，過閩江後，到了南嶼。

這大半日奔馳，可說馬不停蹄，直到過午，才到路旁一家小飯鋪打尖。林震南吩咐賣飯的漢子有甚麼菜餚，將就著弄來下飯，越快越好。那漢子答應著去了。可是過了半天全無動靜。林震南急著趕路，叫道：「店家，你給快些！」叫了兩聲，無人答應。林夫人也叫：「店家，店家……」仍沒應聲。

林夫人霍地站起，急忙打開包裹，取出金刀，倒提在手，奔向後堂，只見那賣飯的漢子摔在地下，門檻上斜臥著一個婦人，是那漢子的妻子。林夫人探那漢子鼻息，已無呼吸，手指碰到他嘴唇，尚覺溫暖。

這時林震南父子也已抽出長劍，繞著飯鋪轉了一圈。這家小飯鋪獨家孤店，靠山而築，附近是一片松林，並無鄰家。三人站在店前，遠眺四方，不見半點異狀。

林震南橫劍身前，朗聲說道：「青城派的朋友，林某在此領死，便請現身相見。」叫了幾聲，只聽得山谷回聲：「現身相見，現身相見！」餘音嫋嫋，此外更無聲息。三人明知大敵窺伺在側，此處便是他們擇定的下手之處，心下雖是惴惴，但知立即便有了斷，反而定下神來。林平之大聲叫道：「我林平之就在這裏，你們來殺我啊！臭賊，狗崽子，我料你就是不敢現身！鬼鬼祟祟的，正是江湖上下三濫毛賊的勾當！」

突然之間，松林中發出一聲清朗的長笑，林平之眼睛一花，已見身前多了一人。他不及細看，長劍挺出，便是一招「直搗黃龍」，向那人胸口疾刺。那人側身避開。林平之橫劍疾削，那人嘿的一聲冷笑，繞到林平之左側。林平之左手反拍一掌，迴劍刺去。

林震南和林夫人各提兵刃，本已搶上，然見兒子連出數招，劍法井井有條，此番乍逢強敵，竟絲毫不亂，當即都退後兩步，見敵人一身青衫，腰間懸劍，一張長臉，約莫二十三四歲年紀，臉上滿是不屑的神情。

林平之蓄憤已久，將辟邪劍法使將開來，橫削直擊，全是奮不顧身的拚命打法。那人空著雙手，只是閃避，並不還招，待林平之刺出二十餘招劍，這才冷笑道：「辟邪劍法，不過如此！」伸指一彈，錚的一聲響，林平之只覺虎口劇痛，長劍落地。那人飛起一腿，將林平之踢得連翻幾個觔斗。

林震南夫婦並肩一立，遮住了兒子。林震南道：「閣下尊姓大名？可是青城派的麼？」那人冷笑道：「憑你福威鏢局的這點兒玩藝，還不配問我姓名。不過今日是爲報仇而來，須得讓你知道，不錯，老子是青城派的。」

林震南劍尖指地，左手搭在右手手背，說道：「在下對松風觀余觀主好生敬重，每年派遣鏢頭前赴青城，向來不敢缺了禮數，今年余觀主還遣派了四位弟子要到福州來。卻不知甚麼地方得罪了閣下？」那青年抬頭向天，嘿嘿冷笑，隔了半天才道：「不錯，我師父派了四名弟子到福州來，我便是其中之一。」林震南道：「那好得很啊，不知閣下高姓大名？」那青年似是不屑置答，又哼了一聲，這才說道：「我姓于，叫于人豪。」

林震南點了點頭，道：「『英雄豪傑，青城四秀』，原來閣下是松風觀四大弟子之一，無怪摧心掌的造詣如此高明。殺人不見血，佩服，佩服！于英雄遠道來訪，林某未曾迎迓，好生失禮。」

于人豪冷冷的道：「那摧心掌嗎，嘿嘿……你沒曾迎接，你這位武藝高強的賢公子卻迎接過了，連我師父的愛子都殺了，也已不算怎麼失禮。」

林震南一聽，一陣寒意從背脊上直透下來，本想兒子誤殺之人若是青城派的尋常弟子，那麼挽出武林中大有面子之人出來調解說項，向對方道歉賠罪，或許尚有轉圜餘地，原來此人竟是松風觀觀主余滄海的親生愛子，那麼除了一拚死活之外，更無第二條路好走了。他長劍一擺，仰天打個哈哈，說道：「好笑，于少俠說笑話了。」于人豪白眼一翻，傲然道：「我說甚麼笑話？」林震南道：「久仰余觀主武術通神，家教謹嚴，江湖上無不敬佩。但犬子誤殺之人，卻是個在酒肆之中調戲良家少女的無賴，既為犬子所殺，武功平庸也就可想而知。似這等人，豈能是余觀主的公子，卻不是于少俠說笑麼？」

于人豪臉一沉，一時無言可答。忽然松林中有人說道：「常言道得好：雙拳難敵四手。在那小酒店之中，林少鏢頭率領了福威鏢局二十四個鏢頭，突然向我余師弟圍攻……」他一面說，一面走了出來，此人小頭小腦，手中搖著一柄摺扇，接著說道：「倘若明刀明槍的動手，那也罷了，福威鏢局縱然人多，老實說那也無用。可是林少鏢頭既在我余師弟的酒中下了毒，又放了一十七種餵毒暗器，嘿嘿，這龜兒子硬是這麼狠毒。我們一番好意前來拜訪，可料不到人家會突施暗算哪。」

林震南道：「閣下尊姓大名？」那人道：「不敢，區區在下方人智。」

林平之拾起了長劍，怒氣勃勃的站在一旁，只待父親交代過幾句場面話，便要撲上去再鬥，聽得這方人智滿口胡言，當即怒喝：「放你的屁！我跟他無冤無仇，從來沒見過面，根本便不知他是青城派的，害他幹甚麼？」

方人智搖頭晃腦的說道：「放屁，放屁！好臭，好臭！你既跟我余師弟無冤無仇，爲甚麼在小酒店外又埋伏了三十餘名鏢頭、趟子手？我余師弟見你調戲良家少女，路見不平，將你打倒，教訓你一番，饒了你性命，可是你不但不感恩圖報，爲甚麼反而命那些狗鏢頭向我余師弟羣起而攻？」林平之氣得肺都要炸了，大聲叫道：「原來青城派都是些顚倒是非的潑皮無賴！」方人智笑嘻嘻的道：「龜兒子，你罵人！」林平之怒道：「我罵你便怎樣？」方人智點頭道：「你罵好了，不相干，沒關係。」

林平之一愕，他這兩句話倒大出自己意料之外，突然之間，只聽得呼的一聲，有人撲向身前。林平之左掌急揮，待要出擊，終於慢了一步，啪的一響，右頰上已重重吃了個耳光，眼前金星亂冒，幾欲暈去。方人智迅捷之極的打了一掌，退回原地，伸手撫摸自己右頰，怒道：「小子，怎麼你動手打人？好痛，好痛，哈哈！」

林夫人見兒子受辱，唰的一刀，便向那人砍去，一招「野火燒天」，出招既穩且勁，那人一閃身，刀鋒從他右臂之側砍下，相距不過四寸。那人吃了一驚，罵道：「好婆娘！」不敢再行輕敵，從腰間拔出長劍，待林夫人第二刀又再砍到，挺劍還擊。

林震南長劍一挺，道：「青城派要挑了福威鏢局，那是容易之極，但武林之中，是非自有公論。于少俠請！」于人豪一按劍鞘，嗆啷一聲，長劍出鞘，道：「林總鏢頭請。」

林震南心想：「久聞他青城派松風劍法剛勁輕靈，兼而有之，說甚麼如松之勁，如風之輕。我只有佔得先機，方有取勝之望。」當下更不客氣，劍尖一點，長劍橫揮過去，正是辟邪劍法中的一招「羣邪辟易」。于人豪見他這一劍來勢甚兇，閃身避開。林震南一招未曾使老，第二招「鍾馗抉目」，劍尖直刺對方雙目。于人豪提足後躍。林震南第三劍跟著又已刺到，于人豪舉劍擋格，噹的一響，兩人手臂都是一震。

林震南心道：「還道你青城派如何了得，卻也不過如此。憑你這點功夫，難道便打得出那麼厲害的摧心掌？那決無可能，多半他另有大援在後。」想到此處，心中不禁一凜。于人豪長劍圈轉，倏地刺出，銀星點點，劍尖連刺七個方位。林震南還招也是極快，奮力搶攻。兩人忽進忽退，二十餘招間竟難分上下。

那邊林夫人和方人智相鬥卻接連遇險，一柄金刀擋不住對方迅速之極的劍招。

林平之見母親大落下風，忙提劍奔向方人智，舉劍往他頭頂劈落。方人智斜身閃開，林平之勢如瘋漢，又即撲上，突然間腳下一個踉蹌，不知被甚麼絆了一下，登時跌倒，只聽得一人說道：「躺下罷！」一隻腳重重踏在他身上，跟著背上有件尖利之物刺到。他眼中瞧出來的只是地下塵土，但聽得母親尖聲大叫：「別殺他，別殺他！」又聽得方人智喝道：「你也躺下！」

原來正當林平之母子雙鬥方人智之時，一人從背後掩來，舉腳橫掃，將林平之絆倒，跟著拔出匕首，指住了他後心。林夫人本已不敵，心慌意亂之下，更加刀法鬆散，給方人智回肘撞出，登時摔倒。方人智搶將上去，點了二人穴道。那絆倒林平之的，便是在福州城外小酒店中與兩名鏢頭動手的姓賈漢子。

林震南見妻子和兒子都爲敵人制住，心下驚惶，唰唰唰急攻數劍。于人豪一聲長笑，連出數招，盡數搶了先機。林震南心下大駭：「此人怎地知道我的辟邪劍法？」于人豪笑道：「我的辟邪劍法怎麼樣？」林震南道：「你……你……怎麼會使辟邪劍……」

方人智笑道：「你這辟邪劍法有甚麼了不起？我也會使！」長劍晃動，「羣邪辟易」、「鍾馗抉目」、「飛燕穿柳」，接連三招，正都是辟邪劍法。

霎時之間，林震南似乎見到了天下最可怖的情景，萬萬料想不到，自己的家傳絕學辟邪劍法，對方竟然也都會使，就在這茫然失措之際，鬥志全消。于人豪喝道：「著！」林震南右膝中劍，膝蓋酸軟，右腿跪倒。他立即躍起，于人豪長劍上挑，已指住他胸口。只聽賈人達大聲喝采：「于師哥，好一招『流星趕月』！」

這一招「流星趕月」，也正是辟邪劍法中的一招。

林震南長嘆一聲，拋下長劍，說道：「你……你……會使辟邪劍法……給咱們一個爽快的罷！」背心上一麻，已給方人智用劍柄撞了穴道，聽他說道：「哼，天下那有這樣便宜的事？先人板板，姓林的龜兒、龜婆、龜孫子，你們一家三口，一起去見我師父罷。」

賈人達左手抓住林平之的背心，一把提起，左右開弓，重重打了他兩個耳光，罵道：「兔崽子，從今天起，老子每天打你十八頓，一路打到四川青城山上，打得你一張花旦臉變成大花面！」林平之狂怒之下，一口唾沫向他吐了過去。兩人相距不過尺許，賈人達竟不及避開，啪的一聲，正中他鼻樑。賈人達怒極，將他重重往地下一摔，舉腳便向他背心上猛踢。方人智笑道：「夠了，夠了！踢死了他，師父面前怎麼交代？這小子大姑娘般的，可經不起你的三拳兩腳。」

賈人達武藝平庸，人品猥瑣，師父固對他素來不喜，同門師兄弟也誰都瞧他不起，聽方人智這麼說，倒也不敢再踢，只得在林平之身上連連吐涎，以洩怒火。

方于二人將林震南一家三口提入飯店，拋在地下。方人智道：「咱們吃一餐飯再走，賈師弟，勞你駕去煮飯罷。」賈人達道：「好。」于人豪道：「方師哥，可得防這三個傢伙逃了。這老的武功還過得去，你得想個計較。」方人智笑道：「那容易！吃過飯後，把三人手筋都挑斷了，用繩子穿在三個龜兒的琵琶骨裏，串做一串螃蟹，包你逃不了。」

林平之破口大罵：「有種的就趕快把老爺三人殺了，使這些鬼門道，那是下三濫的行逕！」方人智笑嘻嘻的道：「你這小雜種再罵一句，我便去找些牛糞狗屎來，塞在你嘴裏。」這句話倒眞有效，林平之雖氣得幾欲昏去，卻登時閉口，再也不敢罵一句了。

方人智笑道：「于師弟，師父教了咱們這七十二路辟邪劍法，咱哥兒倆果然使得似模似樣，林鏢頭一見，登時便魂飛魄散，全身酸軟。林鏢頭，我猜你這時候一定在想：他青城派怎麼會使我林家的辟邪劍法。是不是啊？」

林震南這時心中的確在想：「他青城派怎麼會使我林家的辟邪劍法？」

賣唱老者慢慢走到矮胖子身前，側頭瞧了他半晌。

那矮胖子怒道：「老頭子幹甚麼？」

那老者搖頭道：「你胡說八道！」轉身走開。

矮胖子大怒，伸手往他後心抓去。

二 聆秘

林平之只想掙扎起身，撲上去和方人智、于人豪一拚，但後心遭點了幾處穴道，下半身全然不能動彈，心想手筋如給挑斷，又再穿了琵琶骨，從此成爲廢人，不如就此死了乾淨。突然之間，後面灶間裏傳來「啊啊」兩下長聲慘呼，卻是賈人達的聲音。

方人智和于人豪同時跳起，手挺長劍，衝向後進。大門口人影一閃，一人悄沒聲的竄了進來，一把抓住林平之的後領，提了起來。林平之「啊」的一聲低呼，見這人滿臉凹凹凸凸的盡是痘瘢，正是因她而起禍的那賣酒醜女。

那醜女抓著他向門外拖去，到得大樹下繫馬之處，左手又抓住他後腰，雙手提著他放上一匹馬的馬背。林平之正詫愕間，見那醜女手中已多了一柄長劍，隨即白光閃動，那醜女揮劍割斷馬韁，又在馬臀上輕輕一劍。那馬吃痛，一聲悲嘶，放開四蹄，狂奔入林。

林平之大叫：「媽，爹！」心中記掛著父母，不肯就此獨自逃生，雙手在馬背上拚命一撐，滾下馬來，幾個打滾，摔入了長草之中。那馬卻毫不停留，遠遠奔馳而去。林平之拉住灌木上的樹枝，想要站起，雙足卻沒半分力氣，只撐起尺許，便即摔倒，跟著又覺腰間臀上同時劇痛，卻是摔下馬背時撞到了林中的樹根、石塊。

只聽得幾聲呼叱，腳步聲響，有人追了過來，林平之忙伏入草叢之中。但聽得兵刃交加聲大作，有幾人激烈相鬥，林平之悄悄伸頭，從草叢空隙向前瞧去，只見相鬥雙方一邊是青城派的于人豪與方人智，另一邊便是那醜女，還有一個男子，卻用黑布蒙住了臉，頭髮花白，是個老者。林平之一怔之間，便知是那醜女的祖父、那姓薩的老頭，尋思：「我先前只道這兩人也是青城派的，那知這姑娘卻來救我。唉，早知她武功了得，我又何必強自出頭，去打甚麼抱不平，沒來由的惹上這場大禍。」又想：「他們鬥得正緊，我這就去相救爹爹、媽媽。」可是背心上穴道未解，說甚麼也動彈不得。

方人智連聲喝問：「你……你到底是誰？怎地會使我青城派劍法？」那老者不答，驀地裏白光閃動，方人智手中長劍脫手飛起。方人智急忙後躍，于人豪搶上擋住。那蒙面老者急出數招。于人豪叫道：「你……你……」語音顯得甚是驚惶，突然錚的一聲，長劍又給絞得脫手。那醜女搶上一步，挺劍疾刺。那蒙面老者揮劍擋住，叫道：「別傷他性命！」那醜女道：「他們好不狠毒，殺了這許多人。」那老者道：「咱們走罷！」那醜女有些遲疑。那老者道：「別忘了師父的吩咐。」那醜女點點頭，說道：「便宜了他們。」縱身穿林而去。那蒙面老者跟在她身後，頃刻間便奔得遠了。

方于二人驚魂稍定，分別拾起自己長劍。于人豪道：「當眞邪門！怎地這傢伙會使咱們的劍法？」方人智道：「他也只會幾招，不過……不過這招『鴻飛冥冥』，可眞使得……唉！」于人豪道：「他們把那姓林的小子救去了……」方人智道：「啊喲，可別中了調虎離山之計。林震南夫婦！」于人豪道：「是！」兩人轉身飛步奔回。

過了一會，馬蹄聲緩緩響起，兩乘馬走入林中，方人智與于人豪分別牽了一匹。馬背上縛著的赫然是林震南和林夫人。林平之張口欲叫「媽！爹！」幸好立時硬生生的縮住，心知這時倘若發出半點聲音，非但枉自送了性命，也失卻了相救父母的機會。

離開兩匹馬數丈，一跛一拐的走著一人，卻是賈人達。他頭上纏的白布上滿是鮮血，口中不住咒罵：「格老子，入你的先人板板，你龜兒救了那兔兒爺去，這兩隻老兔兒總救不去了罷？老子每天在兩隻老兔兒身上割一刀，咱們挨到青城山，瞧他們還有幾條性命……」方人智大聲道：「賈師弟，這對姓林的夫婦，是師父他老人家千叮萬囑要拿到手的，他們要是有了三長兩短，瞧師父剝你幾層皮下來？」賈人達哼了一聲，不敢再作聲了。

林平之耳聽得青城派三人擄劫了父母而去，心下反而稍感寬慰：「他們拿了我爹媽去青城山，這一路上又不敢太難爲我爹媽。從福建到四川青城山，萬里迢迢，說甚麼也得想法子救爹媽出來。」又想：「到了分局子裏，派人趕去洛陽給外公送信。」

他在草叢中躺著靜靜不動，蚊蚋來叮，也沒法理會，過了好幾個時辰，天色已黑，背上遭封的穴道終於解開，這才掙扎著爬起，慢慢回到飯鋪之前，尋思：「我須得易容改裝，叫兩個惡人當面見到也認不出來，否則一下子便給殺了，那裏還救得到爹媽？」

走入飯店主人房中，打火點燃了油燈，想找一套衣服，豈知山鄉窮人窮得出奇，連一套替換的衣衫也無。只見飯鋪主人夫婦的屍首兀自躺在地下，心道：「說不得，只好換上死人的衣服。」除下死人衣衫，拿在手中，但覺穢臭衝鼻，心想該當洗上一洗，再行換上，轉念又想：「我如爲了貪圖一時清潔，躭誤得一時半刻，錯過良機，以致救不得爹爹媽媽，豈不成爲千古大恨？」咬牙將全身衣衫脫得清光，穿上了死人衣衫。

點了一根火把，四下裏照視，見自己和父親的長劍、母親的金刀，都拋在地下。他拾起父親的長劍，包上一塊破布，插在背後衣內，走出店門，只聽得山澗中青蛙閣閣之聲隱隱傳來，突然間感到一陣淒涼，忍不住便要放聲大哭。他舉手擲出，火把在黑影中劃了一道紅弧，嗤的一聲，跌入了池塘，登時熄滅，四周又是一片黑暗。

他心道：「林平之啊林平之，你若不小心，稍不忍耐，再落入青城派惡賊手中，便如這火把跌入臭水池塘中一般。」舉袖擦了擦眼睛，衣袖碰到臉上，臭氣直衝，幾欲嘔吐，大聲道：「連這點臭氣也耐不了，枉自稱為男子漢大丈夫了。」當下拔足而行。

走不了幾步，腰間又劇痛起來，他咬緊牙關，反走得更快了。在山嶺間七高八低的亂走，也不知父母是否由此道而去。行到黎明，太陽光迎面照來，耀眼生花，林平之心中一凜：「那兩個惡賊押了爹爹媽媽去青城山，四川在福建之西，我怎麼反而東行？」急忙轉身，背著日光疾走，尋思：「爹媽已去了大半日，我又背道行了半夜，跟他們離得更加遠了，須得去買一匹坐騎才好，只不知要多少銀子。」一摸口袋，不由得連聲價叫苦，此番出來，金銀珠寶都放在馬鞍旁的皮囊中，林震南和林夫人身邊都有銀兩，他身上卻一兩銀子也無。他急上加急，頓足叫道：「那便如何是好？那便如何是好？」呆了一陣，心想：「搭救父母要緊，總不成便餓死了。」邁步向嶺下走去。

到得午間，腹中已餓得咕咕直叫，見路旁幾株龍眼樹上生滿了青色的龍眼，雖然未熟，也可充飢。走到樹下，伸手便要去摘，隨即心想：「這些龍眼是有主之物，不告而取，便是作賊。林家三代幹的是保護身家財產的行當，一直和綠林盜賊作對，我怎麼能作盜賊勾當？倘若給人見到，當著我爹爹之面罵我一聲小賊，教我爹爹如何做人？福威鏢局的招牌從此再也豎不起來了。」他幼稟庭訓，知大盜都由小賊變來，而小賊最初竊物，往往也不過一瓜一果之微，由小而多，終於積重難返，泥足深陷而不能自拔。想到此處，不由得背上出了一片冷汗，立下念頭：「終有一日，爹爹和我要重振福威鏢局的聲威，大丈夫須當立定腳跟做人，寧做乞兒，不作盜賊。」

邁開大步，向前急行，再不向道旁的龍眼樹多瞧一眼。行出數里，來到一個小村，他走向一家人家，囁囁嚅嚅的乞討食物。他一生茶來伸手，飯來張口，那裏曾向旁人乞求過甚麼？只說得三句話，已脹紅了臉。

那農家的農婦剛和丈夫嘔氣，給漢子打了一頓，滿肚子正沒好氣，聽得林平之乞食，便罵了他個狗血淋頭，提起掃帚，喝道：「你這小賊，鬼鬼祟祟的不是好人。老娘不見了一隻母雞，定是你偷去吃了，還想來偷雞摸狗。老娘便有米飯，也不施捨你這下流胚子。你偷了我家的雞，害得我家那天殺的大發脾氣，揍得老娘周身都是烏青……」

那農婦罵一句，林平之退一步。那農婦罵得興起，提起掃帚向林平之臉上拍來。林平之大怒，斜身一閃，舉掌便欲向她擊去，陡然動念：「我求食不遂，卻去毆打這鄉下蠢婦，豈不笑話？」硬生生將這一掌收轉，豈知用力大了，收掌不易，一個踉蹌，左腳踹上了一堆牛糞，腳下一滑，仰天便倒。那農婦哈哈大笑，罵道：「小毛賊，教你跌個好的！」一掃帚拍在他頭上，再在他身上吐了口唾涎，這才轉身回屋。

林平之受此羞辱，憤懣難言，掙扎著爬起，背上手上都是牛糞。正狼狽間，那農婦從屋中出來，拿著四枝煮熟的玉米棒子，交在他手裏，笑罵：「小鬼頭，這就吃吧！老天爺生了你這樣一張俊臉蛋，比人家新媳婦還好看，偏就是不學好，好吃懶做，有個屁用？」林平之大怒，便要將玉米棒子摔出。那農婦笑道：「好，你摔，你摔！你有種不怕餓死，就把玉米棒子摔掉，餓死你這小賊。」林平之心想：「要救爹爹媽媽，報此大仇，重振福威鏢局，今後須得百忍千忍，再艱難恥辱的事，也當咬緊牙關，狠狠忍住。給這鄉下女人羞辱一番，又算得甚麼？」便道：「多謝你了！」張口便往玉米棒子咬去。那農婦笑道：「我料你不肯摔。」轉身走開，自言自語：「這小鬼餓得這樣厲害，我那隻雞看來不是他偷的。唉，我家這天殺的，能有他一半好脾氣，也就好了。」

林平之一路乞食，有時則在山野間採摘野果充飢，好在這一年福建省年歲甚熟，五穀豐登，民間頗有餘糧，他雖然將臉孔塗得污穢，但面目俊秀，言語文雅，得人好感，求食倒也不難。沿路打聽父母的音訊，卻那裏有半點消息。

行得八九日後，已到了江西境內，他問明途徑，逕赴南昌，心想南昌有鏢局的分局，該當有些消息，至不濟也可取些盤纏，討匹快馬。

到得南昌城內，一問福威鏢局，那行人說道：「福威鏢局？你問來幹麼？鏢局子早燒成了一片白地，連累左鄰右舍數十人家都讓燒得精光。」林平之心中暗叫一聲苦，來到鏢局的所在，果見整條街都是焦木赤磚，遍地瓦礫。他悄立半晌，心道：「那自是青城派的惡賊們幹的。此仇不報，枉自為人。」在南昌更不躭擱，即日西行。

不一日來到湖南省會長沙，他料想長沙分局也必給青城派的人燒了。豈知問起福威鏢局出了甚麼事，幾個行人都茫然不知。林平之大喜，問明了所在，大踏步向鏢局走去。

來到鏢局門口，只見這湖南分局雖不及福州總局的威風，卻也是朱漆大門，門畔蹲著兩隻石獅，好生堂皇，林平之向門內一望，不見有人，心下躊躇：「我如此襤褸狼狽的來到分局，豈不教局中的鏢頭們看小了？」

抬起頭來，只見門首那塊「福威鏢局湘局」的金字招牌竟然倒轉著懸掛，他好生奇怪：「分局的鏢頭們怎地如此粗心大意，連招牌也會倒掛？」轉頭去看旗桿上的旗子時，不由得倒抽一口涼氣，只見左首旗桿上懸著一對爛草鞋，右首旗桿掛著的竟是一條女子花褲，撕得破破爛爛的，卻兀自在迎風招展。

正錯愕間，只聽得腳步聲響，局裏走出一人，喝道：「龜兒子在這裏探頭探腦的，想偷甚麼東西？」林平之聽他口音便和方人智、賈人達等一夥人相似，乃是川人，不敢向他瞧去，便即走開，突然屁股上一痛，已讓人踢了一腳。林平之大怒，回身便欲相鬥，但心念電轉：「這裏的鏢局定是給青城派佔了，我正可從此打探爹爹媽媽的訊息，怎地沉不住氣？」當即假裝不會武功，撲身摔倒，半天爬不起來。那人哈哈大笑，又罵了幾聲「龜兒子」。

林平之慢慢掙扎著起來，到小巷中討了碗冷飯吃了，尋思：「敵人便在身畔，可千萬大意不得。」更在地下找些煤灰，將一張臉塗得漆黑，在牆角落裏抱頭而睡。

等到二更時分，他取出長劍，插在腰間，繞到鏢局後門，側耳聽得牆內並無聲息，這才躍上牆頭，見牆內是個果園，輕輕躍下，挨著牆邊一步步掩將過去。四下裏黑沉沉地，既無燈火，又無人聲。林平之心中怦怦大跳，摸壁而行，唯恐腳下踏著柴草磚石，發出聲音，走過了兩個院子，見東邊廂房窗中透出燈光，走近幾步，便聽到有人說話。

他極緩極緩的踏步，弓身走到窗下，屏住呼吸，一寸一寸的蹲低，靠牆而坐。

剛坐到地下，便聽得一人說道：「咱們明天一早，便將這龜兒鏢局一把火燒了，免得留在這兒現眼。」另一人道：「不行！不能燒。皮師哥他們在南昌一把火燒了龜兒鏢局，聽說連累鄰居的房子也燒了幾十間，於咱們青城派俠義道的名頭可不大好聽。這一件事多半要受師父責罰。」林平之暗罵：「果然是青城派幹的好事，還自稱俠義道呢！好不要臉。」只聽先前那人道：「是，這可燒不得！那就好端端給他留著麼？」另一人笑道：「吉師弟，你想想，咱們倒掛了這狗賊的鏢局招牌，又給他旗桿上掛一條女人爛褲，福威鏢局的名字在江湖上可整個毀啦。這條爛褲掛得越久越好，又何必一把火給它燒了？」那姓吉的笑道：「申師哥說得是。嘿嘿，這條爛褲，眞叫他福威鏢局倒足了霉，三百年也不得翻身。」

兩人笑了一陣。那姓吉的道：「咱們明日去衡山給劉正風道喜，得帶些甚麼禮物才好？禮物要是小了，青城派臉上可不大好看。」那姓申的笑道：「禮物我早備下了，你放心，包你不丟青城派的臉。說不定劉正風這次金盆洗手的席上，咱們的禮物還要大出風頭呢。」那姓吉的喜道：「那是甚麼禮物？我怎麼一點也不知道？」那姓申的笑了幾聲，甚是得意，說道：「咱們借花獻佛，可不用自己掏腰包。你瞧瞧，這份禮夠不夠光采？」只聽得房中簌簌有聲，當是在打開甚麼包裹。那姓吉的一聲驚呼，叫道：「了不起！申師哥神通廣大，那裏去弄來這麼貴重的東西？」

林平之眞想探眼到窗縫中去瞧瞧，到底是甚麼禮物，但想一伸頭，窗上便有黑影，給敵人發現了可大事不妙，只得強自克制。只聽那姓申的笑道：「咱們佔這福威鏢局，難道是白佔的？這一對玉馬，我本來想孝敬師父的，眼下說不得，只好便宜了劉正風這老兒了。」林平之又是一陣氣惱：「原來他搶了我鏢局中的珍寶，自己去做人情，那不是盜賊的行逕麼？長沙分局自己那有甚麼珍寶，自然是給人家保的鏢了。這對玉馬必定價值不菲，倘若要不回來，還不是要爹爹設法張羅著去賠償東主。」

那姓申的又笑道：「這裏四包東西，一包孝敬衆位師娘，一包分給衆位師兄弟，一包是你的，一包是我的。你揀一包罷！」那姓吉的道：「那是甚麼？」過得片刻，突然「嘩」的一聲驚呼，道：「都是金銀珠寶，咱們這可發了大財啦。龜兒子這福威鏢局，入他個先人板板，搜刮得可眞不少。師哥，你從那裏找出來的？我裏裏外外找了十幾遍，差點兒給他地皮一塊塊撬開來，也只找到一百多兩碎銀子，你怎地不動聲色，格老子把寶藏搜了出來？」那姓申的甚是得意，笑道：「鏢局中的金銀珠寶，豈能隨隨便便放在尋常地方？這幾天我瞧你開抽屜，劈箱子，拆牆壁，忙得不亦樂乎，早料到是瞎忙，只不過說了你也不信，反正也忙不壞你這小子。」

那姓吉的道：「佩服，佩服！申師哥，你從那裏找出來的？」那姓申的道：「你倒想想，這鏢局子中有一樣東西很不合道理，那是甚麼？」姓吉的道：「不合道理？我瞧這龜兒子鏢局不合道理的東西多得很。他媽的功夫稀鬆平常，卻在門口旗桿之上，高高扯起一隻威風凜凜的大獅子。」那姓申的笑道：「大獅子給換上條爛褲子，那就挺合道理了。你再想想，這鏢局子裏還有甚麼希奇古怪的事兒？」那姓吉的一拍大腿，說道：

「這些湖南驢子幹的邪門事兒太多。你想這姓張的鏢頭是這裏一局之主，他睡覺的房間隔壁屋裏，卻去放上一口死人棺材，豈不活該倒霉，哈哈！」姓申的笑道：「你得動動腦筋啊。他爲甚麼在隔壁房裏放口棺材？難道棺材裏的死人是他老婆兒子，他捨不得嗎？恐怕不見得。是不是在棺材裏收藏了甚麼要緊東西，以便掩人耳目……」

那姓吉的「啊」的一聲，跳了起來，叫道：「對，對！這些金銀珠寶，便就藏在棺材之中？妙極，妙極，他媽的，先人板板，走鏢的龜兒花樣眞多。」又道：「申師哥，這兩包一般多少，我怎能跟你平分？你該多要些才是。」只聽得玎璫簌簌聲響，想是他從一包金銀珠寶之中抓了些，放入另一包中。那姓申的也不推辭，只笑了幾聲。那姓吉的道：「申師哥，我去打盆水來，咱們洗腳，這便睡了。」說著打了個呵欠，推門出來。

林平之縮在窗下，一動也不敢動，斜眼見那姓吉的漢子身材矮矮胖胖，多半便是那日間在他屁股上踢了一腳的。

過了一會，這姓吉的端了一盆熱水進房，說道：「申師哥，師父這次派了咱們師兄弟幾十人出來，看來還是咱二人所得最多，托了你的福，連我臉上也有光采。蔣師哥他們去挑廣州分局，馬師哥他們去挑杭州分局，他們莽莽撞撞的，就算見到了棺材，也想不到其中藏有金銀財物。」那姓申的笑道：「方師哥、于師弟、賈人達他們挑了福州總局，虜獲想必比咱哥兒倆更多，只是將師娘寶貝兒子的一條性命送在福州，說來還是過大於功。」那姓吉的道：「攻打福威鏢局總局，是師父親自押陣的，方師哥、于師弟他們不過做先行官。余師弟喪命，師父多半也不會怎麼責怪方師哥他們照料不周。咱們這次大舉出動，大夥兒在總局和各省分局一起動手，想不到林家的玩藝兒徒有虛名，單憑方師哥他們三個先鋒，就將林震南夫妻捉了來。這一次，可連師父也走了眼啦。哈哈！」

林平之只聽得額頭冷汗涔涔而下，尋思：「原來青城派早就深謀遠慮，同時攻我總局和各省分局。倒不是因我殺了那姓余的而起禍。我即使不殺這姓余的惡徒，他們一樣要對我鏢局下手。余滄海還親自到了福州，怪不得那摧心掌如此厲害。但不知我鏢局甚麼地方得罪了青城派，他們竟下手這等狠毒？」一時自咎之情雖然略減，氣憤之意卻更直湧上來，若不是自知武功不及對方，眞欲破窗而入，刃此二獠。

但聽得房內水響，兩人正自洗腳。又聽那姓申的道：「倒不是師父走眼，當年福威鏢局威震東南，似乎確有眞實本事，辟邪劍法在武林中得享大名，不能全靠騙人。多半後代子孫不肖，沒學到祖宗的玩藝兒。」林平之黑暗中面紅過耳，大感慚愧。

那姓申的又道：「咱們下山之前，師父跟我們拆解辟邪劍法，雖然幾個月內難以學得周全，但我看這套劍法確是潛力不小，只不易發揮罷了。吉師弟，你領悟到了多少？」那姓吉的笑道：「我聽師父說，連林震南自己也沒能領悟到劍法要旨，那我也懶得多用心思啦。申師哥，師父傳下號令，命本門弟子回到衡山取齊，那麼方師哥他們要押著林震南夫婦到衡山了。不知那辟邪劍法的傳人是怎樣一副德性？」

林平之聽到父母健在，卻給人押解去衡山，心頭大震之下，既感歡喜，又覺難受。

那姓申的笑道：「再過幾天，你就見到了，不妨向他領教領教辟邪劍法的功夫。」突然喀的一聲，窗格推開。林平之吃了一驚，只道被他們發見了行跡，待要奔逃，突然間豁喇一聲，一盆熱水兜頭潑下，他險些驚呼出聲，跟著眼前一黑，房內熄了燈火。

林平之驚魂未定，只覺一條條水流從臉上淋下，臭烘烘地，才知是姓吉的將洗腳水從窗中潑將出來，淋了他一身。對方雖非故意，自己受辱卻也不小，但想既探知了父母的消息，別說是洗腳水，便是尿水糞水，淋得一身又有何妨？此刻萬籟俱寂，倘若就此走開，只怕給二人知覺，且待他們睡熟了再說。當下仍靠在窗下的牆上不動，過了好一會，聽得房中鼾聲響起，這才慢慢站起。

一回頭，猛見一個長長的影子映在窗上，一晃一晃的抖動，他愓然心驚，急忙矮身，見窗格兀自擺動，原來那姓吉的倒了洗腳水後沒將窗格閂上。林平之心想：「報仇雪恨，正是良機！」右手拔出腰間長劍，左手輕輕拉起窗格，輕跨入房，放下窗格。月光從窗紙中透將進來，只見兩邊床上各睡著一人。一人朝裏而臥，頭髮微禿，另一人仰天睡著，頦下生著一叢如亂茅草般的短鬚。床前的桌上放著五個包裹，兩柄長劍。

林平之提起長劍，心想：「一劍一個，猶如探囊取物一般。」正要向那仰天睡著的漢子頸中砍去，心下又想：「我此刻偷偷摸摸的殺此二人，豈是英雄好漢的行逕？他日我練成了家傳武功，再來誅滅青城羣賊，方是大丈夫所爲。」當下慢慢將五個包裹提去放在靠窗桌上，輕輕推開窗格，跨了出來，將長劍插在腰裏，取過包裹，將三個負在背上縛好，雙手各提一個，一步步走向後院，生恐發出聲響，驚醒了二人。

他打開後門，走出鏢局，辨明方向，來到南門。其時城門未開，走到城牆邊的一個土丘之後，倚著土丘養神，唯恐青城派二人知覺，追趕前來，心中不住怦怦而跳。直等到天亮開城，他一出城門，立時發足疾奔，一口氣奔了十數里，這才心下大定，自離福州城以來，直至此刻，胸懷方得一暢。見前面道旁有家小麵店，進店去買碗麵吃，他仍不敢多有躭擱，吃完麵後，伸手到包裹中去取銀兩會鈔，摸到一小錠銀子付帳。店家將店中所有銅錢拿出來做找頭，兀自不足。林平之一路上低聲下氣，受人欺辱，這時候將手一擺，大聲道：「都收下罷，不用找了！」終於回復了大少爺、少鏢頭的豪闊氣概。

又行三十餘里後，來到一個大鎮，林平之到客店中開了間上房，閂門關窗，打開五個包裹，見四個包裹中都是黃金白銀、珠寶首飾，第五個小包中是隻錦緞盒子，裝著一對五寸來高的羊脂玉馬，心想：「我鏢局一間長沙分局，便存有這許多財寶，也難怪青城派要生覬覦之心。」當下將一些碎銀兩取出放在身邊，將五個包裹併作一包，負在背上，到市上買了兩匹好馬，兩匹馬替換乘坐，每日只睡兩三個時辰，連日連夜的趕路。

不一日到了衡山，一進城，便見街上來來去去的甚多江湖漢子，林平之只怕撞到方人智等人，低下了頭，逕去投店。那知連問了數家，都已住滿了。店小二道：「再過兩天，便是劉大爺金盆洗手的好日子，小店住滿了賀客，你家到別處問問罷！」

林平之只得往僻靜的街道上找去，又找了三處客店，才尋得一間小房，尋思：「我雖塗污了臉，但方人智那廝甚是機靈，只怕還是給他認了出來。」到藥店中買了三張膏藥，貼在臉上，把雙眉拉得垂了下來，又將左邊嘴角拉得翻了上去，露出半副牙齒，在鏡中一照，但見這副尊容說不出的猥蕙，自己也覺可憎之極；又將那裝滿金銀珠寶的大包裹貼肉縛好，再在外面罩上布衫，微微彎腰，登時變成了一個背脊隆起的駝子，心想：「我這麼一副怪模樣，便爹媽見了也認我不出，那就再也不用躭心了。」

吃了一碗排骨大麵，便到街上閒蕩，心想最好能撞到父母，否則只須探聽到青城派的一些訊息，也大有裨益。走了半日，忽然淅淅瀝瀝的下起雨來。他在街邊買了個洪油斗笠，戴在頭上，眼見天邊黑沉沉地，殊無停雨之象，轉過一條街，見一間茶館中坐滿了人，便進去找了個座頭。茶博士泡了壺茶，端上一碟南瓜子、一碟蠶豆。

他喝了杯茶，咬著瓜子解悶，忽聽有人說道：「駝子，大夥兒坐坐行不行？」那人也不等林平之回答，大剌剌便坐將下來，跟著又有兩人打橫坐下。

林平之初時渾沒想到那人是對自己說話，一怔之下，才想到「駝子」乃是自己，忙陪笑道：「行，行！請坐，請坐！」只見這三人都身穿黑衣，腰間掛著兵刃。

這三條漢子自顧自的喝茶聊天，再也沒去理會林平之。一個年輕漢子道：「這次劉三爺金盆洗手，場面當眞不小，離正日還有兩天，衡山城裏就已擠滿了賀客。」另一個瞎了一隻眼的漢子道：「那自然啦。衡山派本身已有多大威名，再加五嶽劍派聯手，聲勢浩大，那一個不想跟他們結交結交？再說，劉正風劉三爺武功了得，三十六手『迴風落雁劍』，號稱衡山派第二把高手，只比掌門人莫大先生稍遜一籌。平時早有人想跟他套交情了。只是他一不做壽，二不娶媳，三不嫁女，沒甚麼交情好套。這一次金盆洗手的大喜事，武林羣豪自然聞風而集。我看明後兩日，衡山城中還有得熱鬧呢。」

另一個花白鬍子道：「若說都是來跟劉正風套交情，那倒不見得，咱哥兒三個就並非爲此而來，是不是？劉正風金盆洗手，那是說從今而後再也不出拳動劍，決不過問武林中的是非恩怨，江湖上算是沒了這號人物。他既立誓決不使劍，他那三十六路『迴風落雁劍』的劍招再高，又有甚麼用處？一個會家子金盆洗手，便跟常人無異，再強的高手也如廢人了。旁人跟他套交情，又圖他個甚麼？」那年輕人道：「劉三爺今後雖不再出拳使劍，但他總是衡山派中坐第二把交椅的人物。交上了劉三爺，便是交上了衡山派，也就是交上了五嶽劍派哪！」那花白鬍子冷笑道：「結交五嶽劍派，你配麼？」

那瞎子道：「彭大哥，話可不是這麼說。人在江湖，多一個朋友不多，少一個冤家不少。五嶽劍派雖然武藝高，聲勢大，人家可也沒將江湖上的朋友瞧低了。他們若眞驕傲自大，不將旁人放在眼裏，怎麼衡山城中又有這許多賀客呢？」

那姓彭的花白鬍子哼了一聲，不再說話，過了一會，才輕聲道：「多半是趨炎附勢之徒，老子瞧著心頭有氣。」

林平之只盼這三人不停談下去，或許能聽到些青城派的訊息，那知這三人話不投機，各自喝茶，卻不再說話了。

忽聽得背後有人低聲說道：「王二叔，聽說衡山派這位劉三爺還只五十來歲，正當武功鼎盛的時候，爲甚麼忽然要金盆洗手？那不是辜負了這副好身手嗎？」一個蒼老的聲音道：「武林中人金盆洗手，原因很多。倘若是黑道上的大盜，一生作的孽多，洗手之後，這打家劫舍、殺人放火的勾當算是從此不幹了，那一來是改過遷善，給兒孫們留個好名聲；二來地方上如有大案發生，也好洗脫了自己嫌疑。劉三爺家財富厚，衡山劉家已發了幾代，這一節當然跟他沒干係。」另一人道：「是啊，那是全不相干。」

那王二叔道：「學武的人，一輩子動刀動槍，不免殺傷人命，多結冤家。一個人臨到老來，想到江湖上仇家衆多，不免有點兒寢食不安，像劉三爺這般廣邀賓客，揚言天下，說道從今而後再也不動刀劍了，那意思是說，他的仇家不必躭心他再去報復，卻也盼他們別再來找他麻煩。」那年輕人道：「王二叔，我瞧這樣幹很是吃虧。」那王二叔道：「為甚麼吃虧？」那年輕人道：「劉三爺固然是不去找人家了，人家卻隨時可來找他。如有人要害他性命，劉三爺不動刀動劍，豈不是任人宰割，沒法還手麼？」那王二叔笑道：「後生家當眞沒見識。人家眞要殺你，又那有不還手的？再說，像衡山派那樣的聲勢，劉三爺那樣高的武功，他不去找人家麻煩，別人早已拜神還願、上上大吉了，那裏有人吃了獅子心、豹子膽，敢去找他老人家的麻煩？就算劉三爺他自己不動手，劉門弟子衆多，又有那一個是好惹的？你這可眞叫做杞人憂天了。」

坐在林平之對面的花白鬍子自言自語：「強中更有強中手，能人之上有能人。又有誰敢自稱天下無敵？」他說的聲音甚低，後面二人沒聽見。

只聽那王二叔又道：「還有些開鏢局子的，要是賺得夠了，急流勇退，乘早收業，金盆洗手，不再在刀頭上找這賣命錢，也算得是聰明見機之舉。」這幾句話鑽入林平之耳中，當眞驚心動魄：「我爹爹倘若早幾年便急流勇退，金盆洗手，卻又如何？」

只聽那花白鬍子又在自言自語：「瓦罐不離井上破，將軍難免陣上亡。可是當局者迷，這『急流勇退』四字，卻又談何容易？」那瞎子道：「是啊，因此這幾天我老聽人家說：『劉三爺的聲名正當如日中天，突然急流勇退，委實了不起，令人好生欽佩。』」

突然間左首桌上有個身穿綢衫的中年漢子說道：「兄弟日前在武漢三鎮，聽得武林中的同道說起，劉三爺金盆洗手，退出武林，實有不得已的苦衷。」那瞎子轉身道：「武漢的朋友們卻怎樣說，這位朋友可否見告？」那人笑了笑，說道：「這種話在武漢說說不打緊，到得衡山城中，就不能隨便亂說了。」

另一個矮胖子粗聲粗氣的道：「這件事知道的人著實不少，你又何必裝得莫測高深？大家都在說，劉三爺只因武功太高，人緣太好，這才不得不金盆洗手。」

他說話聲音很大，茶館中登時有許多眼光都射向他的臉上。好幾個人齊聲問道：「爲甚麼武功太高，人緣太好，便須退出武林，這豈不奇怪？」

那矮胖漢子得意洋洋的道：「不知內情的人自然覺得奇怪，知道了卻毫不希奇了。」有人便問：「那是甚麼內情？」那矮胖子只微笑不語。隔著幾張桌子的一個瘦子冷冷的道：「你們多問甚麼？他自己也不知道，就只信口胡吹。」那矮胖子受激不過，大聲道：「誰說我不知道？劉三爺金盆洗手，那是爲了顧全大局，免得衡山派中發生門戶之爭。」好幾人七張八嘴的道：「甚麼顧全大局？」「甚麼門戶之爭？」「難道他們師兄弟之間有意見麼？」

那矮胖子道：「外邊的人雖說劉三爺是衡山派的第二把高手，可是衡山派自己，上上下下卻都知道，劉三爺在這三十六路『迴風落雁劍』上的造詣，早已高出掌門人莫大先生很多。莫大先生一劍能刺落三頭大雁，劉三爺一劍卻能刺落五頭。劉三爺門下的弟子，個個又勝過莫大先生門下的。眼下形勢已越來越不對，再過得幾年，莫大先生的聲勢一定會給劉三爺壓了下去，聽說雙方在暗中已衝突過好幾次。劉三爺家大業大，不願跟師兄爭這虛名，因此要金盆洗手，以後便安安穩穩做他的富家翁了。」

好幾人點頭道：「原來如此。劉三爺深明大義，很難得啊！」又有人道：「那莫大先生可就不對了，他逼得劉三爺退出武林，豈不是削弱了自己衡山派的聲勢？」那身穿綢衫的中年漢子冷笑道：「天下事情，那有面面都顧得周全的？我只要坐穩掌門人的位子，本派聲勢增強也好，削弱也好，那是管他娘的了。」

那矮胖子喝了幾口茶，將茶壺蓋敲得噹噹直響，叫道：「沖茶，沖茶！」又道：「所以哪，這明明是衡山派中的大事，各門各派都有賀客到來，可是衡山派自己……」

他說到這裏，忽然門口咿咿呀呀的響起胡琴之聲，有人唱道：「嘆楊家，秉忠心，大宋……扶保……」嗓門拉得長長的，聲音甚是蒼涼。衆人一齊轉頭望去，只見一張板桌旁坐了個身材瘦長的老者，臉色枯槁，披一件青布長衫，洗得青中泛白，形狀落拓，顯是個唱戲討錢的。那矮胖子喝道：「鬼叫一般，嘈些甚麼？打斷了老子的話頭。」那老者立時放低了琴聲，口中仍哼著：「金沙灘……雙龍會……一戰敗了……」

有人問道：「這位朋友，剛才你說各門各派都有賀客到來，衡山派自己卻又怎樣？」那矮胖子道：「劉三爺的弟子們，當然在衡山城中到處迎客招呼。但除了劉三爺的親傳弟子之外，你們在城中可遇著了衡山派的其他弟子沒有？」衆人你瞧瞧我，我瞧瞧你，都道：「是啊，怎麼一個也不見？這豈非太不給劉三爺面子嗎？」

那矮胖子向那身穿綢衫的漢子笑道：「所以哪，我說你膽小怕事，不敢提衡山派中的門戶之爭，其實有甚麼相干？衡山派的人壓根兒不會來，又有誰聽見了？」

忽然間胡琴之聲漸響，調門一轉，那老者唱道：「小東人，闖下了，滔天大禍……」一個年輕人喝道：「別在這裏惹厭了，拿錢去罷！」手一揚，一串銅錢飛將過去，啪的一聲，不偏不倚的正落在那老者面前，手法甚準。那老者道了聲謝，收起銅錢。

那矮胖子讚道：「原來老弟是暗器名家，這一手可帥得很哪！」那年輕人笑了笑，道：「不算得甚麼？這位大哥，照你說來，莫大先生當然不會來了！」那矮胖子道：「他怎麼會來？莫大先生和劉三爺師兄弟倆勢成水火，一見面便要拔劍動手。劉三爺既然讓了一步，他也該心滿意足了。」

那賣唱老者忽然站起，慢慢走到他身前，側頭瞧了他半晌。那矮胖子怒道：「老頭子幹甚麼？」那老者搖頭道：「你胡說八道！」轉身走開。矮胖子大怒，伸手正要往他後心抓去，忽然眼前青光一閃，一柄細細的長劍晃向桌上，叮叮叮的響了幾下。

那矮胖子大吃一驚，縱身後躍，生怕長劍刺到他身上，卻見那老者緩緩將長劍從胡琴底部插入，劍身盡沒。原來這柄劍藏在胡琴之中，劍刃通入胡琴的把手，從外表看來，誰也不知這把殘舊的胡琴內竟會藏有兵刃。那老者又搖了搖頭，說道：「你胡說八道！」緩緩走出茶館。衆人目送他背影在雨中消失，蒼涼的胡琴聲隱隱約約傳來。

忽然有人「啊」的一聲驚呼，叫道：「你們看，你們看！」衆人順著他手指所指之處瞧去，只見那矮胖子桌上放著的七隻茶杯，每一隻都給削去了半寸來高的一圈。七個瓷圈跌在茶杯之旁，茶杯卻一隻也沒傾倒。

茶館中的幾十個人都圍了攏來，紛紛議論。有人道：「這人是誰？劍法如此厲害？」有人道：「一劍削斷七隻茶杯，茶杯卻一隻不倒，當眞神乎其技。」有人向那矮胖子道：「幸虧那位老先生劍下留情，否則老兄的頭頸，也和這七隻茶杯一模一樣了。」又有人道：「這老先生當然是位成名的高手，又怎能跟常人一般見識？」

那矮胖子瞧著七隻半截茶杯，只怔怔發呆，臉上已沒半點血色，對旁人的言語一句也沒聽進耳中。那身穿綢衫的中年人道：「是麼？我早勸你少說幾句，是非只為多開口，煩惱皆因強出頭。眼前衡山城中臥虎藏龍，不知有多少高人到了。這位老先生定是莫大先生的好朋友，他聽得你背後議論莫大先生，自然要教訓教訓你了。」

那花白鬍子忽然冷冷的道：「甚麼莫大先生的好朋友？他自己就是衡山派掌門、『瀟湘夜雨』莫大先生！」

衆人又都一驚，齊問：「甚麼？他……他便是莫大先生？你怎麼知道？」

那花白鬍子道：「我自然知道。莫大先生愛拉胡琴，一曲〈瀟湘夜雨〉，聽得人眼淚也會掉下來。『琴中藏劍，劍發琴音』這八字，是他老先生武功的寫照。各位既到衡山城來，怎會不知？這位兄台剛才說甚麼劉三爺一劍能刺五頭大雁，莫大先生卻只能刺得三頭。他便一劍削斷七隻茶杯給你瞧瞧。茶杯都能削斷，刺雁又有何難？因此他要罵你胡說八道了。」

那矮胖子兀自驚魂未定，垂頭不敢作答。那穿綢衫的漢子會了茶錢，拉了他便走。

茶館中衆人見到「瀟湘夜雨」莫大先生顯露了這一手驚世駭俗的神功，無不心寒，均想適才那矮胖子稱讚劉正風而對莫大先生頗有微詞，自己不免隨聲附和，說不定便此惹禍上身，各人紛紛會了茶錢離去，頃刻之間，一座鬧鬨鬨的茶館登時冷冷清清。除了林平之外，便只角落裏有兩個人伏在桌上打盹。

林平之瞧著七隻半截茶杯和從茶杯上削下來的七個瓷圈，尋思：「這老人模樣猥葸，似乎伸一根手指便能將他推倒，那知他長劍一晃，便削斷了七隻茶杯。我若不出福州，焉知世上竟有這等人物？我在福威鏢局中坐井觀天，只道江湖上再厲害的好手，至多也不過和我爹爹在伯仲之間。唉！我若能拜得此人爲師，苦練武功，或者尚能報得大仇，否則是終身無望了。」又想：「我何不去尋找這位莫大先生，苦苦哀懇，求他救我父母，收我爲弟子？」剛站起身來，突然又想：「他是衡山派掌門人，五嶽劍派和青城派互通聲氣，他怎肯爲我一個毫不相干之人去得罪朋友？」言念及此，復又頹然坐倒。

忽聽得一個清脆嬌嫩的聲音說道：「二師哥，這雨老是不停，濺得我衣裳快濕透了，在這裏喝杯茶去。」

林平之心中一凜，認得便是救了他性命的那賣酒醜女的聲音，急忙低頭。只聽另一個蒼老的聲音說道：「好罷，喝杯熱茶暖暖肚。」兩個人走進茶館，坐在林平之斜對面的一個座頭。林平之斜眼瞧去，果見那賣酒少女一身青衣，背向著自己，打橫坐著的是那自稱姓薩、冒充少女祖父的老者，心道：「原來你二人是師兄妹，卻喬裝祖孫，到福州城來有所圖謀。卻不知他們又爲甚麼要救我？說不定他們知道我爹娘的下落。」

茶博士收拾了桌上的殘杯，泡上茶來。那老者一眼見到旁邊桌上的七隻半截茶杯，不禁「咦」的一聲低呼，道：「小師妹，你瞧！」那少女也十分驚奇，道：「這一手功夫好了得，是誰削斷了七隻茶杯？」

那老者低聲道：「小師妹，我考你一考，一劍七出，砍金斷玉，這七隻茶杯，是誰削斷的？」那少女微嗔道：「我又沒瞧見，怎知是誰削……」突然拍手笑道：「我知道啦！我知道啦！三十六路迴風落雁劍，第十七招『一劍落九雁』，這是劉正風劉三爺的傑作。」那老者笑著搖頭道：「只怕劉三爺的劍法還不到這造詣，你只猜中了一半。」那少女伸出食指，指著他笑道：「你別說下去，我知道了。這……這……這是『瀟湘夜雨』莫大先生！」

突然間六七個聲音一齊響起，有的拍手，有的轟笑，都道：「師妹好眼力。」

林平之吃了一驚：「那裏來了這許多人？」斜眼瞧去，只見本來伏在桌上打瞌睡的兩人已站了起來，另有四人從茶館內堂走出來，有的是腳夫打扮，有個手拿算盤，是個做買賣的模樣，更有個肩頭蹲著頭小猴兒，似是耍猴兒戲的。

那少女笑道：「哈，一批下三濫的原來都躲在這裏，倒嚇了我一大跳！大師哥呢？」

那耍猴兒的笑道：「怎麼一見面就罵我們是下三濫的？」那少女笑道：「偷偷躲起來嚇人，怎麼不是江湖上下三濫的勾當？大師哥怎的不跟你們在一起？」

那耍猴兒的笑道：「別的不問，就只問大師哥。見了面還沒說得兩三句話，就連問兩三句大師哥？怎麼又不問問你六師哥？」那少女頓足道：「呸！你這猴兒好端端的在這兒，又沒死，又沒爛，多問你幹麼？」那耍猴兒的笑道：「大師哥又沒死，又沒爛，你卻又問他幹麼？」那少女嗔道：「我不跟你說了。四師哥，只有你是好人，大師哥呢？」那腳夫打扮的人還未回答，已有幾個人齊聲笑道：「只有四師哥是好人，我們都是壞人了。老四，偏不跟她說。」那少女道：「希罕嗎？不說就不說。你們不說，我和二師哥在路上遇見一連串希奇古怪的事兒，也別想我告訴你們半句。」

那腳夫打扮的人一直沒跟她說笑，似是個淳樸木訥之人，這時才道：「我們昨兒跟大師哥在衡陽分手，他叫我們先來。這會兒多半他酒也醒了，就會趕來。」那少女微微皺眉，道：「又喝醉了？」那腳夫打扮的人道：「是。」那手拿算盤的道：「這一會可喝得好痛快，從早晨喝到中午，又從中午喝到傍晚，少說也喝了二三十斤好酒！」那少女道：「這豈不喝壞了身子？你怎不勸勸他？」那拿算盤的人伸了伸舌頭，道：「大師哥肯聽人勸，眞是太陽從西邊出啦。除非小師妹勸他，他或許還這麼少喝一斤半斤。」衆人都笑了起來。

那少女道：「爲甚麼又大喝起來？遇到了甚麼高興事麼？」那拿算盤的道：「這可得問大師哥自己了。他多半知道到得衡山城，就可和小師妹見面，一開心，便大喝特喝起來。」那少女道：「胡說八道！」但言下顯然頗爲歡喜。

林平之聽著他們師兄妹說笑，尋思：「聽他們話中說來，這姑娘對她大師兄似乎頗有情意。然而這二師哥已這樣老，大師哥當然更加老了，這姑娘不過十六七歲，怎麼去愛上個糟老頭兒？」轉念一想，登時明白：「啊，是了。這姑娘滿臉麻皮，相貌實在太過難看，誰也瞧她不上，因此只好去愛上一個老年喪偶的酒鬼。」

只聽那少女又問：「大師哥昨天一早便喝酒了？」

那耍猴兒的道：「不跟你說個一清二楚，反正你也不放過我們。昨兒一早，我們七個人正要動身，大師哥忽然聞到街上酒香撲鼻，一看之下，原來是個叫化子手拿葫蘆，一股勁兒的口對葫蘆喝酒。大師哥登時酒癮大發，上前和那化子攀談，讚他的酒好香，又問那是甚麼酒。那化子道：『這是猴兒酒！』大師哥道：『甚麼叫猴兒酒？』那化子說道：湘西山林中的猴兒會用果子釀酒。猴兒採的果子最鮮最甜，因此釀出來的酒也極好，那化子在山中遇上了，剛好猴羣不在，便偷了三葫蘆酒，還捉了一頭小猴兒，喏，就是這傢伙了。」說著指指肩頭上的猴兒。這猴兒的後腿給一根麻繩縛著，繫住在他手臂上，不住的摸頭搔腮，擠眉弄眼，神情甚是滑稽。

那少女瞧瞧那猴兒，笑道：「六師哥，難怪你外號叫作六猴兒，你和這隻小東西，眞個是一對兄弟。」

那六猴兒板起了臉，一本正經的道：「我們不是親兄弟，是師兄弟。這小東西是我的師哥，我是老二。」衆人聽了，都哈哈大笑起來。

那少女笑道：「好啊，你敢繞了彎子罵大師哥，瞧我不告你一狀，他不踢你幾個觔斗才怪！」又問：「怎麼你兄弟又到了你手裏？」六猴兒道：「我兄弟？你說這小畜生嗎？唉，說來話長，頭痛頭痛！」那少女笑道：「你不說我也猜得到，定是大師哥把這猴兒要了來，叫你照管，盼這小東西也釀一葫蘆酒給他喝！」六猴兒道：「果眞是一……
……」他似乎本想說「一屁彈著」，但只說了個「一」字，隨即忍住，轉口道：「是，是，你猜得對。」

那少女微笑道：「大師哥就愛搞這些古裏古怪的玩意兒。猴兒在山裏才會做酒，給人家捉住了，又怎肯去採果子釀酒？你放牠去採果子，牠怎不跑了？」她頓了一頓，笑道：「否則的話，怎麼又不見咱們的六猴兒釀酒呢？」

六猴兒板起臉道：「師妹，你不敬師兄，沒上沒下的亂說。」那少女笑道：「啊唷，這當兒擺起師兄架子來啦。六師哥，你還是沒說到正題，大師哥又怎地從早到晚喝個不停。」六猴兒道：「是了。當時大師哥也不嫌髒，就向那叫化子討酒喝，啊唷，這叫化子身上污垢足足有三寸厚，爛衫上白虱鑽進鑽出，眼淚鼻涕，滿臉都是，多半葫蘆中也有不少濃痰鼻涕……」那少女掩口皺眉，道：「別說啦，叫人聽得噁心。」六猴兒道：「你噁心，大師哥才不噁心呢！那化子說：三葫蘆猴兒酒，喝得只賸下這大半葫蘆，決不肯給人的。大師哥拿出一兩銀子來，說一兩銀子喝一口。」那少女又好氣，又好笑，啐道：「饞嘴鬼！」

那六猴兒道：「那化子這才答允了，接過銀子，說道：『只許一口，多喝可不成！』大師哥道：『說好一口，自然是一口！』他把葫蘆湊到嘴上，張口便喝。那知他這一口好長，只聽得骨嘟骨嘟直響，一口氣可就把大半葫蘆酒都喝乾了。原來大師哥使出師父所授的氣功來，竟不換氣，猶似烏龍取水，把大半葫蘆酒喝得滴酒不賸。」

眾人聽到這裏，一齊哈哈大笑。

六猴兒又道：「小師妹，昨天你如在衡陽，親眼見到大師哥喝酒的這一路功夫，那眞非叫你佩服得五體投地不可。他『神凝丹田，息遊紫府，身若凌虛而超華嶽，氣如沖霄而撼北辰』，這門氣功當眞使得出神入化，奧妙無窮。」

那少女笑得直打跌，罵道：「瞧你這貧嘴鬼，把大師哥形容得這般缺德。哼，你取笑咱們氣功的口訣，可小心些！」

六猴兒笑道：「我這可不是瞎說。這裏六位師兄師弟，大家都瞧見的。大師哥是不是使氣功喝那猴兒酒？」旁邊的幾人都點頭道：「小師妹，那確是眞的。」

那少女嘆了口氣，道：「這功夫可有多難，大家都不會，偏他一個人會，卻拿去騙叫化子的酒喝。」語氣中似頗有憾，卻也不無讚譽之意。

六猴兒道：「大師哥喝得葫蘆底朝天，那化子自然不依，拉住他衣衫直嚷，說道明明只許喝一口，怎地將大半葫蘆酒都喝乾了。大師哥笑道：『我確實只喝一口，你瞧我透過氣沒有？不換氣，就是一口。咱們又沒說是一大口，一小口。其實我還只喝了半口，一口也沒喝足。一口一兩銀子，半口只値五錢。還我五錢銀子來！』」

那少女笑道：「喝了人家的酒，還賴人家錢？」

六猴兒道：「那叫化急得要哭了。大師哥道：『老兄，瞧你這麼著急，定是個好酒的君子！來來來，我做東道，請你喝個大醉。』便拉著他上了街旁的酒樓，兩人你一碗我一碗的喝個不停。我們等到中午，他二人還在喝。大師哥向那化子要了猴兒，交給我照看。等到午後，那叫化醉倒在地，爬不起來了，大師哥獨個兒還在自斟自飲，不過說話的舌頭也大了，叫我們先來衡山，他隨後便來。」

那少女道：「原來這樣。」她沉吟半晌，道：「那叫化子是丐幫中的麼？」那腳夫模樣的人搖頭道：「不是！他不會武功，背上也沒口袋。」

那少女向外面望了一會，見雨兀自淅瀝不停，自言自語：「倘若昨兒跟大夥一起來了，今日便不用冒雨趕路。」

六猴兒道：「小師妹，你說你和二師哥在道上遇到許多希奇古怪的事兒，這好跟咱們說了罷。」那少女道：「你急甚麼？待會見到大師哥再說不遲，免得我又多說一遍。你們約好在那裏相會的？」六猴兒道：「沒約好。衡山城又沒多大，自然撞得到。好，你騙了我說大師哥喝猴兒酒的事，自己的事卻又不說了。」

那少女似乎有些心神不屬，道：「二師哥，請你跟六師哥他們說，好不好？」她向林平之的背影瞧了一眼，又道：「這裏耳目衆多，咱們先找客店，慢慢再說罷。」

另一個身材高高的人一直沒說話，此刻說道：「衡山城裏大大小小店棧都住滿了賀客，咱們又不願去打擾劉府，待會兒會到大師兄，大夥兒到城外寺廟祠堂歇足罷。二師哥，你說怎樣？」此時大師兄未至，這老者自成了衆同門的首領，他點頭說道：「好！咱們就在這裏等罷。」

六猴兒最是心急，低聲道：「這駝子多半是個顛子，坐在這裏半天了，動也不動，理他作甚？二師哥，你和小師妹到福州去，探到了甚麼？福威鏢局給青城派鏟了，那麼林家真的沒眞實武功？」

林平之聽他們忽然說到自己鏢局，更加凝神傾聽。

那老者說道：「我和小師妹在長沙見到師父，師父他老人家叫我們到衡山城來，跟大師哥和衆位師弟相會。福州的事，且不忙說。莫大先生爲甚麼忽然在這裏使這招『一劍落九雁』？你們都瞧見了，是不是？」六猴兒道：「是啊。」搶著將衆人如何議論劉正風金盆洗手、莫大先生如何忽然出現、驚走衆人的情形一一說了。

那老者「嗯」了一聲，隔了半晌，才道：「江湖上都說莫大先生跟劉三爺不和，這次劉三爺金盆洗手，莫大先生卻又如此行蹤詭秘，眞叫人猜想不透其中緣由。」那手拿算盤的人道：「二師哥，聽說泰山派掌門人天門眞人親身駕到，已到了劉府。」那老者道：「天門眞人親身駕到？劉三爺好大的面子啊。天門眞人既在劉府歇足，要是衡山派莫劉師兄弟當眞內鬨，劉三爺有天門眞人這樣一位硬手撐腰，莫大先生就未必能討得了好去。」

那少女道：「二師哥，那麼青城派余觀主卻又幫誰？」

林平之聽到「青城派余觀主」六個字，胸口重重一震，便似被人當胸猛力搥了一拳。六猴兒等紛紛道：「余觀主也來了？」「請得動他下青城可眞不容易。」「這衡山城中可熱鬧啦，高手雲集，只怕要有一場龍爭虎鬥。」「小師妹，你聽誰說余觀主也來了？」

那少女道：「又用得著聽誰說？我親眼見到他來著。」六猴兒道：「你見到余觀主了？在衡山城？」那少女道：「不但在衡山城見到，在福建見到了，在江西也見到了。」

那手拿算盤的人道：「余觀主幹麼去福建？小師妹，你一定不知道的了。」

那少女道：「五師哥，你不用激我。我本來要說，你一激，我偏偏不說了。」六猴兒道：「這是青城派的事，就算給旁人聽去了也不打緊。二師哥，余觀主到福建去幹甚麼？你們怎麼見到他的？」

那老者道：「大師哥還沒來，雨又不停，左右無事，讓我從頭說起罷。大家知道了前因後果，日後遇上了青城派的人，也好心中有個底。去年臘月裏，大師哥在漢中打了青城派的侯人英、洪人雄……」

六猴兒突然「嘿」的一聲，笑了出來。那少女白了他一眼，道：「甚麼好笑？」六猴兒笑笑道：「我笑這兩個傢伙妄自尊大，甚麼人英、人雄的，居然給江湖上叫做甚麼『英雄豪傑，青城四秀』，反不如我老老實實的叫做『陸大有』，甚麼事也沒有。」那少女道：「怎麼會甚麼事也沒有？你倘若不姓陸，不叫陸大有，在同門中恰好又排行第六，外號怎麼會叫做六猴兒呢？」陸大有笑道：「好，打從今兒起，我改名為『陸大無』。」

另一人道：「你別打斷二師哥的話。」陸大有道：「不打斷就不打斷！」卻「嘿」的一聲，又笑了出來。那少女皺眉道：「又有甚麼好笑？你就愛搗亂！」

陸大有笑道：「我想起侯人英、洪人雄兩個傢伙給大師哥踢得連跌七八個觔斗，還不知踢他們的人是誰，更不知好端端的為甚麼挨打。原來大師哥只是聽到他們的名字就生氣，一面喝酒，一面大聲叫道：『狗熊野豬，青城四獸。』這侯洪二人自然大怒，上前動手，卻給大師哥從酒樓上直踢了下來，哈哈！」

林平之只聽得心懷大暢，對這個「大師哥」突然大生好感，他雖和侯人英、洪人雄素不相識，但這二人是方人智、于人豪的師兄弟，給這位「大師哥」踢得滾下酒樓，狼狽可知，正是代他出了一口惡氣。

那老者道：「大師哥打了侯洪二人，當時他們不知道大師哥是誰，事後自然查了出來。於是余觀主寫了封信給師父，措詞倒很客氣，說道自己管教弟子不嚴，得罪了貴派高足，特此馳書道歉甚麼的。」陸大有道：「這姓余的也當眞奸猾得緊，他寫信來道歉，其實還不是向師父告狀？害得大師哥在大門外跪了一日一夜，衆師兄弟一致求情，師父才饒了他。」那少女道：「甚麼饒了他，還不是打了三十下棍子？」陸大有道：「我陪著大師哥，也挨了十下。嘿嘿，不過瞧著侯人英、洪人雄那兩個小子滾下樓去的狼狽相，挨十下棍子也值得，哈哈，哈哈！」

那高個子道：「瞧你這副德性，一點也沒悔改之心，這十棍算是白打了。」陸大有道：「我怎麼悔改啊？大師哥要踢人下樓，我還有本事阻得住他麼？」那高個子道：「但你從旁勸幾句也是好的。師父說的一點不錯：『陸大有嘛，從旁勸解是決計不會的，多半還是推波助瀾的起鬨，打十棍！』哈哈，哈哈！」旁人跟著笑了起來。

陸大有道：「這一次師父可眞冤枉了我。你想大師哥出腳可有多快，這兩位大英雄分從左右搶上，大師哥舉起酒碗，骨嘟骨嘟的只喝酒。我叫道：『大師哥，小心！』卻聽得啪啪兩響，跟著呼呼兩聲，兩位大英雄從樓梯上披星戴月、馬不停蹄，撲通、撲通的一股勁兒往下滾。我只想看得仔細些，也好學一學大師哥這一腳『豹尾腳』的絕招，可是我看也來不及看，那裏還來得及學？推波助瀾，更加不消提了。」

那高個子道：「六猴兒，我問你，大師哥叫嚷『狗熊野豬，青城四獸』之時，你有沒有跟著叫？你跟我老實說。」陸大有嘻嘻一笑，道：「大師哥既然叫開了，咱們做師弟的，豈有不隨聲附和、以壯聲勢之理？難道你叫我反去幫青城派來罵大師哥麼？」那高個子笑道：「這麼著，師父他老人家就一點也沒冤枉了你。」

林平之心道：「這六猴兒倒也是個好人，不知他們是那一派的？」

那老者道：「師父他老人家訓誡大師哥的話，大家須得牢記心中。師父說道：江湖上學武之人的外號甚多，個個都是過甚其辭，甚麼『威震天南』，又是甚麼『追風俠』、『草上飛』等等，你又怎管得了這許多？人家要叫『英雄豪傑』，你儘管讓他叫。他的所作所爲倘若確是英雄豪傑行逕，咱們對他欽佩結交還來不及，怎能稍起仇視之心？但如他不是英雄豪傑，武林中自有公論，人人齒冷，咱們又何必理會？」衆人聽了，都點頭稱是。陸大有低聲道：「倒是我這『六猴兒』的外號好，包管沒人聽了生氣。」

那老者微笑道：「大師哥將侯人英、洪人雄踢下樓去，青城派視爲奇恥大辱，自然絕口不提，連本派弟子也少有人知道。師父諄諄告誡，不許咱們風聲外洩，以免惹起不和。從今而後，咱們也別談論了，提防給人家聽了去，傳揚開來。」

陸大有道：「其實青城派的功夫嘛，我瞧也不過是徒有虛名，得罪了他們，老實說也不怎麼打緊……」他一言未畢，那老者喝道：「六師弟，你別再胡說八道，小心我回去稟告師父，又打你十棍。大師哥以一招『豹尾腳』將人家踢下樓去，一來乘人不備，二來大師哥是我派出類拔萃的人物，非旁人可及。你有沒本事將人家踢下樓去？」

陸大有伸了伸舌頭，搖手道：「你別拿我跟大師哥比。」

那老者臉色鄭重，說道：「青城派掌門余觀主，實是當今武林中的奇才怪傑，誰要小覷了他，那就非倒霉不可。小師妹，你是見過余觀主的，你覺得他怎樣？」

那少女道：「余觀主嗎？他出手毒辣得很。我……我見了他很害怕，以後我……我再也不願見他了。」語音微微發顫，似乎猶有餘悸。陸大有道：「那余觀主出手毒辣？你見到他殺了人嗎？」那少女身子縮了縮，不答他的問話。

那老者道：「那天師父收了余觀主的信，大怒之下，重重責打大師哥和六師弟，次日寫了封信，命我送上青城山去……」

幾名弟子都叫了起來：「原來那日你匆匆離山，是上青城去了？」那老者道：「是啊，當日師父命我不可向衆位師兄弟說起，以免旁生枝節。」陸大有問道：「那有甚麼枝節可生？師父只是做事把細而已。師父他老人家吩咐下來的事，自然大有道理，又有誰能不服了？」

那高個子道：「你知道甚麼？二師哥倘若對你說了，你定會向大師哥多嘴。大師哥雖不敢違抗師命，但想些刁鑽古怪的事來再去跟青城派搗蛋，卻也大有可能。」

那老者道：「三師弟說得是。大師哥江湖上的朋友多，他眞要幹甚麼事，也不一定要自己出手。師父跟我說，信中都是向余觀主道歉的話，說頑徒胡鬧，十分痛恨，本該逐出師門，只是這麼一來，江湖上都道貴我兩派由此生了嫌隙，反爲不美，現下已將兩名頑徒……」說到此處，向陸大有瞟了一眼。

陸大有大有慍色，悻悻的道：「我也是頑徒了！」那少女道：「拿你跟大師哥並列，難道辱沒了你？」陸大有登時大為高興，叫道：「對！對！拿酒來，拿酒來！」

但茶館中賣茶不賣酒，茶博士奔將過來，說道：「哈你家，哈小店只有洞庭春、水仙、龍井、祁門、普洱、鐵觀音。哈你家，不賣酒，哈你家。」衡陽、衡山一帶之人，說話開頭往往帶個「哈」字，這茶博士尤其厲害。「你家」是「你老人家」的簡略，乃是尊稱。

陸大有道：「哈你家，哈你貴店不賣酒，哈我就喝茶不喝酒便了，哈你家！」那茶博士道：「是，是！哈你家！」在幾把茶壺中沖滿了滾水。

那老者又道：「師父信中說，現下已將兩名頑徒重重責打，原當命其親上青城，負荊請罪，只是兩名頑徒挨打後受傷甚重，難以行走，特命二弟子勞德諾前來領責。此番事端全由頑徒引起，務望余觀主看在青城、華山兩派素來交好份上，勿予介懷，日後相見，親自再向余觀主謝罪。」

林平之心道：「原來你叫勞德諾。你們是華山派，五嶽劍派之一。」想到信中說「兩派素來交好」，不禁慄慄心驚：「這勞德諾和醜姑娘見過我兩次，可別給他們認了出來。」

只聽勞德諾又道：「我到得青城，那侯人英倒還罷了，那洪人雄卻心懷不忿，幾番出言譏嘲，伸手要和我較量……」

陸大有道：「他媽的，青城派的傢伙這麼惡！二師哥，較量就較量，怕他甚麼了？

料這姓洪的也不是你對手。」勞德諾道：「師父命我上青城山去道歉謝罪，可不是惹事生非去的。當下我隱忍不發，在青城山待了六日，直到第七日上，才由余觀主接見。」陸大有道：「哼，好大的架子！二師哥，這六日六夜的日子，恐怕不大好過。」

勞德諾道：「青城弟子的冷嘲熱諷，自然受了不少。好在我心中知道，師父所以派我去幹這件事，不是因我武功上有甚麼過人之長，只是我年紀大，比起衆位師弟來沉得住氣，我越能忍耐，越能完成師命。他們可沒料到，讓我在青城山松風觀中多留六日，於他們卻沒甚麼好處。

「我住在松風觀裏，一直沒能見到余觀主，自是十分無聊，第三日上，一早便起身散步，暗中做些吐納功夫，以免將功課擱下荒疏了。我信步走到松風觀後練武場旁，只見青城派有幾十名弟子正在練把式。武林中觀看旁人練功，乃是大忌，我自然不便多看，當即掉頭回房。但便這麼一瞥之間，已引起了我老大疑心。這幾十名弟子人人使劍，顯而易見，是在練一路相同的劍法，各人都是新學乍練，因此出招之際都頗生硬，至於是甚麼劍招，這麼匆匆一瞥也瞧不清楚。我回房之後，越想越奇怪。青城派成名已久，許多弟子都是已入門一二十年，何況羣弟子入門有先有後，怎麼數十人同時起始學一路劍法？尤其練劍的數十人中，有號稱『青城四秀』的侯人英、洪人雄、于人豪和羅人傑四人在內。衆位師弟，你們要是見到這等情景，那便如何推測？」

那手拿算盤的人說道：「青城派或許是新得了一本劍法秘笈，又或許是余觀主新創了一路劍法，因此上傳授給衆弟子。」

勞德諾道：「那時我也這麼想，但仔細一想，卻又覺不對。以余觀主在劍法上的造詣修爲，倘若新創劍招，這些新招自是非同尋常。如是新得劍法秘笈遺篇，那麼其中所傳劍法一定甚高，否則他也決計瞧不上眼，要弟子習練，豈不練壞了本門劍法？既是高明的招數，那麼尋常弟子就沒法領悟，他多半是選擇三四名武功最高的弟子來傳授指點，決無四十餘人同時傳授之理。這倒似是教拳的武師開場子騙錢，那裏是名門正派的大宗師行逕？第二天早上，我又自觀前轉到觀後，經過練武場旁，見他們仍在練劍。我不敢停步，晃眼間一瞥，記住了兩招，想回來請師父指點。那時余觀主仍然沒接見我，我不免猜測青城派對我華山派大有仇視之心，他們新練劍招，說不定是爲了對付我派之用，那就不得不防備一二。」

那高個子道：「三師哥，他們會不會在練一個新排的劍陣？」

勞德諾道：「那當然也大有可能。只是當時我見到他們都是作對兒拆解，攻的守的，使的都是一般招數，頗不像是練劍陣。到得第三天早上，我又散步經過練武場時，卻見場上靜悄悄地，竟一個人也沒有了。我知他們是故意避我，心中只有疑慮更甚。我這樣信步走過，遠遠望上一眼，又能瞧得見甚麼隱秘？看來他們果是爲了對付本派而在練一門厲害劍法，否則何必對我如此顧忌？這天晚上，我睡在床上思前想後，一直沒法入睡，忽聽得遠處傳來隱隱的兵刃撞擊之聲。我吃了一驚，難道觀中來了強敵？我第一個念頭便想：莫非大師哥受了師父責備，心中有氣，殺進松風觀來啦？他一個人寡不敵衆，我說甚麼也得出去相助。這次上青城山，我沒攜帶兵刃，倉卒間無處找劍，只得赤手空拳的前往……」

陸大有突然讚道：「了不起！二師哥，你好膽色啊！叫我就不敢赤手空拳的去迎戰青城派掌門、松風觀觀主余滄海！」

勞德諾怒道：「六猴兒你說甚麼死話？我又不是說赤手空拳去迎戰余觀主，只是我躭心大師哥遇險，明知危難，也只得挺身而出。難道你叫我躲在被窩裏做縮頭烏龜麼？」

衆師弟一聽，都笑了起來。陸大有扮個鬼臉，笑道：「我是佩服你、稱讚你啊，你又何必發脾氣？」勞德諾道：「謝謝了，這等稱讚，聽著不見得怎麼受用。」幾名師弟齊聲道：「二師哥快說下去，別理六猴兒打岔。」

勞德諾續道：「當下我悄悄起來，循聲尋去，但聽得兵刃撞擊聲越來越密，我心中跳得越厲害，暗想：咱二人身處龍潭虎穴，大師哥武功高明，或許還能全身而退，我這可糟了。耳聽得兵刃撞擊聲是從後殿傳出，後殿窗子燈火明亮，我矮著身子，悄悄走近，從窗縫中向內一張，這才透了口大氣，險些兒失笑。原來我疑心生暗鬼，這幾日余觀主始終沒理我，我胡思亂想，總是往壞事上去想。這那裏是大師哥尋仇生事來了？只見殿中有兩對人在比劍，一對是侯人英和洪人雄，另一對是方人智和于人豪。」

陸大有道：「嘿！青城派的弟子好用功啊，晚間也不閒著，這叫作臨陣磨槍，又叫作平時不燒香，急來抱佛腳。」

勞德諾白了他一眼，微微一笑，續道：「只見後殿正中，坐著一個身穿青色道袍的矮小道人，約莫五十來歲年紀，臉孔瘦削，瞧他這副模樣，最多不過七八十斤重。武林中都說青城掌門是個矮小道人，但若非親見，怎知他竟是這般矮法，又怎能相信他便是名滿天下的余觀主？四周站滿了數十名弟子，都目不轉睛的瞧著四名弟子拆劍。我看得幾招，便知這四人所拆的，正是這幾天來他們所學的新招。

「我知當時處境十分危險，若讓青城派發覺了，不但我自身定會受重大羞辱，而傳揚了出去，於本派聲名也大有妨礙。大師哥一腳將位列『青城四秀』之首的侯人英、洪人雄踢下樓去，師父他老人家雖責打大師哥，說他不守門規，惹事生非，得罪了朋友，但在師父心中，恐怕也是歡喜的。畢竟大師哥為本派爭光，甚麼青城四秀，可擋不了本派大弟子的一腳。但如我偷窺人家隱秘，給人家拿獲，這可比偷人錢財還更不堪，回到山來，師父一氣之下，多半便會將我逐出門牆。

「但眼見人家鬥得熱鬧，此事說不定和我派大有干係，我又怎肯掉頭不顧？我心中只說：『只看幾招，立時便走。』可是看了幾招，又是幾招。眼見這四人所使的劍法甚為希奇古怪，我生平可從來沒見過，但說這些劍招有甚麼大威力，卻又不像。我只是奇怪：『這劍法並不見得有甚麼驚人之處，青城派幹麼要日以繼夜的加緊修習？難道這路劍法，竟然便是我華山派劍法的剋星麼？看來也不見得。』又看得幾招，實在不敢再看下去了，乘著那四人鬥得正緊，當即悄悄回房。等到他四人劍招一停，止了聲息，那便無法脫身了。以余觀主這等高強的武功，我在殿外只須跨出一步，只怕立時便給他發覺。

「那天晚上，劍擊聲雖不絕傳來，我卻不敢再去看了。其實，我若早知他們是在余觀主面前練劍，說甚麼也不敢去偷看，那也是陰錯陽差，剛好撞上而已。六師弟恭維我有膽色，這可受之有愧。那天晚上你要是見到我嚇得面無人色的那副德行，不罵二師哥是天下第一膽小鬼，我已多謝你啦。」

陸大有道：「不敢，不敢！二師哥你最多是天下第二。不過如果換了我，倒也不怕給余觀主發覺。那時我嚇得全身僵硬，大氣不透，寸步難移，早就跟殭屍沒甚麼分別。余觀主本領再高，也決不會知道長窗之外，有我陸大有這麼一號英雄殭屍。」眾人盡皆絕倒。

勞德諾續道：「後來余觀主終於接見我了，他言語說得很客氣，說師父重責大師哥，未免太過見外了。華山、青城兩派素來交好，弟子們一時鬧著玩，就如小孩子打架一般，大人何必當眞？當晚設筵請了我。次日清晨我向他告辭，余觀主還一直送到松風觀大門口。我是小輩，辭別時自須跪下磕頭。我左膝一跪，余觀主右手輕輕一托，就將我托了起來。他這股勁力當眞了不起，我只覺全身虛飄飄地，半點力氣也使不出來，他若要將我摔出十餘丈外，或者將我連翻七八個觔斗，當時我是連半點反抗餘地也沒有。他微微一笑，問道：『你大師哥比你入師門早了幾年？你是帶藝投師的，是不是？』我當時給他這麼一托，一口氣換不過來，隔了好半天才答：『是，弟子是帶藝投師的。弟子拜入華山派時，大師哥已在恩師門下十二年了。』余觀主又笑了笑，說道：『多十二年，嗯，多十二年！』」

那少女問道：「他說『多十二年』，那是甚麼意思？」勞德諾道：「他當時臉上神氣挺古怪，依我猜想，當是說我武功平平，大師哥就算比我多練了十二年功夫，也未必能好得了多少。」那少女嗯了一聲，不再言語。

勞德諾續道：「我回到山上，向師父呈上余觀主的回書。那封信寫得禮貌周到，十分謙下，師父看後很高興，問起松風觀中的情狀。我將青城羣弟子夤夜練劍的事說了，師父命我照式試演。我只記得七八式，當即演了出來。師父一看之後，便道：『這是福威鏢局林家的辟邪劍法！』」

林平之聽到這句話，忍不住身子一顫。

門帘掀處，一個小尼姑悄步走進花廳。

但見她清秀絕俗，容色照人，身形婀娜，

雖裹在一襲寬大緇衣之中，仍掩不住窈窕娉婷之態。

她走到定逸身前，盈盈拜倒。

三 救難

勞德諾又道：「當時我問師父：『林家這辟邪劍法威力很大麼？青城派為甚麼這麼用心修習？』師父不答，閉眼沉思半晌，才道：『德諾，你入我門之前，已在江湖上闖蕩多年，可曾聽得武林之中，對福威鏢局總鏢頭林震南的武功，如何評論？』我道：『武林中朋友們說，林震南手面闊，交朋友夠義氣，大家都賣他的帳，不去動他的鏢。至於手底下真實功夫怎樣，卻不大清楚。』師父道：『是了！福威鏢局這些年來興旺發達，倒是江湖上朋友給面子的居多。你可曾聽說，余觀主的師父長青子少年之時，曾栽在林遠圖的辟邪劍下？』我道：『林……林遠圖？是林震南的父親？』

「師父道：『不，林遠圖是林震南的祖父，福威鏢局是他一手創辦的。當年林遠圖以七十二路辟邪劍法開創鏢局，當真是打遍黑道無敵手。其時白道上英雄見他太過威風，也有去找他比試武藝的，長青子便因此而在他辟邪劍法下輸了幾招。』我道：『如此說來，辟邪劍法果然厲害得很了？』師父道：『長青子輸招之事，雙方都守口如瓶，因此武林中都不知道。長青子前輩和你師祖是好朋友，曾對你師祖說起過，他自認這是他畢生的奇恥大辱，但自忖敵不過林遠圖，此仇終於難報。你師祖曾和他拆解辟邪劍法，想助他找出這劍法中的破綻，然而這七十二路劍法看似平平無奇，中間卻藏有許多旁人猜測不透的奧妙，突然之間會變得迅速無比，如鬼似魅，令人難防。兩人鑽研了數月，一直沒破解的把握。那時我剛入師門，還只是個十來歲的少年，在旁斟茶侍候，看得熟了，你一試演，我便知這是辟邪劍法。唉，歲月如流，那是許多年前的事了。』」

林平之自給青城派弟子打得毫無招架之功，對家傳武功早已信心全失，只盼另投明師，再報此仇，此刻聽得勞德諾說起自己曾祖林遠圖的威風，不由得精神大振，心道：「原來我家的辟邪劍法果然非同小可，當年青城派和華山派的首腦人物尚且敵不過。然則爹爹怎麼又鬥不過青城派的後生小子？多半是爹爹沒學到這劍法的奧妙厲害之處。」

只聽勞德諾道：「我問師父：『長青子前輩後來報了此仇沒有？』師父道：『比武輸招，其實也算不得是甚麼仇怨。何況那時候林遠圖早已成名多年，是武林中衆所欽服的前輩英雄，長青子卻是個剛出道的小道士。後生小子輸在前輩手下，又算得了甚麼？你師祖勸解了他一番，此事也就不再提了。後來長青子在三十六歲上便即逝世，說不定心中放不開此事，以此鬱鬱而終。事隔數十年，余滄海忽然率領羣弟子一起練那辟邪劍法，那是甚麼緣故？德諾，你想那是甚麼緣故？』

「我說：『瞧著松風觀中衆人練劍情形，人人神色鄭重，難道余觀主是要大舉去找福威鏢局的晦氣，以報上代之仇？』師父點頭道：『我也這麼想。長青子胸襟極狹，自視又高，輸在林遠圖劍底這件事，一定令他耿耿於懷，多半臨死時對余滄海有甚麼遺命。林遠圖比長青子先死，余滄海要報師仇，只有去找林遠圖的兒子林仲雄，但不知如何，直挨到今日才動手。余滄海城府甚深，謀定後動，這一次青城派與福威鏢局可要有一場大鬥了。』

「我問師父：『你老人家看來，這場爭鬥誰勝誰敗？』師父笑道：『余滄海的武功青出於藍而勝於藍，造詣已在長青子之上。林震南的功夫外人雖不知底細，卻多半及不上乃祖。一進一退，再加上青城派在暗而福威鏢局在明，還沒動上手，福威鏢局已輸了七成。倘若林震南事先得知訊息，邀得洛陽金刀王元霸相助，那麼還可鬥上一鬥。德諾，你想不想去瞧瞧熱鬧？』我自是欣然奉命。師父便教了我幾招青城派的得意劍法，以作防身之用。」

陸大有道：「咦，師父怎地會使青城派劍法？啊，是了，當年長青子跟咱們師祖爺爺拆招，要用青城派劍法對付辟邪劍法，師父在旁邊都見到了。」

勞德諾道：「六師弟，師父他老人家武功的來歷，咱們做弟子的不必多加推測。師父又命我不可和衆同門說起，以免洩露了風聲。但小師妹畢竟機靈，卻給她探知訊息，纏著師父許她和我同行。我二人喬扮改裝，假作在福州城外賣酒，每日到福威鏢局去察看動靜。別的沒看到，就看到林震南教他兒子林平之練劍。小師妹瞧得直搖頭，跟我說：『這那裏是辟邪劍法了？這是邪辟劍法，邪魔一到，這位林公子便得辟易遠避。』」

在華山羣弟子鬨笑聲中，林平之滿臉通紅，羞慚得無地自容，尋思：「原來他二人早就到我局中來窺看多次，我們卻毫不知覺，也眞算得無能。」

勞德諾續道：「我二人在福州城外躭不了幾天，青城派的弟子們就陸續到了。最先來的是方人智和于人豪二人。他二人每天到鏢局中踹盤子，我和小師妹怕撞見他們，就沒再去。那一日也是眞巧，這位林公子居然到我和師妹開設的大寶號來光顧，小師妹只好送酒給他們喝了。當時我們還躭心是給他瞧破了，故意上門來點穿的，但跟他一搭上口，才知他全然蒙在鼓裏。這紈袴弟子甚麼也不懂，跟白痴也差不了甚麼。便在那時，青城派中兩個最不成話的余人彥和賈人達，也到我們大寶號來光顧……」

陸大有鼓掌道：「二師哥，你和小師妹開設的大寶號，當眞是生意興隆通四海，財源茂盛達三江。你們在福建可發了大財哪！」

那少女笑道：「那還用說麼？二師哥早成了大財主，我托他大老闆的福，可也撈了不少油水。」衆人盡皆大笑。

勞德諾笑道：「別瞧那林少鏢頭武功稀鬆平常，給咱們小師妹做徒兒也還不配，倒是挺有骨氣。余滄海那不成材的小兒子余人彥瞎了眼睛，對小師妹動手動腳，口出調笑之言，那林公子居然伸手來抱打不平……」

林平之又慚愧，又憤怒，尋思：「原來青城派處心積慮，向我鏢局動手，是爲了報上代敗劍之辱。來到福州的其實遠不止方人智等四人。我殺不殺余人彥，可說毫不相干。」他心緒煩擾，勞德諾述說他如何殺死余人彥，就沒怎麼聽進耳去，但聽得勞德諾一面說，衆人一面笑，顯是譏笑他武功甚低，所使招數全不成話。

只聽勞德諾又道：「當天晚上，我和小師妹又上福威鏢局去察看，見余觀主率領了侯人英、洪人雄等十多個大弟子都已到了。我們怕給青城派的人發覺，站得遠遠的瞧熱鬧，眼見他們將局中的鏢頭和趟子手一個個殺了，鏢局派出去求援的衆鏢頭，也都給他們治死了，一具具屍首送了回來，下的手可也眞狠毒。當時我想，青城派上代長青子和林遠圖比劍而敗，余觀主要報此仇，只須去跟林震南父子比劍，勝了他們，也就是了，卻何以下手如此狠毒？那定是爲了給余人彥報仇。可是他們偏偏放過了林震南夫妻和林平之三人不殺，只將他們逼出鏢局。林家三口和鏢局人衆前腳出了鏢局，余觀主後腳就進去，大模大樣的往大廳正中太師椅上一坐，這福威鏢局算是教他青城派給佔啦。」

陸大有道：「他青城派想接手開鏢局了，余滄海要做總鏢頭！」衆人都哈哈一笑。

勞德諾道：「林家三口喬裝改扮，青城派早就瞧在眼裏，方人智、于人豪、賈人達三人奉命追蹤擒拿。小師妹定要跟著去瞧熱鬧，於是我們兩個又跟在方人智他們後面。到了福州城南山裏的一家小飯鋪中，方人智、于人豪、賈人達三個露臉出來，將林家三口都擒住了。小師妹說：『林公子所以殺余人彥，是由我身上而起，咱們可不能見死不救。』我極力勸阻，說道咱們一出手，必定傷了青城、華山兩家和氣，何況余觀主便在福州，我二人別要鬧個灰頭土臉。」

陸大有道：「二師哥上了幾歲年紀，做事自然把細穩重，那豈不掃了小師妹的興致？」勞德諾笑道：「小師妹興致勃勃，二師哥便要掃她的興，可也掃不掉。當下小師妹先到灶間去，將那賈人達打得頭破血流，哇哇大叫，引開了方于二人，她又繞到前面去救了林公子，放他逃生。」

陸大有拍手道：「妙極，妙極！我知道啦，小師妹可不是爲了救那姓林的小子。她心中卻另有一番用意。很好，很好！」那少女道：「我另有甚麼用意？你又來胡說八道。」陸大有道：「我爲了青城派而挨師父的棍子，小師妹心中氣不過，因此去揍青城派的人，爲我報仇出氣，多謝啦……」說著站起身來，向那少女深深一揖。那少女噗哧一笑，還了一禮，笑道：「六猴兒師哥不用多禮。」

那手拿算盤的人笑道：「小師妹揍青城弟子確是爲人出氣。是不是爲你，那可大有研究。挨師父棍子的，不見得只你六猴兒一個。」勞德諾笑道：「這一次六師弟說得對了，小師妹揍那賈人達，的的確確淨是爲了給六師弟出氣。日後師父問起來，她也這麼說。」陸大有連連搖手，說道：「這……這個人情我可不敢領，別拉在我身上，教我再挨十下八下棍子。」

那高個兒問道：「那方人智和于人豪沒追來嗎？」

那少女道：「怎麼沒追？可是二師哥學過青城派的劍法，只一招『鴻飛冥冥』，便將他二人的長劍絞得飛上了天。只可惜二師哥當時用黑布蒙上了臉，方于二人到這時也不知是敗在我華山派手下。」

勞德諾道：「不知道最好，否則可又有老大一場風波。倘若只憑眞實功夫，我也未必鬥得過方于二人，不過我突然使出青城派劍法，攻的又是他們劍法中的破綻，他哥兒倆大吃一驚，就這麼著，咱們又佔了一次上風。」

衆弟子紛紛議論，都說大師哥知道了這回事後，定然十分高興。

其時雨聲如洒豆一般，越下越大。只見一副餛飩擔從雨中挑來，到得茶館屋簷下，歇下來躲雨。賣餛飩的老人篤篤篤敲著竹片，鍋中水氣熱騰騰的上冒。

華山羣弟子早就餓了，見到餛飩擔，都臉現喜色。陸大有叫道：「喂，給咱們煮八碗餛飩，另加雞蛋。」那老人應道：「是，是！」揭開鍋蓋，將餛飩抛入熱湯中，過不多時，便煮好了五碗，熱烘烘的端了上來。

陸大有倒很守規矩，第一碗先給二師兄勞德諾，第二碗給三師兄梁發，以下依次奉給四師兄施戴子、五師兄高根明，第五碗本該他自己吃的，他端起放在那少女面前，說道：「小師妹，你先吃。」那少女一直和他說笑，叫他六猴兒，但見他端過餛飩，卻站了起來，說道：「多謝師哥。」

林平之在旁偷眼相瞧，心想多半他們師門規矩甚嚴，平時雖可說笑，卻不能廢了長幼的規矩。勞德諾等都吃了起來，那少女卻等陸大有及其他兩個師兄都有了餛飩，這才同吃。

梁發問道：「二師哥，你剛才說到余觀主佔了福威鏢局，後來怎樣？」

勞德諾道：「小師妹救了林少鏢頭後，本想暗中綴著方人智他們，俟機再將林震南夫婦救出。我勸她說：余人彥當日對你無禮，林少鏢頭仗義出手，你感他的情，救他一命，已足以報答。青城派與福威鏢局是上代結下的怨仇，咱們又何必插手？小師妹依了。當下咱二人又回到福州城，只見十餘名青城弟子在福威鏢局前前後後嚴密把守。「這可就奇了。鏢局中眾人早就一鬨而散，連林震南夫婦也走了，青城派還忌憚甚麼？我和小師妹好奇心起，便想去察看。我們想青城弟子守得如此把細，夜裏進去可不大容易，傍晚時分，便在他們換班吃飯之時，閃進菜園子躲了起來。後來出來偷瞧，只見許多青城弟子到處翻箱倒篋，鑽牆挖壁，幾乎將偌大一座福威鏢局從頭至尾都翻了個身。鏢局中自有不少來不及攜去的金銀財寶，但這些人找到後隨手放在一旁，並不怎樣重視。我當時便想：他們是在找尋一件十分重要的東西，那是甚麼呢？」

三四個華山弟子齊聲道：「辟邪劍法的劍譜！」

勞德諾道：「不錯，我和小師妹也這麼想。瞧這模樣，顯然他們佔了福威鏢局之後，便即大抄而特抄。眼見他們忙得滿頭大汗，擺明了勞而無功。」陸大有問道：「後來他們抄到了沒有？」勞德諾道：「我和小師妹都想看個水落石出，但青城派這些人東找西抄，連茅廁也不放過，我和小師妹實在無處可躲，只好溜走了。」

五弟子高根明道：「二師哥，這次余滄海親自出馬，你看是不是有點兒小題大作？」

勞德諾道：「余觀主的師父曾敗在林遠圖的辟邪劍下，到底林震南是不肖子孫，還是強爺勝祖，外人不知虛實。余觀主如單派幾名弟子來找回這個樑子，未免過於托大，他親自出馬，事先又督率眾弟子練劍，有備而發，倒也不算小題大作。不過我瞧他神情，此番來到福州，報仇倒是次要，主旨卻是在得那部劍譜。」

四弟子施戴子道：「二師哥，你在松風觀中見到他們齊練辟邪劍法，這路劍法他們既然已會使了，又何必再去找尋這劍法的劍譜？說不定是找別的東西。」

勞德諾搖頭道：「不會。以余觀主這等高人，除了武功秘訣之外，世上更有甚麼是他志在必得之物？後來在江西玉山，我和小師妹又見到他們一次。聽到余觀主在查問從浙江、廣東各地趕來報訊的弟子，問他們有沒有找到那東西，神色焦慮，看來大家都沒找到。」

施戴子仍是不解，搔頭道：「他們明明會使這路劍法，又去找這劍譜作甚？眞是奇哉怪也！」勞德諾道：「四弟你倒想想，林遠圖當年既能打敗長青子，劍法自是極高明的了。可是長青子當時記在心中而傳下來的辟邪劍法固平平無奇，而余觀主今日親眼目睹，林氏父子的武功更殊不足道。這中間一定有甚麼不對頭的了。」施戴子問道：「甚麼不對頭？」勞德諾道：「那自然是林家的辟邪劍法之中，另有一套訣竅，劍法招式雖不過如此，威力卻極強大，這套訣竅，林震南就沒學到。」

施戴子想了一會，點頭道：「原來如此。不過劍法口訣，都是師父親口傳授的。林遠圖死了幾十年啦，便找到他的棺材，翻出他死屍來，也沒用了。」

勞德諾道：「本派的劍訣是師徒口傳，不落文字，別家別派的武功卻未必都這樣。」

施戴子道：「二師哥，我還是不明白。倘若在從前，他們要找辟邪劍法的秘訣是有道理的，知己知彼，百戰百勝，要勝過辟邪劍法，自須明白其中的竅訣所在。可是眼下青城派將林震南夫婦都已捉了去，福威鏢局總局分局，也一古腦兒給他們挑得一乾二淨，還有甚麼仇沒報？就算辟邪劍法之中眞有秘訣，他們找了來又幹甚麼？」

勞德諾道：「四弟，青城派的武功，比之咱們五嶽劍派怎麼樣？」施戴子道：「我不知道。」過了一會，又道：「恐怕不及罷？」勞德諾道：「是了，恐怕有所不及。你想，余觀主是何等心高氣傲之人，豈不想在武林中揚眉吐氣，出人頭地？要是林家的確另有秘訣，能將招數平平的辟邪劍法變得威力奇大，那麼將這秘訣用在青城劍法之上，卻又如何？」

施戴子呆了半晌，突然伸掌在桌上大力一拍，站起身來，叫道：「這才明白了！原來余滄海要使得青城劍法天下無敵！」

便在此時，只聽得街上腳步聲響，有一羣人奔來，落足輕捷，顯是武林中人。衆人轉頭向街外望去，只見急雨之中有十餘人迅速過來。

這些人身上都披了油布雨衣，奔近之時，看清楚原來是一羣尼姑。當先的老尼姑身材甚高，在茶館前一站，大聲喝道：「令狐冲，出來！」

勞德諾等一見此人，都認得這老尼姑道號定逸，是恆山白雲庵庵主，恆山派掌門定閒師太的師妹，不但在恆山派中威名甚盛，武林中也誰都忌憚她三分，當即站起，一齊恭恭敬敬的躬身行禮。勞德諾朗聲說道：「參見師叔。」

定逸師太眼光在衆人臉上掠過，粗聲粗氣的叫道：「令狐冲躲到那裏去啦？快給我滾出來。」聲音比男子漢還粗豪幾分。

勞德諾道：「啓稟師叔，令狐師兄不在這兒。弟子等一直在此相候，他尙未到來。」

林平之尋思：「原來他們說了半天的大師哥名叫令狐冲。此人也眞多事，不知怎地，卻又得罪這老尼姑了。」

定逸目光在茶館中一掃，目光射到那少女臉上時，說道：「你是靈珊麼？怎地裝扮成這副怪相嚇人？」那少女笑道：「有惡人要跟我爲難，只好裝扮了避他一避。」

定逸哼了一聲，說道：「你華山派的門規越來越鬆了，你爹爹老是縱容弟子，在外面胡鬧，此間事情一了，我親自上華山來評這個理。」靈珊急道：「師叔，你可千萬別去。大師哥最近捱了爹爹三十下棍子，打得他路也走不動。你去跟爹爹一說，他又得捱六十棍，那不打死了他麼？」定逸道：「這畜生打死得愈早愈好。靈珊，你也來當面跟我撒謊！甚麼令狐冲路也走不動？他走不動路，怎地會將我的小徒兒擄了去？」

她此言一出，華山羣弟子盡皆失色。靈珊急得幾乎哭了出來，忙道：「師叔，不會的！大師哥再膽大妄爲，也決不敢冒犯貴派的師姊。定是有人造謠，在師叔面前挑撥。」

定逸大聲道：「你還要賴？儀光，泰山派的人跟你說甚麼來？」

一個中年尼姑走上一步，說道：「泰山派的師兄們說，天松道長在衡陽城中，親眼見到令狐冲師兄，和儀琳師妹一起在一家酒樓上飲酒。那酒樓叫做甚麼迴雁樓。儀琳師妹顯然是受了令狐冲師兄的挾持，不敢不飲，神情……神情甚是苦惱。跟他二人在一起飲酒的，還有那個……那個……無惡不作的田……田伯光。」

定逸早已知道此事，此刻第二次聽到，仍一般的暴怒，伸掌在桌上重重拍落，兩隻餛飩碗跳將起來，嗆啷啷數聲，在地下跌得粉碎。

華山羣弟子個個神色十分尷尬。靈珊只急得淚水在眼眶中滾來滾去，顫聲道：「他們定是撒謊，又不然……又不然，是天松師叔看錯了人。」

定逸大聲道：「泰山派天松道人是甚麼人，怎會看錯了人？又怎會胡說八道？令狐冲這畜生，居然去跟田伯光這等惡徒爲伍，墮落得還成甚麼樣子？你們師父就算護犢不理，我可不能輕饒。這萬里獨行田伯光貽害江湖，老尼非爲天下除此大害不可。只是我得到訊息趕去時，田伯光和令狐冲卻已挾制了儀琳去啦！我……我……到處找他們不到……」

她說到後來，聲音已甚爲嘶啞，連連頓足，嘆道：「唉，儀琳這孩子，儀琳這孩子！」

華山派衆弟子心頭怦怦亂跳，均想：「大師哥拉了恆山派門下的尼姑到酒樓飲酒，敗壞出家人的清譽，已然大違門規，再和田伯光這等人交結，那更是糟之透頂了。」隔了良久，勞德諾才道：「師叔，只怕令狐師兄和田伯光也只是邂逅相遇，並無交結。令狐師兄這幾日喝得醺醺大醉，神智迷糊，醉人幹事，作不得準……」

定逸怒道：「酒醉三分醒，這麼大一個人，連是非好歹也不分麼？」勞德諾道：「是，是！只不知令狐師兄到了何處，師姪等急盼找到他，責以大義，先來向師叔磕頭謝罪，再行稟告我師父，重重責罰。」

定逸怒道：「我來給你們管師兄的嗎？」突然伸手，抓住了靈珊的手腕。靈珊腕上便如套上一個鐵箍，「啊」的一聲，驚叫出來，顫聲道：「師……師叔！」

定逸喝道：「你們華山派擄了我儀琳去。我也擄你們華山派一個女弟子作抵。你們把我儀琳放出來還我，我便也放了靈珊！」一轉身，拉了她便走。靈珊只覺上半身一片酸麻，身不由主，跌跌撞撞的跟著她走到街上。

勞德諾和梁發同時搶上，攔在定逸師太面前。勞德諾躬身道：「師叔，我大師兄得罪了師叔，難怪師叔生氣。不過這件事的確跟小師妹無關，還請師叔高抬貴手。」

定逸喝道：「好，我就高抬貴手！」右臂抬起，橫掠了出去。

勞德諾和梁發只覺一股極強的勁風逼將過來，氣爲之閉，身不由主的向後直飛了出去。勞德諾背脊撞在茶館對面一家店鋪的門板之上，喀喇一聲，將門板撞斷了兩塊。梁發卻向那餛飩擔飛了過去。

眼見他勢將把餛飩擔撞翻，鍋中滾水濺得滿身都是，非受重傷不可。那賣餛飩的老人伸出左手，在梁發背上一托，梁發登時平平穩穩的站定。

定逸師太回過頭來，向那賣餛飩的老人瞪了一眼，說道：「原來是你！」那老人笑道：「不錯，是我！師太的脾氣也忒大了些。」定逸道：「你管得著麼？」

便在此時，街頭有兩個人張著油紙雨傘，提著燈籠，快步奔來，叫道：「這位是恆山派的神尼麼？」定逸道：「不敢，恆山定逸在此。尊駕是誰？」

那二人奔到臨近，只見他們手中所提燈籠上都寫著「劉府」兩個紅字。當先一人道：「晚輩奉敝業師之命，邀請定逸師伯和衆位師姊，同到敝處奉齋。晚輩未得衆位來到衡山的訊息，不曾出城遠迎，恕罪，恕罪！」說著便躬身行禮。

定逸道：「不須多禮。兩位是劉三爺的弟子嗎？」那人道：「是。晚輩向大年，這是我師弟米爲義，向師伯請安。」說著和米爲義二人又恭恭敬敬的行禮。定逸見向米二人執禮甚恭，臉色登和，說道：「好，我們正要到府上拜訪劉三爺。」

向大年向著梁發等道：「這幾位是？」梁發道：「在下華山派梁發。」向大年歡然道：「原來是華山派梁三哥，久慕英名，請各位同到敝舍。我師父囑咐我們到處迎接各路英雄好漢，實因來的人多，簡慢之極，得罪了朋友。各位請罷。」

勞德諾走將過來，說道：「我們本想會齊大師哥後，同來向劉三師叔請安道賀。」向大年道：「這位想必是勞二哥了。我師父常日稱道華山派岳師伯座下衆位師兄英雄了得，令狐師兄更是傑出的英才。令狐師兄既然未到，衆位先去也是一樣。」勞德諾心想：「小師妹給定逸師叔拉了去，看樣子是不肯放的了，我們只有陪她一起去。」便道：「打擾了。」向大年道：「衆位勞步來到衡山，那是給我們臉上貼金，怎麼還說這些客氣話？請！請！」

定逸指著那賣餛飩的人道：「這一位你也請麼？」

向大年朝那老人瞧了一會，突然有悟，躬身道：「原來雁蕩山何師伯到了，眞是失禮，請，請何師伯駕臨敝舍。」他猜到這賣餛飩的老人是浙南雁蕩山高手何三七。此人自幼以賣餛飩爲生，學成武功後，仍挑著副餛飩擔遊行江湖，這副餛飩擔可說是他的標記。他雖一身武功，但自甘淡泊，以小本生意過活，武林中人說起來都好生相敬。天下市巷中賣餛飩的何止千萬，但既賣餛飩而又是武林高人，那自是非何三七不可了。

何三七哈哈一笑，說道：「正要打擾。」將桌上的餛飩碗收拾了。勞德諾道：「晚輩有眼不識泰山，何前輩莫怪。」何三七笑道：「不怪，不怪。你們來光顧我餛飩，是我衣食父母，何怪之有？八碗餛飩，十文錢一碗，一共八十文。」說著伸出了左掌。

勞德諾好生尷尬，不知何三七是否開玩笑。定逸道：「吃了餛飩就給錢啊，何三七又沒說請客。」何三七笑道：「是啊，小本生意，現銀交易，至親好友，賒欠免問。」勞德諾道：「是，是！」卻也不敢多給，數了八十文銅錢，雙手恭恭敬敬的奉上。

何三七收了，轉身向定逸伸出手來，說道：「你打碎了我兩隻餛飩碗，兩隻調羹，一共十四文，賠來。」定逸一笑，道：「小氣鬼，連出家人也要訛詐。儀光，賠了給他。」儀光數了十四文，也雙手奉上。何三七接過，丟入餛飩擔旁直豎的竹筒之中，挑起擔子，道：「去罷！」

向大年向茶博士道：「這裏的茶錢，回頭再算，都記在劉三爺帳上。」那茶博士笑道：「哈，是劉三爺的客人，哈，我們請也請不到，哈，你家還算甚麼茶錢？」

向大年將帶來的雨傘分給眾賓，當先領路。定逸拉著華山派的少女靈珊，和何三七並肩而行。恆山派和華山派羣弟子跟在後面。

林平之心想：「我就遠遠的跟著，且看是否能混進劉正風家裏。」望見眾人轉過了街角，便即起身走到街角，見眾人向北行去，於是在大雨下挨著屋簷下走去。過了三條長街，見左首一座大宅，門口點著四盞大燈籠，十餘人手執火把，有的張著雨傘，正忙著迎客。定逸、何三七等一行人進去後，又有好多賓客從長街兩頭過來。

林平之大著膽子，走到門口。這時正有兩批江湖豪客由劉門弟子迎著進門，林平之一言不發的跟了進去。知賓的只道他也是賀客，笑臉迎人，道：「請進，奉茶。」

踏進大廳，只聽得人聲喧嘩，二百餘人分坐各處，分別談笑。林平之心中一定，尋思：「這裏這麼多人，誰也不會來留心我，只須找到青城派的那些惡徒，便能查知我爹爹媽媽的所在了。」在廳角暗處一張小桌旁坐下，不久便有家丁送上清茶、麵點、熱毛巾。

他放眼打量，見恆山羣尼圍坐在左側一桌，華山羣弟子圍坐在其旁另一桌，那少女靈珊也坐在那裏，看來定逸已放開了她。但定逸和何三七卻不在其內。林平之一桌桌瞧過去，突然心中一震，胸口熱血上湧，只見方人智、于人豪二人和一羣人圍坐在兩張桌旁，顯然都是青城派弟子，但他父親和母親卻不在其間，不知給他們囚在何處。

林平之又悲又怒，又甚躭心，深恐父母已遭了毒手，只想坐到附近的座位去，偷聽他們說話，但轉念又想，好容易混到了這裏，倘若稍有輕舉妄動，給方人智他們瞧出了破綻，不但全功盡棄，且有殺身之禍。

正在這時，忽然門口一陣騷動，幾名青衣漢子抬著兩塊門板，匆匆進來。門板上臥著兩人，身上蓋著白布，布上都是鮮血。廳上衆人一見，都搶近去看。聽得有人說道：「是泰山派的！」「泰山派的天松道人受了重傷，還有一個是誰？」「是泰山掌門天門眞人的弟子，姓遲的，死了嗎？」「死了，你看這一刀從前胸砍到後背，那還不死？」

衆人喧擾聲中，一死一傷二人都抬進了後廳，便有許多人跟著進去。廳上衆人紛紛議論：「天松道人是泰山派好手，有誰這樣大膽，竟將他砍得重傷？」「能將天松道人砍傷，自然是武功比他更高的好手。藝高人膽大，便沒甚麼希奇！」

大廳上衆人議論紛紛之中，向大年匆匆出來，走到華山羣弟子圍坐的席上，向勞德諾道：「勞師兄，我師父有請。」勞德諾應道：「是！」站起身來，隨著他走向內堂，穿過一條長廊，來到一座花廳。

只見上首五張太師椅並列，四張倒是空的，只靠東一張上坐著個身材魁梧的紅臉道人，勞德諾知道這五張太師椅是爲五嶽劍派的五位掌門人而設，嵩山、恆山、華山、衡山四劍派掌門人都沒到，那紅臉道人是泰山派的掌門天門道人。兩旁坐著十九位武林前輩，恆山派定逸師太、青城派余滄海、浙南雁蕩山何三七都在其內。下首主位坐著個身穿醬色繭綢袍子、矮矮胖胖、猶如財主模樣的中年人，正是主人劉正風。勞德諾先向主人劉正風行禮，再向天門道人拜倒，說道：「華山弟子勞德諾，叩見天門師伯。」

那天門道人滿臉煞氣，似乎心中鬱積著極大的憤怒要爆炸出來，左手在太師椅的靠手上重重一拍，喝道：「令狐冲呢？」他這句話聲音極響，當眞便如半空中打了個霹靂。

大廳上衆人遠遠聽到他這聲暴喝，盡皆聳然動容。

那少女靈珊驚道：「三師哥，他們又在找大師哥啦。」梁發點了點頭，並不說話，過了一會，低聲道：「大家定些！大廳上各路英雄畢集，別讓人小覷了我華山派。」

林平之心想：「他們又在找令狐冲啦。這令狐老兒，闖下的亂子也眞不少。」

勞德諾給天門道人這一聲大喝震得耳中嗡嗡作響，在地下跪了片刻，才站起身來，說道：「啓稟師伯，令狐師兄和晚輩一行人在衡陽分手，約定在衡山城相會，同到劉師叔府上來道賀。他今天如不能到，明日定會來了。」

天門道人怒道：「他還敢來？他還敢來？令狐冲是你華山派的掌門大弟子，總算是名門正派的人物。他居然去跟那姦淫擄掠、無惡不作的採花大盜田伯光混在一起，到底幹甚麼了？」

勞德諾道：「據弟子所知，大師哥和田伯光素不相識。大師哥平日就愛喝上三杯，多半不知對方便是田伯光，無意間跟他湊在一起喝酒了。」

天門道人一頓足，站起身來，怒道：「你還在胡說八道，給令狐冲這狗崽子強辯。天松師弟，你……你說給他聽，你怎麼受的傷？令狐冲識不識得田伯光？」

兩塊門板停在西首地下，一塊板上躺的是具死屍，另一塊上臥著個長鬚道人，臉色慘白，鬍鬚上染滿了鮮血，低聲道：「今兒早上……我……我和遲師姪在衡陽……迴雁……迴雁樓頭，見到令狐冲……還有田伯光和一個小尼姑……」說到這裏，已喘不過氣來。

劉正風道：「天松道兄，你不用再複述了，我將你剛才說過的話，跟他說便了。」轉頭向勞德諾道：「勞賢姪，你和令狐賢姪衆位同門遠道光臨向我道賀，我對岳師兄和諸位賢姪的盛情感激之至。只不知令狐賢姪如何跟田伯光那廝結識上了，咱們得查明眞相，倘若眞是令狐賢姪的不是，咱們五嶽劍派本是一家，自當好好勸他一番才是……」

天門道人怒道：「甚麼好好勸他！清理門戶，取其首級！」

劉正風道：「岳師兄自來門規極嚴。在江湖上華山派向來是一等一的聲譽，只是這次令狐賢姪卻太過份了些。」

天門道人怒道：「你還稱他『賢姪』？賢，賢，賢，賢他個屁！」他一句話出口，便覺在定逸師太這女尼之前吐言不雅，未免有失自己一派大宗師的身分，但說也說了，已無法收回，「波」的一聲，怒氣沖沖的重重噓了口氣，坐入椅中。

勞德諾道：「劉師叔，此事到底眞相如何，還請師叔賜告。」

劉正風道：「適才天松道兄說道：今日大清早，他和天門道兄的弟子遲百城賢姪上衡陽迴雁樓喝酒，上得酒樓，便見到三個人坐在樓上大吃大喝。這三個人，便是淫賊田伯光、令狐師姪，以及定逸師太的高足儀琳小師父。這三人天松道兄本來都不認得，只是從服色上得知，一個是華山派弟子，一個是恆山派弟子。定逸師太莫惱，儀琳師姪爲人強迫，身不由主，那是顯而易見的。天松道兄說，另外一人是個三十來歲的華服男子，也不知此人是誰，後來聽令狐師姪說道：『田兄，你雖輕功獨步天下，但要是交上了倒霉的華蓋運，輕功再高，卻也逃不了。』他既姓田，又說輕功獨步天下，自必是萬里獨行田伯光了。天松道兄嫉惡如仇，他見這三人同桌共飲，自是心頭火起。」

勞德諾應道：「是！」心想：「迴雁樓頭，三人共飲，一個是惡名昭彰的淫賊，一個是出家的小尼姑，另一個卻是我華山派大弟子，確是不倫不類之至。」

劉正風道：「他接著聽那田伯光道：『我田伯光獨往獨來，橫行天下，那裏能顧忌得這麼多？這小尼姑嘛，反正咱們見也見到了，且讓她在這裏陪著便是……』」

劉正風說到這裏，勞德諾向他瞧了一眼，又瞧瞧天松道人，臉上露出懷疑之色。劉正風登時會意，說道：「天松道兄重傷之餘，自沒說得這般清楚連貫，我給他補上一些，但大意不錯。天松道兄，是不是？」天松道：「正……正是，不錯，不……不錯！」

劉正風道：「當時遲百城賢姪便忍耐不住，拍桌罵道：『你是淫賊田伯光麼？武林中人人都要殺你而甘心，你卻在這裏大言不慚，可不是活得不耐煩了？』拔出兵刃，上前動手，不幸竟給田伯光殺了。少年英雄命喪奸人之手，實在可惜。天松道兄隨即上前，他俠義為懷，殺賊心切，鬥了數百回合後，一不留神，竟給田伯光使卑鄙手段，在他胸口砍了一刀。其後令狐師姪卻仍和田伯光那淫賊一起坐著喝酒，未免有失我五嶽劍派結盟的義氣。天門道兄所以著惱，便是為此。」

天門道人怒道：「甚麼五嶽結盟的義氣，哼，哼！咱們學武之人，這是非之際總得清楚明白，和這樣一個淫賊……這樣一個淫賊……」氣得臉如巽血，似乎一叢長鬚中每一根都要豎將起來。

忽聽得門外有人說道：「師父，弟子有事啓稟。」天門道人聽得是徒兒聲音，便道：「進來！甚麼事？」一個三十來歲的漢子走進廳來，先向主人劉正風行禮，又向其餘衆前輩行禮，然後轉向天門道人說道：「師父，天柏師叔傳了訊來，他率領本門弟子在衡陽搜尋田伯光、令狐冲兩個淫賊，尚未見到蹤跡……」

勞德諾聽他居然將自己大師哥也歸入「淫賊」之列，大感臉上無光，但大師哥確是和田伯光混在一起，又有甚麼法子？

只聽那泰山派弟子續道：「但在衡陽城外，卻發現了一具屍體，小腹上插著一柄長劍，那口劍是令狐冲那淫賊的……」天門道人急問：「死者是誰？」那人的眼光轉向余滄海，說道：「是余師叔門下的一位師兄，當時我們都不識得，這屍首搬到了衡山城裏之後，才有人識得，原來是羅人傑羅師兄……」

余滄海「啊」的一聲，站了起來，驚道：「是人傑？屍首呢？」

只聽得門外有人接口道：「在這裏。」余滄海極沉得住氣，雖乍聞噩耗，死者又是本門「英雄豪傑」四大弟子之一的羅人傑，卻仍不動聲色，說道：「煩勞賢姪，將屍首抬進來。」門外有人應道：「是！」兩個人抬著一塊門板，走了進來。那兩人一個是衡山派弟子，一個是青城派弟子。

只見門板上那屍體的腹部插著一柄利劍。這劍自死者小腹插入，斜刺而上。一柄三尺長劍，留在體外的只餘數寸，劍尖已插到死者咽喉，這等自下而上的狠辣招數，武林中倒還真少見。余滄海喃喃的道：「令狐冲，哼，令狐冲，你……你好辣手。」

那泰山派弟子說道：「天柏師叔說道，他還在搜查兩名淫賊，最好這裏的師伯、師叔們有一兩位前去相助。」定逸和余滄海齊聲道：「我去！」

便在此時，門外傳進來一個嬌嫩的聲音，叫道：「師父，我回來啦！」

定逸臉色斗變，喝道：「是儀琳？快給我滾進來！」

衆人目光一齊望向門口，要瞧瞧這個公然與兩個萬惡淫賊在酒樓上飲酒的小尼姑，到底是怎麼一個人物。

門帘掀處，衆人眼前陡然一亮，一個小尼姑悄步走進花廳，但見她清秀絕俗，容色照人，實是一個絕麗的美人。她還只十六七歲年紀，身形婀娜，雖裹在一襲寬大緇衣之中，仍掩不住窈窕娉婷之態。她走到定逸身前，盈盈拜倒，叫道：「師父……」兩字一出口，突然哇的一聲，哭了出來。

定逸沉著臉道：「你做……你做的好事？怎地回來了？」

儀琳哭道：「師父，弟子這一次……這一次，險些兒不能再見著你老人家了。」她說話的聲音十分嬌媚，兩隻纖纖小手抓住了定逸的衣袖，白得猶如透明一般。人人心中不禁都想：「這樣一個美女，怎麼去做了尼姑？」

余滄海只向她瞥了一眼，便不再看，一直凝視著羅人傑屍體上的那柄利劍，見劍柄上飄著青色絲穗，近劍柄處的鋒刃之上，刻著「華山令狐冲」五個小字。他目光轉處，見勞德諾腰間佩劍一模一樣，也是飄著青色絲穗，突然間欺身近前，左手疾伸，向他雙目插去，指風凌厲，剎那間指尖已觸到他眼皮。

勞德諾大驚，急使一招「舉火撩天」，高舉雙手去格。余滄海一聲冷笑，左手轉了個極小的圈子，已將他雙手抓在掌中，跟著右手伸出，唰的一聲，拔出了他腰間長劍。勞德諾雙手入於彼掌，一掙之下，對方屹然不動，長劍的劍尖卻已對準了自己胸口，驚呼：「不……不關我事！」

余滄海看那劍刃，見上面刻著「華山勞德諾」五字，字體大小，與另一柄劍上的全然相同。他手腕一沉，將劍尖指著勞德諾的小腹，陰森森的道：「這一劍斜刺而上，是貴派華山劍法的甚麼招數？」

勞德諾額頭冷汗涔涔而下，顫聲道：「我……我們華山劍法沒……沒這一招。」

余滄海尋思：「致人傑於死這一招，長劍自小腹刺入，劍尖直至咽喉，難道令狐冲俯下身去，自下而上的反刺？他殺人之後，又爲甚麼不拔出長劍，故意留下證據？莫非有意向青城派挑釁？」忽聽得儀琳說道：「余師伯，令狐師兄這一招，多半不是華山劍法。」

余滄海轉過身來，臉上猶似罩了一層寒霜，向定逸師太道：「師太，你倒聽聽令高徒的說話，她叫這惡賊作甚麼？」

定逸怒道：「我沒耳朵麼？要你提醒。」她聽得儀琳叫令狐冲爲「令狐師兄」，心頭早已有氣，余滄海只須遲得片刻說這句話，她已然開口大聲申斥，但偏偏他搶先說了，言語又這等無禮，她便反而轉過來迴護徒兒，說道：「她順口這麼叫，又有甚麼干係？我五嶽劍派結義爲盟，五派門下，都是師兄弟、師姊妹，有甚麼希奇了？」

余滄海笑道：「好，好！」丹田中內息上湧，左手內力外吐，將勞德諾推了出去，砰的一聲，重重撞在牆上，屋頂灰泥登時簌簌而落，喝道：「你這傢伙難道是好東西了？一路上鬼鬼祟祟的窺探於我，存的是甚麼心？」

勞德諾給他這麼一推一撞，五臟六腑似乎都要翻了轉來，伸手在牆上強行支撐，只覺雙膝酸軟得猶如灌滿了黑醋一般，只想坐倒在地，勉力強行撐住，聽得余滄海這麼說，暗暗叫苦：「原來我和小師妹暗中察看他們行跡，早就給這老奸巨猾的矮道士發覺了。」

定逸道：「儀琳，跟我來，你怎地失手給他們擒住，清清楚楚的給師父說。」說著拉了她手，向廳外走去。衆人心中都甚明白，這樣美貌無比的一個小尼姑，落入了田伯光這採花淫賊手中，那裏還能保得清白？其中經過情由，自不便在旁人之前吐露，定逸師太是要將她帶到無人之處，再行詳細查問。

突然間青影一晃，余滄海閃到門前，擋住了去路，說道：「此事涉及兩條人命，便請儀琳小師父在此間說。」他頓了一頓，又道：「遲百城賢姪是五嶽劍派中人。五派門下，大家都是師兄弟，給令狐冲殺了，泰山派或許不怎麼介意。我這徒兒羅人傑，可沒資格跟令狐冲兄弟相稱。」

定逸性格剛猛，平日連大師姊定靜、掌門師姊定閒，也都容讓她三分，如何肯讓余滄海這般擋住去路，出言譏刺？聽了這幾句話後，兩條淡淡的柳眉登即向上豎起。

劉正風素知定逸師太脾氣暴躁，見她雙眉這麼一豎，料想便要動手。她和余滄海都是當今武林中一流高手，兩人一交上手，事情可更鬧得大了，急忙搶步上前，一揖到地，說道：「兩位大駕光臨劉某舍下，都是在下的貴客，千萬衝著我這小小面子，別傷了和氣。都是劉某招呼不周，請兩位莫怪。」說著連連作揖。

定逸師太哈的一聲笑，說道：「劉三爺說話倒也好笑，我自生牛鼻子的氣，跟你有甚相干？他不許我走，我偏要走。他若不攔著我的路，要我留著，倒也可以。」

余滄海對定逸原也有幾分忌憚，和她交手，並無勝算，而且她師姊定閒雖爲人隨和，武功之高，卻衆所周知，今日就算勝了定逸，她掌門師姊決不能撇下不管，何況恆山派是五嶽劍派之一，五嶽劍派，同榮共辱，這一得罪了恆山派，不免後患無窮，當即也哈哈一笑，說道：「貧道只盼儀琳小師父向大夥兒言明眞相。余滄海是甚麼人，豈敢阻攔恆山派白雲庵主的道路？」說著身形一晃，歸位入座。

定逸師太道：「你知道就好。」拉著儀琳的手，也回歸己座，問道：「那一天跟你失散後，到底後來事情怎樣？」她生怕儀琳年幼無知，將貽羞師門之事也都說了出來，忙加上一句：「只揀要緊的說，沒相干的就不用囉唆。」

儀琳應道：「是！弟子沒做甚麼有違師訓之事，只是田伯光這壞人，這壞人……他……他……他……」定逸點頭道：「是了，你不用說了，我都知道。我定當殺田伯光和令狐冲那兩個惡賊，給你出氣……」

儀琳睜著清亮明澈的雙眼，臉上露出詫異的神色，說道：「令狐師兄？他……他…

……」突然垂下淚來，嗚咽道：「他……他已經死了！」

眾人聽了，都是一驚。天門道人聽說令狐冲已死，怒氣登時消滅，大聲問道：「他怎麼死的？是誰殺死他的？」

儀琳道：「就是這……這個青城派的……的壞人。」伸手指著羅人傑的屍體。

余滄海不禁滿意，心道：「原來令狐冲這惡棍竟是給人傑殺的。如此說來，他二人是拚了個同歸於盡。好，人傑這孩子，我早知他有種，果然沒墮了我青城派的威名。」他瞪視儀琳，冷笑道：「你五嶽劍派的都是好人，我青城派的便是壞人了？」

儀琳垂淚道：「我……我不知道。我不是說你余師伯，我只是說他。」說著又向羅人傑的屍身一指。

定逸向余滄海道：「你惡狠狠的嚇唬孩子做甚麼？儀琳，不用怕，這人怎麼壞法，你都說出來好了。師父在這裏，有誰敢難為你？」說著向余滄海白了一眼。

余滄海道：「出家人不打誑語。小師父，你敢奉觀音菩薩之名，立一個誓嗎？」他怕儀琳受了師父的指使，將羅人傑的行為說得十分不堪，自己這弟子既已和令狐冲同歸於盡，死無對證，便只有聽儀琳一面之辭了。

儀琳道：「我對師父決計不敢撒謊。」跟著向外跪倒，雙手合什，垂眉說道：「弟子儀琳，向師父和眾位師伯叔稟告，決不敢有半句不盡不實的言語。觀世音菩薩神通廣大，垂憐鑒察。」

眾人聽她說得誠懇，又是一副楚楚可憐的模樣，都對她心生好感。一個黑鬚書生一直在旁靜聽，一言不發，此時插口說道：「小師父既這般立誓，自是誰也信得過的。」定逸道：「牛鼻子聽見了嗎？聞先生都這般說，還有甚麼假的？」她知這書生姓聞，人人都叫他聞先生，叫甚麼名字，她卻不知，只知他是陝南人，一對判官筆出神入化，是點穴打穴的高手。

眾人目光都射向儀琳臉上，但見她秀色照人，恰似明珠美玉，純淨無瑕，連余滄海也想：「看來這小尼姑不會說謊。」花廳上寂靜無聲，只候儀琳開口說話。

只聽她說道：「昨日下午，我隨了師父和眾師姊去衡陽，行到中途，下起雨來，下嶺之時，我腳底一滑，伸手在山壁上扶了一下，手上弄得滿是泥濘青苔。到得嶺下，我去山溪裏洗手。突然之間，溪水中在我的影子之旁，多了個男子的影子。我吃了一驚，急忙站起，背心上一痛，已給他點中了穴道。我害怕得很，要呼叫師父來救我，但已叫不出聲來。那人將我身子提起，走了幾丈，放入一個山洞。我心裏害怕之極，偏偏動不了，又叫不出聲。過了好一會，聽得三位師姊分在三個地方叫我：『儀琳，儀琳，你在那裏？』那人只是笑，低聲道：『她們倘若找到這裏，我一起都捉了！』三位師姊到處尋找，又走回了頭。

「隔了好一會，那人聽得我三位師姊已去遠了，便拍開了我的穴道。我當即向山洞外逃走，那知這人的身法比我快得多，我急步外衝，沒想到他早已擋在山洞口，我一頭撞在他胸口。他哈哈大笑，說道：『你還逃得了麼？』我急忙後躍，抽出長劍，便想向他刺去，但想這人也沒傷害我，出家人慈悲爲本，何苦傷他性命？我佛門中殺生是第一大戒，因此這一劍就沒刺出。我說：『你攔住我幹甚麼？你再不讓開，我這劍就要……刺傷你了。』

「那人只是笑，說道：『小師父，你良心倒好。你捨不得殺我，是不是？』我說：『我跟你無怨無仇，何必殺你？』那人道：『那很好啊，那麼坐下來談談。』我說：『師父師姊在找我呢，再說，師父不許我隨便跟陌生男人說話。』那人道：『你說都說了，多說幾句，少說幾句，又有甚麼分別？』我說：『快讓開罷，你知不知道我師父是很厲害的？她老人家見到你這般無禮，說不定把你兩條腿也打斷了。』他說：『你要打斷我兩條腿，我就讓你打。你師父嘛，她這麼老，我可沒胃口。』……」

定逸喝道：「胡鬧！這些瘋話，你也記在心裏。」

衆人無不忍俊不禁，只是礙著定逸師太，誰也不敢露出半點笑容，人人苦苦忍住。

儀琳道：「他是這樣說的啊。」定逸道：「好啦，這些瘋話，無關要緊，不用提了，你只說怎麼撞到華山派的令狐冲。」

儀琳道：「是。那個人又說了許多話，只不讓我出去，說我……我生得好看，要我陪他睡覺……」定逸喝道：「住嘴！小孩子家口沒遮攔，這些話也說得的？」儀琳道：「是他說的，我可沒答應啊，也沒陪他睡覺……」定逸喝聲更響：「住口！」

便在此時，抬著羅人傑屍身進來的那名青城派弟子再也忍耐不住，終於哈的一聲笑了出來。定逸大怒，抓起几上茶碗，一揚手，一碗熱茶便向他潑了過去，這一潑之中，使上了恆山派嫡傳內力，既迅且準，那弟子不及閃避，一碗熱茶都潑在臉上，只痛得哇哇大叫。余滄海怒道：「你的弟子說得，我的弟子便笑不得？好不橫蠻！」

定逸師太斜眼道：「恆山定逸橫蠻了幾十年啦，你今日才知？」說著提起那隻空茶碗，便欲向余滄海擲去。余滄海正眼也不向她瞧，反而轉過了身子。定逸師太見他一番有恃無恐的模樣，又素知青城派掌門人武功了得，倒也不敢造次，緩緩放下茶碗，向儀琳道：「說下去！那些沒要緊的話，別再囉唆。」

儀琳道：「是了，師父。我要從山洞中逃出來，那人卻一定攔著不放。眼看天色黑了，我心裏焦急得很，提劍便向他刺去。師父，弟子不敢犯殺戒，不是眞的要殺他，不過想嚇他一嚇。我使的是一招『金針渡劫』，不料他左手伸了過來，抓向我……我身上，我吃了一驚，向旁閃避，手裏的長劍便給他奪了去。那人武功好厲害，右手拿著劍柄，左手大拇指和食指揑住劍尖，只輕輕一扳，卡的一聲，便將我這柄劍扳斷了一寸來長的一截。」定逸道：「扳斷了一寸來長的一截？」儀琳道：「是！」

定逸和天門道人對望一眼，均想：「那田伯光若將長劍從中折斷，自也毫不希奇，但以二指之力，扳斷一柄純鋼劍寸許一截，指力當眞非同小可。」天門道人一伸手，從一名弟子腰間拔出一柄長劍，左手大拇指和食指揑住劍尖，輕輕一扳，卜的一聲，扳斷了寸許長的一截，問道：「是這樣麼？」儀琳道：「是。原來師伯也會！」天門道人哼的一聲，將斷劍還入弟子的劍鞘，左手在几上一拍，一段寸許來長的斷劍頭平平嵌入了几面。

儀琳喜道：「師伯這一手好功夫，我猜那惡人田伯光一定不會了。」突然間神色黯然，垂下眼皮，輕輕嘆息了一聲，說道：「唉，可惜師伯那時沒在，否則令狐師兄也不會身受重傷了。」天門道人道：「甚麼身受重傷？你不是說他已經死了麼？」儀琳道：「是啊，令狐師兄因爲身受重傷，才會給青城派那惡人羅人傑害死。」

余滄海聽她稱田伯光爲「惡人」，稱自己的弟子也是「惡人」，竟將青城門下與那臭名昭彰的淫賊相提並論，不禁又哼了一聲。

衆人見儀琳一雙妙目之中淚水滾來滾去，眼見便要哭出聲來，容色又可憐，又可愛，一時誰也不敢去問她。天門道人、劉正風、聞先生、何三七一干長輩，都不自禁的心生愛憐，倘若她不是出家的尼姑，好幾個人都想伸手去拍拍她背脊、摸摸她頭頂的加以慰撫了。

儀琳伸衣袖拭了拭眼淚，哽咽道：「那惡人田伯光只是逼我，伸手扯我衣裳。我反掌打他，兩隻手又都讓他捉住了。我大聲叫嚷，又罵了他幾句。師父，弟子不是膽敢犯戒，口出粗言，不過這人當眞太也無禮。就在這時候，洞外忽然有人笑了起來，哈哈哈，笑三聲，停一停，又笑三聲。田伯光厲聲問道：『是誰？』外面那人又哈哈哈的連笑了三次。田伯光罵道：『識相的便給我滾得遠遠地。田大爺發作起來，你可沒命啦！』那人又哈哈哈的笑了三聲。田伯光不去理他，又來扯我衣裳，山洞外那人又笑了起來。那人一笑，田伯光就發怒，我眞盼那人快來救我。可是那人知道田伯光厲害，不敢進洞，只在山洞外笑個不停。田伯光就破口罵人，點了我穴道，呼的一聲，竄了出去，但那人早就躲了起來。田伯光找了一會找不到，又回進洞來，剛走到我身邊，那人便在山洞外哈哈哈的笑了起來。我覺得有趣，忍不住也笑了出來。」

定逸師太橫了她一眼，斥道：「自己正在生死關頭，虧你還笑得出？」

儀琳臉上微微一紅，道：「是，弟子也想不該笑的，不過當時不知怎的，竟然便笑了。田伯光伏下身子，悄悄走到洞口，只待他再笑，便衝了出去。可是洞外那人機警得很，卻也不發出半點聲息。田伯光一步步的往外移，我想那人倘若給他抓住，可就糟了，眼見田伯光正要衝出去，我便叫了起來：『小心，他出來啦！』那人在遠處哈哈哈的笑了三聲，說道：『多謝你，不過他追不上我。他輕身功夫不行。』」

眾人均想，田伯光號稱「萬里獨行」，輕身功夫之了得，江湖上素來大大有名，那人居然說他「輕身功夫不行」，自是故意要激怒於他。

儀琳續道：「田伯光這惡人突然回身，在我臉上重重扭了一把，我痛得大叫，他便竄了出去，叫道：『狗賊，你我來比比輕身功夫！』那知道這一下他可上了當。原來那人早就躲在山洞旁邊，田伯光一衝出，他便溜了進來，低聲道：『別怕，我來救你。他點了你那裏的穴道？』我說：『是右肩和背心，好像是「肩貞」、「大椎」！你是那一位？』他說：『解了穴道再說。』便伸手替我在肩貞與大椎兩穴推宮過血。

「多半我說的穴位不對，那人雖用力推拿，始終解不開，耳聽得田伯光呼嘯連連，又追回來了。我說：『你快逃，他一回來，可要殺你了。』他說：『五嶽劍派，同氣連枝。師妹有難，豈能不救？』」

定逸問道：「他也是五嶽劍派的？」

儀琳道：「師父，他就是令狐冲令狐師兄啊。」

定逸和天門道人、余滄海、何三七、聞先生、劉正風等都「哦」了一聲。勞德諾吁了口長氣。衆人中有些本已料到這人或許便是令狐冲，但總要等儀琳親口說出，方能確定。

儀琳道：「耳聽得田伯光嘯聲漸近，令狐師兄道：『得罪！』將我抱起，溜出山洞，躲在草叢裏。剛剛躲好，田伯光便奔進山洞，他找不到我，就大發脾氣，破口大罵，罵了許多難聽的話，我也不懂是甚麼意思。他提了我那柄斷劍，在草叢中亂砍，幸好這天晚上下雨，星月無光，他瞧不見我們，但他料想我們逃不遠，一定躲在附近，因此不停手的砍削。有一次險得不得了，一劍從我頭頂掠過，只差得幾寸。他砍了一會，嘴裏不住咒罵，說了很多粗話，我也記不得。他揮劍砍削，一路找了過去。

「忽然之間，有些熱烘烘的水點一滴滴的落在臉上，同時我聞到一陣陣血腥氣。我吃了一驚，低聲問：『你受了傷麼？』令狐師兄伸手按住我嘴，過了好一會，聽得田伯光砍草之聲越去越遠，他才低聲道：『不礙事。』放開了手。可是流在我臉上的熱血越來越多。我說：『你傷得很厲害，須得止血才好。我有「天香斷續膠」。』他道：『別出聲，一動就給那廝發覺了！』伸手按住了自己傷口。過了一會，田伯光又奔了回來，叫道：『哈哈，原來在這裏，我瞧見啦。站起身來！』我聽得田伯光說已瞧見了我們，心中只是叫苦，便想站起，只是腿上動彈不得……」

定逸師太道：「你上了當啦，田伯光騙你們的，他可沒瞧見你。」儀琳道：「是啊。師父，當時你又不在那裏，怎麼知道？」定逸道：「那有甚麼難猜？他如眞的瞧見了你們，過來一劍將令狐冲砍死便是，何必大叫大嚷？可見令狐冲這小子也沒見識。」

儀琳搖頭道：「不，令狐師兄也猜到了的。他一伸手便按住了我嘴，怕我驚嚇出聲。田伯光叫嚷了一會，不聽到聲音，又去砍草找尋。令狐師兄待他去遠，低聲道：『師妹，咱們若能再挨得半個時辰，你被封的穴道上氣血漸暢，我就可以給你解開。但田伯光那廝一定轉頭又來，這一次恐怕再難避過。咱們索性冒險，進山洞躲一躲。』」

儀琳說到這裏，聞先生、何三七、劉正風三人不約而同的都擊了一下手掌。聞先生道：「好，有膽，有識！」

儀琳道：「我聽說再要進山洞去，很是害怕，但那時我對令狐師兄已很欽佩，他既這麼說，總是不錯的，便道：『好！』他又抱起我竄進山洞，將我放落。我說：『我衣袋裏有天香斷續膠，是治傷的靈藥，請你……請你取出來敷上傷口。』他道：『現在拿不大方便，等你手足能動之後再給我罷。』他拔劍割下了一幅衣袖，縛在左肩。這時我才明白，原來他爲了保護我，躲在草叢中之時，田伯光一劍砍上他肩頭，他一動不動，一聲不哼，黑暗中田伯光竟沒發覺。我心裏難過，不明白取藥有甚麼不方便……」

定逸哼了一聲，道：「如此說來，令狐沖倒是個正人君子了。」

儀琳睜大了一雙明亮的妙目，露出詫異神色，說道：「令狐師兄自然是一等一的好人。他跟我素不相識，居然不顧自己安危，挺身而出，前來救我。」

余滄海冷冷的道：「你跟他雖素不相識，他可多半早就見過你的面了，否則焉有這等好心？」言下之意自是說，令狐沖爲了她異乎尋常的美貌，這才如此的奮不顧身。

儀琳道：「不，他說從沒見過我。令狐師兄決不會對我撒謊，他決計不會！」這幾句話說得十分果決，聲音雖仍溫柔，卻大有斬釘截鐵之意。衆人爲她一股純潔的堅信之意所動，無不深信。

余滄海心想：「令狐冲這廝大膽狂妄，如此天不怕、地不怕的胡作非爲，既非爲了美色，那麼定是故意去和田伯光鬥上一鬥，好在武林中大出風頭。」

儀琳續道：「令狐師兄紮好自己傷口後，又在我肩頭和背心的穴道上給我推宮過血。過不多時，便聽得洞外唰唰唰的聲響越來越近，田伯光揮劍在草叢中亂砍，走到了山洞門口。我的心怦怦大跳，只聽他走進洞來，坐在地下，一聲不響。我屏住了呼吸，連氣也不敢透一口。突然之間，我肩頭一陣劇痛，我出其不意，禁不住低呼了一聲。這一下可就糟了，田伯光哈哈大笑，大踏步向我走來。令狐師兄蹲在一旁，仍然不動。田伯光笑著說：『小綿羊，原來還是躲在山洞裏。』伸手來抓我，只聽得嗤的一聲響，他給令狐師兄刺中了一劍。

「田伯光一驚，斷劍脫手落地。可惜令狐師兄這一劍沒刺中他要害，田伯光向後急躍，拔出了腰間佩刀，便向令狐師兄砍去，噹的一聲響，刀劍相交，兩個人便動起手來。他們誰也瞧不見誰，錚錚錚的拆了幾招，兩個人便都向後躍開。我只聽到他二人的呼吸之聲，心中怕得要命。」

天門道人插口問道：「令狐冲跟他鬥了多少回合？」

儀琳道：「弟子當時嚇得胡塗了，實在不知他二人鬥了多久。只聽得田伯光笑道：『啊哈，你是華山派的！華山劍法，非我敵手。你叫甚麼名字？』令狐師兄道：『五嶽劍派，同氣連枝，華山派也好，恆山派也好，都是你這淫賊的對頭……』他話沒說完，田伯光已攻了上去，原來他要引令狐師兄說話，好得知他處身的所在。兩人交手數合。令狐師兄『啊』的一聲叫，又受了傷。田伯光笑道：『我早說華山劍法不是我對手，便是你師父岳老兒親來，也鬥我不過。』令狐師兄卻不再睬他。

「先前我肩頭一陣劇痛，原來是肩上的穴道解了，這時背心的穴道又痛了幾下，我支撐著慢慢爬起，伸手想去摸地下那柄斷劍。令狐師兄聽到了聲音，喜道：『你穴道解開了，快走，快走。』我說：『華山派的師兄，我和你一起跟這惡人拚了！』他說：『你快走！我們二人聯手，也打他不過。』田伯光笑道：『你知道就好！何必枉自送了性命？喂，我倒佩服你是條英雄好漢，你叫甚麼名字？』令狐師兄道：『你問我尊姓大名，本來說給你知，卻也不妨。但你如此無禮詢問，老子睬也不來睬你。』師父，你說好笑不好笑？令狐師兄又不是他爹爹，卻自稱是他『老子』。」

定逸哼了一聲，道：「這是市井中的粗口俗語，又不是眞的『老子』！」

儀琳道：「啊，原來如此。令狐師兄道：『師妹，你快到衡山城去，咱們許多朋友都在那邊，諒這惡賊不敢上衡山城找你。』我道：『我如出去，他殺死了你怎麼辦？』令狐師兄道：『他殺不了我的！我纏住他，你還不快走！啊喲！』乒乓兩聲，兩人刀劍相交，令狐師兄又受了一處傷，他心中急了，叫道：『你再不走，我可要開口罵你啦！』這時我已摸到了地下的斷劍，叫道：『咱們兩人打他一個。』田伯光笑道：『再好沒有！田伯光隻身單刀，會鬥華山、恆山兩派。』

「令狐師兄真的罵起我來，叫道：『不懂事的小尼姑，你簡直胡塗透頂，還不快逃！你再不走，下次見到你，我打你老大耳括子！』田伯光笑道：『小尼姑捨不得我，她不肯走！』令狐師兄急了，叫道：『你到底走不走？』我說：『我不走！』令狐師兄道：『你再不走，我可要罵你師父啦！定靜這老尼姑是個老胡塗，教了你這小胡塗出來。』我說：『定靜師伯不是我師父。』他說：『好，那麼我就罵定閒師太！』我說：『定閒師伯也不是我師父。』他道：『呸！你仍然不走！我罵定逸這老胡塗……』」

定逸臉色一沉，模樣十分難看。儀琳忙道：「師父，你別生氣，令狐師兄是為我好，並不是真的要罵你。我說：『我自己胡塗，可不是師父教的！』突然之間，田伯光欺向我身邊，伸指向我點來。我在黑暗中揮劍亂砍，才將他逼退。

「令狐師兄叫道：『我還有許多難聽的話，要罵你師父啦，你怕不怕？』我說：『你別罵！咱們一起逃罷！』令狐師兄道：『你站在我旁邊，礙手礙腳，我最厲害的華山劍法使不出來，你一出去，我便將這惡人殺了。』田伯光哈哈大笑，道：『你對這小尼姑倒是多情多義，只可惜她連你姓名也不知道。』我想這惡人這句話倒是不錯，便道：『華山派的師兄，你叫甚麼名字呢？我去衡山跟師父說，說是你救了我性命。』令狐師兄道：『快走，快走！怎地這等囉唆？老夫姓勞，名叫勞德諾！』」

勞德諾聽到這裏，不由得一怔：「怎麼大師哥冒我的名？」

聞先生點頭道：「這令狐冲為善而不居其名，原是咱們俠義道的本色。」

定逸師太向勞德諾望了一眼，自言自語：「這令狐冲好生無禮，膽敢罵我，哼，多半他怕我事後追究，便將罪名推在別人頭上。」向勞德諾瞪眼道：「喂，在那山洞中罵我老胡塗的，就是你了，是不是？」勞德諾忙躬身道：「不，不！弟子不敢。」

劉正風微笑道：「定逸師太，令狐冲冒他師弟勞德諾之名，是有道理的。這位勞賢姪帶藝投師，輩份雖低，年紀卻已不小，鬍子也這麼大把了，足可做得儀琳師姪的祖父。」

定逸登時恍然，才知令狐冲是爲了顧全儀琳。其時山洞中一團漆黑，互不見面，儀琳脫身之後，說起救她的是華山派勞德諾，此人是這麼一個乾癟老頭子，旁人自無閒言閒語，這不但保全了儀琳的清白名聲，也保全了恆山派的威名，言念及此，不由得臉上露出了一絲笑意，點頭道：「很好，這小子想得週到。儀琳，後來怎樣？」

儀琳道：「那時我仍不肯走，我說：『勞師兄，你爲救我而涉險，我又豈能遇難先遁？師父如知我如此沒同道義氣，定要將我殺了。師父平日時時教導，我們恆山派雖都是女流之輩，在這俠義份上可不能輸給了男子漢。』」

定逸拍掌叫道：「好，好，說得是！咱們學武之人，要是不顧江湖義氣，生不如死，不論男女，都是一樣。」

衆人見她說這幾句話時神情豪邁，均想：「這老尼姑的氣概，倒也眞不減鬚眉。」

儀琳續道：「可是令狐師兄卻大罵起來，說道：『混帳王八蛋的小尼姑，你在這裏囉哩囉唆，教我施展不出華山派天下無敵的劍法來，我這條老命，注定是要送在田伯光手中了。原來你跟田伯光串通了，故意來陷害我。我勞德諾今天倒霉，出門遇見尼姑，而且是個絕子絕孫、絕他媽十八代子孫的混帳小尼姑，害得老子空有一身無堅不摧、威力奇大的絕妙劍法，卻怕淩厲劍風帶到這小尼姑身上，傷了她性命，以致不能使將出來。罷了，罷了，田伯光，你一刀砍死我罷，我老人家活了七八十歲，也算夠了，今日認命罷啦！』」

衆人聽得儀琳口齒伶俐，以清脆柔軟之音，轉述令狐冲這番粗俗無賴之言，無不爲之莞爾。

只聽她又道：「我聽他這麼說，雖知他罵我是假，但想我武藝低微，幫不了他忙，在山洞中的確礙手礙腳，令得他施展不出精妙的華山劍法來……」定逸哼了一聲，道：「這小子胡吹大氣！他華山劍法也不過如此，怎能說是天下無敵？」

儀琳道：「師父，他是嚇唬嚇唬田伯光，好叫他知難而退啊。我聽他越罵越兇，只得說道：『勞師兄，我去了！我感激不盡，後會有期。』他罵道：『滾你媽的臭鴨蛋，給我滾得越遠越好！一見尼姑，逢賭必輸，我老頭子以前從來沒見過你，以後也永遠不見你。老子生平最愛賭錢，再見你幹甚麼？』」

定逸勃然大怒，拍案而起，厲聲道：「這小子好不混蛋！那時你還不走？」

儀琳道：「我怕惹他生氣，只得走了，一出山洞，就聽得洞裏乒乒乓乓、乒刃相交之聲大作。我想倘若那惡人田伯光勝了，他又會來捉我，若是那位『勞師兄』勝了，他出洞來見到了我，只怕害得他『逢賭必輸』，於是我咬了咬牙，提氣疾奔，想追上你老人家，請你去幫著收拾田伯光那惡人。」定逸「嗯」的一聲，點了點頭。

儀琳突然問道：「師父，令狐師兄後來不幸喪命，是不是因爲……因爲見到了我，這才運氣不好？」

定逸怒道：「甚麼『一見尼姑，逢賭必輸』，全是胡說八道的鬼話，怎信得的？這裏這許多人，都見到了我們師徒啦，難道他們一個個都會運氣不好？」

衆人聽了都臉露微笑，卻誰都不敢笑出聲來。

儀琳道：「是。我奔到天明時，已望見了衡陽城，心中略定，尋思多半可以在衡陽見到師父，那知就在此時，田伯光又追了上來。我一見到他，腳也軟了，奔不幾步，便給他抓住了。我想他既追到這裏，那位華山派姓勞的師兄定在山洞中給他害死了，心中說不出的難受。田伯光見道上行人很多，倒也不敢對我無禮，只說：『你乖乖的跟著我，我便不對你動手動腳。如果倔強不聽話，我即刻把你衣服剝個清光，教路上這許多人都笑話你。』我嚇得不敢反抗，只有跟著他進城。

「來到那家酒樓迴雁樓前，他說：『小師父，你有沉魚……沉魚落雁之容。這家迴雁樓就是爲你開的。咱們上去喝個大醉，大家快活快活罷。』我說：『出家人不用葷酒，這是我白雲庵的規矩。』他說：『你白雲庵的規矩多著呢，當眞守得這麼多？待會我還要叫你大大的破戒。甚麼清規戒律，都是騙人的。你師父……你師父……』」她說到這裏，偷眼瞧了定逸一眼，不敢再說下去。

定逸道：「這惡人的胡說，不必提它，你只說後來怎樣？」儀琳道：「是。後來我說：『你瞎三話四，我師父從來不躲了起來，偷偷的喝酒吃狗肉。』」

衆人一聽，忍不住都笑。儀琳雖不轉述田伯光的言語，但從這句答話之中，誰都知道田伯光定是誣指定逸「躲了起來，偷偷的喝酒吃狗肉」。

定逸將臉一沉，心道：「這孩子便是實心眼兒，說話不知避忌。」

儀琳續道：「這惡人伸手抓住我衣襟，說道：『你不上樓去陪我喝酒，我就扯爛你衣服。』我沒法子，只好跟他上去。這惡人叫了些酒菜，他也眞壞，我說吃素，他偏偏叫的都是牛肉、豬肉、雞鴨、魚蝦這些葷菜。他說我如不吃，他要撕爛我衣服。師父，我說甚麼也不肯吃，佛門戒食葷肉，弟子決不能犯戒。這壞人要撕爛我衣服，雖然不好，卻不是弟子的過錯。

「正在這時，一個人走上酒樓來，腰懸長劍，臉色蒼白，滿身都是血跡，便往我們那張桌旁一坐，一言不發，端起我面前碗中的酒，一口喝乾了。他自己斟了一碗酒，舉碗向田伯光道：『請！』向我道：『請！』又喝乾了。我一聽到他的聲音，不由得又驚又喜，原來他便是在山洞中救我的那位『勞師兄』。謝天謝地，他沒給田伯光害死，只是身上到處是血，他爲了救我，受傷可著實不輕。

「田伯光向他上上下下的打量，說道：『是你！』他說：『是我！』田伯光向他大拇指一豎，讚道：『好漢子！』他也向田伯光大拇指一豎，讚道：『好刀法！』兩人都哈哈大笑起來，一同喝了碗酒。我很是奇怪，他二人昨晚還打得這麼厲害，怎麼此刻忽然變了朋友？這人沒死，我很歡喜；然而他是田伯光這惡人的朋友，弟子又躭心起來啦。

「田伯光道：『你不是勞德諾！勞德諾是個糟老頭子，那有你這般年輕瀟洒？』我偷偷瞧這人，他不過二十來歲年紀，原來昨晚他說『我老人家活了七八十歲』甚麼的，都是騙田伯光的。那人一笑，說道：『我不是勞德諾。』田伯光一拍桌子，說道：『是了，你是華山令狐沖，是江湖上的一號人物。』

「令狐師兄這時便承認了，笑道：『豈敢！令狐沖是你手下敗將，見笑得緊。』田伯光道：『不打不相識，咱們便交個朋友如何？令狐兄既看中了這個美貌小尼姑，在下讓給你便是。重色輕友，豈是我輩所為？』」

定逸臉色發青，只道：「這惡賊該死之極，該死之極！」

儀琳泫然欲涕，說道：「師父，令狐師兄忽然罵起我來啦。他說：『這小尼姑臉上全無血色，整日價只吃青菜豆腐，相貌決計好不了。田兄，我生平一見尼姑就生氣，恨不得殺盡天下的尼姑！』田伯光笑問：『那又為甚麼？』令狐師兄道：『不瞞田兄說，小弟生平有個嗜好，那是愛賭如命，只要瞧見了骨牌骰子，連自己姓甚麼也忘記了。可是只要一見尼姑，這一天就不用賭啦，賭甚麼輸甚麼，當真屢試不爽。不但是我一人，華山派的師兄師弟們個個都是這樣。因此我們華山派弟子，見到恆山派的師伯、師叔、師姊、師妹們，臉上雖然恭恭敬敬，心中卻無不大叫倒霉！』」

定逸大怒，反過手掌，啪的一聲，清清脆脆的打了勞德諾一個耳括子。她出手又快又重，勞德諾不及閃避，只覺頭腦一陣暈眩，險些便欲摔倒。

令狐冲哈哈大笑，說道：

「小尼姑，你盼我打勝呢，還是打敗？」

儀琳答道：「自然盼你打勝。

你坐著打，天下第二，決不能輸了給他。」

令狐冲道：「好，那麼你請罷！走得越快越好，越遠越好！」

四 坐鬥

劉正風笑道：「師太怎地沒來由生這氣？令狐師姪爲了要救令高足，這才跟田伯光這般胡說八道，花言巧語，你怎地信以爲眞了？」定逸一怔，道：「你說他是爲了救儀琳？」劉正風道：「我是這麼猜想。儀琳師姪，你說是不是？」

儀琳低頭道：「令狐師兄是好人，就是……就是說話太過粗俗無禮。師父生氣，我不敢往下說了！」定逸喝道：「你說出來！一字不漏的說出來。我要知道他到底安的是好心，還是歹意。這傢伙倘若是個無賴浪子，便算死了，我也要跟岳老兒算帳。」儀琳囁嚅了幾句，不敢往下說。定逸道：「說啊，不許爲他忌諱，是好是歹，難道咱們還分辨不出？」

儀琳道：「是！令狐師兄又道：『田兄，咱們學武之人，一生都在刀尖上討生活，雖然武藝高強的佔便宜，但歸根結底，終究是在碰運氣，你說是不是？遇到武功差不多的對手，生死存亡，便講運道了。別說這小尼姑瘦得小雞也似的，提起來沒三兩重，就算眞是天仙下凡，我令狐冲正眼也不瞧她。一個人畢竟性命要緊，重色輕友固然不對，重色輕生，那更是大傻瓜一個。這小尼姑啊，萬萬碰她不得。』

「田伯光笑道：『令狐兄，我只道你是個天不怕、地不怕的好漢子，怎麼一提到尼姑，便偏有這許多忌諱？』令狐師兄道：『嘿，我一生見了尼姑之後，倒的霉實在太多，可不由得我不信。你想，昨天晚上我還是好端端的，連這小尼姑的面也沒見到，只不過聽到了她說話的聲音，就給你在身上砍了三刀，險些兒喪了性命。這不算倒霉，甚麼才是倒霉？』田伯光哈哈大笑，道：『這倒說得是。』

「令狐師兄道：『田兄，我不跟尼姑說話，咱們男子漢大丈夫，喝酒便喝個痛快，你叫這小尼姑滾蛋罷！我良言相勸，你只消碰她一碰，你就交上了華蓋運，以後在江湖上到處都碰釘子，除非你自己出家去做和尚。這「天下三毒」，你怎不遠而避之？』

「田伯光問道：『甚麼是「天下三毒」？』令狐師兄臉上現出詫異之色，說道：『田兄多在江湖上行走，見識廣博，怎地連天下三毒都不知？常言道得好：「尼姑砒霜青竹蛇，有膽無膽莫碰他！」這尼姑是一毒，砒霜又是一毒，青竹蛇又是一毒。天下三毒之中，又以尼姑居首。咱們五嶽劍派中的男弟子們，那是常常掛在口上說的。』」

定逸大怒，伸手在茶几上重重一拍，破口罵道：「放他娘的狗臭……」到得最後關頭，這個「屁」字終於忍住了不說。勞德諾吃過她的苦頭，本來就遠遠的避在一旁，見她滿臉脹得通紅，又退開一步。

劉正風嘆道：「令狐師姪雖是一番好意，但如此信口開河，也未免過份了些。不過話又得說回來，跟田伯光這等大惡徒打交道，若非說得像煞有介事，可也真不易騙得他相信。」儀琳問道：「劉師叔，你說那些言語，都是令狐師兄故意捏造出來騙那姓田的？」

劉正風道：「自然是了。五嶽劍派之中，那有這等既無聊、又無禮的說話？再過一日，便是劉某金盆洗手的大日子，我說甚麼也要圖個吉利，倘若大夥兒對貴派真有甚麼顧忌，劉某怎肯恭恭敬敬的邀請定逸師太和眾位賢姪光臨舍下？」

定逸聽了這幾句話，臉色略和，哼了一聲，罵道：「令狐冲這小子一張臭嘴，不知是那個缺德之人調教出來的。」言下之意，自是將令狐冲的師父華山掌門也給罵上了。

劉正風道：「師太不須著惱。田伯光那廝，武功是很厲害的。令狐師姪鬥他不過，眼見儀琳賢姪身處極大危難，只好編造些言語出來，盼能騙得這惡賊放過了她。想那田伯光走遍天下，見多識廣，豈能輕易受騙？世俗之人無知，對出家的師太們有些偏見，也是實情，令狐師姪便乘機而下說詞了。咱們身在江湖，行事說話，有時免不了要從權。令狐師姪若不是看重恆山派，華山派自岳先生而下，若不都是心中敬重佩服三位師太，他又怎肯如此盡心竭力的相救貴派弟子？」定逸點了點頭，道：「多承劉三爺美言。」轉頭向儀琳道：「田伯光就因此而放了你？」

儀琳搖頭道：「沒有。令狐師兄又說：『田兄，你雖輕功獨步天下，但要是交上了倒霉的華蓋運，輕功再高，也逃不了。』田伯光一時好似拿不定主意，向我瞧了兩眼，搖頭說道：『我田伯光獨往獨來，橫行天下，那裏能顧忌得這麼多？這小尼姑嘛，反正咱們見也見到了，且讓她在這裏陪著便是。』

「就在這時，鄰桌上有個青年男子突然拔出長劍，搶到田伯光面前，喝道：『你……你就是田伯光嗎？』田伯光道：『怎樣？』那年輕人道：『殺了你這淫賊！武林中人人都要殺你而甘心，你卻在這裏大言不慚，可不是活得不耐煩了？』挺劍向田伯光刺去。看他劍招，是泰山派的劍法，就是這一位師兄。」說著手指躺在門板上的那具屍身。

天門道人點頭道：「遲百城這孩子，很好，很好！」

儀琳繼續道：「田伯光身子一晃，手中已多了一柄單刀，笑道：『坐下，坐下！喝酒，喝酒！』將單刀還入刀鞘。那位泰山派的師兄，卻不知如何胸口已中了他一刀，鮮血直冒，他眼睛瞪著田伯光，身子搖晃了幾下，倒向樓板。」

她目光轉向天松道人，說道：「這位泰山派的師伯，縱身搶到田伯光面前，連聲猛喝，出劍疾攻。這位師伯的劍招自是十分了得，但田伯光仍不站起身，坐在椅中，拔刀招架。這位師伯攻了二三十劍，田伯光擋了二三十招，一直坐著，沒站起身來。」

天門道人黑著臉，眼光瞧向躺在門板上的師弟，問道：「師弟，這惡賊的武功當眞如此了得？」天松道人一聲長嘆，緩緩轉開了頭。

儀琳續道：「那時候令狐師兄便拔劍向田伯光疾刺。田伯光迴刀擋開，站起身來。」

定逸道：「這可不對了。天松道長接連刺他二三十劍，他都不用起身，令狐冲只刺他一劍，田伯光便須站起來。令狐冲的武功又怎能高得過天松道長？」

儀琳道：「那田伯光是有道理的。他說：『令狐兄，我當你是朋友，你出兵刃攻我，我如仍然坐著不動，那就是瞧你不起。我武功雖比你高，心中卻敬你爲人，因此不論勝敗，都須起身招架。對付這牛……牛鼻……卻又不同。』令狐師兄哼了一聲，道：『承你青眼，令狐冲臉上貼金。』嗤嗤嗤向他連攻三劍。師父，這三劍去勢凌厲得很，劍光將田伯光的上盤盡數籠罩住了……」

定逸點頭道：「這是岳老兒的得意之作，叫甚麼『太岳三青峯』，據說是第二劍比第一劍的勁道狠，第三劍又勝過了第二劍。那田伯光如何拆解？」

儀琳道：「田伯光接一招，退一步，連退三步，喝采道：『好劍法！』轉頭向天松師伯道：『牛鼻子，你爲甚麼不上來夾攻？』令狐師兄一出劍，天松師伯便即退開，站在一旁。天松師伯冷冷的道：『我是泰山派的正人君子，豈肯與淫邪之人聯手？』我忍不住了，說道：『你莫冤枉了這位令狐師兄，他是好人！』天松師伯冷笑道：『他是好人？嘿嘿，他是和田伯光同流合污的大大好人！』突然之間，天松師伯『啊』的一聲大叫，雙手按住了胸口，臉上神色十分古怪。田伯光還刀入鞘，說道：『坐下，坐下！喝酒，喝酒！』

「我見天松師伯雙手指縫中不絕的滲出鮮血。不知田伯光使了甚麼奇妙的刀法，我全沒見到他伸臂揮手，天松師伯胸口已然中刀，這一刀當眞快極。我嚇得只叫：『別……別殺他！』田伯光笑道：『小美人說不殺，我就不殺！』天松師伯按住傷口，衝下了樓梯。令狐師兄起身想追下去相救。田伯光拉住他，說道：『令狐兄，這牛鼻子驕傲得緊，寧死不會要你相幫，何苦自討沒趣？』令狐師兄苦笑著搖頭，喝了兩碗酒。師父，那時我想，咱們佛門五大戒，第五戒酒，令狐師兄雖不是佛門弟子，可是喝酒這麼喝個不停，終究不好。不過弟子自然不敢跟他說話，怕他罵我『一見尼姑』甚麼的。」

定逸道：「令狐冲這些瘋話，以後不可再提。」儀琳道：「是。」定逸道：「後來怎樣？」

儀琳道：「田伯光說：『這牛鼻子武功不錯，我這刀砍得不算慢，他竟能及時縮了三寸，這一刀沒砍死他。泰山派的玩藝倒還有兩下子。令狐兄，這牛鼻子不死，今後你麻煩可就多了。剛才我存心要殺了他，免你後患，可惜這刀砍他不死。』

「令狐師兄笑道：『我一生之中，麻煩天天都有，管他娘的，喝酒，喝酒。田兄，你這一刀如砍向我胸口，我武功不及天松師伯，那便避不了。』田伯光笑道：『剛才我出刀之時，確是手下留了情，那是報答你昨晚在山洞中不殺我的情誼。』我聽了好生奇怪，如此說來，昨晚山洞中兩人相鬥，倒還是令狐師兄佔了上風，饒了他性命。」

衆人聽到這裏，臉上都現出不以爲然的神色，均覺令狐冲不該和這萬惡淫賊拉交情。

儀琳續道：「令狐師兄道：『昨晚山洞之中，在下已盡全力，藝不如人，如何敢說劍下留情？』田伯光哈哈一笑，說道：『當時你和這小尼姑躲在山洞之中，這小尼姑發出聲息，給我查覺，可是你卻屏住呼吸，我萬萬料不到另外有人窺伺在側。我拉住了這小尼姑，立時便要破了她的清規戒律。你只消等得片刻，待我魂飛天外、心無旁騖之時，一劍刺出，定可取了我的性命。令狐兄，你又不是十一二歲的少年，其間的輕重關節，豈有不知？我知你是堂堂丈夫，不願施此暗算，因此那一劍嘛，嘿嘿，只是在我肩頭輕輕這麼一刺。』

「令狐師兄道：『我如多待得片刻，這小尼姑豈非受了你的污辱？我跟你說，我雖然見了尼姑便生氣，但恆山派總是五嶽劍派之一。你欺到我們頭上來，那可容你不得。』田伯光笑道：『話雖如此，然而你這一劍若再向前送得三四寸，我一條胳臂就此廢了，幹麼你這一劍刺中我後，卻又縮回？』令狐師兄道：『我是華山弟子，豈能暗箭傷人？你先在我肩頭砍一刀，我便在你肩頭還了一劍，大家扯個直，再來交手，堂堂正正，誰也不佔誰的便宜。』田伯光哈哈大笑，道：『好，我交了你這個朋友，來來來，喝一碗。』

「令狐師兄道：『武功我不如你，酒量卻是你不如我。』田伯光道：『酒量不如你嗎？那也未見得，咱們便來比上一比。來，大家先喝十大碗再說。』令狐師兄皺眉道：『田兄，我只道你也是個不佔人便宜的好漢，這才跟你賭酒，那知大謬不然，令我好生失望。』田伯光斜眼看他，問道：『我又如何佔你便宜了？』令狐師兄道：『你明知我討厭尼姑，一見尼姑便周身不舒服，胃口大倒，如何還能跟你賭酒？』

「田伯光又大笑起來，說道：『令狐兄，我知你千方百計，只是要救這小尼姑，可是我田伯光愛色如命，既看上了這千嬌百媚的小尼姑，說甚麼也不放她走。你要我放她，唯有一個條件。』令狐師兄道：『好，你說出來罷，上刀山，下油鍋，我令狐冲認命了，皺一皺眉頭，不算好漢。』田伯光笑嘻嘻的斟滿了兩碗酒，道：『你喝了這碗酒，我跟你說。』令狐師兄端起酒碗，一口喝乾，道：『乾！』田伯光也喝了那碗酒，笑道：『令狐兄，在下既當你是朋友，就當按照江湖上的規矩，朋友妻，不可戲。你若答應娶這小尼姑……小尼姑……』」

她說到這裏，雙頰暈紅如火，目光下垂，聲音越說越小，到後來已細不可聞。

定逸伸手在桌上一拍，喝道：「胡說八道，越說越下流了。後來怎樣？」

儀琳細聲道：「那田伯光口出胡言，笑嘻嘻的道：『大丈夫一言既出，駟馬難追。你答應娶她……娶她為妻，我即刻放她，還向她作揖賠罪，除此之外，萬萬不能。』

「令狐師兄呸的一聲，道：『你要我倒足一世霉麼？此事再也休提。』田伯光那廝又胡說了一大篇，說甚麼留起頭髮，就不是尼姑，還有許多教人說不出口的瘋話，我掩住耳朵，不去聽他。令狐師兄道：『住嘴！你再開這等無聊玩笑，令狐冲當場給你氣死，那還有性命來跟你拚酒？你不放她，咱們便來決一死戰。』田伯光笑道：『講打，你是打我不過的！』令狐師兄道：『站著打，我不是你對手。坐著打，你便不是我對手。』」

眾人先前聽儀琳述說，田伯光坐在椅上一直沒站起身，卻擋架了泰山派好手天松道人二三十招凌厲的攻勢，則他善於坐鬥，可想而知，令狐冲說「站著打，我不是你對手；坐著打，你不是我對手」這句話，自是爲了故意激惱他而說。何三七點頭道：「遇上了這等惡徒淫賊，先將他激得暴跳如雷，然後乘機下手，倒也不失爲一條妙計。」

儀琳續道：「田伯光聽了，也不生氣，只笑嘻嘻的道：『令狐兄，田伯光佩服的，是你的豪氣膽識，可不是你的武功。』令狐師兄道：『令狐冲佩服你的，乃是你站著打的快刀，卻不是坐著打的刀法。』田伯光道：『你這個可不知道了，我少年之時，腿上得過寒疾，有兩年時光我坐著練習刀法，坐著打正是我拿手好戲。適才我和那泰山派的牛……牛……道人拆招，倒不是輕視於他，只是我坐著使刀使得慣了，也就懶得站將起來。令狐兄，這一門功夫你是不如我的。』令狐師兄道：『田兄，你這個可不知道了。你不過少年之時爲了腿患寒疾，坐著練了兩年刀法，時候再多，也不過兩年。我別的功夫不如你，這坐著使劍，卻比你強。我天天坐著練劍。』」

眾人聽到這裏，目光都向勞德諾瞧去，均想：「可不知華山派武功之中，有沒這樣一項坐著練劍的法門？」勞德諾搖頭道：「大師哥騙他的，敝派沒這一門功夫。」

儀琳道：「田伯光臉上露出詫異的神色，說道：『當眞有這回事？在下這可是孤陋寡聞了，倒想見識見識華山派的坐……坐……甚麼劍法啊？』令狐師兄笑道：『這些劍法不是我恩師所授，是我自己創出來的。』田伯光一聽，登時臉色一變，道：『原來如此，令狐兄大才，令人好生佩服。』」

衆人均知田伯光何以動容。武學之中，要新創一路拳法劍法，當眞談何容易，若非武功既高，又有過人的才智學識，決難別開蹊徑，另創新招。像華山派這等開山立派數百年的名門大派，武功的一招一式無不經過千錘百鍊，要將其中一招稍加變易，也已極難，何況另創一路劍法？勞德諾心想：「原來大師哥暗中創了一套劍法，怎地不跟師父說？」

只聽儀琳續道：「當時令狐師兄嘻嘻一笑，說道：『這路劍法臭氣沖天，有甚麼値得佩服之處？』田伯光大感詫異，問道：『怎地臭氣沖天？』我也好生奇怪，劍法最多是不高明，那會有甚麼臭氣？令狐師兄道：『不瞞田兄說，我每天早晨出恭，坐在茅廁之中，到處蒼蠅飛來飛去，好生討厭，於是我便提起劍來擊刺蒼蠅，初時刺之不中，久而久之，熟能生巧，出劍便刺到蒼蠅，漸漸意與神會，從這些擊刺蒼蠅的劍招之中，悟出一套劍法來。使這套劍法之時，一直坐著出恭，豈不是臭氣有點難聞麼？』他說到這裏，我忍不住便笑了出來，這位令狐師兄眞滑稽，天下那有這樣練劍的。田伯光聽了，卻臉色鐵青，怒道：『令狐兄，我當你是個朋友，你出此言，未免欺人太甚，你當我田伯光是茅廁中的蒼蠅，是不是？好，我便領教領教你這路……你這路……』」

衆人聽到這話都暗暗點頭，均知高手比武，倘若心意浮躁，可說已先自輸了三成，令狐冲這些言語顯然意在激怒對方，現下田伯光終於發怒，那是第一步已中計了。

定逸道：「很好！後來怎樣？」

儀琳道：「令狐師兄笑嘻嘻的道：『在下練這路劍法，不過是爲了好玩，絕無與人爭勝拚鬥之意。田兄千萬不可誤會，小弟決不敢將你當作是茅廁裏的蒼蠅。』我忍不住又笑了一聲。田伯光更加惱怒，抽出單刀，放在桌上，說道：『好，咱們便大家坐著，比上一比。』我見到他眼中露出兇光，很是害怕，他顯然已動殺機，要將令狐師兄殺了。

「令狐師兄笑道：『坐著使刀使劍，你沒我功夫深，你是比不過我的。令狐冲今日新交了田兄這個朋友，又何必傷了兩家和氣？再說，令狐冲堂堂丈夫，不肯在自己最擅勝場的功夫上佔朋友便宜。』田伯光道：『這是田伯光自甘情願，不能說是你佔了我便宜。』令狐師兄道：『如此說來，田兄一定要比？』田伯光道：『一定要比！』令狐師兄道：『一定要坐著比！』田伯光道：『對了，一定要坐著比！』令狐師兄道：『好，既然如此，咱們得訂下一個規條，勝敗未決之時，那一個先站了起來，便算輸！』田伯光道：『不錯！勝敗未決之時，那一個先站起身，便算輸了。』

「令狐師兄又問：『輸了的便怎樣？』田伯光道：『你說如何便如何。』令狐師兄道：『待我想一想。有了，第一，比輸之人，今後見到這個小尼姑，不得再有任何無禮的言語行動，一見到她，便得上前恭恭敬敬的躬身行禮，說道：「小師父，弟子田伯光拜見。」』田伯光道：『呸！你怎知定是我輸？要是你輸呢？』令狐師兄道：『我也一樣，是誰輸了，誰便得改投恆山派門下，做定逸老師太的徒孫，做這小尼姑的徒弟。』師父，你想令狐師兄說得滑稽不滑稽？他二人比武，怎地輸了要改投恆山派門下？我又怎能收他們做徒弟？」

她說到這裏，臉上露出了淡淡的笑容。她一直愁容不展，此刻微現笑靨，更增秀色。

定逸道：「這些江湖上的粗魯漢子，甚麼話都說得出，你又怎地當眞了？這令狐冲存心是在激怒田伯光。」她說到這裏，抬起頭來，微閉雙目，思索令狐冲用甚麼法子能夠取勝，倘若他比武敗了，又如何自食其言？想了一會，知道自己的智力跟這些無賴流氓相比實在差得太遠，不必徒傷腦筋，便問：「那田伯光卻又怎樣回答？」

儀琳道：「田伯光見令狐師兄說得這般有恃無恐，臉現遲疑之色，我料他有些躭心了，大概在想：莫非令狐冲坐著使劍，眞有過人之長？令狐師兄又激他：『倘若你決意不肯改投恆山派門下，咱們也不用比了。』田伯光怒道：『胡說八道！好，就是這樣，輸了的拜這小尼姑爲師！』我道：『我可不能收你們做徒弟，我功夫不配，再說，我師父也不許。我恆山派不論出家人、在家人，個個都是女子，怎能夠……怎能夠……』

「令狐師兄將手一揮，說道：『我和田兄商量定的，你不收也得收，那由得你作主？』他轉頭向田伯光道：『第二，輸了之人，就得舉刀一揮，自己做了太監。』師父，不知道甚麼是舉刀一揮，自己做了太監？」

她這麼一問，衆人都笑了起來。定逸也忍不住好笑，嚴峻的臉上終於露出了笑容，說道：「那些流氓的粗話，好孩子，你不懂就不用問，沒甚麼好事。」

儀琳道：「噢，原來是粗話。我本來想有皇帝就有太監，沒甚麼了不起。田伯光聽了這話後，斜眼向著令狐師兄問道：『令狐兄，你當眞有必勝的把握？』令狐師兄道：『這個自然！站著打，我令狐冲在普天下武林之中，排名第八十九；坐著打，排名第二！』田伯光甚是好奇，問道：『你第二？第一是誰？』令狐師兄道：『那是魔教教主東方不敗！』」

衆人聽她提到「魔教教主東方不敗」八字，臉色都爲之一變。

儀琳察覺到衆人神色突然間大變，既感詫異，又有些害怕，深恐自己說錯了話，問道：「師父，這話不對麼？」定逸道：「你別提這人的名字。田伯光卻怎麼說？」

儀琳道：「田伯光點點頭，道：『你說東方教主第一，我沒異言，可是閣下自居排名第二，未免有些自吹自擂。難道你還勝得過尊師岳先生？』令狐師兄道：『我是說坐著打啊。站著打，我師父排名第八，我是八十九，跟他老人家可差得遠了。』田伯光點頭道：『原來如此！那麼站著打，我排名第幾？這又是誰排的？』令狐師兄道：『這是一個大秘密，田兄，我跟你言語投機，說便跟你說了，可千萬不能洩漏出去，否則定要惹起武林中老大一場風波。三個月之前，我五嶽劍派五位掌門師尊在華山聚會，談論當今武林名手的高下。五位師尊一時高興，便將普天下衆高手排了一排。田兄，不瞞你說，五位師尊對你的人品罵得一錢不值，說到你的武功，大家認爲還眞不含糊，站著打，天下可以排到第十四。』」

天門道人和定逸師太齊聲道：「令狐冲胡說八道，那有此事？」

儀琳道：「原來令狐師兄是騙他的。田伯光也有些將信將疑，說道：『五嶽劍派掌門人都是武林中了不起的高人，居然將田伯光排名第十四，那是過獎了。令狐兄，你是否當著五位掌門人之面，施展你那套臭不可聞的茅廁劍法，否則他們何以許你天下第二？』

「令狐師兄笑道：『這套茅廁劍法嗎？當眾施展太過不雅，如何敢在五位師尊面前獻醜？這路劍法姿勢難看，可是十分厲害。令狐冲和一些旁門左道的高手談論，大家認爲除了東方教主之外，天下無人能敵。不過，田兄，話又得說回來，我這路劍法雖然了得，除了出恭時擊刺蒼蠅之外，卻沒實用。你想想，當眞與人動手比武，又有誰肯大家坐著不動？就算我和你約好了非坐著比不可，等到你一輸，你自然老羞成怒，站起身來，你站著打天下第十四，輕而易舉，便能將我這坐著打的天下第二一刀殺了。因此啊，你這站著打天下第十四是眞的，我這坐著打天下第二卻徒有虛名，毫不足道。』

「田伯光冷哼一聲，說道：『令狐兄，你這張嘴當眞會說。你又怎知我坐著打一定會輸給你，又怎知我會老羞成怒，站起身來殺你？』令狐師兄道：『你如答允輸了之後不來殺我，那麼做太……太監之約，也可不算，免得你絕子絕孫，沒了後代。好罷，廢話少說，這就動手！』他手一掀，將桌子連酒壺、酒碗都掀得飛了出去，兩個人就面對面的坐著，一個手中提了把刀，一個手中拿了柄劍。

「令狐師兄道：『進招罷！是誰先站起身來，屁股離開了椅子，誰就輸了。』田伯光道：『好，瞧是誰先站起身來！』他二人剛要動手，田伯光向我瞧了一眼，突然哈哈大笑，說道：『令狐兄，我服了你啦。原來你暗中伏下人手，今日存心來跟田伯光爲難。我和你坐著相鬥，誰都不許離開椅子，別說你的幫手一擁而出，單是這小尼姑在我背後動手動腳，說不定便逼得我站起身來。』

「令狐師兄也哈哈大笑，說道：『只教有人插手相助，便算是令狐冲輸了。小尼姑，你盼我打勝呢，還是打敗？』我道：『自然盼你打勝。你坐著打，天下第二，決不能輸了給他。』令狐師兄道：『好，那麼你請罷！走得越快越好，越遠越好！這麼一個光頭小尼姑站在我眼前，令狐冲不用打便輸了。』他不等田伯光出言阻止，唰的一劍，便向他刺去。

「田伯光揮刀擋開，笑道：『佩服，佩服！好一條救小尼姑脫身的妙計。令狐兄，你當眞是個多……多情種子。只是這一場凶險，冒得忒也大了些。』我那時才明白，原來令狐師兄一再說誰先站起誰輸，是要我有機會逃走。田伯光身子不能離椅，自然沒法來捉我了。」

衆人聽到這裏，對令狐冲這番苦心都不禁讚嘆。他武功不及田伯光，除此之外，確無良策可讓儀琳脫身。

定逸道：「甚麼『多情種子』等等，都是粗話，以後嘴裏千萬不可提及，連心裏也不許想。」儀琳垂目低眉，道：「是，原來那也是粗話，弟子知道了。」定逸道：「那你就該立即走路啊，倘若田伯光將令狐冲殺了，你便又難逃毒手。」

儀琳道：「是。令狐師兄一再催促，我只得向他拜了拜，說道：『多謝令狐師兄救命之恩。華山派的大恩大德，儀琳終身不忘。』轉身下樓，剛走到樓梯口，只聽得田伯光喝道：『中！』我一回頭，兩點鮮血飛了過來，濺上我的衣衫，原來令狐師兄肩頭中了一刀。

「田伯光笑道：『怎麼樣？你這坐著打天下第二的劍法，我看也是稀鬆平常！』令狐師兄道：『這小尼姑還不走，我怎打得過你？那是我命中注定要倒大霉。』我想令狐師兄討厭尼姑，我留著不去，只怕眞的害了他性命，只得急速下樓。一到酒樓之下，但聽樓上刀劍之聲相交不絕，田伯光又大喝一聲：『中！』

「我大吃一驚，料想令狐師兄又給他砍中了一刀，但不敢再上樓去觀看，於是從樓旁攀援而上，到了酒樓屋頂，伏在瓦上，從窗子裏向內張望，只見令狐師兄仍持劍狠鬥，身上濺滿了鮮血，田伯光卻一處也沒受傷。

「又鬥了一陣，田伯光又喝一聲：『中！』一刀砍在令狐師兄的左臂，收刀笑道：『令狐兄，我這一招是刀下留情！』令狐師兄笑道：『我自然知道，你落手稍重，我這條臂膀便給你砍下來啦！』師父，在這當口，他居然還笑得出來。田伯光道：『你還打不打？』令狐師兄道：『當然打啊！我又沒站起身來。』田伯光道：『我勸你認輸，站了起來罷。咱們說過的話不算數，你不用拜那小尼姑爲師啦。』令狐師兄道：『大丈夫一言既出，駟馬難追。說過的話，豈有不算數的？』田伯光道：『天下硬漢子我見過多了，令狐兄這等人物，田伯光今日第一次見到。好！咱們不分勝敗，兩家罷手如何？』

「令狐師兄笑嘻嘻的瞧著他，並不說話，身上各處傷口中的鮮血不斷滴向樓板，嗒嗒嗒的作聲。田伯光拋下單刀，正要站起，突然想到一站起身便算輸了，身子只這麼一晃，便又坐實，總算沒離開椅子。令狐師兄笑道：『田兄，你可機靈得很啊！』」

衆人聽到這裏，都情不自禁「唉」的一聲，爲令狐冲可惜。

儀琳繼續說道：「田伯光拾起單刀，說道：『我要使快刀了，再遲得片刻，那小尼姑便要逃得不知去向，追她不上了。』我聽他說還要追我，只嚇得渾身發抖，又躭心令狐師兄遭了他毒手，不知如何是好。忽地想起，令狐師兄所以拚命和他纏鬥，只是為了救我，唯有我去自刎在他二人面前，方能使令狐師兄不死。當下我拔出腰間斷劍，正要踴身躍入酒樓，突然間只見令狐師兄身子一晃，連人帶椅倒下地來，又見他雙手撐地，慢慢爬了開去，那隻椅子壓在他身上。他受傷甚重，一時掙扎著站不起來。

「田伯光甚是得意，笑道：『坐著打天下第二，爬著打天下第幾？』說著站起身來。令狐師兄也哈哈一笑，說道：『你輸了！』田伯光笑道：『你輸得如此狼狽，還說是我輸了？』令狐師兄伏在地下，問道：『咱們先前怎麼說來？』田伯光道：『咱們約定坐著打，是誰先站起身來，屁股離了椅子……便……便……便……』他連說了三個『便』字，再也說不下去，左手指著令狐師兄。原來這時他才醒悟已上了當。他已經站起，令狐師兄可兀自未曾起立，屁股也沒離開椅子，模樣雖然狼狽，依著約定的言語，卻算是勝了。」

眾人聽到這裏，忍不住拍手大笑，連聲叫好。

只余滄海哼了一聲，道：「這無賴小子，跟田伯光這淫賊去耍流氓手段，豈不丟了名門正派的臉面？」定逸怒道：「甚麼流氓手段？大丈夫鬥智不鬥力。可沒見你青城派中有這等見義勇為的少年英俠？」她聽儀琳述說令狐冲奮不顧身、保全了恆山派的顏面，心下著實感激，先前怨怪令狐冲之意，早就丟到了九霄雲外。余滄海又哼了一聲，道：「好一個爬在地下的少年英俠！」定逸厲聲道：「你青城派……」

劉正風怕他二人又起衝突，忙打斷話頭，問儀琳道：「賢姪，田伯光認不認輸？」

儀琳道：「田伯光怔怔的站著，一時拿不定主意。令狐師兄叫道：『恆山派的小師妹，你下來罷，恭喜你新收了一位高足啊！』原來我在屋頂窺探，他早就知道了。田伯光這人雖惡，說過了的話倒不抵賴，那時他本可上前一刀將令狐師兄殺了，回頭再來對付我，但他卻大聲叫道：『小尼姑，我跟你說，下次你再敢見我，我一刀便將你殺了。』我本來就不願收這惡人做徒弟，他這麼說，我正求之不得。田伯光說了這句話，將單刀往刀鞘裏一插，大踏步下了酒樓。我這才跳進樓去，扶起令狐師兄，取出天香斷續膠給他敷上傷口，我一數，他身上大大小小的傷口，竟有十三處之多……」

余滄海忽然插口道：「定逸師太，恭喜恭喜！」定逸瞪眼道：「恭甚麼喜？」余滄海道：「恭喜你新收了一位武功卓絕、天下揚名的好徒孫！」定逸大怒，一拍桌子，站起身來。天門道人道：「余觀主，這可是你的不對了。咱們玄門清修之士，豈可開這等無聊玩笑？」余滄海轉過了頭，只作沒聽見。

儀琳續道：「我給令狐師兄敷完了藥，扶他坐上椅子。令狐師兄不住喘氣，說道：『勞你駕，給斟一碗酒。』我斟了一碗酒遞給他。忽然樓梯上腳步聲響，上來了兩人，一個就是他。」伸指指著抬羅人傑屍身進來的那青城派弟子，又道：「另一個便是那惡人羅人傑。他們二人看看我，看看令狐師兄，眼光又轉過來看我，神色間甚是無禮。」

衆人均想，羅人傑他們乍然見到令狐冲滿身鮮血，和一個美貌尼姑坐在酒樓之上，而那小尼姑又斟酒給他喝，自然會覺得大大不以爲然，神色無禮，那也不足爲奇了。

儀琳續道：「令狐師兄向羅人傑瞧了一眼，問道：『師妹，你可知青城派最擅長的是甚麼功夫？』我道：『不知道，聽說青城派高明的功夫多得很。』令狐師兄道：『不錯，青城派高明的功夫很多，但其中最高明的一招，嘿嘿，免傷和氣，不說也罷。』說著向羅人傑又瞪了一眼。羅人傑搶將過來，喝道：『最高明的是甚麼？你倒說說看？』令狐師兄笑道：『我本來不想說，你一定要我說，是不是？那是一招「屁股向後平沙落雁式」。』羅人傑伸手在桌上一拍，喝道：『胡說八道，甚麼叫做「屁股向後平沙落雁式」，從來沒聽見過！』

「令狐師兄笑道：『這是貴派的看家招式，你怎地會沒聽見過？你轉過身來，我演給你瞧。』羅人傑罵了幾句，出拳便向令狐師兄打去。令狐師兄站起來想避，但實在失血過多，半點力氣也沒有了，身子一晃，便即坐倒，給他這一拳打在鼻上，鮮血長流。

「羅人傑第二拳又待再打，我忙伸掌格開，道：『不能打！他身受重傷，你沒瞧見麼？你欺負受傷之人，算是甚麼英雄好漢？』羅人傑罵道：『小尼姑見小賊生得瀟洒，動了凡心啦！快讓開。你不讓開，連你也打了。』我說：『你敢打我，我告訴你師父余觀主去。』他說：『哈哈，你不守清規，破了淫戒，天下人個個打得。』師父，他這可不是冤枉人嗎？他左手向我一探，我伸手格時，沒料到他這一下是虛招，突然間他右手伸出，在我左頰上捏了一把，還哈哈大笑。我又氣又急，連出三掌，卻都給他避開了。

「令狐師兄道：『師妹，你別動手，我運一運氣，那就成了。』我轉頭瞧他，只見他臉上半點血色也沒有。就在那時，羅人傑奔將過去，握拳又要打他。令狐師兄左掌一帶，將他帶得身子轉了半個圈子，跟著飛出一腿，踢中了他的……他的後臀。這一腿又快又準，巧妙之極。那羅人傑站立不定，直滾下樓去。

「令狐師兄低聲道：『師妹，這就是他青城派最高明的招數，叫做「屁股向後平沙落雁式」，屁股向後，是專門給人踢的，平沙落……落……雁，你瞧像不像？』我本想笑，可是見他臉色愈來愈差，很是躭心，勸道：『你歇一歇，別說話。』我見他傷口又流出血來，顯然剛才踢這一腳太過用力，又將傷口弄破了。

「那羅人傑跌下樓後立即又奔了上來，手中已多了一柄劍，喝道：『你是華山令狐冲，是不是？』令狐師兄笑道：『貴派高手向我施展這招「屁股向後平沙落雁式」的，閣下已是第三人，無怪……無怪……』說著不住咳嗽。我怕羅人傑害他，抽出劍來，在旁守護。羅人傑向他師弟道：『黎師弟，你對付這小尼姑。』這姓黎的惡人應了一聲，抽出長劍，向我攻來，我只得出劍招架。

「只見羅人傑一劍又一劍向令狐師兄刺去，令狐師兄勉力舉劍招架，形勢甚是危急。又打幾招，令狐師兄的長劍跌了下來。羅人傑長劍刺出，抵在他胸前，笑道：『你叫我三聲青城派的爺爺，我便饒了你性命。』令狐師兄笑道：『好，我叫，我叫！我叫了之後，你傳不傳我貴派那招屁股向後平沙……』他這句話沒說完，羅人傑這惡人長劍往前一送，便刺入了令狐師兄胸口，這惡人當真毒辣……」

她說到這裏，晶瑩的淚水從面頰上滾滾流下，哽咽著繼續道：「我……我……我見到這等情狀，撲過去阻擋，但那羅人傑的利劍，已刺……刺進了令狐師兄的胸膛。」

一時之間，花廳上靜寂無聲。

余滄海只覺射向自己臉上的許多眼光之中，都充滿著鄙夷和憤恨之意，說道：「你這番言語不盡不實。你說羅人傑已殺了令狐冲，怎地羅人傑又會死在他劍下？」

儀琳道：「令狐師兄中了那劍後，卻笑了笑，向我低聲道：『小師妹，我……我有個大秘密，說給你聽。那福……福威鏢局的辟邪……辟邪劍譜，是在……是在……』他聲音越說越低，我再也聽不見甚麼，只見他嘴唇在動……」

余滄海聽她提到福威鏢局的辟邪劍譜，登時心頭大震，不由自主的神色緊張，問道：「在甚麼……」他本想問「在甚麼地方」，但隨即想起，這句話萬萬不能當衆相詢，當即縮住，但心中撲通撲通的亂跳，只盼儀琳年幼無知，當場便說了出來，否則事後定逸師太一加詳詢，知道了其中的重大關連，便無論如何不會讓自己與聞機密了。

只聽儀琳續道：「羅人傑對那甚麼劍譜，好像十分關心，走將過來，俯低身子，要聽令狐師兄說那劍譜是在甚麼地方，突然之間，令狐師兄抓起掉在樓板上的那口劍，一抬手，刺入了羅人傑的小腹。這惡人仰天摔倒，手足抽搐了幾下，再也爬不起來。原來……原來……師父……令狐師兄是故意騙他走近，好殺他報仇。」

她述說完了這段往事，精神再也支持不住，身子晃了幾晃，暈了過去。定逸師太伸出手臂，攬住了她腰，向余滄海怒目而視。

衆人默然不語，想像迴雁樓頭那場驚心動魄的格鬥。在天門道人、劉正風、聞先生、何三七等高手眼中，令狐冲、羅人傑等人的武功自然都沒甚麼了不起，但這場鬥殺如此變幻慘酷，卻是江湖上罕見罕聞的淒厲場面，而從儀琳這樣一個秀美純潔的妙齡女尼口中說來，顯然並無半點誇大虛妄之處。

劉正風問那姓黎的青城弟子：「黎世兄，當時你也在場，這件事是親眼目睹的？」

那姓黎的青城弟子不答，眼望余滄海。衆人見了他神色，均知當時實情確是如此。否則儀琳只消有一句半句假話，他自必出言反駁。

余滄海目光轉向勞德諾，臉色鐵青，冷冷的問道：「勞賢姪，我青城派到底在甚麼事上得罪了貴派，以致令師兄一再無端生事，向我青城派弟子挑釁？」勞德諾搖頭道：「弟子不知。那是令狐師哥和貴派羅兄私人間的爭鬥，和青城、華山兩派的交情絕不相干。」余滄海冷笑道：「好一個絕不相干！你倒推得乾乾淨淨……」

話猶未畢，忽聽得豁喇一聲，西首紙窗爲人撞開，飛進一個人來。廳上衆人都是高手，應變奇速，分向兩旁一讓，各出拳掌護身，還未看清進來的人是誰，豁喇一響，又飛進一個人來。這兩人摔在地下，俯伏不動。但見兩人都身穿青色長袍，是青城派弟子的服色打扮，袍上臀部之處，清清楚楚的各印著一個泥水的腳印。只聽得窗外一個蒼老粗豪的聲音朗聲道：「屁股向後平沙落雁式！哈哈，哈哈！」

余滄海身子一晃，雙掌劈出，跟著身隨掌勢，竄出窗外，左手在窗格上一按，已借勢上了屋頂，左足站在屋簷，眼觀四方，但見夜色沉沉，雨絲如幕，更沒一個人影，心念一動：「此人決不能在這瞬息之間，便即逸去無蹤，定然伏在左近。」知道此人大是勁敵，伸手拔出長劍，展開身形，在劉府四周迅捷異常的遊走了一周。

其時只天門道人自重身分，仍坐在原座不動，定逸師太、何三七、聞先生、劉正風、勞德諾等都已躍上了屋頂，眼見一個身材矮小的道人提劍疾行，黑暗中劍光幻作了一道白光，在劉府數十間屋舍外繞行一圈，對余滄海輕身功夫之高，都暗暗佩服。

余滄海奔行雖快，但劉府四周屋角、樹木、草叢各處，沒一處能逃過他眼光，不見有任何異狀，當即又躍回花廳，只見兩名弟子仍伏在地下，屁股上那兩個清清楚楚的腳印，便似化成了江湖上千萬人的恥笑，正在譏嘲青城派丟盡了顏面。

余滄海伸手將一人翻過身來，見是弟子申人俊，另一個不必翻身，從他後腦已可見到一部鬍子，自是與申人俊焦孟不離的吉人通了。他伸手在申人俊脅下的穴道上拍了兩下，問道：「著了誰的道兒？」申人俊張口欲語，卻發不出半點聲息。

余滄海吃了一驚，適才他這麼兩拍，只因大批高手在側，故意顯得輕描淡寫，渾不著力，其實已運上了青城派的上乘內力，但申人俊受封的穴道居然沒法解開。只得潛運功力，將內力自申人俊背心「靈台穴」中源源輸入。

過了好一會，申人俊才結結巴巴的叫道：「師……師父。」余滄海不答，又輸了一陣內力。申人俊道：「弟……弟子沒見到對手是誰。」余滄海道：「他在那裏下的手？」申人俊道：「弟子和吉師弟兩個同到外邊解手，弟子只覺後心一痳，便著了龜兒的道兒。」余滄海臉一沉，道：「人家是武林高手，不可胡言謾罵。」申人俊道：「是。」

余滄海一時想不透對方來歷，見天門道人臉色木然，對此事似是全不關心，尋思：

「他五嶽劍派同氣連枝，人傑殺了令狐冲，看來連天門這廝也將我怪上了。」突然想起：「下手之人只怕尚在大廳。」向申人俊招了招手，快步走進廳中。

廳上衆人正紛紛議論，兀自在猜測一名泰山派弟子、一名青城派弟子死於非命，是誰下的毒手，突然見到余滄海進來，有的認得他是青城派掌門，不認得他的，見這人身高不逾五尺，卻自有一股武學宗匠的氣度，形貌舉止，不怒自威，登時都靜了下來。

余滄海的眼光逐一向衆人臉上掃去。廳上衆人都是武林中第二輩的人物，他雖所識者不多，但一看各人的服色打扮，十之八九便已知屬於何門何派，料想任何門派的第二代弟子之中，決無內力如此深厚的好手，此人若在廳上，必然與衆不同。他一個一個的看去，突然之間，兩道鋒銳如刀的目光停在一個人身上。

這人形容醜陋之極，臉上肌肉扭曲，又貼了幾塊膏藥，背脊高高隆起，是個駝子。

余滄海陡然憶起一人，不由得一驚：「莫非是他？聽說這『塞北明駝』木高峯素在塞外出沒，極少涉足中原，又跟五嶽劍派沒甚麼交情，怎會來參與劉正風的金盆洗手之會？但若不是他，武林中又那有第二個相貌如此醜陋的駝子？」

大廳上衆人的目光也隨著余滄海而射向那駝子，好幾個熟知武林情事的年長之人都驚噫出聲。劉正風搶上前去一揖，說道：「不知尊駕光臨，有失禮數，當眞得罪了。」

其實這駝子，卻那裏是甚麼武林異人了？便是福威鏢局少鏢頭林平之。他深恐爲人認出，一直低頭兜身，縮在廳角，若非余滄海逐一認人，誰也不會注意到他。這時衆人目光突然齊集，林平之登時大爲窘迫，忙站起向劉正風還禮，連說：「不敢！」

劉正風知木高峯是塞北人士，但眼前此人說的卻是南方口音，年歲相差甚遠，不由得起疑，但素知木高峯行事神出鬼沒，不可以常理測度，仍恭恭敬敬的道：「在下劉正風，不敢請教閣下高姓大名。」

林平之從未想到有人會來詢問自己姓名，囁嚅了幾句，一時不答。劉正風道：「閣下跟木大俠……」林平之靈機一動：「我姓『林』，拆了開來，不妨只用一半，便冒充姓『木』好了。」隨口道：「在下姓木。」

劉正風道：「木先生光臨衡山，劉某當眞臉上貼金。不知閣下跟『塞北明駝』木大俠如何稱呼？」他看林平之年歲甚輕，同時臉上那些膏藥，顯是在故意掩飾本來面貌，決不是那成名已數十年的「塞北明駝」木高峯。

林平之從未聽到過「塞北明駝木大俠」的名字，但聽得劉正風語氣之中對那姓木之人甚爲尊敬，而余滄海在旁側目而視，神情不善，自己但須稍露行跡，只怕立時便會斃於他掌下，此刻情勢緊迫，只得隨口敷衍搪塞，說道：「塞北明駝木大俠嗎？那是……那是在下的長輩。」他想那人既有「大俠」之稱，當然可以說是「長輩」。

余滄海見廳上更無別個異樣之人，料想弟子申吉二人受辱，定是此人下的手，當即冷冷的道：「青城派和塞北木先生素無瓜葛，不知甚麼地方開罪了閣下？」

林平之和這矮小道人面對面的站著，想起這些日子來家破人散，父母被擒，迄今不知生死，全是因這矮小道人而起，雖知他武功高過自己百倍，但胸口熱血上湧，忍不住便要拔出兵刃向他刺去。然而這些日來多歷憂患，已非復當日福州府那個鬥雞走馬的紈袴少年，當下強抑怒火，說道：「青城派好事多爲，木大俠路見不平，自要伸手。他老人家古道熱腸，生平行俠仗義，最愛鋤強扶弱，又何必管你開罪不開罪於他？」

劉正風一聽，不由得暗暗好笑，塞北明駝木高峯武功雖高，人品卻頗低下，這「木大俠」三字，只是自己隨口叫上一聲，其實以木高峯爲人，別說「大俠」兩字夠不上，連跟一個「俠」字也毫不相干。此人趨炎附勢，不顧信義，只是他武功高強，爲人機警，若跟他結下了仇，卻防不勝防，武林中人對他忌憚畏懼則有之，卻無人眞的對他有甚麼尊敬。劉正風聽林平之這麼說，更信他是木高峯的子姪，生怕余滄海出手傷了他，當即笑道：「余觀主，木兄，兩位既來到舍下，都是在下的貴客，便請瞧著劉某薄面，大家喝杯和氣酒，來人哪，酒來！」家丁們轟聲答應，斟上酒來。

余滄海對面前這年輕駝子雖不放在眼裏，然而想到江湖上傳說木高峯的種種陰毒無賴事跡，倒也不敢貿然破臉，見劉府家丁斟上酒來，卻不出手去接，要看對方如何行動。

林平之又恨又怕，但畢竟憤慨之情佔了上風，尋思：「說不定此刻我爹媽已遭這矮道人的毒手，我寧可給你一掌斃於當場，也決不能跟你共飲。」目光中盡是怒火，瞪視余滄海，也不伸手去取酒杯。

余滄海見他對自己滿是敵意，怒氣上沖，一伸手，便施展擒拿法抓住他手腕，說道：「好，好，好！衝著劉三爺的金面，誰也不能在劉府上無禮。木兄弟，咱們親近親近。」

林平之用力一掙，沒能掙脫，聽得他最後一個「近」字一出口，只覺手腕上一陣劇痛，腕骨格格作響，似乎立即便會給他捏得粉碎。余滄海凝力不發，要逼迫林平之討鐃。那知林平之對他心懷深仇大恨，腕上雖痛入骨髓，卻哼也沒哼一聲。

劉正風站在一旁，眼見他額頭黃豆大的汗珠一滴滴滲將出來，但臉上神色傲然，絲毫不屈，對這青年人的硬氣倒也有些佩服，說道：「余觀主！」正想打圓場和解，忽聽得一個尖銳的聲音說道：「余觀主，怎地興致這麼好，欺侮起木高峯的孫子來著？」

衆人一齊轉頭，只見廳口站著一個肥肥胖胖的駝子，這人臉上生滿了白瘢，卻又東一塊西一塊的都是黑記，再加上一個高高隆起的駝背，委實古怪醜陋之極。廳上衆人大都沒見過木高峯的盧山眞面，這時聽他自報姓名，又見到這副怪相，無不聳然動容。

這駝子身材臃腫，行動卻敏捷無倫，衆人只眼睛一花，見這駝子已欺到了林平之身邊，在他肩頭拍了拍，說道：「好孫子，乖孫兒，你給爺爺大吹大擂，說甚麼行俠仗義，鋤強扶弱，爺爺聽在耳裏，可受用得很哪！」說著又在他肩頭拍了一下。

他第一次拍肩，林平之只感全身劇震，余滄海手臂上也是一熱，險些便放開了手，但隨即又運功力，牢牢抓住。木高峯一拍沒將余滄海的五指震脫，一面跟林平之說話，一面潛運內力，第二下拍在他肩頭之時，已使上了十成功力。林平之眼前一黑，喉頭發甜，一口鮮血湧到了嘴裏。他強自忍住，骨嘟一聲，將鮮血吞入了腹中。

余滄海虎口欲裂，再也揑不住，只得放開了手，退了一步，心道：「這駝子心狠手辣，果然名不虛傳，他爲了震脫我手指，居然寧可讓他孫子身受內傷。」

林平之勉力哈哈一笑，向余滄海道：「余觀主，你青城派的武功太也稀鬆平常，比之這位塞北明駝木大俠，那可差得遠了，我瞧你不如改投木大俠門下，請他點撥幾招，也可……也可……有點兒進……進益……」他身受內傷，說這番話時心情激盪，只覺五臟便如倒了轉來，終於支撐著說完，身子已搖搖欲墮。

余滄海道：「好，你叫我改投木先生的門下，學一些本事，余滄海正求之不得。你自己是木先生門下，本事一定挺高的了，在下倒要領教領教。」指明向林平之挑戰，卻要木高峯袖手旁觀，不得參預。

木高峯向後退了兩步，笑道：「小孫子，只怕你修為尚淺，不是青城派掌門的對手，一上去就給他斃了。爺爺難得生了你這樣一個又駝又俊的好孫子，可捨不得你給人殺了。你不如跪下向爺爺磕頭，請爺爺代你出手如何？」

林平之向余滄海瞧了一眼，心想：「我若貿然上前跟這姓余的動手，他怒火大熾之下，只怕當眞一招就將我殺了。命既不存，又談甚麼報父母之仇？可是我林平之堂堂男子，豈能平白無端的去叫這駝子作爺爺？我自己受他羞辱不要緊，連累爹爹也受此奇恥大辱，終身抬不起頭來。我若向他一跪，那擺明是托庇於『塞北明駝』宇下，再也不能自立了。」一時心神不定，全身微微發抖，伸左手扶在桌上。

余滄海道：「我瞧你就是沒種！要叫人代你出手，磕幾個頭，又打甚麼緊？」他已瞧出林平之和木高峯之間的關係有些特異，顯然木高峯並非眞是他的爺爺，否則為甚麼林平之只稱他「前輩」，始終沒叫一聲「爺爺」？木高峯也不會在這當口叫自己的孫兒磕頭。他以言語相激，要林平之沉不住氣而親自出手，那便大有迴旋餘地。

林平之心念電轉，想起這些日來福威鏢局受到青城派的種種欺壓，一幕幕恥辱在腦海中紛至沓來的流過，尋思：「只須我日後眞能揚眉吐氣，今日受一些折辱又有何妨？」當即轉身，屈膝向木高峯跪倒，連連磕頭，說道：「爺爺，這余滄海濫殺無辜，搶劫財物，武林中人人得而誅之。請你主持公道，爲江湖上除此大害。」

木高峯和余滄海都大出意料之外，這年輕駝子適才爲余滄海抓住，以內力相逼，始終強忍不屈，可見頗有骨氣，那知他竟肯磕頭哀求，何況是在這大庭廣衆之間。羣豪都道這年輕駝子便是木高峯的孫子，便算不是眞的親生孫兒，也是徒孫、姪孫之類。只木高峯才知此人與自己絕無半分瓜葛，而余滄海雖瞧出其中大有破綻，卻也猜測不到兩者眞正干係，只知林平之這聲「爺爺」叫得甚爲勉強，多半是爲了貪生怕死而發。

木高峯哈哈大笑，說道：「好孫兒，乖孫兒，怎麼？咱們眞的要玩玩嗎？」他口中在稱讚林平之，但臉孔正對著余滄海，那兩句「好孫兒，乖孫兒」，便似叫他一般。

余滄海更加憤怒，但知今日這一戰，不但關係到一己的生死存亡，更與青城一派的興衰榮辱大有關連，當下暗自凝神戒備，淡淡一笑，說道：「木先生有意在衆位朋友之前炫耀絕世神技，令咱們大開眼界，貧道只有捨命陪君子了。」適才木高峯這兩下拍肩震手，余滄海已知他內力深厚，兼且十分霸道，一旦正面相攻，定如雷霆疾發、排山倒海般的撲來，尋思：「素聞這駝子十分自負，他一時勝我不得，便會心浮氣躁的搶攻，我在最初一百招之中只守不攻，先立於不敗之地，到得一百招後，當能找到他的破綻。」

木高峯見這矮小道人身材便如孩童一般，提在手裏只怕還不到八十斤，然而站在當地，猶如淵停嶽峙，自有一派大宗師的氣度，顯然內功修爲頗深，心想：「這小道士果然有些鬼門道，青城派歷代名手輩出，這牛鼻子爲其掌門，決非泛泛之輩，駝子今日不可陰溝裏翻船，一世英名，付於流水。」

便在二人蓄勢待發之際，突然間呼的一聲響，兩個人從後飛了出來，砰的一聲，落在地下，直挺挺的俯伏不動。這兩人身穿青袍，臀部處各有一個腳印。只聽得一個女童的清脆聲音叫道：「這是青城派的看家本領，『屁股向後平沙落雁式』！」

余滄海大怒，一轉頭，不等看清是誰說話，循聲辨向，晃身飛躍過去，見一個綠衫女童站在席邊，一伸手便抓住了她手臂。那女童大叫一聲「媽呀！」哇的一聲，哭了出來。

余滄海一驚，本來聽她口出侮辱之言，狂怒之下，不及細思，認定青城派兩名弟子又著了道兒，定是與她有關，這一抓手指上使力甚重，待得聽她哭叫，才想此人不過是一個小小女孩，如何可以下重手對待，當著天下英雄之前，豈不是大失青城掌門的身分？急忙放手。豈知那小姑娘越哭越響，叫道：「你抓斷了我骨頭，媽呀，我手臂斷啦！嗚嗚，好痛，好痛！嗚嗚！」

這青城派掌門身經百戰，應付過無數大風大浪，可是如此尷尬場面卻從來沒遇到過，眼見千百道目光都射向自己，而目光中均有責難甚至鄙視之色，不由得臉上發燒，手足無措，低聲道：「別哭，別哭，手臂沒斷，不會斷的。」那女童哭道：「已經斷了，你欺侮人，大人打小孩，好不要臉，哎唷好痛啊，嗚嗚嗚，嗚嗚嗚嗚！」

衆人見這女童約莫十三四歲年紀，穿一身翠綠衣衫，皮膚雪白，一張臉蛋清秀可愛，無不對她生出同情之意。幾個粗魯之人已喝了起來：「揍這牛鼻子！」「打死這矮道士！」

余滄海狼狽之極，心知犯了眾怒，不敢反唇相稽，低聲道：「小妹妹，別哭！對不起，我瞧瞧你的手臂，看傷了沒有？」說著便欲去捋她衣袖。那女童叫道：「不，不，別碰我。媽媽，媽媽，這矮道士打斷了我手臂！」

余滄海正感無法可施，人叢中走出一名青袍漢子，正是青城派中最機靈的方人智。他向那女童道：「小姑娘裝假，我師父的手連你衣袖也沒碰到，怎會打斷了你的手臂？」那女童大叫：「媽媽，又有人來打我了！」

定逸師太在旁早已看得大怒，搶步上前，伸掌便向方人智臉上拍去，喝道：「大欺小，不要臉。」方人智伸臂欲擋，定逸右手疾探，抓住了他手掌，左手手臂一靠，壓向他上臂和小臂之間相交的手肘關節，這一下只教壓實了，方人智手臂立斷。余滄海迴手一指，點向定逸後心。定逸只得放開方人智，反手拍出。余滄海不欲和她相鬥，說聲：「得罪了！」躍開兩步。

定逸握住那小姑娘的手，柔聲道：「好孩子，那裏痛？給我瞧瞧，我給你治治。」一摸她的手臂，並未斷折，先放了心，拉起她的衣袖，只見一條雪白粉嫩的圓臂之上，清清楚楚的留下四條烏青的手指印。定逸大怒，向方人智喝道：「小子撒謊！你師父沒碰到她手臂，那麼這四個指印是誰捏的？」

那小姑娘道：「是烏龜捏的，是烏龜捏的。」一面說，一面指著余滄海的背心。

突然之間，羣雄轟然大笑，有的笑得口中茶水都噴了出來，有的笑彎了腰，大廳中盡是鬨笑之聲。

余滄海不知眾人笑些甚麼，心想這小姑娘罵自己是烏龜，不過是孩子家受了委屈，隨口詈罵，又有甚麼好笑了？只是人人對自己發笑，卻也不禁狼狽。方人智縱身而前，搶到余滄海背後，從他衣服上揭下一張紙來，隨手一團。余滄海接了過來，展開一看，卻見紙上畫著一隻大烏龜，自是那女童貼在自己背後的。余滄海羞憤之下，心中一凜：「這隻烏龜當然是早就繪好了的。別人要在我背心上作甚麼手腳，決無可能，定是那女童大哭大叫，乘我心慌意亂之際，便即貼上，如此說來，暗中定是有大人指使。」轉眼向劉正風瞧了一眼，心想：「這女孩自是劉家的人，原來劉正風暗中在給我搗鬼。」

劉正風給他這麼瞧了一眼，立時明白，知他怪上了自己，當即走上一步，向那女童道：「小妹妹，你是誰家的孩子？你爹爹媽媽呢？」這兩句問話，一來是向余滄海表白，二來自己確也起疑，要知道這小姑娘是何人帶來。

那女童道：「我爹爹媽媽有事走開了，叫我乖乖的坐著別動，說一會兒便有把戲瞧，有兩個人會飛出來躺著不動，說是青城派的看家本領，叫甚麼『屁股向後平沙落雁式』，果然好看！」說著拍起手來。她臉上晶瑩的淚珠兀自未曾拭去，這時卻笑得甚是燦爛。

眾人一見，不由得都樂了，明知那是陰損青城派的，眼見那兩名青城派弟子兀自躺著不動，屁股朝天，屁股上清清楚楚的各有一個腳印，大暴青城派之醜。

余滄海伸手到一名弟子身上拍了拍，發覺二人都給點了穴道，正與先前申人俊、吉人通二人所受一般無異，若要運內力解穴，殊非一時之功，不但木高峯在旁虎視眈眈，而且暗中還伏著大對頭，這時可不能爲了替弟子解穴而耗損內力，當即低聲向方人智道：「先抬了下去。」方人智向幾名同門一招手，幾個青城派弟子奔了出來，將兩個同門抬了出廳。

那女童忽然大聲道：「青城派的人眞多！一個人平沙落雁，有兩個人抬！兩個人平沙落雁，有四個人抬！三個人……」

余滄海鐵青著臉，向那女童道：「你爹爹姓甚麼？剛才這幾句話，是你爹爹教的麼？」他想這女童這兩句話甚是陰損，若不是大人所教，她小小年紀，決計說不出來，又想：「甚麼『屁股向後平沙落雁式』，是令狐冲這小子胡謅出來的，多半華山派不忿令狐冲爲人傑所殺，向我青城派找場子來啦。點穴之人武功甚高，難道……難道是華山派掌門岳不羣在暗中搗鬼？」想到岳不羣在暗算自己，不但這人甚是了得，而且他五嶽劍派聯盟，今日要是一齊動手，青城派非一敗塗地不可。言念及此，不由得神色大變。

那女童不回答他的問話，笑著叫道：「二一得二，二二得四，二三得六，二四得八，二五得十……」不住口的背起九九乘數表來。余滄海道：「我問你啊！」聲音甚是嚴厲。那女童嘴一扁，哇的一聲，又哭了出來，將臉藏在定逸師太的懷裏。

定逸輕輕拍她背心，安慰她道：「別怕，別怕！乖孩子，別怕。」轉頭向余滄海道：「你這麼兇霸霸嚇唬孩子幹麼？」

余滄海哼了一聲，心想：「五嶽劍派今日一齊跟我青城派幹上了，可得小心在意。」

那女童從定逸懷中伸頭出來，笑道：「老師太，二二得四，青城派兩個人屁股向後平沙落雁四個人抬，二三得六，三個人屁股向後平沙落雁就六個人抬，二四得八……」沒再說下去，已格格的笑了起來。

衆人覺得這小姑娘動不動便哭，哭了之後隨即破涕爲笑，如此忽哭忽笑，本來是七八歲孩童的事，這小姑娘看模樣已有十三四歲，身材還生得甚高，何況每一句話都在陰損余滄海，顯然不是天眞爛漫的孩童之言，絕無可疑，定是暗中有人指使。

余滄海大聲道：「大丈夫行爲光明磊落，那一位朋友跟貧道過不去的，儘可現身，這般鬼鬼祟祟的藏頭露尾，指使一個小孩子來說些無聊言語，算是那一門子英雄好漢？」他身子雖矮，這幾句話發自丹田，中氣充沛，入耳嗡嗡作響。羣豪聽了，不由自主的肅然起敬，一改先前輕視的神態。他說完話後，大廳中一片靜寂，無人答話。

隔了好一會，那女童忽道：「老師太，他問是那一門子的英雄好漢？他青城派是不是英雄好漢？」定逸是恆山派的前輩人物，雖對青城派不滿，不願公然詆毀整個門派，當下含糊其辭的答道：「青城派……青城派上代，是有許多英雄好漢的。」那女童又問：「那麼現今呢？還有沒有一兩個英雄好漢剩下來？」定逸將嘴向余滄海一努，道：「你問這位青城派的掌門道長罷！」

那女童道：「青城派掌門道長，倘使人家受了重傷，動彈不得，卻有人上去欺侮他。你說那個乘人之危的傢伙，是不是英雄好漢？」

余滄海心頭怦的一跳，尋思：「果然是華山派的！」

先前在花廳中曾聽儀琳述說羅人傑刺殺令狐冲經過之人，也盡皆一凜：「莫非這小姑娘跟華山派有關？」勞德諾卻想：「這小姑娘說這番話，明明是爲大師哥抱不平來著。她卻是誰？」他爲了怕小師妹傷心，匆忙之間，尙未將大師兄的死訊告知同門。

儀琳全身發抖，心中對那小姑娘感激無比。這一句話，她早就想向余滄海責問，只是她生性溫和仁善，又素來敬上，余滄海說甚麼總是前輩，這句話便問不出口，此刻那小姑娘代自己說出了心頭的言語，忍不住胸口一酸，淚水便撲簌簌的掉了下來。

余滄海低沉著聲音問道：「這一句話，是誰教你問的？」

那女童道：「青城派有一個羅人傑，是道長的弟子罷？他見人家受了重傷，那受傷的又是個大大好人，爲了相救旁人而受傷，這羅人傑不去救他，反而上去刺他一劍。你說這羅人傑是不是英雄好漢？這是不是道長教他的青城派俠義道本事？」這幾句話雖出於一個小姑娘之口，但她說得爽脆利落，大有咄咄逼人之意。

余滄海無言可答，又厲聲道：「到底是誰指使你來問我？你父親是華山派的是不是？」

那女童轉過了身子，向定逸道：「老師太，他答不出我的問話，老羞成怒，便兇霸霸的嚇我，是不是想打我呀？他這麼嚇唬小姑娘，算不算是光明磊落的大丈夫？算不算英雄好漢？」定逸嘆了口氣，道：「這個我可就說不上來了。」

衆人愈聽愈奇，這小姑娘先前那些話，多半是大人先行教定了的，但剛才這幾句問話，明明是抓住了余滄海的話柄而發問，譏刺之意十分辛辣，顯是她隨機應變，出於己口，瞧不出她小小年紀，竟這般厲害。

儀琳淚眼模糊之中，看到了這小姑娘苗條的背影，心念一動：「這個小妹妹我曾經見過的，是在那裏見過的呢？」側頭一想，登時記起：「是了，昨日迴雁樓頭，她也在那裏。」腦海之中，昨天的情景逐步自朦朧而清晰起來。

昨日早晨，她給田伯光威逼上樓，酒樓上本有七八張桌旁坐滿了酒客，後來泰山派的二人上前挑戰，田伯光砍死了一人，衆酒客嚇得一鬨而散，酒保也不敢再上來送菜斟酒。可是在臨街的一角之中，一張小桌旁坐著個身材高大之人，是個和尚，另一張小桌旁坐著二人，直到令狐沖被殺，自己抱著他屍體下樓，那和尚和那二人始終沒離開。當時她心中驚惶已極，諸種事端紛至沓來，那有心緒去留神那高大和尚和另外兩人，此刻見到那女童的背影，與腦海中殘留的影子一加印證，便清清楚楚的記得，昨日坐在小桌旁的二人之中，其中之一就是這小姑娘。她背向自己，因此只記得她的背影，昨日她穿的是淡黃衫子，此刻穿的卻是綠衫，若不是她此刻背轉身子，說甚麼也記不起來。

可是另外一人是誰呢？她只記得那是個男人，那是確定無疑的，是老是少，甚麼打扮，卻甚麼都記不得了。還有，記得當時見到那和尚模樣之人端起碗來喝酒，在田伯光給令狐沖騙得承認落敗之時，那和尚曾哈哈大笑。這小姑娘當時也笑了的，她清脆的笑聲，這時在耳邊似乎又響了起來，對，是她，正是她！

那個和尚是誰？怎麼和尚會喝酒？

儀琳的心神全部沉浸在昨日的情景之中，眼前似乎又出現了令狐沖的笑臉：他在臨死之際，怎樣誘騙羅人傑過來，怎樣挺劍刺入敵人小腹。她抱著令狐沖的屍體跌跌撞撞的下樓，心中一片茫然，不知自己身在何處，胡裏胡塗的出了城門，胡裏胡塗的在道上亂走，只覺手中所抱的屍體漸漸冷了下去，她一點不覺沉重，也不知悲哀，更不知要將這屍體抱到甚麼地方。突然之間，她來到一個荷塘之旁，荷花開得十分鮮艷華美，她胸口似給一個大鎚撞了一下，再也支持不住，連著令狐冲的屍體一齊摔倒，就此暈去……

等到慢慢醒轉，只覺日光耀眼，她急忙伸手去抱屍體，卻抱了個空。她一驚躍起，只見仍是在那荷塘之旁，荷花仍一般的鮮艷華美，可是令狐冲的屍身卻不見了。她十分驚惶，繞著荷塘奔了幾圈，屍體到了何處，找不到半點端倪。回顧自己身上衣衫血漬斑斑，顯然並不是夢，險些兒又再暈去，定了定神，四下裏又尋了一遍，這具屍體竟如生了翅膀般飛得無影無蹤。荷塘中塘水甚淺，她走下去掏了一遍，那有甚麼蹤跡？

這樣，她到了衡山城，問到了劉府，找到了師父，心中卻無時無刻不在思索：「令狐師兄的屍身那裏去了？有人路過搬了去麼？給野獸拖了去麼？」想到他為了相救自己而喪命，自己卻連他的屍身也不能照顧周全，如眞是給野獸拖去吃了，自己實在不想活了。其實，就算令狐冲的屍身好端端地完整無缺，她也不想活了。

忽然之間，她心底深處隱隱冒出來一個念頭，那是她一直不敢去想的。這念頭在過去一天中曾出現過幾次，她立即強行壓下，心中只想：「我怎地如此不定心？怎會這般的胡思亂想？當眞荒謬絕倫！不，決沒這會子事。」

可是這時候，這念頭她再也壓不住了，清清楚楚的出現在心中：「當我抱著令狐師兄的屍身之時，我心中十分平靜安定，甚至有一點兒歡喜，倒似乎是在打坐做功課一般，心中甚麼也不想，我似乎只盼一輩子抱著他身子，在一個人也沒有的道上隨意行走，永遠無止無休。我說甚麼也要將他的屍身找回來，那是爲了甚麼？是不忍他的屍身給野獸吃了麼？不！不是的。我要抱著他的屍身在道上亂走，在荷塘邊靜靜的待著。我爲甚麼暈去？眞是該死！我不該這麼想，師父不許，菩薩也不容，這是魔念，我不該著了魔。可是，可是令狐師兄的屍身呢？」

她心頭一片混亂，一時似乎見到了令狐冲嘴角邊的微笑，那樣漫不在乎的微笑，一時又見到他大罵「倒霉的小尼姑」時那副鄙夷不屑的臉色。

她胸口劇痛起來，像是刀子在剜割一般……

余滄海的聲音又響了起來：「勞德諾，這小女孩是你們華山派的，是不是？」勞德諾道：「不是，這個小妹妹弟子今日也還是初見，她不是敝派的。」余滄海道：「好，你不肯認，也就算了。」突然間手一揚，青光閃動，一柄飛錐向儀琳射了過去，喝道：「小師父，你瞧這是甚麼？」

儀琳正在呆呆出神，沒想到余滄海竟會向自己發射暗器，心中突然感到一陣快意：「他殺了我最好，我本就不想活了，殺了我最好！」心中更沒半分逃生之念，眼見那飛錐緩緩飛來，好幾個人齊聲警告：「小心暗器！」不知爲了甚麼，她反而覺得說不出的平安喜悅，只覺活在這世上苦得很，難以忍受的寂寞淒涼，這飛錐要殺了自己，正求之不得。

定逸將那女童輕輕一推，飛身而前，擋在儀琳身前，別瞧她老態龍鍾，這一下飛躍可快得出奇，那飛錐去勢雖緩，終究是件暗器，定逸後發先至，居然能及時伸手去接。

眼見定逸師太一伸手便可將錐接住，豈知那鐵錐飛至她身前約莫兩尺之處，陡地下沉，啪的一聲，掉在地下。定逸伸手接了個空，那是在人前輸了一招，不由得臉上微微一紅，卻又不能就此發作。便在此時，只見余滄海又是手一揚，將一個紙團向那女童臉上擲了過去。這紙團便是繪著烏龜的那張紙搓成的。

定逸心念一動：「牛鼻子發這飛錐，原來是要將我引開，並非有意去傷儀琳。」眼見這小小紙團去勢勁急，比之適才那柄飛錐勢道還更凌厲，其中所含內力著實不小，擲在那小姑娘臉上，非教她受傷不可，其時定逸站在儀琳的身畔，這一下變起倉卒，已不及過去救援，只叫得一個「你」字，只見那女童矮身坐地，哭叫：「媽媽，媽媽，人家要打死我啦！」

她這一縮甚是迅捷，及時避開紙團，明明身有武功，卻又這般撒賴。衆人都覺好笑。余滄海卻也覺得不便再行相逼，滿腹疑團，難以索解。

定逸師太見余滄海神色尷尬，暗暗好笑，心想青城派出的醜已著實不小，不願再和他多所糾纏，向儀琳道：「儀琳，這小妹妹的爹娘不知到那裏去了，你陪她找找去，免得沒人照顧，給人家欺侮。」

儀琳應道：「是！」走過去拉住了那女童的手。那女童向她笑了笑，一同走出廳去。余滄海冷笑一聲，不再理會，轉頭去瞧木高峯。

令狐冲慢慢閉上了眼睛，漸漸呼吸低沉，入了夢鄉。

儀琳守在令狐冲身旁，折了一根帶葉的樹枝，輕輕拂動，為他趕開蚊蠅小蟲。

五 治傷

儀琳和那女童到了廳外，問道：「姑娘，你貴姓，叫甚麼名字？」那女童嘻嘻一笑，說道：「我複姓令狐，單名一個冲字。」儀琳心頭怦的一跳，臉色沉了下來，道：「我好好問你，你怎地跟我開玩笑？」那女童笑道：「怎麼開你玩笑？難道只有你朋友叫得令狐冲，我便叫不得？」儀琳嘆了口氣，心中一酸，忍不住眼淚又掉了下來，道：「這位令狐師兄於我有救命大恩，終於為我而死，我……我不配做他朋友。」

剛說到這裏，只見兩個佝僂著背脊的人，匆匆從廳外廊上走過，正是塞北明駝木高峯和林平之。那女童嘻嘻一笑，說道：「天下眞有這般巧，有這麼個醜得怕人的老駝子，又有這麼個小駝子。」儀琳聽她取笑旁人，心下正煩，說道：「姑娘，你自己去找你爹爹媽媽，好不好？我頭痛得很，身子不舒服。」

那女童笑道：「頭痛不舒服，都是假的，我知道，你聽我冒充令狐冲的名頭，心裏便不痛快。好姊姊，你師父叫你陪我的，怎能撇下我便不管了？要是我給壞人欺侮了，你師父非怪責你不可。」

儀琳道：「你本事比我大得多，心眼兒又靈巧，連余觀主那樣天下聞名的大人物，也都栽在你手下。你不去欺侮人家，人家已經謝天謝地啦，誰又敢來欺侮你？」那女童格格而笑，拉著儀琳的手道：「你可在損我啦。剛才若不是你師父護著我，這牛鼻子早就打到我了。姊姊，我姓曲，名叫非煙。我爺爺叫我非非，你也叫我非非好啦。」

儀琳聽她說了眞實姓名，心意頓和，只是奇怪她何以知道自己牽記著令狐冲，以致拿他名字來開玩笑？多半自己在花廳中向師父等述說之時，這精靈古怪的小姑娘躲在窗外偷聽去了，說道：「好，曲姑娘，咱們找你爹爹媽媽去罷，你猜他們到了那裏去啦？」

曲非煙道：「我知道他們到了那裏。你要找，自己找去，我可不去。」儀琳奇道：「怎地你自己不去？」曲非煙道：「我年紀這麼小，怎肯便去？你卻不同，你傷心難過，恨不得早早去了才是。」儀琳心下一凜，道：「你說你爹爹媽媽……」曲非煙道：「我爹爹媽媽早就給人害死啦。你要找他們，便得到陰世去。」儀琳心感不快，說道：「你爹爹媽媽既已去世，怎可拿這事來開玩笑？我不陪你啦。」

曲非煙抓住了她左手，央求道：「好姊姊，我一個兒孤苦伶仃的，沒人陪我玩兒，你就陪我一會兒。」

儀琳聽她說得可憐，便道：「好罷，我就陪你一會兒，可是你不許再說無聊的笑話。我是出家人，你叫我姊姊，也不大對。」曲非煙笑道：「有些話你以爲無聊，我卻以爲有聊得緊，這是各人想法不同。你比我年紀大，我就叫你姊姊，有甚麼對不對的？難道我還叫你妹子嗎？儀琳姊姊，你不如不做尼姑了，好不好？」

儀琳不禁愕然，退了一步。曲非煙也順勢放脫了她手，笑道：「做尼姑有甚麼好？魚蝦雞鴨不能吃，牛肉、羊肉也不能吃。姊姊，你生得這般美貌，剃了光頭便大大減色，倘若留起一頭烏油油的長髮，那才叫好看呢。」儀琳聽她說得天眞，笑道：「我身入空門，四大皆空，那裏還管他皮囊色相的美惡。」

曲非煙側過了頭，仔細端相儀琳的臉，其時雨勢稍歇，烏雲推開，淡淡的月光從雲中斜射下來，在她臉上朦朦朧朧的鋪了一層銀光，更增秀麗之氣。曲非煙嘆了口氣，幽幽的道：「姊姊，你眞美，怪不得人家這麼想念你呢。」儀琳臉色一紅，嗔道：「你說甚麼？你開玩笑，我可要去了。」曲非煙笑道：「好啦，我不說了。姊姊，你給我些天香斷續膠，我要去救一個人。」儀琳奇道：「你去救誰？」曲非煙笑道：「這個人要緊得很，這會兒可不能跟你說。」儀琳道：「你要傷藥去救人性命，本該給你，只是師父曾有嚴訓，這天香斷續膠調製不易，倘若受傷的是壞人，卻不能救他。」

曲非煙道：「姊姊，如果有人無禮，用難聽的話罵你師父和你恆山派，這人是好人還是壞人？」儀琳道：「這人罵我師父，罵我恆山派，自然是壞人了，怎還好得了？」曲非煙笑道：「這可奇了。有一個人張口閉口的說，見了尼姑就倒大霉，逢賭必輸。如果這樣的大壞人受了傷……」儀琳不等她說完，已臉色變了，回頭便走。曲非煙晃身攔在她身前，張開了雙手，只是笑，卻不讓她過去。

儀琳突然心念一動：「昨日迴雁樓頭，她和另一個男人一直坐著。直到令狐師兄死於非命，我抱著他屍首奔下酒家，似乎她還在那裏。這一切經過，她早瞧在眼裏了，也不用偷聽我說話。她會不會一直跟在我後面呢？」想要問她一句話，卻脹紅了臉，說不出口。曲非煙道：「姊姊，我知道你想要問我：『令狐師兄的屍首到那裏去啦？』是不是？」儀琳道：「正是，姑娘若能見告，我……我……實在感激不盡。」

曲非煙道：「我不知道，但有一個人知道。這人身受重傷，性命危在頃刻。姊姊若能用天香斷續膠救活了他性命，他便能將令狐師兄屍首的所在跟你說。」儀琳道：「你自己眞的不知？」曲非煙道：「我曲非煙如果得悉令狐冲死屍的所在，教我明天就死在余滄海手裏，讓他長劍在身上刺十七八個窟窿。」儀琳忙道：「我信了，不用發誓。那人是誰？」曲非煙道：「這個人哪，救不救在你。我們要去的地方，也不是甚麼善地。」

爲了尋到令狐冲的屍首，便刀山劍林，也去闖了，管他甚麼善地不善地，儀琳點頭道：「咱們這就去罷。」

兩人走到大門口，見門外兀自下雨，門旁放著數十柄油紙雨傘。儀琳和曲非煙各取了一柄，出門向東北角上行去。其時已是深夜，街上行人稀少，兩人走過，深巷中便有一兩隻狗兒吠了起來。儀琳見曲非煙一路走向偏僻狹窄的小街中，心中只掛念著令狐冲屍身的所在，也不去理會她帶著自己走向何處。

行了好一會，曲非煙閃身進了一條窄窄的弄堂，左邊一家門首挑著一盞小紅燈籠。曲非煙走過去敲了三下門。有人從院子中走出來，開門探頭出來。曲非煙在那人耳邊低聲說了幾句話，又塞了一件物事在他手中。那人道：「是，是，小姐請進。」

曲非煙回頭招了招手。儀琳跟著她進門。那人臉上露出詫異之極的神色，搶在前頭領路，過了一個天井，掀開東廂房的門帘，說道：「小姐，師父，這邊請坐。」門帘開處，撲鼻一股脂粉香氣。

儀琳進門後，見房中放著一張大床，床上鋪著繡花的錦被和枕頭。湘繡馳名天下，大紅錦被上繡的是一對戲水鴛鴦，顏色燦爛，栩栩欲活。儀琳自幼在白雲庵中出家，蓋的是青布粗被，一生之中從未見過如此華麗的被褥，只看了一眼，便轉過了頭。只見几上點著一根紅燭，紅燭旁是一面明鏡，一隻梳妝箱子。床前地下兩對繡花拖鞋，一對男的，一對女的，並排而置。儀琳心中突的一跳，抬起頭來，眼前出現了一張秀麗清雅的臉蛋，嬌羞靦腆，又帶著三分尷尬，三分詫異，正是自己映在鏡中的容顏。

背後腳步聲響，一個僕婦走了進來，笑咪咪的奉上香茶。這僕婦衣衫甚窄，妖妖嬈嬈地甚是風騷。儀琳越來越害怕，低聲問曲非煙：「這是甚麼地方？」曲非煙笑了笑，俯身在那僕婦耳邊說了一句話，那僕婦應道：「是。」伸手抿住了嘴，嘻的一笑，扭扭捏捏的走了出去。儀琳心想：「這女人裝模作樣的，必定不是好人。」又問曲非煙：「你帶我來幹甚麼？這裏是甚麼地方？」

曲非煙微笑道：「這地方在衡山城大大有名，叫做羣玉院。」儀琳又問：「甚麼羣玉院？」曲非煙道：「羣玉院是衡山城首屈一指的大妓院。」儀琳聽到「妓院」二字，心中怦的一跳，幾欲暈去。她見了這屋中的擺設排場，早就隱隱感到不妙，卻萬萬想不到竟是一所妓院。她雖不十分明白妓院到底是甚麼所在，卻聽同門俗家師姊說過，妓女是天下最淫賤的女子，任何男人只須有錢，便能叫妓女相陪。曲非煙帶了自己到妓院中來，卻不是要自己做妓女麼？心中一急，險些便哭了出來。

便在這時，忽聽得隔壁房中有個男子聲音哈哈大笑，笑聲甚是熟悉，正是那惡人「萬里獨行」田伯光。儀琳雙腿酸軟，騰的一聲，坐倒椅上，臉上已全無血色。

曲非煙一驚，搶過去看她，問道：「怎麼啦？」儀琳低聲道：「是那田……田伯光！」曲非煙嘻的一笑，說道：「不錯，我也認得他的笑聲，他是你的乖徒兒田伯光。」

田伯光在隔房大聲道：「是誰在提老子的名字？」

曲非煙道：「喂！田伯光，你師父在這裏，快快過來磕頭！」田伯光怒道：「甚麼師父？小娘皮胡說八道，我撕爛你臭嘴。」曲非煙道：「你在衡陽迴雁酒樓，不是拜了恆山派的儀琳小師太爲師嗎？她就在這裏，快過來！」田伯光道：「她怎麼會在這種地方？咦，你……你怎知道？你是誰？我殺了你！」聲音中頗有驚恐之意。

曲非煙笑道：「你來向師父磕了頭再說。」儀琳忙道：「不，不！你別叫他過來！」

田伯光「啊」的一聲驚呼，跟著啪的一聲，顯是從床上跳到了地下。一個女子聲音道：「大爺，你幹甚麼？」

曲非煙叫道：「田伯光，你別逃走！你師父找你算帳來啦。」田伯光罵道：「甚麼師父徒兒，老子上了令狐冲這小子的當！這小尼姑過來一步，老子立刻殺了她。」儀琳顫聲道：「是！我不過來，你也別過來。」曲非煙道：「田伯光，你在江湖上也算是一號人物，怎地說了話竟不算數？拜了師父不認帳？快過來，向你師父磕頭。」

田伯光哼了一聲不答。儀琳道：「我不要他磕頭，也不要見他，他……他不是我徒弟。」田伯光忙道：「是啊！這位小師父根本就不要見我。」曲非煙道：「好，算你的。我跟你說，我們適才來時，有兩個小賊鬼鬼祟祟的跟著我們，你快去給打發了。我和你師父在這裏休息，你就在外守著，誰也不許進來打擾我們。你做好了這件事，你拜恆山派小師父爲師的事，我以後就絕口不提。否則的話，我宣揚得普天下人人都知。」

田伯光突然提聲喝道：「小賊，好大膽子。」只聽得窗格子砰的一聲，屋頂上嗆啷啷兩聲響，兩件兵刃掉在瓦上。跟著有人長聲慘呼，又聽得腳步聲響，一人飛快的逃走了。

窗格子又是砰的一響，田伯光已躍回房中，說道：「殺了一個，是青城派的小賊，另一個逃走了。」曲非煙道：「你眞沒用，怎地讓他逃了？」

田伯光道：「那個人我不能殺，是……是恆山派的女尼。」曲非煙笑道：「原來是你師伯，那自然不能殺。」儀琳卻大吃一驚，低聲道：「是我師姊？那怎麼好？」

田伯光問道：「小姑娘，你是誰？」曲非煙笑道：「你不用問。你乖乖的不說話，你師父永遠不會來找你算帳。」田伯光果然就此更不作聲。

儀琳道：「曲姑娘，咱們快走罷！」曲非煙道：「那個受傷之人，還沒見到呢。你不是有話要跟他說嗎？你要是怕師父見怪，立刻回去，卻也不妨。」儀琳沉吟道：「反正已經來了，咱們……咱們便瞧瞧那人去。」曲非煙一笑，走到床邊，伸手在東邊牆上一推，一扇門輕輕開了，原來牆上裝有暗門。曲非煙招招手，走了進去。

儀琳只覺這妓院更顯詭秘，幸好田伯光是在西邊房內，心想跟他離得越遠越好，當下大著膽子跟進。裏面又是一房，卻無燈火，借著從暗門中透進來的燭光，見到這房甚小，也有一張床，帳子低垂，依稀似乎睡得有人。儀琳走到門邊，便不敢再進去。

曲非煙道：「姊姊，你用天香斷續膠給他治傷罷！」儀琳遲疑道：「他……他當眞知道令狐師兄屍首的所在？」曲非煙道：「或許知道，或許不知道，我可說不上來。」

儀琳急道：「你剛才說他知道的。」曲非煙笑道：「我又不是男子漢大丈夫，說過了的話不算數，可不可以？你如想一試，不妨便給他治傷。否則的話，你即刻掉頭便走，誰也不會攔你。」

儀琳心想：「無論如何要找到令狐師兄的屍首，就算只有一線機會，也不能放過了。」便道：「好，我給他治傷。」回到外房去拿了燭台，走到內房床前，揭開帳子，只見一人仰天而臥，臉上覆了一塊綠色錦帕，一呼一吸，錦帕便微微顫動。儀琳見不到他臉，心下稍安，回頭問道：「他甚麼地方受了傷？」

曲非煙道：「在胸口，傷口很深，差一點兒便傷到了心臟。」

儀琳輕輕揭開蓋在那人身上的薄被，見那人袒裸著胸膛，是個男子，胸口正中一個大傷口，血流已止，但傷口甚深，顯甚凶險。儀琳定了定神，心道：「無論如何，我得救活他性命。」將手中燭台交給曲非煙拿著，從懷中取出裝有天香斷續膠的木盒子，打開盒蓋，放在床頭几上，伸手在那人創口四周輕輕按了按。曲非煙低聲道：「止血的穴道早點過了，否則怎能活得到這時候？」

儀琳點點頭，發覺那人傷口四處穴道早閉，且點得十分巧妙，遠非自己所能，於是緩緩抽出塞在他傷口中的棉花，棉花一取出，鮮血便即急湧。儀琳在師門曾學過救傷的本事，左手按住傷口，右手便將天香斷續膠塗到傷口之上，再將棉花塞入。這天香斷續膠是恆山派治傷聖藥，一塗上傷口，過不多時血便止了。儀琳聽那人呼吸急促，不知他是否能活，忍不住便道：「這位英雄，貧尼有一事請教，還望英雄不吝賜教。」

突然之間，曲非煙身子一側，燭台傾斜，燭火登時熄滅，室中一片漆黑。曲非煙叫了聲「啊喲」，道：「蠟燭熄了。」

儀琳伸手不見五指，心下甚慌，尋思：「這等地方，豈是出家人來得的？我及早問明令狐師兄屍身的所在，立時便得離去。」顫聲問道：「這位英雄，你現下痛得好些了嗎？」那人哼了一聲，並不回答。

曲非煙道：「他在發燒，你摸摸他額頭，燒得好生厲害。」儀琳還未回答，右手已讓曲非煙捉住，按到了那人額上。本來遮在他面上的錦帕已給曲非煙拿開，儀琳只覺觸手處猶如火炭，不由得心生惻隱，道：「我還有內服傷藥，須得給他服下才好。曲姑娘，請你點亮了蠟燭。」曲非煙道：「好，你在這裏等著，我去找火來點蠟燭。」儀琳聽她說要走開，心中急了，忙拉住她袖子道：「不，不，你別去，留了我一個兒在這裏，那怎麼辦？」曲非煙低低笑了一聲，道：「你把內服的傷藥摸出來罷。」

儀琳從懷中摸出一個瓷瓶，打開瓶塞，倒了三粒藥丸出來，托在掌中，道：「傷藥取出來啦。你給他吃罷。」曲非煙道：「黑暗中別把傷藥掉了，人命關天，可不是玩的。姊姊，你不敢留在這裏，那麼我在這裏待著，你出去點火。」儀琳聽得要她獨自在妓院中亂闖，更加不敢，忙道：「不，不！我不去。」曲非煙道：「送佛送到西，救人救到底。你把傷藥塞在他口裏，餵他喝幾口茶，不就得了？黑暗之中，他又見不到你是誰，怕甚麼啊？喏，這是茶杯，小心接著，別倒翻了。」

儀琳慢慢伸出手去，接過了茶杯，躊躇了一會，心想：「師父常道，出家人慈悲為本，救人一命，勝造七級浮屠。就算此人不知道令狐師兄屍首的所在，既命在頃刻，我也當救他。」於是緩緩伸出右手，手背先碰到那人額頭，翻過手掌，將三粒內服治傷的「白雲熊膽丸」塞在那人嘴裏。那人張口含了，待儀琳將茶杯送到口邊時喝了幾口，含含糊糊的似是說了聲「多謝」。

儀琳道：「這位英雄，你身受重傷，本當安靜休息，只是我有一件急事請問。令狐沖令狐俠士爲人所害，他屍身……」那人道：「你……你問令狐沖……」儀琳道：「正是！閣下可知這位令狐沖英雄的遺體落在何處？」那人迷迷糊糊的道：「甚……甚麼遺體？」儀琳道：「是啊，閣下可知令狐沖令狐俠士的遺體落於何方？」那人含糊說了幾個字，但聲音極低，全然聽不出來。儀琳又問了一遍，將耳朵湊近那人的臉孔，只聽得那人呼吸甚促，要想說甚麼話，卻始終說不出來。

儀琳突然想起：「本門的天香斷續膠和白雲熊膽丸效驗甚著，藥性卻也極猛，尤其服了白雲熊膽丸後往往要昏暈半日，那正是療傷的要緊關頭，我如何在這時逼問於他？」她輕輕嘆了口氣，從帳子中鑽頭出來，扶著床前一張椅子，便即坐倒，低聲道：「待他好一些後再問。」曲非煙道：「姊姊，這人性命無礙麼？」儀琳道：「但願他能痊愈才好，只是他胸前傷口實在太深。曲姑娘，這一位……是誰？」

曲非煙並不答覆，過了一會，說道：「我爺爺說，你甚麼事情都看不開，是不能做尼姑的。」儀琳奇道：「你爺爺認得我？他……他老人家怎知我甚麼事情都看不開？」曲非煙道：「昨日在迴雁樓頭，我爺爺帶著我，看你們和田伯光打架。」儀琳「啊」了一聲，問道：「跟你在一起的，是你爺爺？」曲非煙笑道：「是啊，你那個令狐師兄，一張嘴巴也真會說，他說他坐著打天下第二，那時我爺爺真的有些相信，還以爲他眞有一套甚麼出恭時練的劍法，還以爲田伯光鬥不過他呢，嘻嘻！」黑暗之中，儀琳瞧不見她臉，想像起來，定然滿臉笑容。曲非煙愈笑得歡暢，儀琳心頭卻愈酸楚。

曲非煙續道：「後來田伯光逃走了，爺爺說這小子沒出息，既然答允輸了拜你為師，就應當磕頭拜師啊，怎地可以混賴？」儀琳道：「令狐師兄為了救我，不過使個巧計，卻也不是真的贏了他。」曲非煙道：「姊姊，你良心真好，田伯光這小子如此欺侮你，你還給他說好話。令狐沖給人刺死後，你抱著他的屍身亂走。我爺爺說：『這小尼姑是個多情種子，這一下只怕要發瘋，咱們跟著瞧瞧。』於是我們二人跟在你後面，見你抱著這個死人，一直不捨得放下。我爺爺說：『非非，你瞧這小尼姑多麼傷心，令狐沖這小子倘若不死，小尼姑非還俗嫁給他做老婆不可。』」

儀琳羞得滿臉通紅，黑暗中只覺耳根子和脖子都在發燒。

曲非煙道：「姊姊，我爺爺的話對不對？」儀琳道：「是我害死了人家。我真盼死的是我，而不是他。倘若菩薩慈悲，能叫我死了，去換得令狐師兄還陽，我……我……我便墮入十八重地獄，萬劫不能超生，我也心甘情願。」這幾句話說得誠懇之極。

便在這時，床上那人忽然輕輕呻吟。儀琳喜道：「他……他醒轉了，曲姑娘，請你問他，可好些了沒有？」曲非煙道：「為甚麼要我去問！你自己沒生嘴巴！」

儀琳微一遲疑，走到床前，隔著帳子問道：「這位英雄，你可……」一句話沒說完，只聽那人又呻吟了幾聲。儀琳尋思：「他此刻痛苦難當，我怎可煩擾他？」悄立片刻，聽得那人呼吸逐漸均勻，顯是藥力發作，又已入睡。

曲非煙低聲道：「姊姊，你為甚麼願意為令狐沖而死，你當真這麼喜歡他？」儀琳道：「不，不！曲姑娘，我是出家人，你別再說這等褻瀆佛祖的話。令狐師兄和我素不相識，卻爲了救我而死。我……我只覺萬分的對他不起。」曲非煙道：「要是他能活轉來，你甚麼事都肯爲他做？」儀琳道：「不錯，我便爲他死一千次，也毫無怨言。」

曲非煙突然提高聲音，笑道：「令狐大哥，你聽著，儀琳姊姊親口說了……」儀琳怒道：「你開甚麼玩笑？」曲非煙繼續大聲道：「她說，只要你沒死，她甚麼事都肯答允你。」儀琳聽她語氣不似開玩笑，頭腦中一陣暈眩，心頭怦怦亂跳，只道：「你……你……」

只聽得咯咯兩聲，眼前一亮，曲非煙已打著了火，點燃蠟燭，揭開帳子，笑著向儀琳招了招手。儀琳慢慢走近，驀地裏眼前金星飛舞，向後便倒。曲非煙伸手在她背後一托，令她不致摔倒，笑道：「我早知你會大吃一驚，你看他是誰？」儀琳道：「他……他……」聲音微弱，幾乎連氣也透不過來。

床上那人雖雙目緊閉，但長方臉蛋，劍眉薄唇，正便是昨日迴雁樓頭的令狐冲。

儀琳伸手緊緊抓住了曲非煙的手臂，顫聲道：「他……他沒死？」曲非煙笑道：「他現下還沒有死，但如你的傷藥無效，便要死了。」儀琳急道：「不會死的，他一定不會死的。他……他沒死！」驚喜逾恆，突然哭了出來。曲非煙奇道：「咦，怎麼他沒有死，你反而哭了？」儀琳再也支持不住，伏在床前，嗚嗚咽咽的哭了起來，道：「我好歡喜。曲姑娘，眞多謝你啦。原來，原來是你救了……救了令狐師兄。」

曲非煙道：「是你自己救的，我可沒有這麼大的本事，我又沒天香斷續膠。」儀琳突然省悟，慢慢站起，拉住曲非煙的手，道：「是你爺爺救的，是你爺爺救的。」

忽然之間，外邊高處有人叫道：「儀琳，儀琳！」卻是定逸師太的聲音。

儀琳一驚，待要答應。曲非煙吐氣吹熄手中蠟燭，左掌翻轉，按住了儀琳的嘴，在她耳邊低聲道：「這是甚麼地方？別答應。」一霎時儀琳六神無主，她身在妓院之中，處境尷尬之極，但聽到師父呼喚而不答應，卻是一生中從所未有。

只聽得定逸又大聲叫道：「田伯光，快給我滾出來！你把儀琳放出來。」

只聽得西首房中田伯光哈哈大笑，笑了一陣，才道：「這位是恆山派白雲庵前輩定逸師太麼？晚輩本當出來拜見，只是身邊有幾個俏佳人相陪，未免失禮，這就兩免了。哈哈，哈哈！」跟著有四五個女子一齊吃吃而笑，聲音甚是淫蕩，自是妓院中的妓女，有的還嗲聲叫道：「好相公，別理她，再親我一下，嘻嘻，嘻嘻。」幾個妓女淫聲蕩語，越說越響，顯是受了田伯光的吩咐，意在氣走定逸。

定逸大怒，喝道：「田伯光，你再不滾出來，非把你碎屍萬段不可。」

田伯光笑道：「我不滾出來，你要將我碎屍萬段。我滾了出來，你也要將我碎屍萬段。那還是不滾出來罷！定逸師太，這種地方，你出家人是來不得的，還是及早請回的爲妙。令高徒不在這裏，她是一位戒律精嚴的小師父，怎會到這裏來？你老人家到這種地方來找徒兒，豈不奇哉怪也？」

定逸怒叫：「放火，放火，把這狗窩子燒了，瞧他出不出來？」

田伯光笑道：「定逸師太，這地方是衡山城著名的所在，叫作『羣玉院』。你把它放火燒了不打緊，有分教：江湖上衆口喧傳，都道湖南省的煙花之地『羣玉院』，給恆山派白雲庵定逸師太一把火燒了。人家一定要問：『定逸師太是位年高德劭的老師太，怎地到這種地方去呀？』別人便道：『她是找徒弟去了！』人家又問：『恆山派的弟子怎會到羣玉院去？』這麼你一句，我一句，於貴派的聲譽可大大不妙。我跟你說，萬里獨行田伯光天不怕，地不怕，天下就只怕令高足一人，一見到她，我遠而避之還來不及，怎麼還敢去惹她？」

定逸心想這話倒也不錯，但弟子回報，明明見到儀琳走入了這屋子，這弟子又爲田伯光所傷，豈有假的？只氣得五竅生煙，將屋瓦踹得一塊塊粉碎，一時卻無計可施。

突然對面屋上一個冷冷的聲音道：「田伯光，我弟子彭人騏，可是你害死的？」卻是青城掌門余滄海到了。

田伯光道：「失敬，失敬！連青城派掌門也大駕光臨，衡山羣玉院從此名聞天下，生意滔滔，再也應接不暇了。有一個小子是我殺的，劍法平庸，有些像是青城派招數，至於是不是叫甚麼彭人騏，也沒工夫去問他。」

只聽得颼的一聲響，余滄海已穿入房中，跟著乒乒乓乓，兵刃相交聲密如聯珠，余滄海和田伯光已在房中交起手來。

定逸師太站在屋頂，聽著二人兵刃撞擊之聲，心下暗暗佩服：「田伯光那廝果然有點兒眞門道，這幾下快刀快劍，竟跟青城掌門鬥了個勢均力敵。」

驀然間砰的一聲大響，兵刃相交聲登時止歇。

儀琳握著曲非煙的手，掌心中都是冷汗，不知田余二人相鬥到底誰勝誰敗，按理說，田伯光數次欺辱於她，該當盼望他給余滄海打敗才是，但她竟是盼望余滄海爲田伯光所敗，最好余滄海快快離去，師父也快快離去，讓令狐冲在這裏安安靜靜的養傷。他此刻正在生死存亡的要緊關頭，倘若見到余滄海衝進房來，一驚之下，創口再裂，那就非死不可。

卻聽得田伯光的聲音在遠處響起，叫道：「余觀主，房中地方太小，手腳施展不開，咱們到曠地之上大戰三四百回合，瞧瞧到底是誰厲害。要是你打勝，這個千嬌百媚的小粉頭玉寶兒便讓給你，假如你輸了，這玉寶兒可是我的。」

余滄海氣得幾乎胸膛也要炸了開來，這淫賊這番話，竟說自己和他相鬥乃是爭風吃醋，爲了爭奪「羣玉院」中一個妓女，叫作甚麼玉寶兒的。適才在房中相鬥，頃刻間拆了五十餘招，田伯光刀法精奇，攻守俱有法度，余滄海自忖對方武功實不在自己之下，就算再鬥三四百招，可也並無必勝把握。

一霎時間，四下裏一片寂靜。儀琳似乎聽到自己撲通撲通的心跳之聲，湊頭過去，在曲非煙耳邊輕輕問道：「他……他們會不會進來？」其實曲非煙的年紀比她輕著好幾歲，但當這情急之際，儀琳一切全沒了主意。曲非煙並不回答，伸手按住了她嘴。

忽聽得劉正風的聲音說道：「余觀主，田伯光這廝作惡多端，日後必無好死，咱們要收拾他，也不用忙在一時。這間妓院藏垢納污，兄弟早就有心將之搗了，這事待兄弟來辦。大年，爲義，大夥進去搜搜，一個人也不許走了。」劉門弟子向大年和米爲義齊聲答應。接著聽得定逸師太急促傳令，吩咐衆弟子四周上下團團圍住。

儀琳心中惶急，只聽得劉門衆弟子大聲呼叱，一間間房查將過來。劉正風和余滄海在旁監督，向大年和米爲義諸人將妓院中龜頭和鴇兒打得殺豬價叫。青城派羣弟子將妓院中的傢俬用具、茶杯酒壺，乒乒乓乓的打得落花流水。

耳聽得劉正風諸人轉眼便將過來，儀琳急得幾欲暈去，心想：「師父前來救我，我卻不出聲答應，在妓院之中，和令狐師兄深夜同處一室。雖然他身受重傷，但衡山派、青城派這許多男人一擁而進，我便有一百張嘴巴也分說不了。如此連累恆山派的清名，我……我如何對得起師父和衆位師姊？」伸手拔出佩劍，便往頸中揮去。

曲非煙聽得長劍出鞘之聲，已然料到，左手一翻，黑暗中抓住了她手腕，喝道：「使不得！我和你衝出去。」

忽聽得悉瑟有聲，令狐冲在床上坐了起來，低聲道：「點亮了蠟燭！」曲非煙道：「幹甚麼？」令狐冲道：「我叫你點亮了蠟燭！」聲音中頗含威嚴。曲非煙便不再問，取火刀火石打著了火，點燃了蠟燭。

燭光之下，儀琳見到令狐冲臉色白得猶如死人，忍不住低聲驚呼。

令狐冲指著床頭自己的那件大氅，道：「給我披在……在身上。」儀琳全身發抖，俯身取了過來，披在他身上。令狐冲拉過大氅前襟，掩住了胸前的血跡和傷口，說道：「你們兩人，都睡在床上。」曲非煙嘻嘻一笑，道：「好玩，好玩！」拉著儀琳，鑽入了被窩。

這時外邊諸人都已見到這間房中的燭火，紛紛叫道：「到那邊去搜！」蜂擁而來。

令狐冲提一口氣，搶過去掩上了門，橫上門閂，回身走到床前，揭開帳子，道：「都鑽進被窩去！」儀琳道：「你……你別動，小心傷口。」令狐冲伸出左手，將她的頭推入被窩中，右手卻將曲非煙的一頭長髮拉了出來，散在枕頭之上。只這麼一推一拉，自知傷口的鮮血又在不絕外流，雙膝一軟，坐在床沿之上。

這時房門上已有人擂鼓般敲打，有人叫道：「狗娘養的，開門！」跟著砰的一聲，有人將房門踢開，三四個人同時搶將進來。

當先一人正是青城派弟子洪人雄。他一見令狐冲，大吃一驚，叫道：「令狐……是令狐冲……」急退了兩步。向大年和米爲義不識得令狐冲，但均知他已爲羅人傑所殺，聽洪人雄叫出他的名字，都心頭一震，不約而同的後退。各人睜大了雙眼，瞪視著他。

令狐冲慢慢站起，道：「你們……這許多人……」洪人雄道：「令狐……令狐冲，原來……原來你沒死？」令狐冲冷冷的道：「那有這般容易便死？」

余滄海越衆而前，叫道：「你便是令狐冲了？好，好！」令狐冲向他瞧了一眼，並不回答。余滄海道：「你在這妓院裏，幹甚麼來著？」令狐冲哈哈一笑，道：「這叫做明知故問。在妓院之中，還幹甚麼來著？」余滄海冷冷的道：「素聞華山派門規甚嚴，你是華山派掌門大弟子，『君子劍』岳先生的嫡派傳人，卻偷偷來嫖妓宿娼，好笑啊好笑！」令狐冲道：「華山派門規如何，是我華山派的事，用不著旁人來瞎操心。」

余滄海見多識廣，見他臉無血色，身子還在發抖，顯是身受重傷模樣，莫非其中有詐？心念一轉之際，尋思：「恆山派那小尼姑說這廝已爲人傑所殺，其實並未斃命，顯是那小尼姑撒謊騙人。聽她說來，令狐師兄長，令狐師兄短，叫得脈脈含情，說不定他二人已結下了私情。有人見到那小尼姑來到這妓院之中，此刻卻又影蹤全無，多半便是給這廝藏了起來。哼，他五嶽劍派自負是武林中的名門正派，瞧我青城派不起，我要是將那小尼姑揪出來，不但羞辱了華山、恆山兩派，連整個五嶽劍派也面目無光，叫他們從此不能在江湖上誇口說嘴。」目光四轉，不見房中更有別人，心想：「看來那小尼姑便藏在床上。」向洪人雄道：「人雄，揭開帳子，咱們瞧瞧床上有甚麼好把戲。」

洪人雄道：「是！」上前兩步，他吃過令狐冲的苦頭，情不自禁的向他望了一眼，一時不敢再跨步上前。令狐冲道：「你活得不耐煩了？」洪人雄一窒，但有師父撐腰，也不如何懼他，唰的一聲，拔出了長劍。

令狐冲向余滄海道：「你要幹甚麼？」余滄海道：「恆山派走失了一名女弟子，有人見到她是在這座妓院中，咱們要查查。」令狐冲道：「五嶽劍派之事，也勞你青城派來多管閒事？」余滄海道：「今日之事，非查明白不可。人雄，動手！」洪人雄應道：「是！」長劍伸出，挑開了帳子。

儀琳和曲非煙互相摟抱，躲在被窩之中，將令狐冲和余滄海的對話，一句句都聽得清清楚楚，心頭只是叫苦，全身瑟瑟發抖，聽得洪人雄挑開帳子，更嚇得魂飛天外。

帳子一開，衆人目光都射到床上，只見一條繡著雙鴛鴦的大紅錦被之中裹得有人，枕頭上舞著長長的萬縷青絲，錦被不住顫動，顯然被中人十分害怕。

余滄海一見到枕上的長髮，好生失望，顯然被中之人並非那光頭小尼姑，原來令狐冲這廝果然是在宿娼。

令狐冲冷冷的道：「余觀主，你雖是出家人，但聽說青城派道士不禁婚娶，你大老婆、小老婆著實不少。你既這般好色如命，想瞧妓院中光身赤裸的女子，幹麼不爽爽快快的揭開被窩，瞧上幾眼？何必藉口甚麼找尋恆山派的女弟子？」

余滄海喝道：「放你的狗屁！」右掌呼的一聲劈出，令狐冲側身一閃，避開了掌風，重傷之下，轉動不靈，余滄海這一掌又劈得凌厲，還是給他掌風邊緣掃中了，站立不定，一交倒在床上。他用力支撐，又即站起，一張嘴，一大口鮮血噴了出來，身子搖晃兩下，又噴出一口鮮血。

余滄海欲待再行出手，忽聽得窗外有人叫道：「以大欺小，好不要臉！」這叫聲尾音未絕，余滄海已右掌轉回，劈向窗格，身隨掌勢，到了窗外。房內燭光照映出來，只見一個醜臉駝子正欲往牆角邊逃去。余滄海喝道：「站住了！」

那駝子正是林平之所扮。他在劉正風府中與余滄海朝相之後，乘著曲非煙出現，余滄海全神注視到那女童身上，便即悄悄溜出。

他躲在牆角邊，一時打不定主意，實不知如何，才能救得爹娘，沉吟半晌，心道：「我假裝駝子，大廳中人人都已見到了，再遇上青城派的人，非死不可。是不是該當回復本來面目？」回思適才給余滄海抓住，全身登時酸軟，更無半分掙扎之力，怎地世上竟有如此武功高強之人？心頭思潮起伏，只呆呆出神。

也不知過了多少時候，忽然有人在他駝背上輕輕一拍。林平之大驚，急忙轉身，眼前一人背脊高聳，正是那正牌駝子「塞北明駝」木高峯，聽他笑道：「假駝子，幹麼你要冒充是我徒子徒孫？」

林平之情知此人性子兇暴，武功又極高，稍一對答不善，便是殺身之禍，但適才在大廳中向他磕過頭，又說他行俠仗義，並未得罪於他，只須繼續如此說，諒來也不致惹他生氣，便道：「晚輩曾聽許多人言道：『塞北明駝』木大俠英名卓著，最喜急人之難，扶危解困。晚輩一直好生仰慕，是以不知不覺便扮成木大俠的模樣，萬望恕罪。」

木高峯哈哈一笑，說道：「甚麼急人之難，扶危解困？當眞胡說八道。」他明知林平之撒謊，但這些話總是聽來甚爲入耳，問道：「你叫甚麼名字？是那一個的門下？」

林平之道：「晚輩其實姓林，無意之間冒認了前輩的姓氏。」木高峯冷笑道：「甚麼無意之間？你只是想拿你爺爺的名頭來招搖撞騙。余滄海是青城掌門，伸一根手指頭也立時將你斃了。你這小子居然敢衝撞於他，膽子當眞不小。」林平之一聽到余滄海的名字，胸口熱血上湧，大聲道：「晚輩但教有一口氣在，定須手刃了這奸賊。」

木高峯奇道：「余滄海跟你有甚麼怨仇？」林平之略一遲疑，尋思：「憑我一己之力，難以救得爹爹媽媽，索性再拜他一拜，求他援手。」當即雙膝跪倒，磕頭道：「晚輩父母落入這奸賊之手，懇求前輩仗義相救。」木高峯皺起眉頭，連連搖頭，說道：

「沒好處之事，木駝子向來不做。你爹爹是誰？救了他於我有甚麼得益？」

正說到這裏，忽聽門邊有人壓低了聲音說話，語氣緊急，說道：「快稟報師父，在羣玉院妓院中，青城派又有一人給人殺了，恆山派有人受了傷逃回來。」

木高峯低聲道：「你的事慢慢再說，眼前有一場熱鬧好看，你想開眼界便跟我同去。」林平之心想：「只須陪在他身邊，便有機會求他。」當即道：「是，是。老前輩去那裏，晚輩自當追隨。」木高峯道：「咱們把話說在頭裏，木駝子不論甚麼事，總須對自己有好處才幹。你若想單憑幾頂高帽子，便叫你爺爺去惹麻煩上身，這種話少提爲妙。」

林平之唯唯否否，含糊答應。忽聽得木高峯道：「他們去了，跟著我來。」只覺右腕一緊，已讓他抓住，跟著騰身而起，猶似足不點地般在衡山街上奔馳。

到得羣玉院外，木高峯和他挨在一株樹後，窺看院中眾人動靜。余滄海和田伯光交手、劉正風等率人搜查、令狐冲挺身而出等情，他二人都一一聽在耳裏。待得余滄海又欲擊打令狐冲，林平之再也忍耐不住，將「以大欺小，好不要臉」這八個字叫了出來。

林平之叫聲出口，自知魯莽，轉身便欲躲藏，那知余滄海來得快極，一聲「站住了！」力隨聲至，掌力已將林平之全身籠住，只須一發，便能震得他五臟碎裂，骨骼齊折，待見到他形貌，一時含力不發，冷笑道：「原來是你！」眼光向林平之身後丈許之外的木高峯射去，說道：「木駝子，你幾次三番指使小輩來和我爲難，是何用意？」

木高峯哈哈一笑，道：「這人自認是我小輩，木駝子卻沒認他。他自姓林，我自姓木，這小子跟我有甚麼干係？余觀主，木駝子不是怕你，只犯不著做冤大頭，給一個無名小輩做擋箭牌。要是做做擋箭牌有甚麼好處，金銀財寶滾滾來，木駝子權衡輕重，這算盤打得響，做便做了。可是眼前這場全無進益的蝕本買賣，卻決計不做。」

余滄海一聽，心中一喜，便道：「此人既跟木兄並無干係，乃冒充招搖之徒，貧道不必再顧你的顏面了。」積蓄在掌心中的力道正欲發出，忽聽窗內有人說道：「以大欺小，好不要臉！」余滄海回過頭來，見一人憑窗而立，正是令狐冲。

余滄海怒氣更增，但「以大欺小，好不要臉」這八個字，卻正是說中了要害，眼前這二人顯然武功遠不如己，若欲殺卻，原只一舉手之勞，但「以大欺小」那四個字，卻無論如何逃不過了，既是「以大欺小」，那下面「好不要臉」四字便也順理成章了。但若如此輕易饒了二人，這口氣如何便嚥得下去？他冷笑一聲，向令狐冲道：「你的事，以後我找你師父算帳。」回頭向林平之道：「小子，你到底是那個門派的？」

林平之怒叫：「狗賊，你害得我家破人亡，此刻還來問我？」

余滄海心下奇怪：「我幾時識得你這醜八怪了？甚麼害得你家破人亡，這話卻從那裏說起？」但四下裏耳目眾多，不欲細問，回頭向洪人雄道：「人雄，先宰了這小子，再擒下了令狐冲。」是青城派弟子出手，便說不上「以大欺小」。

洪人雄應道：「是！」拔劍上前。林平之伸手去拔佩劍，甫一提手，洪人雄的長劍寒光森然，已直指到了胸前。林平之叫道：「余滄海，我林平之……」余滄海一驚，左掌急速拍出，掌風到處，洪人雄的長劍給震得一偏，從林平之右臂外掠過。余滄海道：「你說甚麼？」林平之道：「我林平之做了厲鬼，也會找你索命。」余滄海道：「你……

你是福威鏢局的林平之？」

林平之既知已無法隱瞞，索性堂堂正正的死個痛快，雙手撕下臉上膏藥，朗聲道：「不錯，我便是福州福威鏢局的林平之。你兒子調戲良家姑娘，是我殺的。你害得我家破人亡，我爹爹媽媽，你……你……你將他們關在那裏？」

青城派一舉挑了福威鏢局之事，江湖上早已傳得沸沸揚揚。長青子早年敗在林遠圖劍下，武林中並不周知，人人都說青城派志在劫奪林家辟邪劍法的劍譜。令狐冲正因聽了這傳聞，才在迴雁樓頭以此引得羅人傑俯身過來，挺劍殺卻。木高峯也已得知訊息，此刻聽得眼前這假駝子是「福威鏢局的林平之」，眼見余滄海一聽到他自報姓名，便忙不迭的將洪人雄長劍格開，神情緊張，看來確是想著落在這年輕人身上得到辟邪劍譜。

其時余滄海左臂長出，手指已抓住林平之的右腕，手臂一縮，便要將他拉過去。木高峯喝道：「且慢！」飛身而出，伸手抓住了林平之的左腕，向後一拉。

林平之雙臂分別為兩股大力前後拉扯，全身骨骼登時格格作響，痛得幾欲暈去。

余滄海知道自己若再使力，非將林平之登時拉死不可，當即右手長劍遞出，向木高峯刺去，喝道：「木兄，撒手！」

木高峯左手一揮，噹的一聲響，格開長劍，手中已多了一柄青光閃閃的彎刀。

余滄海展開劍法，嗤嗤嗤聲響不絕，片刻間向木高峯連刺了八九劍，說道：「木兄，你我無冤無仇，何必為這小子傷了兩家和氣？」左手仍抓住林平之右腕不放。

木高峯揮動彎刀，將來劍一一格開，說道：「適才大庭廣眾之間，這小子已向我磕過了頭，叫了我『爺爺』，這是衆目所見、衆耳所聞之事。在下和余觀主雖往日無冤，近日無仇，但你將一個叫我爺爺之人捉去殺了，未免太不給我臉面。做爺爺的不能庇護孫子，以後還有誰肯再叫我爺爺？」兩人一面說話，兵刃相交聲叮噹不絕，越打越快。

余滄海怒道：「木兄，此人殺了我的親生兒子，殺子之仇，豈可不報？」木高峯哈哈一笑，道：「好，衝著余觀主的金面，就替你報仇便了。來來來，你向前拉，我向後拉，一二三，咱們將這小子拉爲兩片！」他說完這句話後，又叫：「一，二，三！」這「三」字一出口，掌上力道加強，林平之全身骨骼格格之聲更響。

余滄海一驚，報仇並不急在一時，劍譜尚未得手，卻決不能便傷了林平之性命，當即鬆手。林平之立時便給木高峯拉了過去。

木高峯哈哈一笑，說道：「多謝，多謝！余觀主當眞夠朋友，夠交情，衝著木駝子的臉面，連殺子大仇也肯放過了。江湖上如此重義之人，還眞的沒第二位！」余滄海冷冷的道：「木兄知道了就好。這一次在下相讓一步，以後可不能再有第二次了。」木高峯笑嘻嘻的道：「那也未必。說不定余觀主義薄雲天，第二次又再容讓呢。」

余滄海哼了一聲，左手一揮，道：「咱們走！」牽領本門弟子，便即退走。

這時定逸師太急於找尋儀琳，早已與恆山派羣尼向西搜了下去。劉正風牽領衆弟子向東南方搜去。青城派一走，羣玉院外便只賸下木高峯和林平之二人。

木高峯笑嘻嘻的道：「你非但不是駝子，原來還是個長得挺俊的小子。小子，你也不用叫我爺爺。駝子挺喜歡你，收你做了徒弟如何？」

林平之適才給二人各以上乘內力拉扯，全身疼痛難當，兀自沒喘過氣來，聽木高峯這麼說，心想：「這駝子的武功高出我爹爹十倍，余滄海對他也頗為忌憚，我要復仇雪恨，拜他為師便有指望。可是他眼見那青城弟子使劍殺我，本來毫不理會，一聽到我的來歷，便即出手和余滄海爭奪。此刻要收我為弟子，顯是不懷好意。」

木高峯見他神色猶豫，又道：「塞北明駝的武功聲望，你是知道的了。迄今為止，我還沒收過一個弟子。你拜我為師，為師的把一身武功傾囊相授，那時別說青城派的小子們決不是你對手，假以時日，要打敗余滄海亦有何難？小子，怎麼你還不磕頭拜師？」

他越說得熱切，林平之越起疑：「他如當真愛惜我，怎地剛才抓住我手，用力拉扯，全無絲毫顧忌？余滄海這惡賊得知我是他的殺子大仇之後，反而不想就此拉死我了，自然是為了辟邪劍譜。五嶽劍派中儘多武功高強的正直之士，我欲求明師，該找那些前輩高人才是。這駝子心腸毒辣，武功再高，我也決不拜他為師。」

木高峯見他仍然遲疑，怒氣漸增，但仍笑嘻嘻道：「怎麼？你嫌駝子的武功太低，不配做你師父麼？」

林平之見木高峯霎時間滿面烏雲，神情猙獰可怖，但怒色一現即隱，立時又顯得和藹可親，情知處境危險，若不拜他為師，說不定他怒氣發作，立時便將自己殺了，當即道：「木大俠，你肯收晚輩為徒，晚輩求之不得。只是晚輩學的是家傳武功，倘若另投明師，須得家父允可，這一來是家法，二來也是武林中的規矩。」

木高峯點了點頭，道：「這話倒也有理。不過你這一點玩藝兒，壓根兒說不上是甚麼功夫，你爹爹想來武功也是有限。我老人家今日心血來潮，一時興起要收你爲徒，以後我未必再有此興致了。機緣可遇不可求，你這小子瞧來似乎機伶，怎地如此胡塗？這樣罷，你先磕頭拜師。然後我去跟你爹爹說，諒他也不敢不允。」

林平之心念一動，說道：「木大俠，晚輩的父母落在青城派手中，生死不明，求木大俠去救了出來。那時晚輩感恩圖報，木大俠有甚麼囑咐，自當遵從。」

木高峯怒道：「甚麼？你向我討價還價？你這小子有甚麼了不起，我非收你爲徒不可？你居然來向我要挾，豈有此理！」隨即想到余滄海肯在衆目睽睽之下讓步，不將殺子大仇人撕開兩片，自是另有重大圖謀，像余滄海這樣的人，那會輕易上當？多半江湖上傳言不錯，他林家那辟邪劍譜確然非同小可，只要收了這小子爲徒，這部武學寶笈遲早便能到手，說道：「快磕頭，三個頭磕下去，你便是我徒弟了。徒弟的父母，做師父的焉有不關心之理？余滄海捉了我徒弟的父母，我去向他要人，名正言順，他怎敢不放？」

林平之救父母心切，心想：「爹爹媽媽落在奸人手中，渡日如年，說甚麼也得儘快將他們救了出來。我一時委屈，拜他爲師，只須他救出我爹媽，天大的難事也擔當了。」當即屈膝跪倒，便要磕頭。木高峯怕他反悔，伸手往他頭頂按落，揿將下去。

林平之本想磕頭，但給他這麼使力一揿，心中反感陡生，自然而然的頭頸一硬，不讓他按下去。木高峯怒道：「嘿，你不磕頭嗎？」手上加了一分勁道。林平之本來心高氣傲，做慣了少鏢頭，平生只有受人奉承，從未遇過屈辱，此番爲了搭救父母，已然決意磕頭，但木高峯這麼伸手一揿，弄巧反拙，激發了他的倔強本性，大聲道：「你答允救我父母，我便答允拜你為師，此刻要我磕頭，卻萬萬不能。」

木高峯道：「萬萬不能？咱們瞧瞧，果眞是萬萬不能？」手上又加了一分勁力。林平之腰板力挺，想站起身來，但頭頂便如有千斤大石壓住了，卻那裏站得起來？他雙手撐地，用力掙扎，木高峯手上勁力又加了一分。林平之只聽得自己頸中骨頭格格作響。木高峯哈哈大笑，道：「你磕不磕頭？我手上再加一分勁道，你的頭頸便折斷了。」

林平之的頭給他一寸一寸的按落，離地面已不過半尺，奮力叫道：「我不磕頭，偏不磕頭！」木高峯道：「瞧你磕不磕頭？」手一沉，林平之的額頭又給他按低了兩寸。

便在此時，林平之忽覺背心上微微一熱，一股柔和的力道傳入體內，頭頂的壓力斗然間輕了，雙手在地下一撐，便即站起。

這一下固然大出林平之意料之外，而木高峯更大吃一驚，適才衝開他手上勁道的這股內力，似乎是武林中盛稱的華山派「紫霞功」，聽說這門內功初發時若有若無，綿如雲霞，然而蓄勁極韌，到後來更鋪天蓋地，勢不可當，「紫霞」二字由此而來。

木高峯驚詫之下，手掌又迅即按上林平之頭頂，掌心剛碰到林平之頭頂，他頂門上又是一股柔韌的內力升起，兩者一震，木高峯手臂發麻，胸口也隱隱作痛。他退後兩步，哈哈一笑，說道：「是華山派的岳兄嗎？怎地悄悄躲在牆角邊，開駝子玩笑？」

牆角後一人縱聲大笑，一個青衫書生踱了出來，輕袍緩帶，右手搖著摺扇，神情瀟洒，笑道：「木兄，多年不見，丰采如昔，可喜可賀。」

木高峯眼見此人果然便是華山派掌門「君子劍」岳不羣，心中向來對他頗為忌憚，此刻自己正出手欺壓一個武功平平的小輩，恰好給他撞見，且出手相救，不由得有些尷尬，當即笑嘻嘻的道：「岳兄，你越來越年輕了，駝子眞想拜你爲師，學一學這門『採陰補陽』之術。」岳不羣「呸」的一聲，笑道：「駝子越來越無聊。故人見面，不敘契闊，卻來胡說八道。小弟又懂甚麼這種邪門功夫了？」木高峯笑道：「你說不會採補功夫，誰也不信，怎地你快六十歲了，忽然返老還童，瞧起來倒像是駝子的孫兒一般。」

林平之當木高峯的手一鬆，便已跳開幾步，眼見這書生頦下五柳長鬚，面如冠玉，一臉正氣，心中景仰之情，油然而生，知道適才是他出手相救，聽得木高峯叫他爲「華山派的岳兄」，心念一動：「這位神仙般的人物，莫非便是華山派掌門岳先生？只是他瞧上去不過四十來歲，年紀不像。那勞德諾是他弟子，可比他老得多了。」待聽木高峯讚他駐顏有術，登時想起：曾聽母親說過，武林中高手內功練到深處，不但能長壽不老，簡直眞能返老還童，這位岳先生多半有此功夫，不禁更是欽佩。

岳不羣微微一笑，說道：「木兄一見面便不說好話。木兄，這少年是個孝子，又頗具俠氣，原堪造就，怪不得木兄喜愛。他今日種種禍患，全因當日在福州仗義相救小女靈珊而起，小弟實在不能袖手不理，還望木兄瞧著小弟薄面，高抬貴手。」

木高峯臉上現出詫異神色，道：「甚麼？憑這小子這一點兒微末道行，居然能去救靈珊姪女？只怕這話要倒過來說，是靈珊賢姪女慧眼識玉郎……」岳不羣知這駝子粗俗下流，接下去定然沒好話，便截住他話頭，說道：「江湖上同道有難，誰都該當出手相援，粉身碎骨是救，一言相勸也是救，倒也不在乎武藝的高低。木兄，你如決意收他爲徒，不妨讓這少年稟明了父母，再來投入貴派門下，豈不兩全其美？」

木高峯眼見岳不羣插手，今日之事已難如願，便搖了搖頭，道：「駝子一時興起，要收他爲徒，此刻卻已意興索然，這小子便再磕我一萬個頭，我也不收了。」說著左腿忽起，啪的一聲，將林平之踢了個觔斗，摔出數丈。這一下卻也大出岳不羣的意料之外，全沒想到他抬腿便踢，事先竟沒半點朕兆，渾不及出手阻攔。好在林平之摔出後立即躍起，似乎並未受傷。

岳不羣道：「木兄，怎地跟孩子們一般見識？我說你倒是返老還童了。」木高峯笑道：「岳兄放心，駝子便有天大的膽子，也不敢得罪了這位……你這位……哈哈……我也不知道是你這位甚麼，再見，再見，眞想不到華山派如此赫赫威名，對這《辟邪劍譜》卻也會眼紅。」一面說，一面拱手退開。

岳不羣搶上一步，大聲道：「木兄，你說甚麼話來？」突然之間，臉上滿布紫氣，只是那紫氣一現即隱，頃刻間又回復了白淨面皮。

木高峯見到他臉上紫氣，心中打了個突，尋思：「果然是華山派的『紫霞功』！岳不羣這廝劍法高明，又練成了這神奇內功，駝子倒得罪他不得。」當下嘻嘻一笑，說道：「我也不知《辟邪劍譜》是甚麼東西，只是見青城余滄海不顧性命的想搶奪，隨口胡謅幾句，岳兄不必介意。」說著掉轉身子，揚長而去。

岳不羣瞧著他的背影在黑暗中隱沒，嘆了口氣，自言自語：「武林中似他這等功夫，那也是很難得了，可就偏生自甘……」下面「下流」兩字，忍住了不說，卻搖了搖頭。

突然間林平之奔將過來，雙膝一屈，跪倒在地，不住磕頭，說道：「求師父收錄門牆，弟子恪遵教誨，嚴守門規，決不敢有絲毫違背師命。」

岳不羣微微一笑，說道：「我若收了你爲徒，不免給木駝子背後說嘴，說我跟他搶奪徒弟。」林平之磕頭道：「弟子一見師父，說不出的欽佩仰慕，那是弟子誠心誠意的求懇。」說著連連磕頭。岳不羣笑道：「好罷，我收你不難，只是你還沒稟明父母呢，也不知他們是否允可。」林平之道：「弟子得蒙恩師收錄，家父家母歡喜都還來不及，決無不允之理。家父家母爲青城派衆惡賊所擒，尙請師父援手相救。」

岳不羣點了點頭，道：「起來罷！好，咱們這就去找你父母。」回頭叫道：「德諾、阿發、珊兒，大家出來！」只見牆角後走出一羣人來，正是華山派的羣弟子。原來這些人早就到了，岳不羣命他們躲在牆後，直到木高峯離去，這才現身，以免人多難堪，令他下不了台。

勞德諾等都歡然道賀：「恭喜師父新收弟子。」岳不羣笑道：「平之，這幾位師哥，在那小茶館中，你早就都見過了，你向衆師哥見禮。」

老者是二師兄勞德諾，身形魁梧的漢子是三師兄梁發，腳夫模樣的是四師兄施戴子，手中拿著個算盤的是五師兄高根明，六師兄六猴兒陸大有，那是誰都一見就不會忘記的人物，此外七師兄陶鈞、八師兄英白羅是兩個年輕弟子。林平之一一拜見了。

忽然岳不羣身後一聲嬌笑，一個清脆的聲音道：「爹爹，我算是師姊，還是師妹？」林平之一怔，認得說話的是當日那個賣酒少女、華山門下人人叫她作「小師妹」

的，原來她竟是師父的女兒。只見岳不羣的青袍後面探出半邊雪白的臉蛋，一隻圓圓的左眼骨溜溜地轉了幾轉，打量了他一眼，又縮回岳不羣身後。林平之心道：「那賣酒少女容貌醜陋，滿臉都是麻皮，怎地變了這副模樣？」她乍一探頭，便即縮回，又在夜晚，月色朦朧，沒法看得清楚，但這少女容顏俏麗，卻絕無可疑。又想：「她說她喬裝改扮，到福州城外賣酒，定逸師太又說她裝成一副怪模怪樣。那麼她的醜樣，自然是故意裝成的了。」

岳不羣笑道：「這裏個個人入門比你遲，卻都叫你小師妹。你這師妹命是坐定了的，那自然也是小師妹了。」那少女笑道：「不行，從今以後，我可得做師姊了。爹，林師弟叫我師姊，以後你再收一百個弟子、兩百個弟子，也都得叫我師姊了。」

她一面說，一面笑，從岳不羣背後轉了出來，濛濛月光下，林平之依稀見到一張秀麗的瓜子臉蛋，一雙黑白分明的眼睛，射向他臉。林平之深深一揖，說道：「岳師姊，小弟今日方蒙恩師垂憐收錄門下。先入門者為大，小弟自然是師弟。」

岳靈珊大喜，轉頭向父親道：「爹，是他自願叫我師姊的，可不是我強逼他。」岳不羣笑道：「人家剛入我門下，你就說到『強逼』兩字。他只道我門下個個似你一般，以大壓小，豈不嚇壞了他？」說得眾弟子都笑了起來。

岳靈珊道：「爹，大師哥躲在這地方養傷，又給余滄海那臭道士打了一掌，只怕十分凶險，快去瞧瞧他。」岳不羣雙眉微蹙，搖了搖頭，道：「戴子、根明，你二人去把大師哥抬出來。」施戴子和高根明齊聲應諾，從窗口躍入房中，但隨即聽到他二人說道：「師父，大師哥不在這裏，房裏沒人。」跟著窗中透出火光，他二人已點燃了蠟燭。

岳不羣眉頭皺得更加緊了，他不願身入妓院這等污穢之地，向勞德諾道：「你進去瞧瞧。」勞德諾道：「是！」走向窗口。

岳靈珊道：「我也去瞧瞧。」岳不羣反手抓住她手臂，道：「胡鬧！這種地方你去不得。」岳靈珊急得幾乎要哭出聲來，道：「可是……可是大師哥身受重傷……只怕他有性命危險。」岳不羣低聲道：「不用躭心，他敷了恆山派的『天香斷續膠』，死不了。」岳靈珊又驚又喜，道：「爹，你……你怎知道？」岳不羣道：「低聲，別多嘴！」

令狐冲重傷之餘，再給余滄海掌風帶到，創口劇痛，又嘔了幾口血，但神智清楚，耳聽得木高峯和余滄海爭執，衆人逐一退去，又聽得師父到來。他向來天不怕、地不怕，便只怕師父，一聽到師父和木高峯說話，心想自己這番胡鬧到了家，不知師父會如何責罰，一時忘了創口劇痛，轉身向床，悄聲道：「大事不好，我師父來了，咱們快逃。」立時扶著牆壁，走出房去。

曲非煙拉著儀琳，悄悄從被窩中鑽出，跟了出去，只見令狐冲搖搖晃晃，站立不定，兩人忙搶上扶住。令狐冲咬著牙齒，穿過了一條走廊，心想師父耳目何等靈敏，只要一出去，立時便給他知覺，眼見右首是間大房，當即走了進去，道：「將……將門窗關上。」曲非煙依言帶上了門，又將窗子關了。令狐冲再也支持不住，斜躺床上，喘氣不止。

三個人不作一聲，過了良久，才聽得岳不羣的聲音遠遠說道：「他不在這裏了，咱們走罷！」令狐冲吁了口氣，心下大寬。

又過一會，忽聽得有人躡手躡腳的在院子中走來，低聲叫道：「大師哥，大師哥。」卻是陸大有。令狐冲心道：「畢竟還是六猴兒跟我最好。」正想答應，忽覺床帳簌簌抖動，卻是儀琳聽到有人尋來，害怕起來。令狐冲心想：「我這一答應，累了這位小師父的清譽。」當下便不作聲，耳聽得陸大有從窗外走過，一路「大師哥，大師哥」的呼叫，漸漸遠去，再沒聲息。

曲非煙忽道：「喂，令狐冲，你會死麼？」令狐冲道：「我怎麼能死？我如死了，大損恆山派的令譽，太對不住人家了。」曲非煙奇道：「為甚麼？」令狐冲道：「恆山派的治傷靈藥，給我既外敷，又內服，倘若仍然治不好，令狐冲豈非大大的對不住……對不住這位恆山派的師妹？」曲非煙笑道：「對，你要是死了，太也對不住人家了。」

儀琳見他傷得如此厲害，兀自在說笑話，既佩服他的膽氣，又稍為寬心，道：「令狐師兄，那余觀主又打了你一掌，我再瞧瞧你傷口。」令狐冲支撐著要坐起身來。曲非煙道：「不用客氣啦，你這就躺著罷。」令狐冲全身乏力，實在坐不起身，只得躺在床上。

曲非煙剔亮了蠟燭。儀琳見令狐冲衣襟都是鮮血，當下顧不得嫌疑，輕輕揭開他長袍，取過臉盆架上掛著的一塊洗臉手巾，為他抹淨了傷口上的血跡，將懷中所藏的天香斷續膠盡數抹在他傷口上。令狐冲笑道：「這麼珍貴的靈藥，浪費在我身上，未免可惜。」

儀琳道：「令狐師兄為我受此重傷，別說區區藥物，就是……就是……」說到這裏，只覺難以措詞，囁嚅一會，續道：「連我師父她老人家，也讚你是見義勇為的少年英俠，因此和余觀主吵了起來呢。」令狐冲笑道：「讚倒不用了，師太她老人家只要不罵我，已經謝天謝地啦。」儀琳道：「我師父怎……怎會罵你？令狐師兄，你只須靜養十二個時辰，傷口不再破裂，那便無礙了。」又取出三粒白雲熊膽丸，餵著他服了。

曲非煙道：「姊姊，你在這裏陪著他，提防壞人又來加害。爺爺等著我呢，我這可要去啦。」儀琳急道：「不！你不能走。我一個人怎能就在這裏？」曲非煙笑道：「令狐冲不好端端在這裏麼？你又不是一個人。」說著轉身便走。儀琳大急，縱身上前，一把抓住她左臂，情急之下，使上了恆山派擒拿手法，牢牢抓住她臂膀，道：「你別走！」曲非煙笑道：「哎喲，動武嗎？」儀琳臉一紅，放開了手，央求道：「好姑娘，請你陪我。」曲非煙笑道：「好，好！我陪你便是。令狐冲又不是壞人，你幹麼這般怕他？」

儀琳稍稍放心，道：「對不起，曲姑娘，我抓痛了你沒有？」曲非煙道：「我倒不痛。令狐冲卻好像痛得很厲害。」儀琳一驚，揭開帳子看時，見令狐冲雙目緊閉，已自沉沉睡去。她伸手探他鼻息，覺呼吸勻淨，正感寬慰，忽聽得曲非煙格的一笑，窗格聲響。儀琳急忙轉身，只見她已從窗中跳了出去。

儀琳大驚失色，一時不知如何是好，走到床前，說道：「令狐師兄，令狐師兄，她……她走了。」但其時藥力正在發作，令狐冲昏昏迷迷的，並不答話。儀琳全身發抖，說不出的害怕，過了好一會，才過去將窗格拉上，心想：「我快快走罷，令狐師兄倘若醒轉，跟我說話，那怎麼辦？」轉念又想：「他受傷如此厲害，此刻便一個小童過來，隨手便能制他死命，我豈能不加照護，自行離去？」黑夜之中，只聽到遠處深巷中偶然傳來幾下犬吠之聲，此外一片靜寂，妓院中諸人早已逃之夭夭，似乎這世界上除了帳中的令狐冲外，更無旁人。

她坐在椅上，一動也不敢動，過了良久，四處雞啼聲起，天將黎明。儀琳又著急起來：「天一亮，便有人來了，那怎麼辦？」

她自幼出家，一生全在定逸師太照料之下，全無處世應變的經歷，此刻除了焦急之外，想不出半點法子。正惶亂間，忽聽得腳步聲響，有三四人從巷中過來，四下俱寂之中，腳步聲特別清晰。這幾人來到羣玉院門前，便停住了，只聽一人說道：「你二人搜東邊，我二人搜西邊，倘若見到令狐冲，要拿活的。他身受重傷，抗拒不了。」

儀琳初時聽到人聲，驚惶萬分，待聽到那人說要來擒拿令狐冲，心中立時閃過一個念頭：「說甚麼也要保得令狐師兄周全，決不能讓他落入壞人手裏。」這主意一打定，驚恐之情立去，登時頭腦清醒了起來，搶到床邊，拉起墊在褥子上的被單，裹住令狐冲身子，抱了起來，吹滅燭火，輕輕推開房門，溜了出去。

這時也不辨東西南北，只朝著人聲來處的相反方向快步而行，片刻間穿過一片菜圃，來到後門。只見門戶半掩，原來羣玉院中諸人匆匆逃去，打開了後門便沒關上。她橫抱著令狐冲走出後門，從小巷中奔了出去。不一會便到了城牆邊，暗忖：「須得出城才好，衡山城中令狐師兄的仇人太多。」沿著城牆疾行，到得城門口時，天已破曉，城門已開，便急竄而出。

一口氣奔出七八里，只往荒山中急鑽，到後來更無路徑，到了一處山坳之中，四下無人。她心神略定，低頭看看令狐冲時，見他已經醒轉，臉露笑容，正注視著自己。

她突然見到令狐冲的笑容，心中一慌，雙手發顫，失手便將他身子掉落。她「啊喲」一聲，急使一招「敬捧寶經」，俯身伸臂，將他托住，總算這一招使得甚快，沒將他摔著，但自己下盤不穩，一個踉蹌，向前急搶了幾步這才站住，說道：「對不住，你傷口痛嗎？」令狐冲微笑道：「還好！你歇一歇罷！」

儀琳適才爲了逃避青城羣弟子的追拿，一心一意只想如何才能使令狐冲不致遭到對方毒手，全沒念及自己的疲累，此刻一定下來，只覺全身四肢都欲散了開來一般，勉力將令狐冲輕輕放上草地，再也站立不定，一交坐倒，喘氣不止。

令狐冲微笑道：「你只顧急奔，卻忘了調勻氣息，那是學武……學武之人的大忌，這樣挺容易……容易受傷。」儀琳臉上微微一紅，說道：「多謝令狐師兄指點。師父本來也教過我，一時心急便忘了。」頓了一頓，問道：「你傷口痛得怎樣？」令狐冲道：「已不怎麼痛，略略有些麻癢。」儀琳大喜，道：「好啦，好啦，傷口麻癢是痊愈之象，想不到竟好得這麼快。」

令狐冲見她喜悅無限，心下也有些感動，笑道：「那是貴派靈藥之功。」忽然嘆了口氣，恨恨的道：「只可惜我身受重傷，致受鼠輩之侮，適才倘若落入了青城派那幾個小子手中，死倒不打緊，只怕還得飽受一頓折辱。」

儀琳道：「原來你都聽見了？」想起自己抱著他奔馳了這麼久，也不知他從何時起便睜著眼睛在瞧自己，不由得臉如飛霞。

令狐冲不知她忽然害羞，只道她奔跑過久，耗力太多，說道：「師妹，你打坐片刻，以貴派本門心法，調勻內息，免得受了內傷。」

儀琳道：「是。」當即盤膝而坐，以師授心法運動內息，但心意煩躁，始終沒法寧靜，過不片刻，便睜眼向令狐冲瞧一眼，看他傷勢有何變化，又看他是否在瞧自己，看到第四眼時，恰好和令狐冲的目光相接。她嚇了一跳，急忙閉眼，令狐冲卻哈哈大笑。

儀琳雙頰暈紅，忸怩道：「爲……爲甚麼笑？」令狐冲道：「沒甚麼。你年紀小，坐功還淺，一時定不下神來，就不必勉強。定逸師伯一定教過你，練功時過份勇猛精進，會有大礙，這等調勻內息，更須心平氣和才是。」他休息片刻，又道：「你放心，我元氣已在漸漸恢復，青城派那些小子們再追來，咱們不用怕他，叫他們再摔一個……摔一個屁股向後……向後……」儀琳微笑道：「摔一個青城派的平沙落雁式。」令狐冲笑道：「不錯，妙極！甚麼屁股向後，說起來不雅，咱們就稱之爲『青城派的平沙……落雁式』！」說到最後幾個字，已有些喘不過氣來。

儀琳道：「你別多說話，再好好兒睡一忽罷。」

令狐冲道：「我師父也到了衡山城。我恨不得立時起身，到劉師叔家瞧瞧熱鬧去。」

儀琳見他口唇發焦，眼眶乾枯，知他失血不少，須得多喝水才是，便道：「我去找些水給你喝。」一定口乾了，是不是？」令狐冲道：「我見來路之上，左首田裏有許多西瓜。你去摘幾個來罷。」儀琳道：「好。」站起身來，一摸身邊，卻一文也無，道：

「令狐師兄，你身邊有錢沒有？」令狐冲道：「做甚麼？」儀琳道：「去買西瓜呀！」令狐冲笑道：「買甚麼？順手摘來便是。左近又沒人家，種西瓜的人一定住得很遠，卻向誰買去？」儀琳囁嚅道：「不予而取，那是偷……偷盜了，這是五戒中的第二戒，那是不可以的。倘若沒錢，向他們化緣，討一個西瓜，想來他們也肯的。」

令狐冲有些不耐煩了，道：「你這小……」他本想罵她「小尼姑好胡塗」，但想到她剛才出力相救，說到這「小」字便即停口。

儀琳見他臉色不快，不敢再說，依言向左首尋去。走出二里有餘，果見數畝瓜田，纍纍的生滿了西瓜，樹顛蟬聲鳴響，四下裏卻一個人影也無，尋思：「令狐師兄要吃西瓜。可是這西瓜是有主之物，我怎可隨便偷人家的？」快步又走出里許，站到一個高岡之上，四下眺望，始終不見有人，連農舍茅屋也不見一間，只得又退了回來，站在瓜田之中，踟躕半晌，伸手待去摘瓜，又縮了回來，想起師父諄諄告誡的戒律，決不可偷盜他人之物，欲待退去，腦海中又出現了令狐冲唇乾舌燥的臉容，咬一咬牙，雙手合什，暗暗祝禱：「菩薩垂鑒，弟子非敢有意偷盜，實因令狐師兄……令狐師兄要吃西瓜。」轉念一想，又覺「令狐師兄要吃西瓜」這八個字，並不是甚麼了不起的理由，心下焦急，眼淚已奪眶而出，雙手捧住一個西瓜，向上一提，瓜蒂便即斷了，心道：「人家救你性命，你便爲他墮入地獄，永受輪迴之苦，卻又如何？一人作事一身當，是我儀琳犯了戒律，這與令狐師兄無干。」捧起西瓜，回到令狐冲身邊。

令狐冲於世俗的禮法教條，從來不瞧在眼裏，聽儀琳說要向人化緣討西瓜，只道這小尼姑年輕不懂事，渾沒想到她爲了採摘這個西瓜，心頭有許多交戰，受了這樣多委屈，見她摘了西瓜回來，心頭一喜，讚道：「好師妹，乖乖的小姑娘。」

儀琳驀地聽到他這麼稱呼自己，心頭一震，險些將西瓜摔落，忙抄起衣襟兜住。令狐冲笑道：「幹麼這等慌張？你偷西瓜，有人要捉你麼？」儀琳臉上又是一紅，道：「不，沒人捉我。」緩緩坐了下來。

其時天色新晴，太陽從東方升起，令狐冲和她所坐之處是在山陰，日光照射不到，滿山樹木爲雨水洗得一片青翠，山中清新之氣撲面而來。

儀琳定了定神，拔出腰間斷劍，見到劍頭斷折之處，心想：「田伯光這惡人武功如此了得，當日若不是令狐師兄捨命相救，我此刻怎能太太平平的仍坐在這裏？」一瞥眼見令狐冲雙目深陷，臉上沒半點血色，自忖：「爲了他，我便再犯多大惡業，也始終無悔，偷一個西瓜，卻又如何？」言念及此，犯戒後心中的不安登時盡去，用衣襟將斷劍抹拭乾淨，便將西瓜剖了開來，一股清香透出。

令狐冲嗅了幾下，叫道：「好瓜！」又道：「師妹，我想起了一個笑話。今年元宵，我們師兄妹相聚飲酒，靈珊師妹出了個燈謎，說是：『左邊一隻小狗，右邊一個傻瓜』，打一個字。那時坐在她左邊的，是我六師弟陸大有，便是昨晚進屋來尋找我的那個師弟。我是坐在她右首。」儀琳微笑道：「她出這個謎兒，是取笑你和這位陸師兄了。」令狐冲道：「不錯，這個謎兒倒不難猜，便是我令狐冲的這個『狐』字。她說是個老笑話，從書上看來的。只難得剛好六師弟坐在她左首，我坐在她右首。也真湊巧，此刻在我身旁，又是這邊一隻小狗，這邊一隻大瓜。」說著指指西瓜，又指指她，臉露微笑。

儀琳微笑道：「好啊，你繞彎兒叫我小狗。」將西瓜剖成一片一片，剔去瓜子，遞了一片給他。令狐冲接過咬了一口，只覺滿口香甜，幾口便吃完了。儀琳見他吃得歡暢，心下甚喜，又見他仰臥著吃瓜，襟前汁水淋漓，便將第二片西瓜切成一小塊、一小塊的遞在他手裏，一口一塊，汁水便不再流到衣上。見他吃了幾塊，每次伸手來接，總不免引臂牽動傷口，心下不忍，便將一小塊一小塊西瓜餵在他口裏。

令狐冲吃了小半隻西瓜，才想起儀琳卻一口未吃，說道：「你自己也吃些。」儀琳道：「等你吃夠了我再吃。」令狐冲道：「我夠了，你吃罷！」

儀琳早覺得口渴，又餵了令狐冲幾塊，才將一小塊西瓜放入自己口中，眼見令狐冲目不轉睛的瞧著自己，害羞起來，轉過身子，將背脊向著他。

令狐冲忽然讚道：「啊，眞好看！」語氣之中，充滿了激賞之意。儀琳大羞，心想他怎麼忽然讚我好看，登時便想站起身來逃走，可是一時卻又拿不定主意，只覺全身發燒，羞得連頭頸中也紅了。

只聽得令狐冲又道：「你瞧，多美！見到了麼？」儀琳微微側身，見他伸手指著西首，順著他手指望去，只見遠處一道彩虹，從樹後伸了出來，七彩變幻，艷麗無方，這才知他所說「眞好看」，乃是指這彩虹而言，適才是自己會錯了意，不由得又是一陣羞慚。只是這時的羞慚中微含失望，和先前又是忸怩、又是暗喜的心情卻頗有不同了。

令狐冲道：「你仔細聽，聽見了嗎？」儀琳側耳細聽，但聽得彩虹處隱隱傳來有流水之聲，說道：「好像是瀑布。」

令狐冲道：「正是，連下了幾日雨，山中一定到處是瀑布，咱們過去瞧瞧。」儀琳道：「你……你還是安安靜靜的多躺一會兒。」令狐冲道：「這地方都是光禿禿的亂石，沒一點風景好看，還是去看瀑布的好。」

儀琳不忍拂他之意，便扶著他站起，突然之間，臉上又是一陣紅暈掠過，心想：「我曾抱過他兩次，第一次當他已經死了，第二次是危急之際逃命。這時他雖然身受重傷，但神智清醒，我怎麼能再抱他？他一意要到瀑布那邊去，莫非……莫非要我……」

正猶豫間，卻見令狐冲已拾了一根斷枝，撐在地下，慢慢向前走去，原來自己又會錯了意。

儀琳忙搶了過去，伸手扶住令狐冲的臂膀，心下自責：「我怎麼了？令狐師兄明明是個正人君子，今日我怎地心猿意馬，老是往歪路上想。總是我單獨和一個男子在一起，心下處處提防，其實他和田伯光雖同是男子，卻是一個天上，一個地下，怎可相提並論？」

令狐冲步履雖然不穩，卻儘自支撐得住。走了一會，見到一塊大石，儀琳扶著他過去，坐下休息，道：「這裏也不錯啊，你一定要過去看瀑布麼？」令狐冲笑道：「你說這裏好，我就陪你在這裏瞧一會。」儀琳道：「好罷。那邊風景好，你瞧著心裏歡喜，傷口也好得快些。」令狐冲微微一笑，站起身來。

兩人緩緩轉過了個山坳，便聽得轟轟的水聲，又行了一段路，水聲愈響，穿過一片松林後，只見一條白龍也似的瀑布，從山壁上傾瀉下來。令狐冲喜道：「我華山的玉女峯側也有一道瀑布，比這還大，形狀倒差不多。靈珊師妹常和我到瀑布旁練劍。她有時頑皮起來，還鑽進瀑布中去呢。」

儀琳聽他第二次提到「靈珊師妹」，突然醒悟：「他重傷之下，一定要到瀑布旁來，不見得眞是爲了觀賞風景，卻是在想念他的靈珊師妹。」不知如何，心頭猛地一痛，便如給人重重一擊一般。只聽令狐冲又道：「有一次在瀑布旁練劍，她失足滑倒，險些摔入下面的深潭之中，幸好我一把拉住了她，那一次可眞危險。」

儀琳淡淡問道：「你有很多師妹麼？」令狐冲道：「我華山派共有七個女弟子，靈珊師妹是師父的女兒，我們都管她叫小師妹。其餘六個都是師母收的弟子。」儀琳道：「嗯，原來她是岳師伯的小姐。她……她……她和你很談得來罷？」令狐冲慢慢坐了下來，道：「我是個沒爹沒娘的孤兒，十五年前蒙恩師和師母收錄門下，那時小師妹還只三歲，我比她大得多，常抱了她出去採野果、捉兔子。我和她是從小一塊兒長大的。師父師母沒兒子，待我猶似親生兒子一般，小師妹便等如是我的妹子。」

儀琳應了一聲：「嗯。」過了一會，道：「我也是個沒爹沒娘的孤兒，自幼便蒙恩師收留，從小就出了家。」

令狐冲道：「可惜，可惜！」儀琳轉頭向著他，目光中露出疑問神色。令狐冲道：「你如不是已在定逸師伯門下，我就可求師母收你爲弟子，我們師兄弟姊妹人數很多，二十幾個人，大家很熱鬧的。功課一做完，各人結伴遊玩，師父師母也不怎麼管。你見到我小師妹，一定喜歡她，會和她做好朋友的。」儀琳道：「可惜我沒這好福氣。不過我在白雲庵裏，師父、師姊們都待我很好，我……我……我也很快活。」令狐冲道：「是，是，我說錯了。定逸師伯劍法通神，我師父師母說到各家各派的劍法時，對你師父她老人家是很佩服的。恆山派那裏不及我華山派了？」

儀琳道：「令狐師兄，那日你對田伯光說，站著打，田伯光是天下第十四，岳師伯是第八，那麼我師父是天下第幾？」令狐冲笑了起來，道：「我是騙騙田伯光的，那裏有這回事了？武功的強弱，每日都有變化，有的人長進了，有的人年老力衰退步了，那裏眞能排天下第幾？」儀琳道：「原來如此。」令狐冲笑道：「倘若眞要排名，我師父如是天下第八，那你師父是天下第六罷。」儀琳奇道：「難道我師父勝過了你師父？」令狐冲道：「我師娘曾說，恆山派的師伯們雖是女流，劍法只怕還勝過我師父。」儀琳很是歡喜，道：「下次我跟師父說。」令狐冲道：「田伯光這傢伙武功是高的，但說是天下第十四，卻也不見得。我故意把他排名排得高些，引他開心。」

儀琳道：「原來你是騙他的。」望著瀑布出了會神，問道：「你常常騙人麼？」令狐冲嘻嘻一笑，道：「那得看情形，不會是『常常』罷！有些人可以騙，有些人不能騙。師父師母問起甚麼事，我自然不敢相欺。」

儀琳「嗯」了一聲，道：「那麼你同門的師兄弟、師姊妹呢？」她本想問：「你騙不騙你的靈珊師妹？」但不知如何，竟不敢如此直截了當的相詢。令狐冲笑道：「那要看是誰，又得瞧是甚麼事。我們師兄弟們常鬧著玩，說話不騙人，又有甚麼好玩？」儀琳終於問道：「連靈珊姊姊，你也騙她麼？」

令狐沖從未想過這件事，皺了皺眉頭，沉吟半晌，想起這一生之中，從未在甚麼大事上騙過她，便道：「若是要緊事，那決不會騙她。玩的時候，哄哄她，說些笑話，自然是有的。」

儀琳在白雲庵中，師父不苟言笑，戒律嚴峻，衆師姊個個冷口冷面的，雖然大家互相愛護關顧，但極少有人說甚麼笑話，鬧著玩之事更難得之極。定靜、定閒兩位師伯門下倒有不少年輕活潑的俗家女弟子，但也極少和出家的同門說笑。她整個童年便在冷靜寂寞之中渡過，除了打坐練武之外，便是敲木魚唸經，這時聽到令狐沖說及華山派衆同門的熱鬧處，不由得悠然神往，尋思：「我若能跟著他到華山去玩玩，豈不有趣。」但隨即想起：「這一次出庵，遇到這樣的大風波，看來回庵之後，師父再也不許我出門了。甚麼到華山去玩玩，那豈不是痴心妄想？」又想：「就算到了華山，他整日價陪著他的小師妹，我甚麼人也不識，又有誰來陪我玩？」心中忽然一陣凄涼，眼眶一紅，險些掉下淚來。

令狐沖卻全沒留神，瞧著瀑布，說道：「我和小師妹正在鑽研一套劍法，借著瀑布水力的激盪，施展劍招。師妹，你可知那有甚麼用？」儀琳搖了搖頭，道：「我不知道。」她聲音已有些哽咽，令狐沖仍沒覺察到，繼續道：「咱們和人動手，對方倘若內功深厚，兵刃和拳掌中往往附有厲害內力，無形有質，能將我們的長劍盪了開去。我和小師妹在瀑布中練劍，就當水力中的沖激是敵人內力，不但要將敵人的內力擋開，還得借力打力，引對方的內力去打他自己。」

儀琳見他說得興高采烈，問道：「你們練成了沒有？」令狐冲搖頭道：「沒有，沒有！自創一套劍法，談何容易？再說，我們也創不出甚麼劍招，只不過想法子將師父所傳的本門劍法，在瀑布中擊刺而已。就算有些新花樣，那也是鬧著玩的，臨敵時沒半點用處。否則的話，我又怎會給田伯光這廝打得全無還手之力？」他頓了一頓，伸手緩緩比劃了一下，喜道：「我又想到了一招，等得傷好後，回去可和小師妹試試。」

儀琳輕輕的道：「你們這套劍法，叫甚麼名字？」令狐冲笑道：「我本來說，這不能另立名目。但小師妹一定要給取個名字，她說叫做『冲靈劍法』，因爲那是我和她兩個一起試出來的。」

儀琳輕輕的道：「冲靈劍法，冲靈劍法。嗯，這劍法中有你的名字，也有她的名字，將來傳到後世，人人都知道是你們……你們兩位合創的。」令狐冲笑道：「我小師妹小孩兒脾氣，才這麼說的，憑我們這一點兒本領火候，那有資格自創甚麼劍法？你可千萬不能跟旁人說，要是給人知道了，豈不笑掉了他們的大牙？」

儀琳道：「是，我決不會對旁人說。」她停了一會，微笑道：「你自創劍法的事，人家早知道了。」令狐冲吃了一驚，問道：「是麼？是靈珊師妹跟人說的？」儀琳笑了笑，道：「是你自己跟田伯光說的。你不是說自創了一套坐著刺蒼蠅的劍法麼？」令狐冲大笑，說道：「我對他胡說八道，虧你都記在心裏。」

令狐冲這麼放聲一笑，牽動傷口，眉頭皺了起來。儀琳道：「啊喲，都是我不好，累得你傷口吃痛。快別說話了，安安靜靜的睡一會兒。」

令狐冲閉上了眼睛，但只過得一會，便又睜了開來，道：「我只道這裏風景好，但到得瀑布旁邊，反而瞧不見彩虹了。」儀琳道：「瀑布有瀑布的好看，彩虹有彩虹的好看。」令狐冲點了點頭，道：「你說得不錯，世上那有十全十美之事。一個人千辛萬苦的去尋求一件物事，等得到了手，也不過如此，而本來拿在手中的物事，卻反而抛掉了。」儀琳微笑道：「令狐師兄，你這幾句話，隱隱含有禪機，只可惜我修爲太淺，不明白其中道理。倘若師父聽了，定有一番解釋。」令狐冲嘆了口氣，道：「甚麼禪機不禪機，我懂得甚麼？唉，好倦！」慢慢閉上了眼睛，漸漸呼吸低沉，入了夢鄉。

儀琳守在他身旁，折了一根帶葉的樹枝，輕輕拂動，爲他趕開蚊蠅小蟲，坐了一個多時辰，自己也有些倦了，迷迷糊糊的合上眼想睡，忽然心想：「待會他醒來，一定肚餓，這裏沒甚麼吃的，我再去採幾個西瓜，既能解渴，也可以充飢。」於是快步奔向西瓜田，又摘了兩個西瓜來。她生怕離開片刻，有人或野獸來侵犯令狐冲，急急匆匆的趕回，見他兀自安安穩穩的睡著，這才放心，輕輕坐在他身邊。

令狐冲睜開眼來，微笑道：「我以爲你回去了。」儀琳奇道：「我回去？」令狐冲道：「你師父、師姊們不是在找你麼？她們一定掛念得很。」儀琳一直沒想到這事，聽他這麼一說，登時焦急起來，又想：「明兒見到師父，不知他老人家會不會責怪？」

令狐冲道：「師妹，多謝你陪了我半天，我的命已給你救活啦，你還是早些回去罷。」儀琳搖頭道：「不，荒山野嶺，你獨個兒躭在這裏，沒人服侍照料，那怎麼行？」

令狐冲道：「你到得衡山城劉師叔家裏，悄悄跟我的師弟們一說，他們就會過來照料我。」儀琳心中一酸，暗想：「原來他是要他的小師妹相陪，只盼我越快去叫她來越好。」再也忍耐不住，淚珠兒一滴一滴的落了下來。

令狐冲見她忽然流淚，大為奇怪，問道：「你……你……為甚麼哭了？怕回去給師父責罵麼？」儀琳搖了搖頭。令狐冲又道：「啊，是了，你怕路上又撞到田伯光。不用怕，從今而後，他見了你便逃，再也不敢見你的面了。」儀琳又搖了搖頭，淚珠兒落得更多了。

令狐冲見她哭得更厲害了，心下大感不解，說道：「好，好，是我說錯了話，我跟你陪不是啦。小師妹，你別生氣。」

儀琳聽他言語溫柔，心下稍慰，但轉念又想：「他說這幾句話，這般的低聲下氣，顯然是平時向他小師妹陪不是慣了的，這時候卻順口說了出來。」突然間「哇」的一聲，哭了起來，頓足道：「我又不是你小師妹，你……你……你心中便是記著你那個小師妹。」這句話一出口，立時想起，自己是出家人，怎可跟他說這等言語，未免大是忘形，不由得滿臉紅暈，忙轉過了頭。

令狐冲見她忽然臉紅，而淚水未絕，便如瀑布旁濺滿了水珠的小紅花一般，嬌艷之色，難描難畫，心道：「原來她竟生得這般好看，似乎比靈珊妹子更美呢。唉，她是出家人，我怎可拿她來跟小師妹比美。令狐冲，你這人真無聊……」怔了一怔，柔聲道：「你年紀比我小得多，咱們五嶽劍派，同氣連枝，大家都是師兄弟姊妹，你自然也是我的小師妹啦。我甚麼地方得罪了你，你跟我說，好不好？」

儀琳道：「你也沒得罪我。我知道了，你要我快快離開，免得瞧在眼中生氣，連累你倒霉。你說過的，一見尼姑，逢賭……」說到這裏，又哭了起來。

令狐冲不禁好笑，心想：「原來她要跟我算迴雁樓頭這筆帳，那確是非賠罪不可。」便道：「令狐冲當眞該死，口不擇言。那日在迴雁樓頭胡說八道，可得罪了貴派全體上下啦，該打，該打，該打！」提起手來，啪啪兩聲，便打了自己兩個耳光。

儀琳急忙轉身，說道：「別……別打……我……不是怪你。我……我只怕連累了你。」令狐冲道：「該打之至！」啪的一聲，又打了自己一個耳光。

儀琳急道：「我不生氣了，令狐師兄，你……你別打了。」令狐冲道：「你說過不生氣了？」儀琳搖了搖頭。令狐冲道：「你笑也不笑，那不是還在生氣麼？」

儀琳勉強笑了一笑，但突然之間，也不知爲甚麼傷心難過，悲從中來，再也忍耐不住，淚水從臉頰上流了下來，忙又轉過了身子。

令狐冲見她哭泣不止，當即長嘆一聲。儀琳慢慢止住了哭泣，幽幽的道：「你……你又爲甚麼嘆氣？」

令狐冲心下暗笑：「畢竟她是個小姑娘，也上了我這個當。」他自幼和岳靈珊相伴，岳靈珊時時使小性兒，生了氣不理他，千哄萬哄，總是哄不好，不論跟她說甚麼，她都不瞅不睬，令狐冲便裝模作樣，引起她的好奇，反過來相問。儀琳一生從未和人鬧過別扭，自是一試便靈，落入了他的圈套。令狐冲又長嘆一聲，轉過了頭不語。

儀琳問道：「令狐師兄，你生氣了麼？剛才是我得罪你，你……你別放在心上。」令狐冲道：「沒有，你沒得罪我。」儀琳見他仍然面色憂愁，那知他肚裏正在大覺好笑，這副臉色是假裝的，著急起來，道：「我害得你自己打了自己，我……我打還了賠你。」說著提起手來，啪的一聲，在自己右頰上打了一掌。第二掌待要再打，令狐冲急忙仰身坐起，伸手抓住了她手腕，但這麼一用力，傷口劇痛，忍不住輕哼了一聲。儀琳急道：「啊喲！快……快躺下，別弄痛了傷口。」扶著他慢慢臥倒，一面自怨自艾：「唉，我眞蠢，甚麼事情總做得不對，令狐師兄，你……你痛得厲害麼？」

令狐冲的傷處痛得倒也眞厲害，若在平時，他決不承認，這時心生一計：「只有如此如此，方能逗她破涕爲笑。」便皺起眉頭，大哼了幾聲。儀琳甚是惶急，道：「但願不……不再流血才好。」伸手摸他額頭，幸喜沒發燒，過了一會，輕聲問道：「痛得好些了麼？」令狐冲道：「還是很痛。」

儀琳愁眉苦臉，不知如何是好。令狐冲嘆道：「唉，好痛！六……六師弟在這裏就好啦。」儀琳道：「怎麼？他有止痛藥嗎？」令狐冲道：「是啊，他一張嘴巴就是止痛藥。以前我也受過傷，痛得十分厲害。六師弟最會說笑話，我聽得高興，就忘了傷處的疼痛。他要是在這裏就好了，哎唷……怎麼這樣痛……這樣痛……哎唷，哎唷！」

儀琳爲難之極，定逸師太門下，人人板起了臉誦經唸佛、坐功練劍，白雲庵中只怕一個月裏也難得聽到一兩句笑聲，要她說個笑話，那眞是要命了，心想：「那位陸大有師兄不在這裏，令狐師兄要聽笑話，只有我說給他聽了，可是……可是……我一個笑話也不知道。」突然之間，靈機一動，想起一件事來，說道：「令狐師兄，笑話我是不會說，不過我在藏經閣中看過一本經書，倒挺有趣的，叫做《百喻經》，你看過沒有？」

令狐冲搖頭道：「沒有，我甚麼書都不讀，更加不讀佛經。」儀琳臉上微微一紅，說道：「我眞傻，問這等蠢話。你又不是佛門弟子，自然不會讀經書。」頓了一頓，繼續說道：「那部《百喻經》，是天竺國一位高僧伽斯那作的，裏面有許多有趣的故事。」

令狐冲忙道：「好啊，我最愛聽有趣的故事，你說幾個給我聽。」

儀琳微微一笑，那《百喻經》中的無數故事，一個個在她腦海中流過，便道：「好，我說那個『以犁打破頭喻』。從前，有個禿子，頭上一根頭髮也沒有，他是天生的禿頭。這禿子和一個種田人不知爲甚麼爭吵起來。那種田人手中正拿著一張耕田的犁，便舉起犁來，打那禿子，打得他頭頂破損流血。可是那禿子只默然忍受，並不避開，反而發笑。旁人見了奇怪，問他爲甚麼不避，反而發笑。那禿子笑道：『這種田人是個傻子，見我頭上無毛，以爲是塊石頭，於是用犁來撞石頭。我如逃避，豈不是教他變得聰明了？』」

她說到這裏，令狐冲大笑起來，讚道：「好故事！這禿子當眞聰明得緊，就算要給人打死，那也是無論如何不能避開的。」

儀琳見他笑得歡暢，心下甚喜，說道：「我再說個『醫與王女藥，令卒長大喻』。從前，有個國王，生了個公主。這國王很性急，見嬰兒幼小，盼她快些長大，便叫了御醫來，要他配一服靈藥給公主吃，令她立即長大。御醫奏道：『靈藥是有的，不過搜配各種藥材，再加煉製，很費功夫。現下我把公主請到家中，同時加緊製藥，請陛下不可催逼。』國王道：『很好，我不催你就是。』御醫便抱了公主回家，每天向國王稟報，靈藥正在採集製煉。過了十二年，御醫稟道：『靈藥製煉已就，今日已給公主服下。』於是帶領公主來到國王面前。國王見當年的小小嬰兒已長成爲一個亭亭玉立的少女，心中大喜，稱讚御醫醫道精良，一服靈藥，果然能令我女快高長大，命左右賞賜金銀珠寶，不計其數。」

令狐冲又哈哈大笑，說道：「你說這國王性子急，其實一點也不性急，他不是等了十二年嗎？要是我作那御醫哪，只須一天工夫，便將那嬰兒公主變成個十七八歲、亭亭玉立、美麗非凡的妙齡公主。」

儀琳睁大了眼睛，問道：「你用甚麼法子？」令狐冲微笑道：「外搽天香斷續膠，內服白雲熊膽丸。」儀琳笑道：「那是治療金創之傷的藥物，怎能令人快高長大？」令狐冲道：「治不治得金創，我也不理，只須你肯挺身幫忙便是了。」儀琳笑道：「要我幫忙？」令狐冲道：「不錯，我把嬰兒公主抱回家後，請四個裁縫……」儀琳更是奇怪，問道：「請四個裁縫幹甚麼？」

令狐冲道：「趕製新衣服啊。我要他們度了你的身材，連夜趕製公主衣服一襲。第二日早晨，你穿了起來，頭戴玲瓏鳳冠，身穿百花錦衣，足登金繡珠履，這般儀態萬方、娉娉婷婷的走到金鑾殿上，三呼萬歲，躬身下拜，叫道：『父王在上，孩兒服了御醫令狐冲的靈丹妙藥之後，一夜之間，便長得這般高大了。』那國王見到這樣一位美麗可愛的公主，心花怒放，那裏還來問你眞假。我這御醫令狐冲，自是重重有賞了。」

儀琳不住口的格格嘻笑，直聽他說完，已笑得彎下了腰，伸不直身子，過了一會，才道：「你果然比那《百喻經》中的御醫聰明得多，只可惜我……我這麼醜怪，半點也不像公主。」令狐冲道：「倘若你醜怪，天下便沒美麗的人了。古往今來，公主成千成萬，卻那有一個似你這般好看？」儀琳聽他直言稱讚自己，芳心竊喜，笑道：「這成千成萬的公主，你都見過了？」令狐冲道：「這個自然，我在夢中一個個都見過。」儀琳笑道：「你這人，怎麼做夢老是夢見公主？」令狐冲嘻嘻一笑，道：「日有所思……」但隨即想起，儀琳是個天眞無邪的妙齡女尼，陪著自己說笑，已犯她師門戒律，怎可再跟她肆無忌憚的胡言亂語？言念及此，臉色登時一肅，假意打個呵欠。

儀琳道：「啊，令狐師兄，你倦了，閉上眼睡一忽兒。」令狐冲道：「好，你的笑話眞靈，我傷口果然不痛了。」他要儀琳說笑話，本是要哄得她破涕爲笑，此刻見她言笑晏晏，原意已遂，便緩緩閉上了眼睛。

儀琳坐在他身旁，又再輕輕搖動樹枝，趕開蠅蚋。只聽得遠處山溪中傳來一陣陣蛙鳴，猶如催眠的樂曲一般，儀琳到這時實在倦得很了，只覺眼皮沉重，再也睜不開來，終於也迷迷糊糊的入了睡鄉。

睡夢之中，似乎自己穿了公主的華服，走進一座輝煌的宮殿，旁邊一個英俊青年攜著自己的手，依稀便是令狐冲，跟著足底生雲，兩個人輕飄飄的飛上半空，說不出的甜美歡暢。忽然間一個老尼橫眉怒目，仗劍趕來，卻是師父。儀琳吃了一驚，只聽得師父喝道：「小畜生，你不守清規戒律，居然大膽去做公主，又跟這浪子在一起廝混！」一把抓住她手臂，用力拉扯。霎時之間，眼前一片漆黑，令狐冲不見了，師父也不見了，自己在黑沉沉的烏雲中不住往下翻跌。儀琳嚇得大叫：「令狐師兄，令狐師兄！」只覺全身酸軟，手足無法動彈，半分掙扎不得。

叫了幾聲，一驚而醒，卻是一夢，只見令狐冲睜大了雙眼，正瞧著自己。

儀琳暈紅了雙頰，忸怩道：「我……我……」令狐冲道：「你做了夢麼？」儀琳臉上又是一紅，道：「也不知是不是？」一瞥眼間，見令狐冲臉上神色十分古怪，似在強忍痛楚，忙道：「你……你傷口痛得厲害麼？」令狐冲道：「還好！」但聲音發顫，過得片刻，額頭黃豆大的汗珠一粒粒的滲了出來，疼痛之劇，不問可知。

儀琳甚是惶急，只說：「那怎麼好？那怎麼好？」從懷中取出塊布帕，爲他抹去額上汗珠，小指碰到他額頭時，猶似火炭。她曾聽師父說過，一人受了刀劍之傷後，倘若發燒，情勢十分凶險，情急之下，不由自主的唸起經來：

「若有無量百千萬億眾生，受諸苦惱，聞是觀世音菩薩，一心稱名，觀世音菩薩即時觀其音聲，皆得解脫。若有持是觀世音菩薩名者。設入大火，火不能燒，由是菩薩威神力故。若爲大水所漂，稱其名號，即得淺處……」

她唸的是《妙法蓮華經觀世音普門品》，初時聲音發顫，唸了一會，心神逐漸寧定。令狐冲聽儀琳語音清脆，越唸越沖和安靜，顯是對經文的神通充滿了信心，只聽她繼續唸道：

「若復有人臨當被害，稱觀世音菩薩名者，彼所持刀杖，尋段段壞，而得解脫。若三千大千國土滿中夜叉羅剎，欲來惱人，聞其稱觀世音名者，是諸惡鬼，尚不能以惡眼視之，況復加害？設復有人，若有罪、若無罪，扭械枷鎖檢繫其身，稱觀世音菩薩名者，皆憑斷壞，即得解脫……」

令狐冲越聽越好笑，終於「嘿」的一聲笑了出來。儀琳奇道：「甚……甚麼好笑？」令狐冲道：「早知如此，又何必學甚麼武功？如有惡人仇人要來殺我害我，我……我只須口稱觀世音菩薩之名，惡人的刀杖斷成一段一段，豈不是平安……平安大吉。」

儀琳正色道：「令狐師兄，你休得褻瀆了菩薩，心念不誠，唸經便無用處。」她繼續輕聲唸道：

「若惡獸圍繞，利牙爪可怖，念彼觀音力，疾走無邊方。蚖蛇及蝮蠍，氣毒煙火然，念彼觀音力，尋聲自迴去。雲雷鼓掣電，降雹澍大雨，念彼觀音力，應時得消散。眾生被困厄，無量苦逼身，觀音妙智力，能救世間苦……」

令狐冲聽她唸得虔誠，聲音雖低，卻顯是全心全意的在向觀世音菩薩求救，似乎整個心靈都在向菩薩呼喊哀懇，要菩薩顯大神通，解脫自己的苦難，好像在說：「觀世音菩薩，求求你免除令狐師兄身上痛楚，把他的痛楚都移到我身上。我變成畜生也好，身入地獄也好，只求菩薩解脫令狐師兄的災難……」到得後來，令狐冲已聽不到經文的意義，只聽到一句句祈求禱告的聲音，是這麼懇摯，這麼熱切。不知不覺，令狐冲眼中充滿了眼淚，他自幼沒了父母，師父師母雖待他恩重，畢竟他太過頑劣，總是責打多而慈愛少；師兄弟姊妹間，人人以他是大師兄，一向尊敬，不敢拂逆；靈珊師妹雖和他交好，但從來沒對他如此關懷過，只有這個恆山派的儀琳師妹，竟這般寧願把世間千萬種苦難都放到自己身上，只是要他平安喜樂。

令狐冲不由得胸口熱血上湧，眼中望出來，這小尼姑似乎全身隱隱發出聖潔的光輝。儀琳誦經的聲音越來越柔和，在她眼前，似乎眞有一個手持楊枝、遍洒甘露、救苦救難的白衣大士，每一句「南無觀世音菩薩」，都是在向菩薩爲令狐冲虔誠祈求。

令狐冲心中既感激，又安慰，在那溫柔虔誠的唸佛聲中入了睡鄉。

劉正風臉露微笑，捲起了衣袖，伸出雙手，便要放入金盆，忽聽得大門外有人厲聲喝道：「且住！」劉正風微微一驚，雙手便不入水，側身抬頭，要看喝止自己的竟是何人。

洗手

六

岳不羣收錄林平之於門牆後，休息了一天，第二日率領衆弟子逕往劉府拜會。劉正風得到訊息，又驚又喜，武林中鼎鼎大名的「君子劍」華山掌門居然親身駕到，忙迎了出來，沒口子的道謝。岳不羣甚是謙和，滿臉笑容的致賀，和劉正風攜手走進大門。天門道人、定逸師太、余滄海、聞先生、何三七等也都降階相迎。

余滄海心懷鬼胎，尋思：「華山掌門親自到此，諒那劉正風也沒這般大的面子，必是爲我而來。他五嶽劍派雖人多勢衆，我青城派可也不是好惹的，岳不羣倘若口出不遜之言，我先問他令狐冲嫖妓宿娼，是甚麼行逕。當眞說翻了臉，也只好動手。」那知岳不羣見到他時，一般的深深一揖，說道：「余觀主，多年不見，神清氣旺，好了不起！」余滄海作揖還禮，說道：「岳先生，你好。岳先生神功了得，可越來越年輕了。」

各人寒暄得幾句，劉府中又有各路賓客陸續到來。這天是劉正風「金盆洗手」的正日，到得巳時二刻，劉正風便返入內堂，由門下弟子接待客人。

將近午時，五六百位遠客流水般湧到。丐幫副幫主張金鰲，鄭州六合門夏老拳師率領了三個女婿，川鄂三峽神女峯鐵姥姥，東海海砂幫幫主潘吼，曲江二友神刀白克、神筆盧西思等人先後到來。這些人有的互相熟識，有的只慕名而從沒見過面，一時大廳上招呼引見，喧聲大作。

天門道人和定逸師太分別在廂房中休息，不去和衆人招呼，均想：「今日來客之中，有的固然在江湖上頗有名聲地位，有的卻顯是不三不四之輩。劉正風是衡山派高手，怎地這般不知自重，如此濫交，豈不墮了我五嶽劍派的名頭？」岳不羣名字雖叫作

「不羣」，卻十分喜愛朋友，來賓中許多藉藉無名、或名聲不甚清白之徒，只要過來和他說話，岳不羣一樣跟他們有說有笑，絲毫不擺華山派掌門、高人一等的架子。

劉府的衆弟子指揮廚伕僕役，裏裏外外擺設了二百來席。劉正風的親戚、門客、帳房，和劉門弟子向大年、米爲義等肅請衆賓入席。依照武林中的地位聲望，以及班輩年紀，泰山派掌門天門道人該坐首席，只是五嶽劍派結盟，天門道人和岳不羣、定逸師太等有一半是主人身分，不便上坐，一衆前輩名宿便羣相退讓，誰也不肯坐首席。

忽聽得門外砰砰兩聲銃響，跟著鼓樂之聲大作，又有鳴鑼喝道的聲音，顯是甚麼官府來到門外。羣雄一怔之下，只見劉正風穿著嶄新熟羅長袍，匆匆從內堂奔出。羣雄歡聲道賀。劉正風略一拱手，便走向門外，過了一會，見他恭恭敬敬的陪著一個身穿公服的官員進來。羣雄都感奇怪：「難道這官兒也是個武林高手？」眼見他雖衣履皇然，但雙眼昏昏然，一臉酒色之氣，顯非身具武功。

岳不羣等人則想：「劉正風是衡山城大紳士，平時免不了要結交官府，今日是他大喜的好日子，地方上的官員來敷衍一番，那也不足爲奇。」

卻見那官員昂然直入，居中一站，身後的衙役右腿跪下，雙手高舉過頂，呈上一隻用黃緞覆蓋的托盤，盤中放著一個卷軸。那官員躬著身子，接過了卷軸，朗聲道：「聖旨到，劉正風聽旨。」

羣雄一聽，都吃了一驚：「劉正風金盆洗手，封劍歸隱，那是江湖上的事情，與朝廷有甚麼相干？怎麼皇帝下起聖旨來？難道劉正風有逆謀大舉，給朝廷發覺了，那可是殺頭抄家誅九族的大罪啊。」各人不約而同的想到了這一節，登時便都站起，沉不住氣的便去抓身上兵刃，料想這官員既來宣旨，劉府前後左右一定已密布官兵，一場大廝殺已難避免，自己和劉正風交好，決不能袖手不理，再說覆巢之下，焉有完卵，自己既來劉府赴會，自是逆黨中人，縱欲置身事外，又豈可得？只待劉正風變色喝罵，衆人白刃交加，頃刻間便要將那官員斬爲肉醬。

那知劉正風竟鎭定如恆，雙膝一屈，便跪了下來，向那官員連磕了三個頭，朗聲道：「微臣劉正風聽旨，我皇萬歲萬歲萬萬歲！」羣雄一見，無不愕然。

那官員展開卷軸，唸道：「奉天承運皇帝詔曰：據湖南省巡撫奏知，衡山縣庶民劉正風，急公好義，功在桑梓，弓馬嫻熟，才堪大用，著實授參將之職，今後報效朝廷，不負朕望，欽此。」

劉正風又磕頭道：「微臣劉正風謝恩，我皇萬歲萬歲萬萬歲！」站起身來，向那官員彎腰道：「多謝張大人栽培提拔。」那官員撚鬚微笑，說道：「恭喜，恭喜，劉將軍，此後你我一殿爲臣，卻又何必客氣？」劉正風道：「小將本是一介草莽匹夫，今日蒙朝廷授官，固是皇上恩澤廣被，令小將光宗耀祖，卻也是當道恩相、巡撫周大人和張大人的逾格栽培。」那官員笑道：「那裏，那裏。」劉正風轉頭向他妹夫方千駒道：「方賢弟，奉敬張大人的禮物呢？」方千駒道：「早就預備在這裏了。」轉身取過一隻圓盤，盤中是個錦袱包裹。

劉正風托過圓盤，笑道：「些些微禮，不成敬意，請張大人賞臉哂納。」那張大人笑道：「自己兄弟，劉將軍卻又這般多禮。」使個眼色，身旁的差役便接了過去。那差役接過盤子時，雙臂向下一沉，顯然盤中之物份量著實不輕，並非白銀而是黃金。那張大人眉花眼笑，道：「小弟公務在身，不克久留，來來來，斟三杯酒，恭賀劉將軍今日封官授職，不久又再陞官晉爵，皇上恩澤，綿綿加被。」早有左右斟過酒來。張大人連盡三杯，拱拱手，轉身出門。劉正風滿臉笑容，直送到大門外。只聽鳴鑼喝道之聲響起，劉府又放禮銃相送。

這一幕大出羣雄意料之外，人人面面相覷，做聲不得，各人臉色又尷尬，又詫異。來到劉府的一衆賓客雖然並非黑道中人，也不是犯上作亂之徒，但在武林中各具名望，均是自視甚高的人物，對官府向來不瞧在眼中，此刻見劉正風趨炎附勢，給皇帝封個「參將」那樣芝麻綠豆的小小武官，便感激涕零，作出種種肉麻的神態來，更且公然行賄，心中都瞧他不起，有些人忍不住便露出鄙夷之色。年紀較大的來賓均想：「看這情形，他這頂官帽定是用金銀買來的，不知他花了多少黃金白銀，才買得巡撫的保舉。劉正風向來爲人正派，怎地臨到老來，利祿薰心，竟不擇手段的買個官來過癮？」

劉正風走到羣雄身前，滿臉堆歡，揖請各人就座。無人肯坐首席，居中那張太師椅便任其空著。左首是年壽最高的六合門夏老拳師，右首是丐幫副幫主張金鰲。張金鰲本人雖無驚人藝業，但丐幫是江湖上第一大幫，丐幫幫主解風武功及名望均高，人人都敬他三分。

羣雄紛紛坐定，僕役上來獻菜斟酒。米爲義端出一張茶几，上面鋪了錦緞。向大年雙手捧著一隻金光燦爛、徑長尺半的黃金盆子，放上茶几，盆中已盛滿了清水。只聽得門外砰砰砰放了三聲銃，跟著砰啪、砰啪的連放了八響大爆竹。在後廳、花廳坐席的一眾後輩子弟，都擁到大廳來瞧熱鬧。

劉正風笑嘻嘻的走到廳中，抱拳團團一揖。羣雄都站起還禮。

劉正風朗聲說道：「眾位前輩英雄，眾位好朋友，眾位年輕朋友。各位遠道光臨，劉正風當眞臉上貼金，感激不盡。兄弟今日金盆洗手，從此不過問江湖上的事，各位想必已知其中原因。兄弟已受朝廷恩典，做一個小小官兒。常言道：食君之祿，忠君之事。江湖上行事講究義氣；國家公事，卻須奉公守法，以報君恩。這兩者如有衝突，叫劉正風不免爲難。從今以後，劉正風退出武林，也不算是衡山派的弟子了。我門下弟子如願意改投別門別派，各任自便。劉某邀請各位到此，乃是請眾位好朋友作個見證。以後各位來到衡山城，自然仍是劉某人的好朋友，不過武林中的種種恩怨是非，劉某卻恕不過問、也不參預了。」說著又抱拳團團爲揖。

羣雄早料到他有這一番說話，均想：「他一心只想做官，人各有志，也勉強不來。反正他也沒得罪我，從此武林中就算沒了這號人物便是。」有的則想：「此舉實在有損衡山派光采，想必衡山掌門莫大先生十分惱怒，是以竟沒到來。」更有人想：「五嶽劍派近年來在江湖上行俠仗義，好生得人欽仰，劉正風卻做出這等事來。人家當面不敢說甚麼，背後卻不免齒冷。」也有人幸災樂禍，尋思：「說甚麼五嶽劍派是俠義門派，一遇到升官發財，還不是巴巴的向官員磕頭？還提甚麼『俠義』二字？」

羣雄各懷心事，一時之間，大廳上鴉雀無聲。本來在這情景之下，各人應紛紛向劉正風道賀，恭維他甚麼「福壽全歸」、「急流勇退」、「大智大勇」等等才是，可是一千餘人濟濟一堂，竟誰也不開口說話。

劉正風轉身向外，朗聲說道：「弟子劉正風蒙恩師收錄門下，授以武藝，未能張大衡山派門楣，甚是慚愧。好在本門有莫師哥主持，劉正風庸庸碌碌，多劉某一人不多，少劉某一人不少。從今而後，劉某人金盆洗手，專心仕宦，卻也決計不用師傳武藝，以求陞官進爵，至於江湖上的恩怨是非，門派爭執，劉正風更加決不過問。若違是言，有如此劍。」右手一翻，從袍底抽出長劍，雙手一扳，啪的一聲，將劍鋒扳得斷成兩截。他折斷長劍，順手將兩截斷劍揮落，嗤嗤兩聲輕響，斷劍插入了青磚。

羣雄一見，盡皆駭異，自這兩截斷劍插入青磚的聲音中聽來，這口劍顯是砍金斷玉的利器，以手勁折斷一口尋常鋼劍，以劉正風這等人物自毫不希奇，但如此舉重若輕、毫不費力的折斷一口寶劍，則手指上功夫之純，實是武林中一流高手的造詣。瞧他養尊處優，便似是一位面團團的富家翁模樣，眞料不到武功如此了得。聞先生嘆了口氣，說道：「可惜，可惜！」也不知他是可惜這口寶劍，還是可惜劉正風這樣一位高手，竟甘心去投靠官府。

劉正風臉露微笑，捲起了衣袖，伸出雙手，便要放入金盆，忽聽得大門外有人厲聲喝道：「且住！」

劉正風微微一驚，雙手便不入水，側身抬頭，要看喝止自己的竟是何人。只見大門口走進四個身穿黃衫的漢子，這四人一進門，分往兩邊一站，又有一名身材甚高的黃衫漢子從四人之間昂首直入。這人手中高舉一面五色錦旗，旗上綴滿珍珠寶石，一展動處，發出燦爛寶光。許多人認得這面旗子的，心中都是一凜：「五嶽劍派盟主的令旗到了！」

那人走到劉正風身前，舉旗說道：「劉師叔，奉五嶽劍派左盟主旗令：劉師叔金盆洗手大事，請暫行押後。」劉正風躬身說道：「但不知盟主此令，是何用意？」那漢子道：「弟子奉命行事，實不知盟主的意旨，請劉師叔恕罪。」

劉正風微笑道：「不必客氣。賢姪是千丈松史賢姪吧？」他臉上雖露笑容，但語音已微微發顫，顯然這件事來得十分突兀，以他如此多歷陣仗之人，也不免大為震動。

那漢子正是嵩山派門下的弟子千丈松史登達，他聽得劉正風知道自己的名字和外號，心中不免得意，微微躬身，道：「弟子史登達拜見劉師叔。」他搶上幾步，又向天門道人、岳不羣、定逸師太等人行禮，道：「嵩山門下弟子，拜見衆位師伯、師叔。」其餘四名黃衣漢子同時躬身行禮。

定逸師太甚為歡喜，一面欠身還禮，說道：「你師父出來阻止這件事，那再好也沒有了。我說呢，咱們學武之人，俠義為重，在江湖上逍遙自在，去做甚麼勞什子的官兒？只是我見劉賢弟一切早已安排妥當，決不肯聽老尼姑的勸，也不想多費一番唇舌了。」

劉正風臉色鄭重，說道：「當年我五嶽劍派結盟，約定攻守相助，維護武林中的正氣，遇上跟五派有關之事，大夥兒須得聽盟主號令。這面五色令旗是我五派所共製，見令旗如見盟主，原是不錯。不過在下今日金盆洗手，是劉某的私事，既沒違背武林的道義規矩，更與五嶽劍派並不相干，那便不受盟主旗令約束。請史賢姪轉告尊師，劉某不奉旗令，請左師兄恕罪。」說著走向金盆。

史登達身子一晃，搶著攔在金盆之前，右手高舉錦旗，說道：「劉師叔，我師父千叮萬囑，務請師叔暫緩金盆洗手。我師父言道，五嶽劍派，同氣連枝，大家情若兄弟。我師父傳此旗令，既是顧全五嶽劍派的情誼，亦爲了維護武林中的正氣，同時也是爲劉師叔的好。」

劉正風道：「我這可不明白了。劉某金盆洗手喜筵的請柬，早已恭恭敬敬的派人送上嵩山，另有長函稟告左師兄。左師兄倘若眞有這番好意，何以事先不加勸止？直到此刻才發旗令攔阻，那不是明著要劉某在天下英雄之前出爾反爾，叫江湖上好漢恥笑於我？」

史登達道：「我師父囑咐弟子，言道劉師叔是衡山派鐵錚錚的好漢子，義薄雲天，武林中同道向來對劉師叔甚爲敬仰，我師父心下也十分欽佩，要弟子萬萬不可有絲毫失禮，否則嚴懲不貸。劉師叔大名播於江湖，這一節卻不必過慮。」

劉正風微微一笑，道：「這是左盟主過獎了，劉某焉有這等聲望？」

定逸師太見二人僵持不決，忍不住又插口道：「劉賢弟，這事便擱一擱又有何妨。今日在這裏的，個個都是好朋友，又會有誰來笑話於你？就算有一二不知好歹之徒，妄肆譏評，縱然劉賢弟不和他計較，貧尼就先放他不過。」說著眼光在各人臉上一掃，大有挑戰之意，要看誰有這麼大膽，來得罪她五嶽劍派中的同道。

劉正風點頭道：「既然定逸師太也這麼說，在下金盆洗手之事，延至明日午時再行。請各位好朋友誰都不要走，在衡山多盤桓一日，待在下向嵩山派的衆位賢姪詳加討教。」

便在此時，忽聽得後堂一個女子的聲音叫道：「喂，你這是幹甚麼？我愛跟誰在一起玩兒，你管得著麼？」羣雄一怔，聽她口音便是早一日和余滄海大抬其槓的少女曲非煙。

又聽得一個男子的聲音道：「你給我安安靜靜的坐著，不許亂說亂動，過得一會，我自然放你走。」曲非煙道：「咦，這倒奇了，這是你的家嗎？我喜歡跟劉家姊姊到後園子去，爲甚麼你攔著不許？」那人道：「好罷！你要去，自己去好了，請劉姑娘在這裏耽一會兒。」曲非煙道：「劉姊姊說見到你便討厭，你快給我走得遠遠地。劉姊姊又不認得你，誰要你在這裏纏七纏八。」只聽得另一個女子聲音說道：「妹妹，咱們去罷，別理他。」那男子道：「劉姑娘，請你在這裏稍待片刻。」

劉正風愈聽愈氣，尋思：「那一個大膽狂徒到我家來撒野，竟敢向我菁兒無禮？」

劉門二弟子米爲義聞聲趕到後堂，只見師妹和曲非煙手攜著手，站在天井之中，一個黃衫青年張開雙手，攔住了她二人。米爲義一見那人服色，認得是嵩山派的弟子，不禁心中有氣，咳嗽一聲，大聲道：「這位師兄是嵩山派門下罷，怎不到廳上坐地？」

那人傲然道：「不用了。奉盟主號令，要看住劉家的眷屬，不許走脫了一人。」

這幾句話聲音並不甚響，但說得驕矜異常，大廳上羣雄人人聽見，無不爲之變色。

劉正風大怒，向史登達道：「這是從何說起？」史登達道：「萬師弟，出來罷，說話小心些。劉師叔已答應不洗手了。」後堂那漢子應道：「是！那就再好不過。」說著從後堂轉了來，向劉正風微一躬身，道：「嵩山門下弟子萬登平，參見劉師叔。」

劉正風氣得身子微微發抖，朗聲說道：「嵩山派來了多少弟子，大家一齊現身罷！」

他一言甫畢，猛聽得屋頂上、大門外、廳角落、後院中，前後左右，數十人齊聲應道：「是，嵩山派弟子參見劉師叔！」幾十人的聲音同時叫了出來，聲既響亮，又是出其不意，羣雄都吃了一驚。但見屋頂上站著十餘人，一色的身穿黃衫。大廳中諸人卻各樣打扮都有，顯是早就混了進來，暗中監視著劉正風，在一千餘人之中，誰都沒發覺。

定逸師太第一個沉不住氣，大聲道：「這……這是甚麼意思？太欺侮人了！」

史登達道：「定逸師伯恕罪。我師父傳下號令，說甚麼也得勸阻劉師叔，不可讓他金盆洗手，深恐劉師叔不服號令，因此上多有得罪。」

便在此時，後堂又走出十幾個人來，卻是劉正風的夫人，他的兩個幼子，以及劉門的七名弟子，每一人身後都有一名嵩山弟子，手中都持匕首，抵住了劉夫人等人後心。

劉正風朗聲道：「衆位朋友，非是劉某一意孤行，今日左師兄竟然如此相脅，劉某若爲威力所屈，有何面目立於天地之間？左師兄不許劉某金盆洗手，嘿嘿，劉某頭可斷，志不可屈。」說著上前一步，雙手便往金盆中伸去。

史登達叫道：「且慢！」令旗一展，攔在他身前。劉正風左手疾探，兩根手指往他眼中插去。史登達雙臂向上擋格，劉正風左手縮回，右手兩根手指又插向他雙眼。史登達無可招架，只得後退。劉正風兩招將他逼開，雙手又伸向金盆。只聽得背後風聲颯然，有兩人撲將上來，劉正風更不回頭，左腿反彈而出，砰的一聲，將一名嵩山弟子遠遠踢了出去，右手辨聲抓出，抓住另一名嵩山弟子的胸口，順勢提起，向史登達擲去。他左腿反踢，右手反抓，便如背後生了眼睛一般，部位既準，動作又快得出奇，確是內家高手，大非尋常。

嵩山羣弟子一怔之下，一時沒人再敢上來。站在他兒子身後的嵩山弟子叫道：「劉師叔，你不住手，我可要殺你公子了。」

劉正風回過頭來，向兒子望了一眼，冷冷的道：「天下英雄在此，你膽敢動我兒一根寒毛，你數十名嵩山弟子盡皆身為肉泥。」此言倒非虛聲恫嚇，這嵩山弟子倘若當眞傷了他幼子，定會激起公憤，羣起而攻，嵩山弟子那就難逃公道。他一回身，雙手又向金盆伸去。

眼見這一次再也沒人能加阻止，突然銀光閃動，一件細微的暗器破空而至。劉正風退後兩步，只聽得叮的一聲輕響，那暗器打在金盆邊緣。金盆傾側，掉下地來，嗆啷啷一聲響，盆子翻轉，盆底向天，滿盆清水都潑在地下。

同時黃影晃動，屋頂上躍下一人，右足一起，往金盆底踹落，一隻金盆登時變成平平的一片。這人四十來歲，中等身材，瘦削異常，上唇留了兩撇鼠鬚，拱手說道：「劉師兄，奉盟主號令，你不可金盆洗手！」

劉正風識得此人是嵩山派掌門左冷禪的第四師弟費彬，一套大嵩陽手武林中赫赫有名，瞧情形嵩山派今日前來對付自己的，不僅第二代弟子而已。金盆既已為他踹爛，金盆洗手之舉已不可行，眼前之事是盡力一戰，還是暫且忍辱？霎時間心念電轉：「嵩山派雖執五嶽盟旗，但如此咄咄逼人，難道這裏千餘位英雄好漢，誰都不挺身出來說一句公道話？」當下拱手還禮，說道：「費師兄駕到，如何不來喝一杯水酒，卻躲在屋頂，受那日晒之苦？嵩山派多半另外尚有高手到來，一齊都請現身罷。單是對付劉某，費師兄一人已綽綽有餘，若要對付這裏許多英雄豪傑，嵩山派只怕尚嫌不足。」

費彬微微一笑，說道：「劉師兄何須出言挑撥離間？就算單是和劉師兄一人爲敵，在下也抵擋不了適才劉師兄這一手『小落雁式』。嵩山派決不敢和衡山派有甚麼過不去，決不敢得罪了此間那一位英雄，甚至連劉師兄也不敢得罪了，只是爲了武林中千百萬同道的身家性命，前來相求劉師兄不可金盆洗手。」

此言一出，廳上羣雄盡皆愕然，均想：「劉正風是否金盆洗手，怎麼會和武林中千百萬同道的身家性命相關？」

果然聽得劉正風接口道：「費師兄此言，未免太也抬舉小弟了。劉某只是衡山派中一介庸手，兒女俱幼，門下也只收了這麼八九個不成材的弟子，委實無足輕重之至。劉某一舉一動，怎能涉及武林中千百萬同道的身家性命？」

定逸師太又插口道：「是啊。劉賢弟金盆洗手，去做那芝麻綠豆官兒，老實說，貧尼也大大的不以爲然，可是人各有志，他愛陞官發財，只要不害百姓，不壞了武林同道的義氣，旁人也不能強加阻止啊。我瞧劉賢弟也沒這麼大的本領，居然能害到許多武林同道。」

費彬道：「定逸師太，你是佛門中有道之士，自然不明白旁人的鬼蜮伎倆。這件大陰謀倘若得逞，不但要害死武林中不計其數的同道，而且普天下善良百姓都會大受毒害。各位請想一想，衡山派劉三爺是江湖上名頭響亮的英雄豪傑，豈肯自甘墮落，去受那些骯髒狗官的齷齪氣？劉三爺家財萬貫，那裏還貪圖陞官發財？這中間自有不可告人的原因。」

羣雄均想：「這話倒也有理，我早在懷疑，以劉正風的為人，去做這麼一個小小武官，實在太過不倫不類。」

劉正風不怒反笑，說道：「費師兄，你要血口噴人，也要看說得像不像。嵩山派別的師兄們，便請一起現身罷！」

只聽得屋頂上東邊西邊同時各有一人應道：「好！」黃影晃動，兩個人已站到了廳口，這輕身功夫，便和剛才費彬躍下時一模一樣。站在東首的是個胖子，身材魁偉，定逸師太等認得他是嵩山派掌門人的二師弟托塔手丁勉，西首那人卻極高極瘦，是嵩山派中坐第三把交椅的仙鶴手陸柏。這二人同時拱了拱手，道：「劉三爺請，衆位英雄請。」

丁勉、陸柏二人在武林中俱大有威名，羣雄都站起身來還禮，眼見嵩山派的好手陸續到來，各人心中都隱隱覺得，今日之事不易善罷，只怕劉正風非吃大虧不可。

定逸氣忿忿的道：「劉賢弟，你不用躭心，天下事抬不過一個『理』字。別瞧人家人多勢衆，難道咱們泰山派、華山派、恆山派的朋友，都是來睜眼吃飯不管事的不成？」

劉正風苦笑道：「定逸師太，這件事說起來當眞好生慚愧，本來是我衡山派內裏的門戶之事，卻勞得諸位好朋友操心。劉某此刻心中已清清楚楚，想必是我莫師哥到嵩山派左盟主那裏告了我一狀，說了我種種不是，以致嵩山派的諸位師兄來大加問罪，好好好，是劉某對莫師哥失了禮數，由我向莫師哥認錯賠罪便是。」

費彬的目光在大廳上自東而西的掃射一周，他眼睛瞇成一線，但精光燦然，顯得內功深厚，說道：「此事怎地跟莫大先生有關了？莫大先生請出來，大家說個明白。」他說了這幾句話後，大廳中寂靜無聲，過了半晌，卻不見「瀟湘夜雨」莫大先生現身。

劉正風苦笑道：「我師兄弟不和，武林朋友衆所周知，那也不須相瞞。小弟仗著先人遺蔭，家中較爲寬裕。我莫師哥卻家境貧寒。本來朋友都有通財之誼，何況是師兄弟？但莫師哥由此見嫌，絕足不上小弟之門，我師兄弟已有數年沒來往、不見面，莫師哥今日自是不會光臨了。在下心中所不服者，是左盟主只聽了我莫師哥的一面之辭，便派了這麼多位師兄來對付小弟，連劉某的老妻子女，也都成爲階下之囚，那……那未免是小題大做了。」

費彬向史登達道：「舉起令旗。」史登達道：「是！」高舉令旗，往費彬身旁一站。費彬森然說道：「劉師兄，今日之事，跟衡山派掌門莫大先生沒半分干係，你不須牽扯到他身上。左盟主吩咐了下來，要我們向你查明：劉師兄跟魔教教主東方不敗暗中有甚麼勾結？設下了甚麼陰謀，來對付我五嶽劍派以及武林中一衆正派同道？」

此言一出，羣雄登時聳然動容，不少人都驚噫一聲。魔教和白道中的英俠勢不兩立，雙方結仇已逾百年，纏鬥不休，互有勝敗。這廳上千餘人中，少說也有半數曾身受魔教之害，有的父兄遭戮，有的師長受戕，一提到魔教，誰都切齒痛恨。五嶽劍派所以結盟，最大的原因便是為了對付魔教。魔教人多勢眾，武功高強，名門正派雖各有絕藝，卻往往不敵，魔教教主東方不敗更有「當世第一高手」之稱，他名字叫做「不敗」，果真是藝成以來，從未敗過一次，實是非同小可。羣雄聽得費彬指責劉正風與魔教勾結，此事確與各人身家性命有關，本來對劉正風同情之心立時消失。

劉正風道：「在下一生之中，從未見過魔教教主東方不敗一面，所謂勾結，所謂陰謀，卻是從何說起？」

費彬側頭瞧著三師兄陸柏，等他說話。陸柏細聲細氣的道：「劉師兄，這話恐怕有些不盡不實了。魔教中有一位護法長老，名字叫作曲洋的，不知劉師兄是否相識？」

劉正風本來十分鎮定，但聽到他提起「曲洋」二字，登時變色，口唇緊閉，並不答話。

那胖子丁勉自進廳後從未出過一句聲，這時突然厲聲問道：「你識不識得曲洋？」他話聲洪亮之極，這七個字吐出口來，人人耳中嗡嗡作響。他站在那裏一動不動，身材本已魁梧奇偉，在各人眼中看來，似乎更突然高了尺許，顯得威猛無比。

劉正風仍不置答，數千道眼光都集中在他臉上。各人都覺劉正風答與不答，都是一樣，他既然答不出來，便等於默認了。過了良久，劉正風點頭道：「不錯！曲洋曲大哥，我不但識得，而且是我生平唯一知己，最要好的朋友。」

霎時之間，大廳中嘈雜一片，羣雄紛紛議論。劉正風這幾句話大出眾人意料之外，各人猜到他若非抵賴不認，也不過承認和這曲洋曾有一面之緣，萬沒想到他竟然會說這魔教長老是他的知交朋友。

費彬臉上微現笑容，道：「你自己承認，那是再好也沒有，大丈夫一人作事一身當。劉正風，左盟主定下兩條路，憑你抉擇。」

劉正風宛如沒聽到費彬的說話，神色木然，緩緩坐下，右手提起酒壺，斟了一杯，舉杯就唇，慢慢喝了下去。羣雄見他綢衫衣袖筆直下垂，不起半分波動，足見他定力奇高，在這緊急關頭居然仍能絲毫不動聲色，那是膽色與武功兩者俱臻上乘，方克如此，兩者缺一不可，各人無不暗暗佩服。

費彬朗聲說道：「左盟主言道：劉正風乃衡山派中不可多得的人才，一時誤交匪人，入了歧途，倘若能深自悔悟，我輩均是俠義道中的好朋友，豈可不與人爲善，給他一條自新之路？左盟主吩咐兄弟轉告劉師兄：你若選擇這條路，限你一個月之內，殺了魔教長老曲洋，提頭來見，那麼過往一概不究，今後大家仍是好朋友、好兄弟。」

羣雄均想：正邪不兩立，魔教的旁門左道之士，和俠義道人物一見面就拚你死我活，左盟主要劉正風殺了曲洋自明心跡，那也不算是過份的要求。

劉正風臉上突然閃過一絲淒涼的笑容，說道：「曲大哥和我一見如故，傾蓋相交。他和我十餘次聯床夜話，偶然涉及門戶宗派的異見，他總是深自歎息，認爲雙方如此爭鬥，殊屬無謂。我和曲大哥相交，只研討音律。他是七絃琴高手，我喜愛吹簫，二人相見，大多時候總是琴簫相和，武功一道，從來不談。」他說到這裏，微微一笑，續道：「各位或者並不相信，然當今之世，劉正風以爲撫琴奏樂，無人及得上曲大哥，而按孔吹簫，在下也不作第二人想。曲大哥雖是魔教中人，但自他琴音之中，我深知他性行高潔，大有光風霽月的襟懷。劉正風不但對他欽佩，抑且仰慕。劉某雖是一介鄙夫，卻決計不肯加害這位君子。」

羣雄愈聽愈奇，萬料不到他和曲洋相交，竟然由於音樂，欲待不信，又見他說得十分誠懇，實無半分作僞之態，均想江湖上奇行特立之士甚多，自來聲色迷人，劉正風耽於音樂，也非異事。知道衡山派底細的人又想：衡山派歷代高手都喜音樂，當今掌門人莫大先生外號「瀟湘夜雨」，一把胡琴不離手，有「琴中藏劍，劍發琴音」八字外號，劉正風由吹簫而和曲洋相結交，自也大有可能。

費彬道：「你與曲魔頭由音律而結交，此事左盟主早已查得清清楚楚。左盟主言道：魔教包藏禍心，知我五嶽劍派近年來好生興旺，魔教難以對抗，便千方百計的想從中破壞，挑撥離間，無所不用其極。或動以財帛，或誘以美色。劉師兄素來操守謹嚴，那便設法投你所好，派曲洋來從音律入手。劉師兄，你須得清醒些，魔教過去害死過咱們多少人，怎地你受了人家鬼蜮伎倆的迷惑，竟然毫不醒悟？」

定逸師太道：「是啊，費師弟此言不錯。魔教的可怕，倒不在武功陰毒，還在種種詭計令人防不勝防。劉師弟，你是正人君子，上了卑鄙小人的當，那有甚麼關係？你儘快把曲洋這魔頭一劍殺了，乾淨爽快之極。我五嶽劍派同氣連枝，千萬不可受魔教奸人的挑撥，傷了同道的義氣。」

天門道人點頭道：「劉師弟，君子之過，如日月之食，人所共知，知過能改，善莫大焉。你只須殺了那姓曲的魔頭，俠義道中人，誰都會翹起大拇指，說一聲：『衡山派劉正風果然是個善惡分明的好漢子。』我們做你朋友的，也都面上有光。」

劉正風並不置答，目光射到岳不羣臉上，道：「岳師兄，你是位明辨是非的君子，這裏許多位武林高人都逼我出賣朋友，你卻怎麼說？」

岳不羣道：「劉賢弟，倘若眞是朋友，我輩武林中人，就爲朋友兩脅插刀，也不會皺一皺眉頭。但魔教中那姓曲的，顯然是笑裏藏刀，口蜜腹劍，設法來投你所好，那是最最陰毒的敵人。他旨在害得劉賢弟身敗名裂，家破人亡，包藏禍心之毒，不可言喻。這種人倘若也算是朋友，豈不是污辱了『朋友』二字？古人大義滅親，親尚可滅，何況這種算不得朋友的大魔頭、大奸賊？」

羣雄聽他侃侃而談，都喝起采來，紛紛說道：「岳先生這話說得再也明白不過。對朋友自然要講義氣，對敵人卻是誅惡務盡，那有甚麼義氣好講？」

劉正風嘆了口氣，待人聲稍靜，緩緩說道：「在下與曲大哥結交之初，早就料到有今日之事。最近默察情勢，猜想過不多時，我五嶽劍派和魔教便有一場大火拚。一邊是同盟的師兄弟，一邊是知交好友，劉某沒法相助那一邊，因此才出此下策，今日金盆洗手，想要遍告天下同道，劉某從此退出武林，再也不與聞江湖上的恩怨仇殺，只盼置身事外，免受牽連。去捐了這個芝麻綠豆大的武官來做做，原是自污，以求掩人耳目。那想到左盟主神通廣大，劉某這一步棋，畢竟瞞不過他。」

羣雄一聽，這才恍然大悟，心中均道：「原來他金盆洗手，暗中含有這等深意，我本來說嘛，這樣一位衡山派高手，怎麼會甘心去做這等芝麻綠豆小官？」劉正風一加解釋，人人都發覺自己果然早有先見之明。

費彬和丁勉、陸柏三人對視一眼，均感得意：「若不是左師兄識破了你的奸計，及時攔阻，便給你得逞了。」

劉正風續道：「魔教和我俠義道百餘年來爭鬥仇殺，是是非非，一時也說之不盡。劉某只盼退出這腥風血雨的鬥毆，從此歸老林泉，吹簫課子，做一個安分守己的良民，自忖這份心願，並不違犯本門門規和五嶽劍派的盟約。」

費彬冷笑道：「如果人人都如你一般，危難之際，臨陣脫逃，豈不是便任由魔教橫行江湖，爲害人間？你要置身事外，那姓曲的魔頭卻又如何不置身事外？」

劉正風微微一笑，道：「曲大哥早已當著我的面，向他魔教祖師爺立下重誓，今後不論魔教和白道如何爭鬥，他一定置身事外，決不插手，人不犯我，我不犯人！」

費彬冷笑道：「好一個『人不犯我，我不犯人』！倘若咱們白道中人去犯了他呢？」

劉正風道：「曲大哥言道：他當盡力忍讓，決不與人爭強鬥勝，而且竭力彌縫雙方的誤會嫌隙。曲大哥今日早晨還派人來跟我說，華山派弟子令狐冲爲人所傷，命在垂危，是他出手給救活了的。」

此言一出，羣雄又羣相聳動，尤其華山派、恆山派以及青城派諸人，更交頭接耳的議論了起來。華山派的岳靈珊忍不住問道：「劉師叔，我大師哥在那裏？眞的是……是那位姓曲的……姓曲的前輩救了他性命麼？」

劉正風道：「曲大哥既這般說，自非虛假。日後見到令狐賢姪，你可親自問他。」

費彬冷笑道：「那有甚麼奇怪？魔教中人拉攏離間，甚麼手段不會用？他能千方百計的來拉攏你，自然也會千方百計的去拉攏華山派弟子。說不定令狐冲也會由此感激，要報答他的救命之恩，咱們五嶽劍派之中，又多一個叛徒了。」轉頭向岳不羣道：「岳師兄，小弟這話只是打個比方，請勿見怪。」岳不羣微微一笑，說道：「不怪！」

劉正風雙眉一軒，昂然問道：「費師兄，你說又多一個叛徒，這個『又』字，是甚麼用意？」費彬冷笑道：「啞子吃餛飩，心裏有數，又何必言明。」劉正風道：「哼，你直指劉某是本派叛徒了。劉某結交朋友，乃是私事，旁人卻也管不著。劉正風不敢欺師滅祖，背叛衡山派本門，『叛徒』二字，原封奉還。」

他本來恂恂有禮，便如一個財主鄉紳，有些小小的富貴之氣，又有些土氣，但這時突然顯出勃勃英氣，與先前大不相同。羣雄眼見他處境十分不利，卻仍與費彬針鋒相對的論辯，絲毫不讓，都不禁佩服他的膽量。

費彬道：「如此說來，劉師兄第一條路是不肯走的了，決計不願誅妖滅邪，殺那大魔頭曲洋了？」

劉正風道：「左盟主若有號令，費師兄不妨就此動手，殺了劉某全家！」

費彬道：「你不須有恃無恐，只道天下的英雄好漢在你家裏作客，我五嶽劍派便有所顧忌，不能清理門戶。」伸手向史登達一招，說道：「過來！」史登達應道：「是！」走上三步。費彬從他手中接過五色令旗，高高舉起，說道：「劉正風聽者：左盟主有令，你若不應允在一月之內殺了曲洋，則五嶽劍派只好立時清理門戶，以免後患，斬草除根，決不容情。你再想想罷！」

劉正風慘然一笑，道：「劉某結交朋友，貴在肝膽相照，豈能殺害朋友，以求自保？左盟主既不肯見諒，劉正風勢孤力單，又怎能與左盟主相抗？你嵩山派早就布置好一切，只怕連劉某的棺材也給買好了，要動手便即動手，又等何時？」

費彬將令旗一展，朗聲道：「泰山派天門師兄，華山派岳師兄，恆山派定逸師太，衡山派諸位師兄師姪，左盟主有言吩咐：自來正邪不兩立，魔教和我五嶽劍派仇深似海，不共戴天。劉正風結交匪人，歸附仇敵，凡我五嶽同門，出手共誅之。接令者請站到左首。」

天門道人站起身來，大踏步走到左首，更不向劉正風瞧上一眼。天門道人的師父當年命喪魔教一名女長老之手，是以他對魔教恨之入骨。他一走到左首，門下衆弟子都跟了過去。

岳不羣起身說道：「劉賢弟，你只須點一點頭，岳不羣負責爲你料理曲洋如何？你說大丈夫不能對不起朋友，難道天下便只曲洋一人才是你朋友，我們五嶽劍派和這裏許多英雄好漢，便都不是你朋友了？這裏千餘位武林同道，一聽到你要金盆洗手，都千里迢迢的趕來，滿腔誠意的向你祝賀，總算夠交情了罷？難道你全家老幼的性命，五嶽劍派師友的恩誼，這裏千百位同道的交情，一併加將起來，還及不上曲洋一人？」

劉正風緩緩搖了搖頭，說道：「岳師兄，你是讀書人，當知大丈夫有所不爲。你這番良言相勸，劉某甚爲感激。人家逼我殺害曲洋，此事萬萬不能。正如倘若有人逼我殺害你岳師兄，或者要我加害這裏任何那一位好朋友，劉某縱然全家遭難，卻也決計不會點一點頭。曲大哥是我至交好友，那不錯，但岳師兄又何嘗不是劉某的好友？曲大哥倘若有一句提到，要暗害五嶽劍派中劉某那一位朋友，劉某便鄙視他的爲人，再也不當他是朋友了。」他這番話說得極是誠懇，羣雄不由得爲之動容，武林中義氣爲重，劉正風這般顧全與曲洋的交情，這些江湖漢子雖不以爲然，卻禁不住暗自讚嘆。

岳不羣搖頭道：「劉賢弟，你這話可不對了。劉賢弟顧全朋友義氣，原本令人佩服，卻未免不分正邪，不問是非。魔教作惡多端，殘害江湖上的正人君子、無辜百姓。劉賢弟只因一時琴簫投緣，便將全副身家性命都交了給他，可將『義氣』二字誤解了。」

劉正風淡淡一笑，說道：「岳師兄，你不喜音律，不明白小弟的意思。言語文字可以撒謊作僞，琴簫之音卻是心聲，萬萬裝不得假。小弟和曲大哥相交，以琴簫唱和，心意互通。小弟願意以全副身家性命擔保，曲大哥是魔教中人，卻沒半點分毫魔教的邪惡之氣。」

岳不羣長嘆一聲，走到了天門道人身側。勞德諾、岳靈珊、陸大有等衆弟子也都隨著過去。

定逸師太望著劉正風，問道：「從今而後，我叫你劉賢弟，還是劉正風？」劉正風臉露苦笑，道：「劉正風命在頃刻，師太以後也不會再叫我了。」

定逸師太合什唸道：「阿彌陀佛！」緩緩走到岳不羣之側，說道：「魔深孽重，罪過，罪過！」座下弟子也都跟了過去。

費彬道：「這是劉正風一人之事，跟旁人並不相干。衡山派的衆弟子只要不甘附逆，都站到左首去。」

大廳中寂靜片刻，一名年輕漢子說道：「劉師伯，弟子們得罪了。」便有三十餘名衡山派弟子走到恆山派羣尼身側，這些都是劉正風的師姪輩，並非劉正風的弟子。衡山派第一代的人物都沒到來。

費彬又道：「劉門親傳弟子，也都站到左首去。」

向大年朗聲道：「我們受師門重恩，義不相負，劉門弟子，和恩師同生共死。」

劉正風熱淚盈眶，道：「好，好！大年，你說這番話，已很對得起師父了。你們都過去罷。師父自己結交朋友，跟你們可沒干係。」

米爲義唰的一聲，拔出長劍，說道：「劉門一系，自非五嶽劍派之敵，今日之事，有死而已。那一個要害我恩師，先殺了姓米的。」說著便在劉正風身前一站，擋住了他。

丁勉左手一揚，嗤的一聲輕響，一絲銀光電射而出。劉正風一驚，伸手在米爲義右膀上一推，內力到處，米爲義向左撞出，那銀光便向劉正風胸口射來。向大年護師心切，縱身而上，只聽他大叫一聲，那銀針正好射中心臟，立時氣絕身亡。

劉正風左手將他屍體抄起，探了探他鼻息，回頭向丁勉道：「丁老二，是你嵩山派先殺了我弟子！」丁勉森然道：「不錯，是我們先動手，卻又怎樣？」

劉正風提起向大年的屍身，運力便要向丁勉擲去。丁勉見他運勁的姿式，素知衡山派的內功大有獨到之處，劉正風是衡山派中的一等高手，這一擲之勢非同小可，當即暗提內力，準備接過屍身，立時再向他反擲回去。那知劉正風提起屍身，明明是要向前擲出，突然間身子往斜裏竄出，雙手微舉，卻將向大年的屍身送到費彬胸前。這一下來得好快，費彬出其不意，只得雙掌豎立，運勁擋住屍身，便在此時，雙脅之下一麻，已給劉正風點了穴道。

劉正風一招得手，左手搶過他手中令旗，右手拔劍，橫架在他咽喉，左肘連撞，封了他背心三處穴道，任由向大年的屍身落在地下。這幾下兔起鶻落，變化快極，待得費彬受制，五嶽令旗遭奪，衆人這才省悟，劉正風所使的正是衡山派絕技，叫做「百變千幻衡山雲霧十三式」。衆人久聞其名，這一次才算是大開眼界。

岳不羣當年曾聽師父說過，這一套「百變千幻衡山雲霧十三式」乃衡山派上代一位高手所創。這位高手以走江湖變戲法賣藝爲生。那走江湖變戲法，仗的是聲東擊西，虛虛實實，幻人耳目。到得晚年，他武功愈高，變戲法的技能也是日增，竟然將內家功夫使用到戲法之中，街頭觀衆一見，無不稱賞，後來更是一變，反將變戲法的本領滲入了武功，五花八門，層出不窮。這位高手生性滑稽，當時創下這套武功遊戲自娛，不料傳到後世，竟成爲衡山派的三大絕技之一。只是這套功夫變化雖然極奇，但臨敵之際，卻也並無太大用處，高手過招，人人嚴加戒備，全身門戶無不守備綦謹，這些幻人耳目的花招多半使用不上，因此衡山派對這套功夫也不如何看重，如見徒弟是飛揚佻脫之人，便不傳授，以免他專務虛幻，於紮正根基的踏實功夫反而欠缺了。

劉正風一向深沉寡言，在師父手上學了這套功夫，平生從未一用，此刻臨急而使，一擊奏功，竟將嵩山派中這個大名鼎鼎、眞實功夫決不在他之下的「大嵩陽手」費彬制服。他左手舉著五嶽劍派的盟旗，右手長劍架在費彬咽喉之中，沉聲道：「丁師兄、陸師兄，劉某斗膽奪了五嶽令旗，也不敢向兩位要脅，只是向兩位求情。」

丁勉與陸柏對望了一眼，均想：「費師弟受了他暗算，只好且聽他有何話說。」丁勉道：「求甚麼情？」劉正風道：「求兩位轉告左盟主，准許劉某全家歸隱，從此不參預武林中的任何事務。劉某與曲洋曲大哥從此不再相見，與衆位師兄朋友，也……也就此分手。劉某攜帶家人弟子，遠走高飛，隱居海外，有生之日，絕足不履中原一寸土地。」

丁勉微一躊躇，道：「此事我和陸師弟可作不得主，須得歸告左師哥，請他示下。」

劉正風道：「這裏泰山、華山兩派掌門在此，恆山派有定逸師太，也可代她掌門師姊作主，此外，衆位英雄好漢，俱可作個見證。」他眼光向衆人臉上掃過，沉聲道：「劉某向衆位朋友求這個情，讓我顧全朋友義氣，也得保家人弟子的周全。」

定逸師太外剛內和，脾氣雖然暴躁，心地卻極慈祥，首先道：「如此甚好，也免得傷了大家的和氣。丁師兄、陸師兄，咱們答應了劉賢弟罷。他既不再跟魔教中人結交，又遠離中原，等如世上沒了這人，又何必定要多造殺業？」天門道人點頭道：「這樣也好，岳賢弟，你以爲如何？」岳不羣道：「劉賢弟言出如山，他既這般說，大家都信得過的。來來來，咱們化干戈爲玉帛，劉賢弟，你放了費賢弟，大夥兒喝一杯解和酒，明兒一早，你帶了家人弟子，便離開衡山城罷！」

陸柏卻道：「泰山、華山兩派掌門都這麼說，定逸師太更竭力爲劉正風開脫，我們又怎敢違抗眾意？但費師弟刻下遭受劉正風的暗算，我們倘若就此答允，江湖上勢必人人言道，嵩山派是受了劉正風的脅持，不得不低頭服輸，如此傳揚開去，嵩山派臉面何存？」

定逸師太道：「劉賢弟是在向嵩山派求情，又不是威脅逼迫，要說『低頭服輸』，低頭服輸的是劉正風，不是嵩山派。何況你們又已殺了一名劉門弟子。」

陸柏哼了一聲，說道：「狄修，預備著。」嵩山派弟子狄修應道：「是！」手中短劍輕送，抵進劉正風長子背心的肌肉。陸柏道：「劉正風，你要求情，便跟我們上嵩山去見左盟主，親口向他求情。我們奉命差遣，可作不得主。你即刻把令旗交還，放了我費師弟。」

劉正風慘然一笑，向兒子道：「孩兒，你怕不怕死？」劉公子道：「孩兒聽爹爹的話，孩兒不怕！」劉正風道：「好孩子！」陸柏喝道：「殺了！」狄修短劍往前一送，自劉公子的背心直刺入他心窩，短劍跟著拔出。劉公子俯身倒地，背心創口中鮮血泉湧。

劉夫人大叫一聲，撲向兒子屍身。陸柏又喝道：「殺了！」狄修手起劍落，又是一劍刺入劉夫人背心。

定逸師太大怒，呼的一掌，向狄修擊了過去，罵道：「禽獸！」丁勉搶上前來，也擊出一掌。雙掌相交，定逸師太退了三步，胸口一甜，一口鮮血湧到了嘴中，她要強好勝，硬生生將這口血咽入口腹中。丁勉微微一笑，道：「承讓！」

定逸師太原本不以掌力見長，何況適才這一掌擊向狄修，以長攻幼，本就未使全力，也不擬這一掌擊死了他，不料丁勉突然出手，他那一掌卻凝聚了十成功力。雙掌陡然相交，定逸師太欲待再催內力，已然不及，丁勉的掌力如排山倒海般壓到，定逸師太受傷嘔血，大怒之下，第二掌待再擊出，一運力間，只覺丹田中痛如刀割，心知受傷已然不輕，眼前無法與抗，一揮手，怒道：「咱們走！」大踏步向門外走去，門下羣尼都跟了出去。

陸柏喝道：「再殺！」兩名嵩山弟子推出短劍，又殺了兩名劉門弟子。陸柏道：「劉門弟子聽著，若要活命，此刻跪地求饒，指斥劉正風之非，便可免死。」

劉正風的女兒劉菁怒罵：「奸賊，你嵩山派比魔教奸惡萬倍！」陸柏喝道：「殺了！」萬登平提起長劍，一劍劈下，從劉菁右肩直劈至腰。史登達等嵩山弟子一劍一個，將早已點了穴道制住的劉門親傳弟子都殺了。

大廳上羣雄雖然都是畢生在刀槍頭上打滾之輩，見到這等屠殺慘狀，也不禁心驚肉跳。有些前輩英雄本想出言阻止，但嵩山派動手實在太快，稍一猶豫之際，廳上已然屍橫遍地。各人又想：自來正邪不兩立，嵩山派此舉並非出於對劉正風的私怨，而是爲了對付魔教，雖然出手未免殘忍，卻也未可厚非。再者，其時嵩山派已控制全局，連恆山派的定逸師太亦已鎩羽而去，眼見天門道人、岳不羣等高手都不作聲，這是他五嶽劍派之事，旁人倘若多管閒事，強行出頭，勢不免惹下殺身之禍，自以明哲保身的爲是。

殺到這時，劉門徒弟子女已只賸下劉正風最心愛的十五歲幼子劉芹。陸柏向史登達道：「問這小子求不求饒？若不求饒，先割了他鼻子，再割耳朵，再挖眼珠，叫他零零碎碎的受苦。」史登達道：「是！」轉向劉芹，問道：「你求不求饒？」

劉芹臉色慘白，全身發抖。劉正風道：「好孩子，你哥哥姊姊何等硬氣，死就死了，怕甚麼？」劉芹顫聲道：「可是……爹，他們要……要割我鼻子，挖……挖我眼睛……」劉正風哈哈一笑，道：「到這地步，難道你還想他們放過咱們麼？」劉芹道：「爹爹，你……你就答允殺了曲……曲伯伯……」劉正風大怒，喝道：「放屁！小畜生，你說甚麼？」

史登達舉起長劍，劍尖在劉芹鼻子前晃來晃去，道：「小子，你再不跪下求饒，我一劍削下來了。一……二……」他那「三」字還沒說出口，劉芹身子顫抖，跪倒在地，哀求道：「別……別殺我……」陸柏笑道：「很好，饒你不難。但你須得向天下英雄指斥劉正風的不是。」劉芹雙眼望著父親，目光中盡是哀求之意。

劉正風一直甚是鎮定，雖見妻子兒女死在他的眼前，臉上肌肉亦毫不牽動，這時卻憤怒難以遏制，大聲喝道：「小畜生，你對得起你娘麼？」

劉芹眼見母親、哥哥、姊姊的屍身躺在血泊之中，又見史登達的長劍不斷在臉前晃來晃去，已嚇得心膽俱裂，向陸柏道：「求求你饒了我，饒了……饒了我爹爹。」陸柏道：「你爹爹勾結魔教中的惡人，你說對不對？」劉芹低聲道：「不……不對！」陸柏道：「這樣的人，該不該殺？」劉芹低下了頭，不敢答話。陸柏道：「這小子不說話，一劍把他殺了。」

史登達道：「是！」知道陸柏這句話意在恫嚇，舉起了劍，作勢砍下。

劉芹忙道：「該……該殺！」陸柏道：「很好！從今而後，你不是衡山派的人了，也不是劉正風的兒子，我饒了你性命。」劉芹跪在地下，嚇得雙腿都軟了，竟站不起身。

羣雄瞧著這等模樣，忍不住爲他羞慚，有的轉過了頭，不去看他。

劉正風長嘆一聲，道：「姓陸的，是你贏了！」左手一揮，將五嶽令旗向他擲去，右足一抬，把費彬踢開，朗聲道：「劉某自求了斷，也不須多傷人命了。」右手橫過長劍，便往自己頸中刎去。

便在這時，簷頭突然掠下一個黑衣人影，行動如風，伸臂抓住了劉正風的右腕，喝道：「君子報仇，十年未晚，走！」右手向後舞了一個圈子，拉著劉正風向外急奔。

劉正風驚道：「曲大哥……你……」

羣雄聽他叫出「曲大哥」三字，知這黑衣人便是魔教長老曲洋，盡皆心頭一驚。

曲洋叫道：「不用多說！」足下加勁，只奔得三步，丁勉、陸柏二人四掌齊出，分向他二人後心拍來。曲洋向劉正風喝道：「快走！」出掌在劉正風背上一推，同時運勁於背，硬生生受了丁勉、陸柏兩大高手的併力一擊。砰的一聲響，曲洋身子向外飛出去，跟著一口鮮血急噴而出，回手連揮，一叢黑針如雨般散出。

丁勉叫道：「黑血神針，快避！」忙向旁閃開。羣雄見到這叢黑針，久聞魔教黑血神針的威名，無不驚心，你退我閃，亂成一團，只聽得「哎唷！」「不好！」十餘人齊聲叫嚷。廳上人衆密集，黑血神針又多又快，畢竟還是有不少人中了毒針。

混亂之中，曲洋與劉正風已逃得遠了。

山石後轉出三個人影，浮雲遮月，
夜色朦朧，依稀可見三人二高一矮，
高的是兩個男子，矮的是個女子。
兩個男子走到一塊大巖石旁，坐了下來。

七 授譜

令狐冲所受劍傷及掌力震傷雖重，但得恆山派治傷聖藥天香斷續膠外敷、白雲熊膽丸內服，兼之他年輕力壯，內功又已有相當火候，在瀑布旁睡了一天一晚後，創口已然愈合。這一天一晚中只以西瓜爲食。令狐冲求儀琳捉魚射兔，她卻說甚麼也不肯，說道令狐冲得能死裏逃生，全憑觀世音菩薩保祐，最好吃一兩年長素，向觀世音菩薩感恩，要她破戒殺生，那是萬萬不可。令狐冲笑她迂腐無聊，可也沒法勉強，只索罷了。

這日傍晚，兩人背倚石壁，望著草叢間流螢飛來飛去，點點星火，煞是好看。令狐冲道：「前年夏天，我曾捉了幾千隻螢火蟲兒，裝在十幾隻紗囊之中，掛在房裏，當眞有趣。」儀琳心想，憑他的性子，決不會去縫製十幾隻紗囊，問道：「你小師妹叫你捉的，是不是？」令狐冲笑道：「你當眞聰明，一猜就好準，怎知是小師妹叫我捉的？」儀琳微笑道：「你性子這麼急，又不是小孩子了，怎會有這般好耐心，去捉幾千隻螢火蟲來玩。」又問：「後來怎樣？」令狐冲笑道：「師妹拿來掛在她帳子裏，說滿床晶光閃爍，像是睡在天上雲端裏，一睜眼，前後左右都是星星。」儀琳道：「你小師妹眞會玩，偏你這個師哥也眞肯湊趣，她就是要你去捉天上的星星，只怕你也肯。」

令狐冲笑道：「捉螢火蟲，原是爲捉天上的星星而起。那天晚上我跟她一起乘涼，看到天上星星燦爛，小師妹忽然嘆了口氣，說道：『可惜過一會兒，便要去睡了，我眞想睡在露天，半夜裏醒來，見到滿天星星都在向我眨眼，那多有趣。但媽媽一定不會答允。』我就說：『咱們捉些螢火蟲來，放在你蚊帳裏，不就像星星一樣嗎？』」

儀琳輕聲道：「原來還是你想的主意。」

令狐冲微微一笑，說道：「小師妹說：『螢火蟲飛來飛去，撲在臉上身上，那可討厭死了。有了，我去縫些紗布袋兒，把螢火蟲裝在裏面。』就這麼，她縫袋子，我捉飛螢，忙了整整一天一晚，可惜只看得一晚，第二晚螢火蟲全都死了。」

儀琳一震，顫聲道：「幾千隻螢火蟲，都給害死了？你們……你們怎地如此……」

令狐冲笑道：「你說我們殘忍得很，是不是？唉，你是佛門子弟，良心特別好。其實螢火蟲兒一到天冷，還是會都凍死的，只不過早死幾天，那又有甚麼干係？」

儀琳隔了半晌，才幽幽的道：「其實世上每個人也都這樣，有的人早死，有的人遲死，或早或遲，終歸要死。無常，苦，我佛說人人都不免生老病死之苦。但大徹大悟，解脫輪迴，卻又談何容易？」令狐冲道：「是啊，因此你何必念念不忘那些清規戒律，甚麼不可殺生，不可偷盜。佛祖要是每一件事都管，可眞忙壞了他。」

儀琳側過了頭，不知說甚麼好，便在此時，左首山側天空中一個流星疾掠而過，在天空劃成了一道長長的火光。儀琳道：「儀淨師姊說，有人看到流星，如在衣帶上打一個結，同時心中許一個願，只要在流星隱沒之前先打好結，又許完願，那麼這個心願便能得償。你說是不是眞的？」

令狐冲笑道：「我不知道。咱們不妨試試，只不過恐怕手腳沒這麼快。」說著拈起了衣帶，道：「你也預備啊，慢得一忽兒，便來不及了。」

儀琳拈起了衣帶，怔怔望著天邊。夏夜流星甚多，片刻間便有一顆流星劃過長空，但流星一瞬即逝，儀琳的手指只一動，流星便已隱沒。她輕輕「啊」了一聲，又再等待。第二顆流星自西至東，拖曳甚長，儀琳動作敏捷，竟爾打了個結。

令狐冲喜道：「好，好！你打成了！觀世音菩薩保祐，一定教你得償所願。」儀琳嘆了口氣，道：「我只顧著打結，心中卻甚麼也沒想。」令狐冲笑道：「那你快些先想好了罷，在心中先默念幾遍，免得到時顧住了打結，卻忘了許願。」

儀琳拈著衣帶，心想：「我許甚麼願好？我許甚麼願好？」向令狐冲望了一眼，突然暈紅雙頰，忙轉開了頭。

這時天上連續劃過了幾顆流星，令狐冲大呼小叫，不住的道：「又是一顆，咦，這顆好長，你打了結沒有？這次又來不及嗎？」

儀琳心亂如麻，內心深處，隱隱有一個渴求的願望，可是這願望自己想也不敢想，更不用說向觀世音菩薩祈求了，一顆心怦怦亂跳，只覺說不出的害怕，卻又是說不出的喜悅。只聽令狐冲又問：「想好了心願沒有？」儀琳心底輕輕的說：「我要許甚麼願？我要許甚麼願？」眼見一顆顆流星從天邊劃過，她仰起了頭瞧著，竟是痴了。

令狐冲笑道：「你不說，我便猜上一猜。」儀琳急道：「不，不，你不許說。」令狐冲笑道：「那有甚麼打緊？我猜三次，且看猜不猜得中。」儀琳站起身來，道：「你再說，我可要走了。」令狐冲哈哈大笑，道：「好，我不說。就算你心裏想做恆山派掌門，那也沒甚麼可害臊的。」儀琳一怔，心道：「他……他猜我想做恆山派掌門？我可從來沒這麼想過。我又怎做得來掌門人？」

忽聽得遠處傳來錚錚幾聲，似乎有人彈琴。令狐冲和儀琳對望了一眼，都大感奇怪：「怎地這荒山野嶺之中有人彈琴？」琴聲不斷傳來，甚是優雅，過得片刻，有幾下柔和的簫聲夾入琴韻之中。七絃琴的琴音和平中正，夾著清幽的洞簫，更是動人，琴韻簫聲似在一問一答，同時漸漸移近。令狐冲湊身過去，在儀琳耳邊低聲道：「這音樂來得古怪，只怕於我們不利，不論有甚麼事，你千萬別出聲。」儀琳點了點頭，只聽琴音漸漸高亢，簫聲卻慢慢低沉下去，但簫聲低而不斷，有如遊絲隨風飄盪，卻連綿不絕，更增迴腸盪氣之意。

只見山石後轉出三個人影，其時月亮為一片浮雲遮住了，夜色朦朧，依稀可見三人二高一矮，高的是兩個男子，矮的是個女子。兩個男子緩步走到一塊大巖石旁，坐了下來，一個撫琴，一個吹簫，那女子站在撫琴者的身側。令狐冲縮身石壁之後，不敢再看，生恐給那三人發見。只聽琴簫悠揚，甚是和諧。

令狐冲心道：「瀑布便在旁邊，但流水轟轟，竟然掩不住柔和的琴簫之音，看來撫琴吹簫的二人內功著實不淺。嗯，是了，他們所以到這裏吹奏，正是為了這裏有瀑布聲響，那麼跟我們是不相干的。」便放寬了心。

忽聽瑤琴中突然發出鏘鏘之音，似有殺伐之意，但簫聲仍溫雅婉轉。過了一會，琴聲也轉柔和，兩音忽高忽低，驀地裏琴韻簫聲陡變，便如有七八具瑤琴、七八支洞簫同時在奏樂一般。琴簫之聲雖極盡繁複變幻，每個聲音卻又抑揚頓挫，悅耳動心。令狐冲只聽得血脈賁張，忍不住便要站起身來，又聽了一會，琴簫之聲忽然又變，簫聲變成了主調，七絃琴只玎玎噹噹的伴奏，但簫聲卻愈來愈高。令狐冲心中莫名其妙的感到一陣酸楚，側頭看儀琳時，只見她淚水正涔涔而下。突然間錚的一聲急響，琴音立止，簫聲也即住了。霎時間四下裏一片寂靜，唯見明月當空，樹影在地。

只聽一人緩緩說道：「劉賢弟，你我今日畢命於此，那也是大數使然，只愚兄未能及早出手，累得你家眷弟子盡數殉難，愚兄心下實是不安。」另一人道：「你我肝膽相照，還說這些話幹麼……」

儀琳聽到他的口音，心念一動，在令狐冲耳邊低聲道：「是劉正風師叔。」他二人於劉正風府中所發生大事，絕無半點知聞，忽見劉正風在這曠野中出現，另一人又說甚麼「你我今日畢命於此」，甚麼「家眷弟子盡數殉難」，自都驚訝不已。

只聽劉正風續道：「人生莫不有死，得一知己，死亦無憾。」另一人道：「劉賢弟，聽你簫中之意，卻猶有遺恨，莫不是為了令郎臨危之際，貪生怕死，羞辱了你的令名？」劉正風長嘆一聲，道：「曲大哥猜得不錯，芹兒這孩子我平日太過溺愛，少了教誨，沒想到竟是個沒半點氣節的軟骨頭。」曲洋道：「有氣節也好，沒氣節也好，百年之後，均歸黃土，又有甚麼分別？愚兄早已伏在屋頂，本該及早出手，只是料想賢弟不願為我之故，與五嶽劍派的故人傷了和氣，又想到愚兄曾為賢弟立下重誓，決不傷害俠義道中人士，是以遲遲不發，又誰知嵩山派為五嶽盟主，下手竟如此毒辣。」

劉正風半晌不語，長長嘆了口氣，說道：「此輩俗人，怎懂得你我以音律相交的高量雅致？他們以常情忖度，料定你我結交，必將大不利於五嶽劍派與俠義道。唉，他們不懂，須也怪他們不得。曲大哥，你是大椎穴受傷，震動了心脈？」

曲洋道：「正是，嵩山派內功果然厲害，沒料到我背上挺受了這一擊，內力所及，居然將你的心脈也震斷了。早知賢弟也仍不免，那一叢黑血神針倒也不必再發了，多傷無辜，於事無補。幸好針上並沒餵毒。」

令狐冲聽得「黑血神針」四字，心頭一震：「難道他竟是魔教中的高手？劉師叔又怎會跟他結交？」

劉正風輕輕一笑，說道：「但你我卻也因此而得再合奏一曲，從今而後，世上再也無此琴簫之音了。」曲洋一聲長嘆，說道：「昔日嵇康臨刑，撫琴一曲，嘆息〈廣陵散〉從此絕響。嘿嘿，〈廣陵散〉縱然精妙，又怎及得上咱們這一曲〈笑傲江湖〉？只是當年嵇康的心情，卻也和你我一般。」劉正風笑道：「曲大哥剛才還甚達觀，卻又如何執著起來？你我今晚合奏，將這一曲〈笑傲江湖〉發揮得淋漓盡致。世上已有過了這一曲，你我已奏過了這一曲，人生於世，夫復何恨？」

曲洋輕輕拍掌道：「賢弟說得不錯。」過得一會，卻又嘆了口氣。劉正風道：「大哥卻又爲何嘆息？啊，是了，定然是放心不下非非。」

儀琳心念一動：「非非，就是那個非非？」果然聽得曲非煙的聲音說道：「爺爺，你和劉公公慢慢養好了傷，咱們去將嵩山派的惡徒一個個斬盡殺絕，爲劉婆婆他們報仇！」

猛聽得山壁後傳來一聲長笑。笑聲未絕，山壁後竄出一個黑影，青光閃動，一人站在曲洋與劉正風身前，手持長劍，正是嵩山派的大嵩陽手費彬，嘿嘿一聲冷笑，說道：「女娃子好大的口氣，將嵩山派斬盡殺絕，世上可有這等稱心如意之事？」

劉正風站起身來，說道：「費彬，你已殺我全家，劉某中了你兩位師兄的掌力，也已命在頃刻，你還想幹甚麼？」

費彬哈哈一笑，傲然道：「這女娃子說要斬盡殺絕啊！女娃子，你先過來領死罷！」

儀琳在令狐冲耳邊道：「你是非非和她爺爺救的，咱們怎生想個法子，也救他們一救才好？」令狐冲不等她出口，早已在盤算如何設法解圍，以報答他祖孫的救命之德，但一來對方是嵩山派高手，自己縱在未受重傷之時，也就遠不是他對手，二來此刻已知曲洋是魔教中人，華山派一向與魔教為敵，如何可以反助對頭？心中好生委決不下。

只聽劉正風道：「姓費的，你也算是名門正派中有頭有臉的人物，曲洋和劉正風今日落在你手中，要殺要剮，死而無怨，你去欺侮一個女娃娃，那算是甚麼英雄好漢？非非，你快走！」曲非煙道：「我陪爺爺和劉公公死在一塊，決不獨生。」劉正風道：「快走，快走！我們大人的事，跟你孩子有甚麼相干？」

曲非煙道：「我不走！」唰唰兩聲，從腰間拔出兩柄短劍，搶過去擋在劉正風身前，叫道：「費彬，先前劉公公饒了你不殺，你反而來恩將仇報，你要不要臉？」

費彬陰森森的道：「你這女娃娃說過要將我們嵩山派斬盡殺絕，你這可不是來斬盡殺絕了麼？難道姓費的袖手任你宰割，還是掉頭逃走？」

劉正風拉住曲非煙的手臂，急道：「快走，快走！」但他受了嵩山派內力劇震，心脈已斷，再加適才演奏了這一曲〈笑傲江湖〉，心力交瘁，手上已無內勁。曲非煙輕輕一掙，掙脫了劉正風的手，便在此時，眼前青光閃動，費彬的長劍已刺到面前。

曲非煙左手短劍一擋，右手劍跟著遞出。費彬嘿的一聲笑，長劍圈轉，啪的一聲，擊在她右手短劍上。曲非煙右臂酸麻，虎口劇痛，右手短劍登時脫手。費彬長劍斜晃反挑，啪的一聲響，曲非煙左手短劍又給震脫，飛出數丈之外。費彬的長劍已指住她咽喉，向曲洋笑道：「曲長老，我先把你孫女的左眼刺瞎，再割去她鼻子，再割了她兩隻耳朵……」

曲非煙大叫一聲，向前縱躍，往長劍上撞去。費彬長劍疾縮，左手食指點出，曲非煙翻身栽倒。費彬哈哈大笑，說道：「邪魔外道，作惡多端，便要死卻也沒這麼容易，還是先將你的左眼刺瞎了再說。」提起長劍，便要往曲非煙左眼刺落。

忽聽得身後有人喝道：「且住！」費彬大吃一驚，急速轉身，揮劍護身。他不知令狐冲和儀琳早就隱伏在山石之後，一動不動，否則以他功夫，決不致有人欺近而竟不察覺。月光下只見一個青年漢子雙手叉腰而立。

費彬喝問：「你是誰？」令狐冲道：「小姪華山派令狐冲，參見費師叔。」說著躬身行禮，身子一晃一晃，站立不定。費彬點頭道：「罷了！原來是岳師兄的大弟子，你在這裏幹甚麼？」令狐冲道：「小姪為青城派弟子所傷，在此養傷，有幸拜見費師叔。」

費彬哼了一聲，道：「你來得正好。這女娃子是魔教中的邪魔外道，該當誅滅，倘若由我出手，未免顯得以大欺小，你把她殺了罷。」說著伸手向曲非煙指了指。

令狐冲搖了搖頭，說道：「這女娃娃的祖父和衡山派劉師叔結交，攀算起來，她比我還矮著一輩，小姪如殺了她，江湖上也道華山派以大壓小，傳揚出去，名聲甚是不雅。再說，這位曲前輩和劉師叔都已身負重傷，在他們面前欺侮他們的小輩，決非英雄好漢行逕，這種事情，我華山派是決計不會做的。尙請費師叔見諒。」言下之意甚是明白，華山派所不屑做之事，嵩山派倘若做了，那麼顯然嵩山派是大大不及華山派了。

費彬雙眉揚起，目露凶光，厲聲道：「原來你和魔教妖人也在暗中勾結。是了，適才劉正風言道，這姓曲的妖人曾爲你治傷，救了你性命，沒想到你堂堂華山弟子，這麼快也投了魔教。」手中長劍顫動，劍鋒上冷光閃動，似是挺劍便欲向令狐冲刺去。

劉正風道：「令狐賢姪，你跟此事毫不相干，不必來趕這淌渾水，快快離去，免得將來讓你師父爲難。」

令狐冲哈哈一笑，說道：「劉師叔，咱們自居俠義道，與邪魔外道誓不兩立，這『俠義』二字，是甚麼意思？欺辱身負重傷之人，算不算俠義？殘殺無辜幼女，算不算俠義？要是這種事情都幹得出，跟邪魔外道又有甚麼分別？」

曲洋嘆道：「這種事情，我們日月教也是不做的。令狐兄弟，你自己請便罷，嵩山派愛幹這種事，且由他幹便了。」

令狐冲笑道：「我才不走呢。大嵩陽手費大俠在江湖上大名鼎鼎，是嵩山派中數一數二的英雄好漢，他不過說幾句嚇嚇女娃兒，那能當眞做這等不要臉之事。費師叔決不是那樣的人。」說著雙手抱胸，背脊靠上一株松樹的樹幹。

費彬殺機陡起，獰笑道：「你以爲用言語僵住我，便能逼我饒了這三個妖人？嘿嘿，當眞痴心夢想。你既已投了魔教，費某殺三人是殺，殺四人也是殺。」說著踏上了一步。

令狐冲見到他獰惡的神情，不禁吃驚，暗自盤算解圍之策，臉上卻絲毫不動聲色，說道：「費師叔，你連我也要殺了滅口，是不是？」

費彬道：「你聰明得緊，這話一點不錯。」說著又向前逼近一步。

突然之間，山石後又轉出一個妙齡女尼，說道：「費師叔，苦海無邊，回頭是岸，你眼下只有做壞事之心，眞正的壞事還沒做，懸崖勒馬，猶未爲晚。」這人正是儀琳。令狐冲囑她躲在山石之後，千萬不可讓人瞧見了，但她眼見令狐冲處境危殆，不及多想，還想以一片良言勸得費彬罷手。

費彬卻也吃了一驚，問道：「你是恆山派的，是不是？怎麼鬼鬼祟祟躲在這裏？」

儀琳臉上一紅，囁嚅道：「我……我……」

曲非煙給點中穴道，躺在地下，動彈不得，口中卻叫了出來：「儀琳姊姊，我早猜到你和令狐大哥在一起。你果然醫好了他的傷，只可惜……只可惜咱們都要死了。」

儀琳搖頭道：「不會的，費師叔是武林中大大有名的英雄豪傑，怎會眞的去傷害身受重傷之人和你這樣的小姑娘？」曲非煙嘿嘿冷笑，道：「他眞是大英雄、大豪傑麼？」儀琳道：「嵩山派是五嶽劍派的盟主，江湖上俠義道的領袖，不論做甚麼事，自當顧及俠義之道。」

她這幾句話出自一片誠意，在費彬耳中聽來，卻全成了譏嘲之言，尋思：「一不做，二不休，今日但教走漏了一個活口，費某從此聲名受污，雖然殺的是魔教妖人，但誅戮傷俘，非英雄豪傑之所爲，勢必讓人瞧得低了。」長劍一挺，指著儀琳道：「你既非身受重傷，也不是動彈不得的小姑娘，我總殺得你了罷？」

儀琳大吃一驚，退了幾步，顫聲道：「我……我……我？你爲甚麼要殺我？」

費彬道：「你和魔教妖人勾勾搭搭，姊妹相稱，也已成了妖人一路，自然容你不得。」說著踏上一步，挺劍要向儀琳刺去。

令狐冲急忙搶過，攔在儀琳身前，叫道：「師妹快走，去請你師父來救命。」他自知遠水難救近火，所以要儀琳去討救兵，只不過支使她開去，逃得性命。

費彬長劍晃動，劍尖向令狐冲右側刺到。令狐冲斜身急避。費彬唰唰唰連環三劍，攻得他險象環生。儀琳大急，忙抽出腰間斷劍，向費彬肩頭刺去，叫道：「令狐師兄，你身上有傷，快快退下。」

費彬哈哈一笑，道：「小尼姑動了凡心啦，見到英俊少年，自己命也不要了。」揮劍直斬，噹的一聲響，雙劍相交，儀琳手中斷劍登時脫手而飛。費彬長劍挑起，指向她心口。費彬眼見要殺的有五人之多，雖個個無甚抵抗之力，但夜長夢多，只須走脫了一個，便有無窮後患，是以出手便下殺招。

令狐冲和身撲上，左手雙指插向費彬眼珠。費彬雙足急點，向後躍開，長劍拖回時乘勢一帶，在令狐冲左臂上劃了長長一道口子。

令狐冲拚命撲擊，救得儀琳的危難，卻也已喘不過氣來，身子搖搖欲墜。儀琳搶上去扶住，哽咽道：「讓他把咱們一起殺了！」令狐冲喘息道：「你……你快走……」

曲非煙笑道：「傻子，到現在還不明白人家的心意，她要陪你一塊兒死……」一句話沒說完，費彬長劍送出，刺入了她心窩。

曲洋、劉正風、令狐冲、儀琳齊聲驚呼。

費彬臉露獰笑，向著令狐冲和儀琳緩緩踏上一步，跟著又踏前了一步，劍尖上鮮血一滴滴的滴落。

令狐冲腦中一片混亂：「他……他竟將這小姑娘殺了，好不狠毒！我這也就要死了。儀琳師妹爲甚麼要陪我一塊死？我雖救過她，但她也救了我，已補報了欠我之情。我跟她以前素不相識，不過同是五嶽劍派的師兄妹，雖有江湖上的道義，卻用不著以性命相陪啊。沒想到恆山派門下弟子，竟如此顧全武林義氣，定逸師太實是個了不起的人物。嘿，是這個儀琳師妹陪著我一起死，卻不是我那靈珊小師妹。她……她這時候在幹甚麼？」眼見費彬獰笑的臉漸漸逼近，令狐冲微微一笑，嘆了口氣，閉上了眼睛。

忽然間耳中傳入幾下幽幽的胡琴聲，琴聲淒涼，似是嘆息，又似哭泣，跟著琴聲顫抖，發出瑟瑟瑟瑟斷續之音，猶如一滴滴小雨落上樹葉。令狐冲大爲詫異，睜開眼來。

費彬心頭一震：「瀟湘夜雨莫大先生到了。」但聽胡琴聲越來越淒苦，莫大先生卻始終不從樹後出來。費彬叫道：「莫大先生，怎不現身相見？」

琴聲突然止歇，松樹後一個瘦瘦的人影走了出來。令狐冲久聞「瀟湘夜雨」莫大先生之名，但從未見過他面，這時月光之下，只見他骨瘦如柴，雙肩拱起，眞如一個時時刻刻便會倒斃的癆病鬼，沒想到大名滿江湖的衡山派掌門，竟是這樣一個形容猥葸之人。莫大先生左手握著胡琴，雙手向費彬拱了拱，說道：「費師兄，左盟主好。」

費彬見他並無惡意，又素知他和劉正風不睦，便道：「多謝莫大先生，俺師哥好。貴派的劉正風和魔教妖人結交，意欲不利我五嶽劍派。莫大先生，你說該當如何處置？」

莫大先生慢吞吞的向劉正風走近兩步，森然道：「該殺！」這「殺」字剛出口，寒光陡閃，手中已多了一柄又薄又窄的長劍，猛地反刺，直指費彬胸口。這一下出招快極，抑且如夢如幻，正是「百變千幻衡山雲霧十三式」中的絕招。費彬在劉府曾著了劉正風這門武功的道兒，此刻再度中計，大駭之下，急向後退，嗤的一聲，胸口已給利劍割了一道長長的口子，衣衫盡裂，胸口肌肉也給割傷了，受傷雖不重，卻已驚怒交集，銳氣大失。

費彬立即還劍相刺，但莫大先生一劍既佔先機，後著綿綿而至，一柄薄劍猶如靈蛇，顫動不絕，在費彬的劍光中穿來插去，只逼得費彬連連倒退，半句喝罵也叫不出口。

曲洋、劉正風、令狐冲三人眼見莫大先生劍招變幻，猶如鬼魅，無不心驚神眩。劉正風和他同門學藝，做了數十年師兄弟，卻也萬料不到師兄的劍術竟一精至斯。

一點點鮮血從兩柄長劍間濺了出來，費彬騰挪閃躍，竭力招架，始終脫不出莫大先生的劍光籠罩，鮮血漸漸在二人身周濺成了一個紅圈。猛聽得費彬長聲慘呼，高躍而起。莫大先生退後兩步，將長劍插入胡琴，轉身便走，一曲〈瀟湘夜雨〉在松樹後響起，漸漸遠去。

費彬躍起後便即摔倒，胸口一道血箭如湧泉般向上噴出，適才激戰，他運起了嵩山派內力，胸口中劍後內力未消，將鮮血逼得從傷口中急噴而出，既詭異，又可怖。

儀琳扶著令狐冲的手臂，只嚇得心中突突亂跳，低聲問道：「你沒受傷罷？」

曲洋嘆道：「劉賢弟，你曾說你師兄弟不和，沒想到他在你臨危之際，出手相救。」劉正風道：「我師哥行爲古怪，教人好生難解。我和他不睦，決不是爲了甚麼貧富之見，只是說甚麼也性子不投。」曲洋搖了搖頭，說道：「他劍法如此之精，但所奏胡琴一味淒苦，引人下淚，未免太也俗氣，脫不了市井味兒。」劉正風道：「是啊，師哥奏琴往而不復，曲調又是儘量往哀傷的路上走。好詩好詞講究樂而不淫，哀而不傷，好曲子何嘗不是如此？我一聽到他的胡琴，就想避而遠之。」

令狐冲心想：「這二人愛音樂入了魔，在這生死關頭，還在研討甚麼哀而不傷，甚麼風雅俗氣。幸虧莫大師伯及時趕到，救了我們性命。」

只聽劉正風又道：「但說到劍法武功，我卻萬萬不及了。平日我對他頗失恭敬，此時想來，委實好生慚愧。」曲洋點頭道：「衡山掌門，果然名不虛傳。」轉頭向令狐冲道：「小兄弟，你挺身要救我孫女，英風俠骨，當眞難得。我另有一事相求，不知你能答允麼？」

令狐冲道：「可惜曲姑娘還是給費彬害了！前輩但有所命，自當遵從。」

曲洋向劉正風望了一眼，說道：「我和劉賢弟醉心音律，以數年之功，創製了一曲〈笑傲江湖〉，自信此曲之奇，千古所未有。今後縱然世上再有曲洋，不見得又有劉正風，有劉正風，不見得又有曲洋。就算又有曲洋、劉正風一般的人物，二人又未必生於同時，相遇結交。要兩個既精音律，又精內功之人，志趣相投，修爲相若，一同創製此曲，實是千難萬難了。此曲絕響，我和劉賢弟在九泉之下，不免時發浩嘆。」他說到這裏，從懷中摸出一本冊子來，說道：「這是〈笑傲江湖曲〉的琴譜簫譜，請小兄弟念著我二人一番心血，將這琴譜簫譜攜至世上，覓得傳人。」

劉正風道：「這〈笑傲江湖曲〉倘能流傳於世，我和曲大哥死也瞑目了。」

令狐冲躬身從曲洋手中接過曲譜，放入懷中，說道：「二位放心，晚輩自當盡力。」他先前聽說曲洋有事相求，只道是十分艱難危險之事，更躭心去辦理此事，只怕要違犯門規，得罪正派中的同道，但在當時情勢之下卻又不便不允，那知只不過是要他找兩個人來學琴學簫，登時大爲寬慰，輕輕吁了口氣。

劉正風道：「令狐賢姪，這曲子不但是我二人畢生心血之所寄，還關聯到一位古人。這〈笑傲江湖曲〉中間的一大段琴曲，是曲大哥依據晉人嵇康的〈廣陵散〉而改編的。」

曲洋對此事甚是得意，微笑道：「自來相傳，嵇康死後，〈廣陵散〉從此絕響，你可猜得到我卻又何處得來？」

令狐冲尋思：「音律之道，我一竅不通，何況你二人行事大大的與衆不同，我又怎猜得到。」便道：「尙請前輩賜告。」

曲洋笑道：「嵇康這個人，是很有點意思的，史書上說他『文辭壯麗，好言老莊而尙奇任俠』，這性子很對我的脾胃。鍾會當時做大官，慕名去拜訪他，嵇康自顧自打鐵，不予理會。鍾會討了個沒趣，只得離去。嵇康問他：『何所聞而來，何所見而去？』鍾會說：『聞所聞而來，見所見而去。』鍾會這傢伙，也算得是個聰明才智之士了，就可惜胸襟太小，爲了這件事心中生氣，向司馬昭說嵇康的壞話，司馬昭便把嵇康殺了。嵇康臨刑時撫琴一曲，的確很有氣度，但他說『廣陵散從此絕矣』，這句話卻未免把後世之人都看得小了。這曲子又不是他作的。他是西晉時人，此曲就算西晉之後失傳，難道在西晉之前也沒有了嗎？」

令狐冲不解，問道：「西晉之前？」曲洋道：「是啊！我對他這句話挺不服氣，便去發掘西漢、東漢兩朝皇帝和大臣的墳墓，一連掘了二十九座古墓，終於在蔡邕的墓中覓到了〈廣陵散〉的曲譜。」說罷呵呵大笑，甚是得意。

令狐冲心下駭異：「這位前輩爲了一首琴曲，竟致去連掘二十九座古墓。」

只聽曲洋續道：「小兄弟，你是正教中的名門大弟子，我本來不該託你，只是事在危急，迫不得已的牽累於你，莫怪，莫怪。這〈廣陵散〉琴曲，說的是聶政刺韓王的故事。全曲甚長，我們這曲〈笑傲江湖〉，只引了他曲中最精妙的一段。劉兄弟所加簫聲那一段，譜的正是聶政之姊收葬弟屍的情景。聶政、荊軻這些人，慷慨重義，是我等的先輩，我託你傳下此曲，也是爲了看重你的俠義心腸。」令狐冲躬身道：「不敢當！」

曲洋笑容收斂，神色黯然，轉頭向劉正風道：「兄弟，咱們這就可以去了。」劉正風道：「是！」伸出手來，兩人雙手相握，齊聲長笑，內力運處，迸斷內息主脈，二人閉目而逝。

令狐冲吃了一驚，叫道：「前輩、劉師叔。」伸手去探二人鼻息，已無呼吸。

儀琳驚道：「他們……他們都死了？」令狐冲點點頭，說道：「師妹，咱們趕快將四個人的屍首埋了，免得再有人尋來，另生枝節。費彬爲莫大先生所殺之事，千萬不可洩漏半點風聲。」他說到這裏，壓低了聲音，道：「此事倘若洩漏了出去，莫大先生自然知道是咱們兩人說出去的，禍患那可不小。」儀琳道：「是。如師父問起，我說不說？」令狐冲道：「跟誰都不能說。你一說，莫大先生來跟你師父鬥劍，豈不糟糕？」儀琳想到適才所見莫大先生的劍法，忍不住打了個寒噤，忙道：「我不說。」

令狐冲慢慢俯身，拾起費彬的長劍，一劍又一劍的在費彬的屍體上戳了十七八個窟窿。儀琳心中不忍，道：「令狐師兄，他人都死了，何必還這般恨他，蹧蹋他的屍身？」令狐冲道：「莫大先生的劍刃又窄又薄，行家一看到費師叔的傷口，便知是誰下的手。我不是蹧蹋他屍身，是將他身上每一個傷口都通得亂七八糟，教誰也看不出線索來。」

儀琳嘆了口氣，心想：「江湖上偏有這許多機心，眞……眞是難得很了。」見令狐冲抛下長劍，拾起石塊，往費彬的屍身上抛去，忙道：「你別動，坐下來休息，我來。」拾起石塊，輕輕放在費彬屍身上，倒似死屍尙有知覺，生怕壓痛了他一般。

她執拾石塊，將劉正風等四具屍體都掩蓋了，向著曲非煙的石墳道：「小妹子，你若不是爲了我，也不會遭此危難。但盼你升天受福，來世轉爲男身，多積功德福報，終於能到西方極樂世界，南無阿彌陀佛，南無救苦救難觀世音菩薩……」

令狐冲倚石而坐，想到曲非煙於自己有救命之恩，小小年紀，竟無辜喪命，心下也甚傷感。他素不信佛，但忍不住跟著儀琳唸了幾句「南無阿彌陀佛」。

歇了一會，令狐冲傷口疼痛稍減，從懷中取出〈笑傲江湖〉曲譜，翻了開來，只見全書滿是古古怪怪的奇字，竟一字不識。他所識文字本就有限，不知七弦琴的琴譜本來都是奇形怪字，還道譜中文字古奧艱深，自己沒讀過，隨手將冊子往懷中一揣，仰起頭來，吁了口長氣，心想：「劉師叔結交朋友，將全副身家性命都為朋友而送了，雖結交的是魔教長老，但兩人肝膽義烈，都不愧為鐵錚錚的好漢子，委實令人欽佩。劉師叔今天金盆洗手，要退出武林，卻不知如何竟和嵩山派結下了冤仇，當眞奇怪。」

正想到此處，忽見西北角上青光閃了幾閃，劍路縱橫，一眼看去甚是熟悉，似是本門高手和人鬥劍，他心中一凜，道：「小師妹，你在這裏等我片刻，我過去一會兒便回來。」儀琳兀自在堆砌石墳，沒看到那青光，還道他是要解手，便點了點頭。

令狐冲撐著樹枝，走了十幾步，拾起費彬的長劍插在腰間，向著青光之處走去。走了一會，已隱隱聽到兵刃撞擊之聲，密如聯珠，鬥得甚是緊迫，尋思：「莫非是師父在和人動手？居然鬥得這麼久，顯然對方也是高手了。」

他伏低了身子，慢慢移近，耳聽得兵刃相交聲相距不遠，當即躲在一株大樹之後，向外張望，月光下只見一個儒生手執長劍，端立當地，正是師父岳不羣，一個矮小道人繞著他快速無倫的旋轉，手中長劍疾刺，每繞一個圈子，便刺出十餘劍，正是青城派掌門余滄海。

令狐冲陡然間見到師父和人動手，對手又是青城派掌門，不由得大是興奮，但見師父氣度閒雅，余滄海每一劍刺到，他總是隨手一格，余滄海轉到他身後，他並不跟著轉身，只揮劍護住後心。余滄海出劍越來越快，岳不羣卻只守不攻。令狐冲心下佩服：「師父在武林中人稱『君子劍』，果然蘊藉儒雅，與人動手過招也是毫無霸氣。」又看了一會，再想：「師父不動火氣，只因他不但風度高，更由於武功甚高之故。」

岳不羣極少和人動手，令狐冲往常見到他出手，只是和師母過招，向門人弟子示範，那只是假打，此番眞鬥自是大不相同；又見余滄海每劍之出，都發出極響的嗤嗤之聲，足見劍力強勁。令狐冲心下暗驚：「我一直瞧不起青城派，那知這矮道士竟如此了得，就算我沒受傷，也決不是他對手，下次撞到，倒須小心在意，還是儘早遠而避之的爲妙。」

又瞧了一陣，只見余滄海愈轉愈快，似乎化作一圈青影，繞著岳不羣轉動，雙劍相交聲實在太快，上一聲和下一聲已連成一片，再不是叮叮噹噹，而是化成了連綿的長聲。令狐冲心道：「倘若這幾十劍都是向我身上招呼，只怕我一劍也擋不掉，全身要給他刺上幾十個透明窟窿了。這矮道士比之田伯光，似乎又要高出半籌。」眼見師父仍不轉攻勢，不由得暗暗擔憂：「這矮道士的劍法當眞了得，師父可別一個疏神，敗在他劍下。」猛聽得錚的一聲大響，余滄海如一枝箭般向後平飛丈餘，隨即站定，不知何時已將長劍入鞘。令狐冲吃了一驚，看師父時，見他長劍也已入鞘，一聲不響的穩站當地。這一下變故來得太快，令狐冲竟沒瞧出誰勝誰敗，不知有否那一人受了內傷。

二人凝立半晌，余滄海冷哼一聲，道：「好，後會有期！」身形飄動，便向右側奔去。岳不羣大聲道：「余觀主慢走！那林震南夫婦怎麼樣了？」說著身形一晃，追了下去，餘音未了，兩人身影皆已杳然。

令狐冲從兩人語意之中，已知師父勝過了余滄海，心中暗喜，他重傷之餘，這番勞頓，甚感吃力，心忖：「師父追趕余滄海去了。他兩人展開輕功，在這片刻之間，早已在數里之外！」他撐著樹枝，想走回去和儀琳會合，突然間左首樹林中傳出一下長聲慘呼，聲音淒厲。令狐冲吃了一驚，向樹林走了幾步，見樹隙中隱隱現出一堵黃牆，似是一座廟宇。他躭心是同門師弟妹和青城派弟子爭鬥受傷，快步向那黃牆處行去。

離廟尚有數丈，只聽得廟中一個蒼老而尖銳的聲音說道：「那辟邪劍譜此刻在那裏？你只須老老實實的跟我說了，我便給你誅滅青城派全派，爲你夫婦報仇。」令狐冲在羣玉院床上，隔窗曾聽到過這人說話，知道是塞北明駝木高峯，尋思：「師父正在找尋林震南夫婦的下落，原來這兩人卻落入了木高峯手中。」

只聽一個男子聲音說道：「我不知有甚麼辟邪劍譜。我林家的辟邪劍法世代相傳，都是口授，並無劍譜。」令狐冲心道：「說這話的，自必是林師弟的父親，福威鏢局總鏢頭林震南。」又聽他說道：「前輩肯爲在下報仇，自是感激不盡。青城派余滄海多行不義，日後必無好報，就算不爲前輩所誅，也必死於另一位英雄好漢的刀劍之下。」

木高峯道：「如此說來，你是不肯說的了。『塞北明駝』的名頭，或許你也聽見過。」林震南道：「木前輩威震江湖，誰人不知，那個不曉？」木高峯道：「很好，很好！威震江湖，倒也不見得，但姓木的下手狠辣，從來不發善心，想來你也聽到過。」

林震南道：「木前輩意欲對林某用強，此事早在意料之中。莫說我林家並無辟邪劍譜，就算眞的有，不論別人如何威脅利誘，那也決計不說。林某自遭青城派擒獲，無日不受酷刑，林某武功雖低，幾根硬骨頭卻還是有的。」木高峯道：「是了，是了！」

令狐冲在廟外聽著，尋思：「甚麼『是了，是了』？嗯，是了，原來如此。」果然聽得木高峯續道：「你自誇有硬骨頭，熬得住酷刑，不論青城派的矮鬼牛鼻子如何逼迫於你，你總是堅不吐露。倘若你林家根本就無辟邪劍譜，那麼你不吐露，只不過是無可吐露，談不上硬骨頭不硬骨頭。是了，你辟邪劍譜是有的，就是說甚麼也不肯交出來。」過了半晌，嘆道：「我瞧你實在蠢得厲害。林總鏢頭，你爲甚麼死也不肯交出劍譜？這劍譜於你半分好處也沒有。依我看啊，這劍譜上所記劍法多半平庸之極，否則你爲甚麼連青城派的幾名弟子也鬥不過？這等武功，不提也罷。」

林震南道：「是啊，木前輩說得不錯，別說我沒辟邪劍譜，就算眞的有，這等稀鬆平常的三腳貓劍法，連自己身家性命也保不住，木前輩又怎會瞧在眼裏？」

木高峯笑道：「我只不過好奇，那矮鬼牛鼻子如此興師動衆，苦苦逼你，料來其中必有古怪之處。說不定那劍譜中所記的劍法倒是高的，只因你資質魯鈍，領悟不到，這才辱沒了你林家祖上的英名。你快拿出來，給我老人家看上一看，指出你林家辟邪劍法中的妙處，教天下英雄盡皆知曉，豈不是於你林家的聲名大有益處？」

林震南道：「木前輩的好意，在下只有心領了。你不妨在我全身搜搜，且看是否有那辟邪劍譜。」木高峯道：「那倒不用。你遭青城派擒獲，已有多日，只怕他們在你身上沒搜過十遍，也搜過八遍。林總鏢頭，我覺得你愚蠢得緊，你明不明白？」林震南道：「在下確是愚蠢得緊，不勞前輩指點，在下早有自知之明。」木高峯道：「不對，你沒明白。或許林夫人能夠明白，也未可知。愛子之心，慈母往往勝過嚴父。」

林夫人尖聲道：「你說甚麼？那跟我平兒又有甚麼干係？平兒怎麼了？他……他在那裏？」木高峯道：「林平之這小子聰明伶俐，老夫一見就很喜歡，這孩子倒也識趣，知道老夫功夫厲害，便拜在老夫門下了。」林震南道：「原來我孩子拜了木前輩為師，那眞是他的造化。我夫婦遭受酷刑，身受重傷，性命已在頃刻之間，盼木前輩將我孩兒喚來，和我夫婦見上一面。」木高峯道：「你要孩子送終，那也是人之常情，此事不難。」林夫人道：「平兒在那兒？木前輩，求求你，快將我孩子叫來，大恩大德，永不敢忘。」木高峯道：「好，這我就去叫，只是木高峯素來不受人差遣，我去叫你兒子來，那是易如反掌，你們卻須先將辟邪劍譜的所在，老老實實的跟我說。」

林震南嘆道：「木前輩當眞不信，那也無法。我夫婦命如懸絲，只盼和兒子再見一面，眼見已難如願。如眞有甚麼辟邪劍譜，你就算不問，在下也會求前輩轉告我孩兒。」

木高峯道：「是啊，我說你愚蠢，就是為此。你心脈已斷，我不用在你身上加一根小指頭兒，你也活不上一時三刻了。你死也不肯說劍譜的所在，那為了甚麼？自然是為了要保全林家的祖傳功夫。可是你死了之後，林家只賸下林平之一個孩兒，倘若連他也死了，世上徒有劍譜，卻無林家的子孫去練劍，這劍譜留在世上，對你林家又有甚麼用處？」

林夫人驚道：「我孩兒……我孩兒安好吧？」木高峯道：「此刻自然是安好無恙。

你們將劍譜的所在說了出來，我取到之後，保證交給你的孩兒，他看不明白，我還可從旁指點，免得像林總鏢頭一樣，鑽研了一世辟邪劍法，臨到老來，還是莫名其妙，一竅不通。那不是比之將你孩兒一掌劈死為高麼？」跟著只聽得喀喇喇一聲響，顯是他一掌將廟中一件大物劈得垮了下來。

林夫人驚問：「你怎……怎麼要將我孩兒一掌劈死？」木高峯哈哈一笑，道：「林平之是我徒兒，我要他活，他便活著，要他死，他便死了。我喜歡甚麼時候將他一掌劈死，便提掌劈將過去。」喀喇、喀喇幾聲響，他又以掌力擊垮了甚麼東西。

林震南道：「娘子，不用多說了。咱們孩兒不會是在他手中，否則的話，他怎地不將他帶來，在咱們面前威迫？」

木高峯哈哈大笑，道：「我說你蠢，你果然蠢得厲害。『塞北明駝』要殺你兒子，有甚麼難？就算此刻他不在我手中，我如決意去找他來殺，難道還辦不到？」

林夫人低聲道：「相公，倘若他真要找我們孩兒晦氣……」木高峯接口道：「是啊，你們說了出來，即使你夫婦性命難保，留下了林平之這孩子一脈香煙，豈不是好？」

林震南哈哈一笑，說道：「夫人，倘若我們將辟邪劍譜的所在說了給他聽，這駝子要得第一件事，便是去取劍譜；第二件事，便是殺咱們的孩兒。倘若我們不說，這駝子要得劍譜，非保護平兒性命周全不可，平兒一日不說，這駝子便一日不敢傷他，此中關竅，不可不知。」

林夫人道：「不錯！駝子，你快把我們夫婦殺了罷。」

令狐冲聽到此處，心想木高峯已然大怒，再不設法將他引開，林震南夫婦性命難保，當即朗聲道：「木前輩，華山派弟子令狐冲奉業師之命，恭請木前輩移駕，有事相商。」

木高峯狂怒之下，舉起了手掌，正要往林震南頭頂擊落，突然聽得令狐冲在廟外朗聲說話，不禁吃了一驚。他生平甚少讓人，但對華山掌門岳不羣卻確有忌憚，尤其在羣玉院外親身領略過岳不羣「紫霞神功」的厲害。他向林震南夫婦威逼，這種事情自爲名門正派所不齒，岳不羣師徒多半已在廟外竊聽多時，心道：「岳不羣叫我出去有甚麼事情相商？還不是明著好言相勸，實則是冷嘲熱諷，損我一番。好漢不吃眼前虧，及早溜開的爲是。」當即說道：「木某另有要事，不克奉陪。便請拜上尊師，何時有暇，請到塞北來玩玩，木某人掃榻恭候。」說著雙足一登，從殿中竄到天井，左足在地下輕輕一點，已上了屋頂，跟著落於廟後，唯恐給岳不羣攔住質問，一溜煙般走了。

令狐冲聽得他走遠，心下大喜，尋思：「這駝子原來對我師父如此怕得要死。他倘若眞的不走，要向我動粗，倒也凶險得緊。」當下撐著樹枝，走進土地廟中，殿中黑沉沉地並無燈燭，但見一男一女兩個人影，半坐半臥的倚傍在一起，當即躬身說道：「小姪是華山派門下令狐冲，現與平之師弟已有同門之誼，拜上林伯父、林伯母。」

林震南喜道：「少俠多禮，太不敢當。老朽夫婦身受重傷，難以還禮，還請恕罪。我那孩兒，確是拜在華山派岳大俠的門下了嗎？」說到最後一句話時語音已然發顫。岳不羣的名氣在武林中比余滄海要響得多。林震南爲了巴結余滄海，每年派人送禮，但岳不羣等五嶽劍派的掌門人，林震南自知不配結交，連禮也不敢送，眼見木高峯凶神惡煞一般，但一聽到華山派的名頭，立即逃之夭夭，自己兒子居然有幸拜入華山派門中，實是不勝之喜。

令狐冲道：「正是。那駝子木高峯想強收令郎爲徒，令郎執意不允，那駝子正欲加害，我師父恰好經過，出手救了。令郎苦苦相求，要投入我門，師父見他意誠，又爲可造之材，便答允了。適才我師父和余滄海鬥劍，將他打得服輸逃跑，我師父追了下去，要查問伯父、伯母的所在。想不到兩位竟在這裏。」

林震南道：「但願……但願平兒即刻到來才好，遲了……遲了可來不及啦。」

令狐冲見他說話出氣多而入氣少，顯是命在頃刻，說道：「林伯父，你且莫說話。我師父和余滄海算了帳後，便會前來找你，他老人家必有醫治你的法子。」

林震南苦笑了一下，閉上了雙目，過了一會，低聲道：「令狐賢弟，我……我……是不成的了。平兒得在華山派門下，我委實大喜過望，求……求你日後多……多加指點照料。」令狐冲道：「伯父放心，我們同門學藝，便如親兄弟一般，小姪自當照顧林師弟。」林夫人插口道：「令狐少俠的大恩大德，我夫婦便死在九泉之下，也必時時刻刻記得。」令狐冲道：「請兩位凝神靜養，不可說話。」

林震南呼吸急促，斷斷續續的道：「請……請你告訴我孩子，福州向陽巷老宅中的物事，是……我林家祖傳之物，須得……須得好好保管，但……但他曾祖遠圖公留有遺訓，凡我子孫，千萬不得翻看，否則有無窮禍患，要……要他好好記住了。」令狐冲點頭道：「好，這幾句話我傳到便是。」

林震南道：「多……多……多……」一個「謝」字始終沒說出口，已然氣絕。他先前苦苦支撐，只盼能見到兒子，說出心中這句要緊言語，此刻得令狐冲應允傳話，又知兒子得了極佳的歸宿，大喜之下，更無牽掛，便即撒手而逝。

林夫人道：「令狐少俠，盼你叫我孩兒不可忘了父母的深仇。」側頭向廟中柱子的石階上用力撞去。她本已受傷不輕，這麼一撞，便亦斃命。

令狐冲嘆了口氣，心想：「余滄海和木高峯逼他吐露辟邪劍譜的所在，他寧死不說，到此刻自知大限已到，才不得不託我轉言。但他終於怕我去取了他林家的劍譜，說甚麼『千萬不得翻看，否則有無窮禍患』。嘿嘿，你當令狐冲是甚麼人了，會來覬覦你林家的劍譜？當眞以小人之心……」此時疲累已極，當下靠柱坐地，閉目養神。

過了良久，只聽廟外岳不羣的聲音說道：「咱們到廟裏瞧瞧。」令狐冲叫道：「師父，師父！」岳不羣喜道：「是冲兒嗎？」令狐冲道：「是！」扶著柱子慢慢站起身來。

這時天將黎明，只見岳不羣率同七弟子陶鈞、八弟子英白羅走進廟中，岳不羣見到林氏夫婦的屍身，皺眉道：「是林總鏢頭夫婦？」令狐冲道：「是！」當下將木高峯如何逼迫、自己如何以師父之名將他嚇走、林氏夫婦如何不支逝世等情一一說了，將林震南最後的遺言也悄聲稟告了師父。

岳不羣沉吟道：「嗯，余滄海一番徒勞，作下的罪孽也眞不小。」令狐冲道：「師父，余矮子向你賠了罪麼？」岳不羣道：「余觀主腳程快極，我追了好久，沒能追上，反越離越遠。他青城派的輕功，確是勝我華山一籌。」令狐冲笑道：「余矮子的劍法，可比師父差得遠了，鬥到後來，他只好三十六著。青城派屁股向後、逃之夭夭的功夫，原比別派爲高。」岳不羣臉一沉，責道：「冲兒，你就是口齒輕薄，說話沒點正經，怎能作衆師弟、師妹的表率？」令狐冲轉過了頭，向陶鈞和英白羅伸了伸舌頭，應道：「是！」陶英二人見師父在旁，想笑又不敢笑。

岳不羣道：「你答應便答應，怎地要伸一伸舌頭，豈不是其意不誠？」令狐冲應道：「是！」他自幼由岳不羣撫養長大，情若父子，雖對師父敬畏，卻也並不如何拘謹，笑問：「師父，你怎知我伸了伸舌頭？」岳不羣哼了一聲，說道：「你耳下肌肉牽動，不是伸舌頭是甚麼？你無法無天，這一次可吃了大虧啦！傷勢可好了些嗎？」令狐冲道：「是，好得多了。」又道：「吃一次虧，學一次乖！」

岳不羣哼了一聲，道：「你早已乖成精了，還不夠乖？」從懷中取出一枚火箭炮來，走到天井之中，晃火摺點燃了藥引，向上擲出。

火箭炮衝天飛上，砰的一聲響，爆上半天，幻成一把銀白色的長劍，在半空中停留了好一會，這才緩緩落下，下降十餘丈後，化爲滿天流星。這是華山掌門召集門人的信號火箭。

過不到一頓飯時分，便聽得遠處有腳步聲響，向著土地廟奔來，不久高根明在廟外叫道：「師父，你老人家在這裏麼？」岳不羣道：「我在廟裏。」高根明奔進廟來，躬身叫道：「師父！」見到令狐冲在旁，喜道：「大師哥，你身子安好？聽到你受了重傷，大夥兒可眞躭心得緊。」令狐冲微笑道：「總算命大，這一次沒死。」

說話之間，隱隱又聽到了遠處腳步之聲，這次來的是勞德諾和陸大有。陸大有一見令狐冲，也不及先叫師父，衝上去就一把抱住，大叫大嚷，喜悅無限。跟著三弟子梁發和四弟子施戴子先後進廟。又過了一盞茶功夫，岳不羣之女岳靈珊，以及方入門的林平之一同到來。

林平之見到父母的屍身，撲上前去，伏在屍身上放聲大哭。衆同門無不慘然。

岳靈珊見到令狐冲無恙，本是驚喜不勝，但見林平之如此傷痛，卻也不便即向令狐冲說甚麼歡喜的話，走近身去，輕輕一握他的右手，低聲道：「你……你沒事麼？」令狐冲道：「沒事！」

這幾日來，岳靈珊爲大師哥躭足了心事，此刻乍然相逢，數日來積蓄的激動再也難以抑制，突然拉住他衣袖，哇的一聲哭了出來。

令狐冲輕拍她肩頭，低聲道：「小師妹，怎麼啦？有誰欺侮你了，我去給你出氣！」岳靈珊不答，就只哭泣，哭了一會，心中舒暢，拉起令狐冲的衣袖來擦了擦眼淚，道：「你沒死，你沒死！」令狐冲搖頭道：「我沒死！」岳靈珊道：「聽說你又給青城派那余滄海打了一掌，這人的摧心掌殺人不見血，我親眼見他殺過不少人，只嚇得我……嚇得我……」想起這幾日中柔腸百結、心神煎熬之苦，忍不住眼淚簌簌流下。

令狐冲微笑道：「幸虧他那一掌沒打中我。剛才師父打得余滄海沒命價飛奔，那才教好看呢，就可惜你沒瞧見。」

岳不羣道：「這件事大家可別跟外人提起。」令狐冲等衆弟子齊聲答應。

岳靈珊淚眼模糊的瞧著令狐冲，見他容顏憔悴，更沒半點血色，心下甚爲憐惜，說道：「大師哥，你這次……你這次受傷可眞不輕，回山後可須得好好將養才是。」

岳不羣見林平之兀自伏在父母屍身上哀哀痛哭，說道：「平兒，別哭了，料理你父母的後事要緊。」林平之站起身來，應道：「是！」眼見母親頭臉滿是鮮血，忍不住眼淚又簌簌而下，哽咽道：「爹爹、媽媽去世，連最後一面也見我不到，也不知……也不知他們有甚麼話要對我說。」

令狐冲道：「林師弟，令尊令堂去世之時，我是在這裏。他二位老人家要我好好照料你，那是該做的事，倒也不須多囑。令尊另外有兩句話，要我向你轉告。」

林平之躬身道：「大師哥……我爹爹、媽媽去世之時，有你相伴，不致身旁連一個人也沒有，小弟……小弟實在感激不盡。」

令狐冲道：「令尊令堂爲青城派的惡徒狂加酷刑，逼問辟邪劍譜的所在，兩位老人家絕不稍屈，以致給震斷了心脈。後來那木高峯又逼迫他二位老人家。木高峯本是無行小人，那也罷了。余滄海枉爲一派宗師，這等行爲卑污，實爲天下英雄所不齒。」

林平之咬牙切齒的道：「此仇不報，林平之禽獸不如！」挺拳重重擊在柱子之上。他武功平庸，但因心中憤激，這一拳打得甚是有力，只震得樑上灰塵四散落下。

岳靈珊道：「林師弟，此事可說由我身上起禍，你將來報仇，做師姊的決不會袖手。」林平之躬身道：「多謝師姊。」

岳不羣嘆了口氣，說道：「我華山派向來的宗旨是『人不犯我，我不犯人』，除了跟魔教是死對頭之外，與武林中各門各派均無嫌隙。但自今而後，青城派……青城派……唉，既已身涉江湖，要想事事都不得罪人，那可談何容易？」

勞德諾道：「林師弟，這樁禍事，倒不是由於你打抱不平而殺了余滄海的兒子，全因余滄海覬覦你林家的家傳辟邪劍譜而起。當年青城派掌門長青子敗在林師弟曾祖遠圖公的辟邪劍法之下，那時就已種下禍根了。」

岳不羣道：「不錯，武林中爭強好勝，向來難免，一聽到有甚麼武林秘笈，也不理會是真是假，便都拚了命的去搶奪。其實，以余觀主、塞北明駝那樣武功高強的好手，原不必更去貪圖你林家的劍譜。」林平之道：「師父，弟子家裏實在沒甚麼辟邪劍譜。這七十二路辟邪劍法，我爹爹手傳口授，要弟子用心記憶，倘若真有甚麼劍譜，我爹爹就算不向外人吐露，卻決無向弟子守秘之理。」岳不羣點頭道：「我原不信另有甚麼辟邪劍譜，否則的話，余滄海就不是你爹爹的對手，這件事再明白也沒有了。」

令狐冲道：「林師弟，令尊的遺言說道：福州向陽巷……」

岳不羣擺手道：「這是平兒令尊的遺言，你單獨告知平兒便了，旁人不必知曉。」令狐冲應道：「是。」岳不羣道：「德諾、根明，你二人到衡山城中去買兩具棺木來。」

收殮林震南夫婦後，僱了人伕將棺木抬到水邊，一行人乘了一艘大船，向北進發。

到得豫西，改行陸道。令狐冲躺在大車之中養傷，傷勢日漸痊愈。

不一日到了華山玉女峯下。山高峯險，林震南夫婦的棺木暫厝在峯側的小廟之中，再行擇日安葬。高根明和陸大有先行上峯報訊，華山派其餘二十多名弟子都迎下峯來，拜見師父。林平之見這些弟子年紀大的已過三旬，年幼的不過十五六歲，其中有六名女弟子，一見到岳靈珊，便都咭咭咯咯的說笑不休。勞德諾爲林平之一一引見。華山派規矩以入門先後爲序，因此就算是年紀最幼的舒奇，林平之也得稱他一聲師兄。只勞德諾年紀實在太老，入門雖然較遲，若叫舒奇等十幾歲的孩子做師兄，畢竟不稱，岳不羣便派了他做二師兄。岳靈珊是岳不羣的女兒，沒法排列入門先後之序，也只好按年紀稱呼，比她大的叫她師妹。她本來比林平之小著一二歲，但一定爭著要做師姊，岳不羣既不阻止，林平之便以「師姊」相稱。

五嶽之中，華山形勢最爲險峭，好在各人均有武功，倘若換作常人，便上山也難。林平之跟在衆師兄師姊之後，也攀了大半天，這才上峯。但見山勢險峻，樹木清幽，鳥鳴嚶嚶，流水淙淙，一處平地上，四五座粉牆大屋依著山坡或高或低的構築。一個中年美婦緩步走近，岳靈珊飛奔著過去，撲入她懷中，叫道：「媽，我又多了個師弟。」一面笑，一面伸手指著林平之。

林平之早聽師兄們說過，師娘岳夫人寧中則和師父本是同門師兄妹，劍術之精不在師父之下，忙上前叩頭，說道：「弟子林平之叩見師娘。」

岳夫人笑吟吟的道：「很好！起來，起來。」向岳不羣笑道：「你下山一次，若不搜羅幾件寶貝回來，一定不過癮。這一次衡山大會，我猜想你至少要收三四個弟子，怎麼只收一個？」岳不羣笑道：「你常說兵貴精不貴多，你瞧這一個怎麼樣？」岳夫人笑道：「就是生得太俊了，不像是練武的胚子。不如跟著你念四書五經，將來去考秀才、中狀元罷。」林平之臉上一紅，心想：「師娘見我生得文弱，便有輕視之意。我非努力用功不可，決不能趕不上衆位師兄，教人瞧不起。」岳不羣笑道：「那也好啊。華山派中出了個狀元郎，倒是千古佳話。」

岳夫人向令狐冲瞪了一眼，說道：「又跟人打架受了傷，是不是？怎地臉色這麼難看？傷得重不重？」令狐冲微笑道：「已經好得多了，這一次倘若不是命大，險些兒便見不著師娘了。」岳夫人又瞪了他一眼，道：「好教你得知天外有天，人上有人，輸得服氣麼？」令狐冲道：「田伯光那廝的快刀，冲兒抵擋不了，正要請師娘指點。」

岳夫人聽他說是傷在田伯光手下，登時臉有喜色，點頭道：「原來是跟田伯光這惡賊打架，那好得很啊，我還道你又去惹事生非的闖禍呢。他的快刀怎麼樣？咱們好好琢磨一下，下次跟他再打過。」一路上途中，令狐冲曾數次向師父請問破解田伯光快刀的法門，岳不羣始終不說，要他回華山向師娘討教，果然岳夫人一聽，便即興高采烈。

一行人走進岳不羣所居的「有所不爲軒」中，互道別來種種遭遇。六個女弟子聽岳靈珊述說在福州與衡山所見，大感艷羨。陸大有則向衆師弟大吹大師哥如何力鬥田伯光，如何手刃羅人傑，加油添醬，倒似田伯光爲大師哥打敗、而不是大師哥給他打得一敗塗地一般。衆人吃過點心，喝了茶，岳夫人便要令狐冲比劃田伯光的刀法，又問他如何拆解。

令狐冲笑道：「田伯光這廝的刀法當眞了得，當時弟子只瞧得眼花繚亂，拚命抵擋也不成，那裏還說得上拆解？」

岳夫人道：「你這小子既然抵擋不了，那必定是耍無賴、使詭計，混蒙了過去。」令狐沖自幼是她撫養長大，他的性格本領，豈有不知？

令狐沖臉上一紅，微笑道：「那時在山洞內相鬥，恆山派那位師妹已經走了，弟子心無牽掛，便跟田伯光這廝全力相拚。那知鬥不多久，他便使出快刀刀法來。弟子只擋了兩招，心中便暗暗叫苦：『此番性命休矣！』當即哈哈大笑。田伯光收刀不發，問道：『有甚麼好笑？你擋得了我這「飛沙走石」十三式刀法麼？』弟子笑道：『原來大名鼎鼎的田伯光，竟然是我華山派的棄徒，料想不到，當眞料想不到！是了，定是你操守惡劣，給本派逐出了門牆。』田伯光道：『甚麼華山派棄徒，胡說八道。田某武功另成一家，跟你華山派有個屁相干？』

「弟子笑道：『你這路刀法，共有一十三式，是不是？甚麼「飛沙走石」，自己胡亂安上個好聽名稱。我便曾經見師父和師娘拆解過。那是我師娘在繡花時觸機想出來的，我華山有座玉女峯，你聽見過沒有？』田伯光道：『華山有玉女峯，誰不知道，那又怎樣？』我說：『我師娘創的是劍法，叫做「玉女金針十三劍」，其中一招「穿針引線」，一招「天衣無縫」，一招「夜繡鴛鴦」。』弟子一面說，一面屈指計數，繼續說道：『是了，你剛才那兩招刀法，是從我師娘所創的第八招「織女穿梭」中化出來的。你這樣雄赳赳的一條大漢，卻學我師娘嬌怯怯的模樣，好似那如花如玉的天上織女，坐在布機旁織布，玉手纖纖，將梭子從這邊擲過去，又從那邊擲過來，千嬌百媚，豈不令人好笑：

……』」他一番話沒說完，岳靈珊和一衆女弟子都已格格格的笑了起來。

岳不羣莞爾而笑，斥道：「胡鬧，胡鬧！」岳夫人「呸」了一聲，道：「你要亂嚼舌根，甚麼不好說，卻把你師娘給拉扯上了？當眞該打。」

令狐冲笑道：「師娘你不知道，那田伯光甚爲自負，聽得弟子將他比作女子，又把他這套神奇的刀法說成是師娘所創，他非辯個明白不可，決不會當時便將弟子殺了。果然他將那套刀法慢慢的一招招使了出來，使一招，問一句：『這是你師娘創的麼？』弟子故作神秘，沉吟不語，心中暗記他的刀法，待他一十三式使完，才道：『你這套刀法，和我師娘所創雖然小異，卻大致相同。你如何從華山派偷師學得，可眞奇怪得很了。』田伯光怒道：『你擋不了我這套刀法，便花言巧語，拖延時刻，想瞧明白我這套刀法的招式，我豈有不知？你說華山派也有這套刀法，那便施展出來，好令田某開開眼界。』

「弟子說道：『敝派使劍不使刀，再說，我師娘這套「玉女金針劍」只傳女弟子，不傳男弟子。咱們堂堂男子漢大丈夫，卻來使這等姐兒腔的劍法，豈不令武林中的朋友恥笑？』田伯光更加惱怒，說道：『恥笑也罷，不恥笑也罷，今日定要你承認，華山派其實並沒這樣一套武功。勞兄，田某佩服你是個好漢，才沒使快刀殺了你，你不該如此信口開河，戲侮於我。』」

岳靈珊插口道：「這等無恥惡賊，誰希罕他來佩服了？戲弄他一番，原是活該。」

令狐冲道：「但瞧他當時情景，我若不將這套杜撰的『玉女金針劍』試演一番，立時便有性命之憂，只得依著他的刀法，胡亂加上些扭扭捏捏的花招，演了出來。」岳靈珊笑道：「你這些扭扭捏捏的花招，可使得像不像？」令狐冲笑道：「平時瞧你使劍使得多了，又怎能不像？」岳靈珊道：「啊，你笑人家使劍扭扭捏捏，我三天不睬你。」

岳夫人一直沉吟不語，這時才道：「珊兒，你將佩劍給大師哥。」岳靈珊拔出長劍，倒轉了劍把，交給令狐冲，笑道：「媽要瞧你扭扭捏捏使劍的那副鬼模樣。」岳夫人道：「冲兒，別理珊兒胡鬧，當時你是怎生使來？」

令狐冲知道師娘要看的是田伯光的刀法，當下接過長劍，向師父、師娘躬身行禮，說道：「師父、師娘，弟子試演田伯光的刀招。」岳不羣點了點頭。

陸大有向林平之道：「林師弟，咱們門中規矩，小輩在尊長面前使拳動劍，須得先行請示。」林平之道：「是。多謝六師哥指點。」

只見令狐冲臉露微笑，懶洋洋的打個呵欠，雙手軟軟的提起，似乎要伸個懶腰，突然間右腕陡振，接連劈出三劍，當眞快似閃電，嗤嗤有聲。衆弟子都吃了一驚，幾名女弟子不約而同的「啊」了一聲。令狐冲長劍使了開來，恍似雜亂無章，但在岳不羣與岳夫人眼中，數十招盡皆看得清清楚楚，只見每一劈刺、每一砍削，無不既狠且準。倏忽之間，令狐冲收劍而立，向師父、師娘躬身行禮。

岳靈珊微感失望，道：「這樣快？」岳夫人點頭道：「須得這樣快才好。這一十三式快刀，每式有三四招變化，在這頃刻之間便使了四十幾招，當眞是世間少有的快刀。」令狐冲道：「田伯光那廝使出之時，比弟子還快得多了。」岳夫人和岳不羣對望了一眼，心下均有驚嘆之意。

岳靈珊道：「大師哥，怎地你一點也沒扭扭揑揑？」令狐冲笑道：「這些日來，我時時想著這套快刀，使出時自是迅速了些。當日在荒山之中向田伯光試演，卻沒這般敏捷，而且既要故意與他的刀法似是而非，又得加上許多裝模作樣的女人姿態，那就更加慢了。」岳靈珊笑道：「你怎生搔首弄姿？快演給我瞧瞧！」

岳夫人側過身來，從一名女弟子腰間拔出一柄長劍，向令狐冲道：「使快刀！」令狐冲道：「是！」嗤的一聲，長劍繞過了岳夫人的身子，劍鋒向她後腰勾了轉來。岳靈珊驚呼：「媽，小心！」岳夫人彈身縱出，更不理會令狐冲從後削來的一劍，手中長劍逕取令狐冲胸口，也是快捷無倫。岳靈珊又是驚呼：「大師哥，小心！」令狐冲也不擋架，反劈一劍，說道：「師娘，他還要快得多。」岳夫人唰唰唰連刺三劍，令狐冲同時還了三劍。兩人以快打快，盡是進手招數，並無一招擋架防身。瞬息之間，師徒倆已拆了二十餘招。

林平之只瞧得目瞪口呆，心道：「大師哥說話行事瘋瘋顛顛，武功卻恁地了得，我以後須得片刻也不鬆懈的練功，才不致給人小看了。」

便在此時，岳夫人嗤的一劍，劍尖已指住了令狐冲咽喉。令狐冲無法閃避，說道：「他擋得住。」岳夫人道：「好！」手中長劍抖動，數招之後，又指住了令狐冲的心口。令狐冲仍道：「他擋得住。」意思說我雖擋不住，但田伯光的刀法快得多，這兩招都能擋住。

二人越鬥越快，令狐冲到得後來，已無暇再說「他擋得住」，每逢給岳夫人一劍制住，只搖頭示意，表明這一劍仍不能制得田伯光的死命。岳夫人長劍使得興發，突然間一聲清嘯，劍鋒閃爍不定，圍著令狐冲身周疾刺，銀光飛舞，衆人看得眼都花了。猛地裏她一劍挺出，直刺令狐冲心口，當眞是捷如閃電，勢若奔雷。令狐冲大吃一驚，叫道：「師娘！」其時長劍劍尖已刺破他衣衫。岳夫人右手向前疾送，長劍護手已碰到令狐冲的胸膛，眼見這一劍是在他身上對穿而過，直沒至柄。

岳靈珊驚呼：「娘！」只聽得叮叮噹噹之聲不絕，一片片寸來長的斷劍掉在令狐冲腳邊。岳夫人哈哈一笑，縮回手來，只見她手中的長劍已只賸下一個劍柄。

岳不羣笑道：「師妹，你內力精進如此，卻連我也瞞過了。」他夫婦是同門結褵，年輕時叫慣了，成婚後仍是師兄妹相稱。

岳夫人笑道：「大師兄過獎，雕蟲小技，何足道哉！」

令狐冲瞧著地下一截截斷劍，心下駭然，才知師娘這一劍刺出時使足了全力，否則內力不到，出劍難以如此迅捷，但劍尖一碰到肌膚，立即把這一股渾厚的內力縮了轉來，將直勁化爲橫勁，劇震之下，登時將一柄長劍震得寸寸斷折，這中間內勁的運用之巧，實已臻於化境，嘆服之餘，說道：「田伯光刀法再快，也決計逃不過師娘這一劍。」

林平之見他一身衣衫前後左右都是窟窿，全是給岳夫人長劍刺破了的，心想：「世間竟有如此高明的劍術，我只須學得幾成，便能報得父母之仇。」又想：「青城派和木高峯都貪圖得到我家的辟邪劍譜，其實我家的辟邪劍法和師娘的劍法相比，相去天差地遠！」

岳夫人甚是得意，道：「冲兒，你既說這一劍能制得田伯光的死命，你好好用功，我便傳了你。」令狐冲道：「多謝師娘。」

岳靈珊道：「媽，我也要學。」岳夫人搖了搖頭，道：「你內功還不到火候，這一劍是學不來的。」岳靈珊呶起了小嘴，心中老大不願意，說道：「大師哥的內功比我也好不了多少，怎麼他能學，我便不能學？」岳夫人微笑不語。岳靈珊拉住父親衣袖，道：「爹，你傳我一門破解這一劍的功夫，免得大師哥學會這一劍後儘來欺侮我。」

岳不羣搖頭笑道：「你娘這一劍叫做『無雙無對，寧氏一劍』，天下無敵，我怎有破解的法門？」

岳夫人笑道：「你胡謅甚麼？給我頂高帽戴不打緊，要是傳了出去，可給武林同道笑掉了牙齒。」岳夫人這一劍乃臨時觸機而創出，其中包含了華山派內功、劍法的絕詣，又加上她自己的巧心慧思，確是厲害無比，但臨時創制，自無甚麼名目。岳不羣本想給取個名字叫作「岳夫人無敵劍」，但轉念一想，夫人心高氣傲，即是成婚之後，仍喜歡武林同道叫她作「寧女俠」，不喜歡叫她作「岳夫人」，要知「寧女俠」三字是恭維她自身的本領作爲，「岳夫人」三字卻不免有依傍一個大名鼎鼎的丈夫之嫌。她口中嗔怪丈夫胡說，心裏對「無雙無對，寧氏一劍」這八個字卻著實喜歡，暗讚丈夫畢竟是讀書人，給自己這一劍取了這麼個好聽名稱，當眞是其詞若有憾焉，其實乃深喜之。

岳靈珊道：「爹，你幾時也來創幾招『無比無敵，岳家十劍』，傳給女兒，好和大師哥比拚比拚。」岳不羣搖頭笑道：「不成，爹爹不及你媽聰明，創不出甚麼新招！」岳靈珊將嘴湊到父親耳邊，低聲道：「你不是創不出，你是怕老婆，不敢創！」岳不羣哈哈大笑，伸手在她臉頰上輕輕一扭，笑道：「胡說八道。」

岳夫人道：「珊兒，別儘纏住爹胡鬧了。德諾，你去安排香燭，讓林師弟參拜本派列代祖師的靈位。」勞德諾應道：「是！」

片刻間安排已畢，岳不羣引著衆人來到後堂。林平之見樑間一塊匾上寫著「以氣御劍」四個大字，堂上布置肅穆，兩壁懸著一柄柄長劍，劍鞘黝黑，劍穗陳舊，料想是華山派前代各宗師的佩劍，尋思：「華山派今日在武林中這麼大的聲譽，不知道曾有多少奸邪惡賊，喪生在這些前代宗師的長劍之下。」

岳不羣在香案前跪下磕了四個頭，禱祝道：「弟子岳不羣，今日收錄福州林平之為徒，願列代祖宗在天之靈庇祐，教林平之用功向學，潔身自愛，恪守本派門規，不墮了華山派的聲譽。」林平之聽師父這麼說，忙恭恭敬敬跟著跪下。

岳不羣站起身來，森然道：「林平之，你今日入我華山派門下，須得恪守門規，若有違反，按情節輕重處罰，罪大惡極者立斬不赦。本派立足武林數百年，武功上雖然也能和別派互爭雄長，但一時的強弱勝敗，殊不足道。眞正要緊的是，本派弟子人人愛惜師門令譽，這一節你須好好記住了。」林平之道：「是，弟子謹記師父教訓。」

岳不羣道：「令狐冲，背誦本派門規，好教林平之得知。」

令狐冲道：「是。林師弟，你聽好了。本派首戒欺師滅祖，不敬尊長。二戒恃強欺弱，擅傷無辜。三戒奸淫好色，調戲婦女。四戒同門嫉妒，自相殘殺。五戒見利忘義，偷竊財物。六戒驕傲自大，得罪同道。七戒濫交匪類，勾結妖邪。這是華山七戒，本門弟子，一體遵行。」

林平之道：「是，小弟謹記大師哥所揭示的華山七戒，努力遵行，不敢違犯。」

岳不羣微笑道：「好了，就是這許多。本派不像別派那樣，有許許多多清規戒律。你只須好好遵行這七戒，時時記得仁義爲先，做個正人君子，師父師娘就歡喜得很了。」

林平之道：「是！」又向師父師娘叩頭，向衆師兄師姊跪拜行禮。

岳不羣道：「平兒，咱們先給你父母安葬了，讓你盡了人子的心事，這才傳授本門的基本功夫。」林平之熱淚盈眶，拜倒在地，道：「多謝師父、師娘。」岳不羣伸手扶起，溫言道：「本門之中，大家親如家人，不論那一個有事，人人都是休戚相關，此後不須多禮。」

他轉過頭來，向令狐冲上上下下的打量，過了好一會才道：「冲兒，你這次下山，犯了華山七戒的多少戒條？」

令狐冲心中一驚，知道師父平時對衆弟子十分親和慈愛，但若那一個犯了門規，卻是嚴責不貸，當即在香案前跪下，道：「弟子知罪了，弟子不聽師父、師娘的教誨，犯了第六戒驕傲自大，得罪同道的戒條，在衡陽迴雁樓上，殺了青城派的羅人傑。」岳不羣哼了一聲，臉色甚是嚴峻。

岳靈珊道：「爹，那是羅人傑來欺侮大師哥的。當時大師哥和田伯光惡鬥之後，身受重傷，羅人傑乘人之危，大師哥豈能束手待斃？」岳不羣道：「不要你多管閒事。這件事還是由當日冲兒足踢兩名青城弟子而起。若無以前的嫌隙，那羅人傑好端端地，又怎會來乘冲兒之危？」岳靈珊道：「大師哥足踢青城弟子，你已打了他三十棍，責罰過了，前帳已清，不能再算。大師哥身受重傷，不能再挨棍子了。」

岳不羣向女兒瞪了一眼，厲聲道：「此刻是論究本門戒律，你是華山弟子，休得胡亂插嘴。」岳靈珊極少見父親對自己如此疾言厲色，心中大受委屈，眼眶一紅，便要哭了出來。若在平時，岳不羣縱然不理，岳夫人也要溫言慰撫，但此時岳不羣是以掌門人身分，究理門戶戒律，岳夫人也不便理睬女兒，只當作沒瞧見。

岳不羣向令狐冲道：「羅人傑乘你之危，大加折辱，你寧死不屈，原是男子漢大丈夫義所當爲，那也罷了。可是你怎地出言對恆山派無禮，說甚麼『一見尼姑，逢賭必輸』？又說連我也怕見尼姑？」岳靈珊噗哧一聲笑，叫道：「爹！」岳不羣向她搖了搖手，卻也不再峻色相對了。

令狐冲說道：「弟子當時只想要恆山派的那個師妹及早離去。弟子自知不是田伯光的對手，沒法相救恆山派那個師妹，可是她顧念同道義氣，不肯先退，弟子只得胡說八道一番，這種言語聽在恆山派的師伯、師叔們耳中，確是極爲無禮。」岳不羣道：「你要儀琳師姪離去，用意雖然不錯，可是甚麼話不好說，偏偏要口出傷人之言？總是平素太過輕浮。這一件事，五嶽劍派中已然人人皆知，旁人背後定然說你不是正人君子，責我管教無方。」令狐冲道：「是，弟子知罪。」

岳不羣又道：「你在羣玉院中養傷，還可說迫於無奈，但你將儀琳師姪和魔教中那個小魔女藏在被窩裏，對青城派余觀主說道是衡山的煙花女子，此事冒著多大危險？倘若事情敗露，我華山派聲名掃地，還在其次，累得恆山派數百年清譽毀於一旦，咱們又怎對得住人家？」令狐冲背上出了一陣冷汗，顫聲道：「這件事弟子事後想起，也是捏著偌大一把冷汗。原來師父早知道了。」

岳不羣道：「魔教的曲洋將你送至羣玉院養傷，我是事後方知，但你命那兩個小女孩鑽入被窩之時，我已在窗外。」令狐冲道：「幸好師父知道弟子並非無行的浪子。」岳不羣森然道：「倘若你眞在妓院中宿娼，我早已取下你項上人頭，焉能容你活到今日？」令狐冲道：「是！」

岳不羣臉色愈來愈嚴峻，隔了半晌，才道：「你明知那姓曲的少女是魔教中人，何不一劍將她殺了？雖說她祖父於你有救命之恩，然而這明明是魔教中人沽恩市義、挑撥我五嶽劍派的手段，你又不是傻子，怎會不知？人家救你性命，其實內裏伏有一個極大陰謀。劉正風何等精明能幹，卻也不免著了道兒，到頭來鬧得身敗名裂，家破人亡。魔教這等陰險毒辣的手段，是你親眼所見。可是咱們從衡山來到華山，一路之上，我沒聽到你說過一句譴責魔教的言語。冲兒，我瞧人家救了你一命之後，你於正邪忠奸之分這一點上，已十分胡塗了。此事關涉到你今後安身立命的大關節，我華山第七戒，所戒者便是在此，這中間可半分含糊不得。」

令狐冲回想那日荒山之夜，傾聽曲洋和劉正風琴簫合奏，若說曲洋是包藏禍心，故意陷害劉正風，那是萬萬不像。

岳不羣見他臉色猶豫，顯然對自己的話並未深信，又問：「冲兒，此事關係到我華山一派的興衰榮辱，也關係到你一生的安危成敗，你不可對我有絲毫隱瞞。我只問你，今後見到魔教中人，是否嫉惡如仇，格殺無赦？」

令狐冲怔怔的瞧著師父，心中一個念頭不住盤旋：「日後我若見到魔教中人，是不是不問是非，拔劍便殺？倘若曲老前輩和曲非煙這小姑娘沒死，我是不是見了便殺？」他自己實在不知道，師父這個問題當眞無法回答。

岳不羣注視他良久，見他始終不答，長嘆一聲，說道：「這時就算勉強要你回答，也是無用。你此番下山，大損我派聲譽，但你勇救恆山派的儀琳師姪，算是一件功勞，將功折罪，罰你面壁一年，將這件事從頭至尾的好好想一想。」

令狐冲躬身道：「是，弟子恭領責罰。」

岳靈珊道：「面壁一年？那麼這一年之中，每天面壁幾個時辰？」岳不羣道：「甚麼幾個時辰？每日自朝至晚，除了吃飯睡覺之外，便得面壁思過。」岳靈珊急道：「那怎麼成？豈不是將人悶也悶死了？難道連大小便也不許？」岳夫人喝道：「女孩兒家，說話沒半點斯文！」岳不羣道：「面壁一年，有甚麼希罕？當年你祖師犯過，便曾在這玉女峯上面壁三年另六個月，不曾下峯一步。」

岳靈珊伸了伸舌頭，道：「那麼面壁一年，還算是輕的了？其實大師哥說『一見尼姑，逢賭必輸』，全是出於救人的好心，又不是故意罵人！」

岳不羣道：「正因爲出於好心，這才罰他面壁一年，要是出於歹意，我不打掉他滿口牙齒、割了他的舌頭才怪。」

岳夫人道：「珊兒不要囉唆爹爹啦。大師哥在玉女峯上面壁思過，你可別去跟他聊天說話，否則爹爹成全他的一番美意，可全教你給毀了。」岳靈珊道：「罰大師哥在玉女峯上坐牢，還說是成全哪！不許我去跟他聊天，那麼大師哥寂寞之時，有誰給他說話解悶？這一年之中，誰陪我練劍？」岳夫人道：「你跟他聊天，他還面甚麼壁、思甚麼過？這山上多少師兄師姊，誰都可和你切磋劍術。」

岳靈珊側頭想了一會，又問：「那麼大師哥吃甚麼呢？一年不下峯，豈不餓死了他？」岳夫人道：「你不用躭心，自會有人送飯菜給他。」

令狐冲情急之下，
伸手便拉住她左手袖子。
岳靈珊怒道：「放手！」用力一掙，
嗤的一聲，登時將那衣袖扯了下來，
露出雪白的大半條手膀。

八 面壁

當日傍晚，令狐冲拜別了師父、師娘，與衆師弟、師妹作別，攜了一柄長劍，自行到玉女峯絕頂的一個危崖之上。

危崖上有個山洞，是華山派歷代弟子犯規後囚禁受罰之所。崖上光禿禿地寸草不生，更沒一株樹木，除一個山洞之外，一無所有。華山本來草木清華，景色極幽，這危崖卻是例外，自來相傳是玉女髮釵上的一顆珍珠。當年華山派的祖師以此危崖爲懲罰弟子之所，主要便因此處無草無木，無蟲無鳥，受罰的弟子在面壁思過之時，不致爲外物所擾，心有旁騖。

令狐冲進得山洞，見地下有塊光溜溜的大石，心想：「數百年來，我華山派不知有多少前輩曾在這裏坐過，以致這塊大石頭竟坐得這等滑溜。令狐冲是今日華山派第一搗蛋鬼，這塊大石我不來坐，由誰來坐？師父直到今日才派我來坐石頭，對我可算是寬待之極了。」伸手拍了拍大石，說道：「石頭啊石頭，你寂寞了多年，今日令狐冲又來跟你相伴了。」

坐上大石，雙眼離石壁不過尺許，只見石壁左側刻著「風清揚」三個大字，是以利器所刻，筆劃蒼勁，深有半寸，尋思：「這位風清揚是誰？多半是本派的一位前輩，曾受罰在這裏面壁的。啊，是了，師父是『不』字輩，我祖師爺是『清』字輩，這位風前輩是我的太師伯或是太師叔。這三字刻得這麼勁力非凡，他武功一定十分了得，師父、師娘怎地從來沒提到過？想必這位前輩早不在人世了。」

閉目行了大半個時辰坐功，站起來鬆散半晌，又回入石洞，面壁尋思：「我日後見到魔教中人，是否不問是非，拔劍便將他們殺了？難道魔教之中當眞便沒一個好人？但若他是好人，爲甚麼又入魔教？就算一時誤入歧途，也當立即抽身退出才是，既不退出，便是甘心和妖邪爲伍、禍害世人了。」

霎時之間，腦海中湧現許多情景，都是平時聽師父、師娘以及江湖上前輩所說魔教中人如何行兇害人的惡事：江西于老拳師一家二十三口遭魔教擒住了，活活的釘在大樹之上，連三歲孩兒也是不免，于老拳師的兩個兒子呻吟了三日三夜才死；濟南府龍鳳刀掌門人趙登魁娶兒媳婦，賓客滿堂之際，魔教中人闖將進來，將新婚夫婦的首級雙雙割下，放在筵前，說是賀禮；漢陽郝老英雄做七十大壽，各路好漢齊來祝壽，不料壽堂下給魔教埋了炸藥，點燃藥引，突然爆炸，英雄好漢炸死炸傷不計其數，泰山派的紀師叔便在這一役中斷送了一條膀子，這是紀師叔親口所言，自然絕無虛假。想到這裏，又記起兩年前在鄭州大路上遇到嵩山派的孫師叔，他雙手雙足齊遭截斷，兩眼也給挖出，不住大叫：「魔教害我，定要報仇，魔教害我，定要報仇！」那時嵩山派已有人到來接應，但孫師叔傷得這麼重，如何又能再治？令狐冲想到他臉上那兩個眼孔，兩個窟窿中不住淌出鮮血，不由得打了個寒噤，心想：「魔教中人如此作惡多端，曲洋祖孫出手救我，定然不安好心。師父問我，日後見到魔教中人是否格殺不論，那還有甚麼猶豫的？當然是拔劍便殺。」

想通了這一節，心情登時十分舒暢，一聲長嘯，倒縱出洞，在半空輕輕巧巧一個轉身，向前縱出，落下地來，站定腳步，這才睜眼，只見雙足剛好踏在危崖邊上，與崖緣相距只不過兩尺，適才縱起時倘若用力稍大，落下時超前兩尺，那便墮入萬丈深谷，化為肉泥了。他這一閉目轉身，原是事先算好了的，既已打定了主意，見到魔教中人出手便殺，心中更無煩惱，便來行險玩上一玩。

他正想：「我膽子畢竟還不夠大，至少該得再踏前一尺，那才好玩。」忽聽得身後有人拍手笑道：「大師哥，好得很啊！」正是岳靈珊的聲音。令狐冲大喜，轉過身來，只見岳靈珊手中提著一隻飯籃，笑吟吟的道：「大師哥，我給你送飯來啦。」放下飯籃，走進石洞，轉身坐在大石上，說道：「你這下閉目轉身，十分好玩，我也來試試。」

令狐冲心想玩這遊戲可危險萬分，自己來玩也是隨時準擬陪上一條性命，岳靈珊武功遠不及自己，力量稍一拿捏不準，那可糟了，但見她興致甚高，也便不阻止，當即站在峯邊。

岳靈珊一心要賽過大師哥，心中默念力道部位，雙足一點，身子縱起，也在半空這麼輕輕巧巧一個轉身，跟著向前竄出。她只盼比令狐冲落得更近峯邊，竄出時運力便大了些，身子落下之時，突然害怕起來，睜眼一看，只見眼前便是深不見底的深谷，嚇得大叫起來。令狐冲一伸手，拉住她左臂。岳靈珊落下地來，只見雙足距崖邊約有一尺，確是比令狐冲更前了些，她驚魂略定，笑道：「大師哥，我比你落得更遠。」

令狐冲見她已駭得臉上全無血色，在她背上輕輕拍了拍，笑道：「這玩意下次可不能再玩了，師父、師娘知道了，非大罵不可，只怕要罰我多面壁一年。」

岳靈珊定了定神，退後兩步，笑道：「那我也得受罰，咱兩個就在這兒一同面壁，豈不好玩？天天可以比賽誰跳得更遠。」令狐冲道：「咱們天天一同在這兒面壁？」向石洞瞧了一眼，不由得心頭一蕩：「我若得和小師妹在這裏日夕不離的共居一年，豈不是連神仙也不如我快活？唉，那有此事！」說道：「就只怕師父叫你在正氣軒中面壁，一步也不許離開，那麼咱們就一年不能見面了。」

岳靈珊道：「那不公平，爲甚麼你可以在這裏玩，卻將我關在正氣軒中？」但想父母決不會讓自己日夜在這崖上陪伴大師哥，便轉過話頭道：「大師哥，媽媽本來派六猴兒每天給你送飯，我對六猴兒說：『六師哥，每天在思過崖間爬上爬下，雖然你是猴兒，畢竟也很辛苦，不如讓我來代勞罷，可是你謝我甚麼？』六猴兒說：『師娘派給我做的功夫，我可不敢偷懶。再說，大師哥待我最好，給他送一年飯，每天見上他一次，我心中才喜歡呢，有甚麼辛苦？』大師哥，你說六猴兒壞不壞？」

令狐冲笑道：「他說的倒也是實話。」

岳靈珊道：「六猴兒還說：『平時我想向大師哥多討教幾手功夫，你一來到，便過來將我趕開，不許我跟大師哥多說話。』大師哥，幾時有這樣的事啊？六猴兒當眞胡說八道。他又說：『今後這一年之中，可只有我能上思過崖去見大師哥，你卻見不到他了。』我發起脾氣來，他卻不理我，後來……後來……」

令狐冲道：「後來你拔劍嚇他？」岳靈珊搖頭道：「不是，後來我氣得哭了，六猴兒才過來央求我，讓我送飯來給你。」令狐冲瞧著她的小臉，見她雙目微微腫起，果然是哭過來的，不禁甚是感動，暗想：「她待我如此，我便爲她死上百次千次，也所甘願。」

岳靈珊打開飯籃，取出兩碟菜餚，又將兩副碗筷取出，放在大石之上。令狐冲道：「兩副碗筷？」岳靈珊笑道：「我陪你一塊吃，你瞧，這是甚麼？」從飯籃底下取出一個小小的酒葫蘆來。令狐冲嗜酒如命，一見有酒，站起來向岳靈珊深深一揖，道：「多謝你了！我正發愁，只怕這一年之中沒酒喝呢。」岳靈珊拔開葫蘆塞子，將葫蘆送到令狐冲手中，笑道：「便是不能多喝，我每日只能偷這麼一小葫蘆給你，再多只怕給娘知覺了。」

令狐冲慢慢將一小葫蘆酒喝乾了，這才吃飯。華山派規矩，門人在思過崖上面壁之時戒葷茹素，因此廚房中給令狐冲所煮的只是一大碗青菜、一大碗豆腐。岳靈珊想到自己正在和大師哥共經患難，卻也吃得津津有味。兩人吃過飯後，岳靈珊又和令狐冲有一搭、沒一搭的說了半個時辰，眼見天色已黑，這才收拾碗筷下山。

自此每日黃昏，岳靈珊送飯上崖，兩人共膳。次日中午令狐冲便吃昨日賸下的飯菜。

令狐冲雖在危崖獨居，倒也不感寂寞，一早起來，便打坐練功，溫習師授的氣功劍法，更默思田伯光的快刀刀法，以及師娘所創的那招「無雙無對，寧氏一劍」。這「寧氏一劍」雖只一劍，卻蘊蓄了華山派氣功和劍法的絕詣。令狐冲自知修為尚未到這境界，如勉強學步，只有弄巧成拙，是以每日裏加緊用功。這麼一來，他雖受罰面壁思過，其實壁既未面，過亦不思，除了傍晚和岳靈珊聊天說話以外，每日心無旁騖，只是練功。

如此過了兩個多月，華山頂上一日冷似一日。又過了些日子，岳夫人為令狐冲新縫一套棉衣，命陸大有送上峯來給他。這天一早北風怒號，到得午間，便下起雪來。

令狐冲見天上積雲如鉛，這場雪勢必不小，心想：「山道險峻，這雪下到傍晚，地下便十分滑溜，小師妹不該再送飯來了。」可是沒法向下邊傳訊，甚是焦慮，只盼師父、師娘得知情由，出言阻止，尋思：「小師妹每日代六師弟給我送飯，師父、師娘豈有不知，只是不加理會而已。今日若再上崖，一個失足，便有性命之憂，料想師娘定然不許她上崖。」眼巴巴等到黃昏，每過片刻便向崖下張望，眼見天色漸黑，岳靈珊果然不來了。令狐冲心下寬慰：「到得天明，六師弟定會送飯來，只求小師妹不要冒險。」

正要入洞安睡，忽聽得上崖的山路上腳步歘歘聲響，岳靈珊在大聲呼叫：「大師哥，大師哥……」

令狐冲又驚又喜，搶到崖邊，鵝毛般大雪飄揚之下，只見岳靈珊一步一滑的走上崖來。令狐冲以師命所限，不敢下崖一步，只伸長了手去接她，直到岳靈珊的左手碰到他右手，令狐冲抓住她手，將她凌空提上崖來。暮色朦朧中只見她全身是雪，連頭髮也都白了，左額上卻撞破了老大一塊，像個小雞蛋般高高腫起，鮮血兀自在流。令狐冲道：「你……你……」岳靈珊小嘴一扁，似欲哭泣，道：「摔了一交，將你的飯籃掉到山谷裏去啦，你……你今晚可要挨餓了。」

令狐冲又感激，又憐惜，提起衣袖在她傷口上輕輕按了數下，柔聲道：「小師妹，山道這樣滑溜，你實在不該上來。」岳靈珊道：「我掛念你沒飯吃，再說……再說，我要見你。」令狐冲道：「倘若你因此掉下了山谷，教我怎對得起師父、師娘？」岳靈珊微笑道：「瞧你急成這副樣子！我可不是好端端的麼？就可惜我不中用，快到崖邊時，卻把飯籃和酒葫蘆都摔掉了。」令狐冲道：「只求你平安，我便十天不吃飯也不打緊。」岳靈珊道：「上峯上到一半時，地下滑得不得了，我提氣縱躍了幾下，居然躍上了五株松旁的那個陡坡，那時我眞怕掉到了下面谷中。」

令狐冲道：「小師妹，你答允我，以後你千萬不可爲我冒險，倘若你掉了下去，我一定非陪著你也跳下去不可。」

岳靈珊雙目中流露出喜悅無限的光芒，道：「大師哥，其實你不用著急，我爲你送飯而失足，是自己不小心，你又何必心中不安？」

令狐冲緩緩搖頭，說道：「不是爲了心中不安。倘若送飯的是六師弟，他因此而掉入谷中送了性命，我會不會也跳下谷去陪他？」說著仍緩緩搖頭，說道：「我當盡力奉養他父母，照料他家人，卻不會因此而跳崖殉友。」岳靈珊低聲道：「但如是我死了，你便不想活了？」令狐冲道：「正是。小師妹，那不是爲了你給我送飯，如果你是給旁人送飯，因而遇到凶險，我也決計不能活了。」

岳靈珊緊緊握住他雙手，心中柔情無限，低低叫了聲「大師哥」。令狐冲想張臂將她摟入懷中，卻是不敢。兩人四目交投，你望著我，我望著你，一動也不動，大雪繼續飄下，逐漸，逐漸，似乎將兩人堆成了兩個雪人。

過了良久，令狐冲才道：「今晚你自己一個人可不能下去。師父、師娘知道你上來麼？最好能派人來接你下去。」岳靈珊道：「爹爹今早突然收到嵩山派左盟主來信，說有要緊事商議，已和媽媽趕下山去啦。」令狐冲道：「那麼有人知道你上崖來沒有？」

岳靈珊笑道：「沒有，沒有。二師哥、三師哥、四師哥和六猴兒四個人跟了爹爹媽媽去嵩山，沒人知道我上崖來會你。否則的話，六猴兒定要跟我爭著送飯，那可麻煩啦。啊！是了，林平之這小子見我上來的，但我吩咐了他，不許多嘴多舌，否則明兒我就揍他。」令狐冲笑道：「哎呀，師姊的威風好大。」岳靈珊笑道：「這個自然，不擺擺架子，豈不枉了？不像是你，個個都叫你大師哥，那就沒甚麼希罕。」

兩人笑了一陣。令狐冲道：「那你今晚是不能回去的了，只好在石洞裏躲一晚，明天一早下去。」當下攜了她手，走入洞中。

石洞窄小，兩人僅可容身，已無多大轉動餘地。兩人相對而坐，東拉西扯的談到深夜，岳靈珊說話越來越含糊，終於合眼睡去。

令狐冲怕她著涼，解下身上棉衣，蓋在她身上。洞外雪光映射進來，朦朦朧朧的看到她的小臉，令狐冲心中默念：「小師妹待我如此情重，我便為她粉身碎骨，也心甘情願。」支頤沉思，自忖從小沒了父母，全蒙師父師母撫養長大，對待自己猶如親生愛子一般，自己是華山派的掌門大弟子，入門固然最早，武功亦非同輩師弟所能及，他日勢必要承受師父衣鉢，執掌華山一派，而小師妹更待我如此，師門厚恩，實所難報，只是自己天性跳盪不羈，不守規矩，時時惹得師父師母生氣，有負他二位的期望，此後須得痛改前非才是，否則不但對不起師父師母，連小師妹也對不起了。

他望著岳靈珊微微飛動的秀髮，正自出神，忽聽得她輕輕叫了一聲：「姓林的小子，你不聽話！過來，我揍你！」令狐冲一怔，見她雙目兀自緊閉了，側個身，又即呼吸勻淨，知道她剛才是說夢話，不禁好笑，心想：「她一做師姊，神氣得了不得，這些日子中，林師弟定然給她呼來喝去，受飽了氣。她在夢中也不忘罵人。」

令狐冲守護在她身旁，直到天明，始終不曾入睡。岳靈珊前一晚勞累得很了，睡到辰牌時分，這才醒來，見令狐冲正微笑著注視自己，當下打了個呵欠，報以一笑，道：「你一早便醒了。」令狐冲沒說一晚沒睡，笑道：「你做了個甚麼夢？林師弟挨了你打麼？」

岳靈珊側頭想了片刻，笑道：「你聽到我說夢話了，是不是？林平之這小子倔得緊，便是不聽我的話，嘻嘻，我白天罵他，睡著了也罵他。」令狐冲笑道：「他怎麼得罪你了？」岳靈珊笑道：「我夢見叫他陪我去瀑布中練劍，他推三阻四的不肯去，我騙他走到瀑布旁，一把將他推了下去。」令狐冲笑道：「哎喲，那可使不得，這可不鬧出人命來嗎？」岳靈珊笑道：「這是做夢，又不是眞的，你躭心甚麼？還怕我眞的殺了這小子麼？」令狐冲笑道：「日有所思，夜有所夢。你白天裏定然眞的想殺了林師弟，想啊想的，晚上便做起夢來。」

岳靈珊小嘴一扁，道：「這小子不中用得很，一套入門劍法練了三個月，還是沒半點樣子，偏生用功得緊，日練夜練，教人瞧著生氣。我要殺他，用得著想嗎？提起劍來，手一揮就殺了。」說著右手橫著一掠，作勢使出一招華山劍法。令狐冲笑道：「『白雲出岫』，姓林的人頭落地！」岳靈珊格格嬌笑，說道：「我要是眞的使這招『白雲出岫』，可眞非教他人頭落地不可。」

令狐冲笑道：「你做師姊的，師弟劍法不行，你該點撥點撥他才是，怎麼動不動揮劍便殺？以後師父再收弟子，都是你的師弟。師父收一百個弟子，給你幾天之中殺了九十九個，那怎麼辦？」岳靈珊扶住石壁，笑得花枝招展，說道：「你說得眞對，我可只殺九十九個，非留下一個不可。要是都殺光了，誰來叫我師姊啊？」令狐冲笑道：「你要是殺了九十九個師弟，第一百個也逃之夭夭了，你還是做不成師姊。」岳靈珊笑道：「那時我就逼你叫我師姊。」令狐冲笑道：「叫師姊不打緊，不過你殺我不殺？」岳靈珊笑道：「聽話就不殺，不聽話就殺。」令狐冲笑道：「小師姊，求你劍下留情。」

令狐冲見大雪已止，生怕師弟師妹們發覺不見了岳靈珊，若有風言蜚語，那可大大對不起小師妹了，說笑了一陣，便催她下崖。岳靈珊兀自戀戀不捨，道：「我要在這裏多玩一會兒，爹爹媽媽都不在家，悶也悶死了。」令狐冲道：「乖師妹，這幾日我又想出了幾招冲靈劍法，等我下崖之後，陪你到瀑布中去練劍。」說了好一會，才哄得她下崖。

當日黃昏，高根明送飯上來，說道岳靈珊受了風寒，發燒不退，臥病在床，卻記掛著大師哥，命他送飯之時，最要緊別忘了帶酒。令狐冲吃了一驚，極是躭心，知她昨晚摔了那一交，受了驚嚇，恨不得奔下崖去探望她病勢。他雖餓了兩天一晚，但拿起碗來，竟然喉嚨哽住了，難以下咽。高根明知道大師哥和小師妹兩情愛悅，一聽到她有病，便焦慮萬分，勸道：「大師哥卻也不須太過躭心，昨日天下大雪，小師妹定是貪著玩雪，以致受了些涼。咱們都是修習內功之人，一點小小風寒，礙得了甚麼，服一兩劑藥，那便好了。」

豈知岳靈珊這場病卻生了十幾天，直到岳不羣夫婦回山，以內功爲她驅除風寒，這才漸漸痊愈，到得她又再上崖，卻是二十餘日之後了。

兩人隔了這麼久見面，均是悲喜交集。岳靈珊凝望他臉，驚道：「大師哥，你也生了病嗎？怎地瘦得這般厲害？」令狐冲搖搖頭，道：「我沒生病，我……我……」岳靈珊陡地醒悟，突然哭了出來，道：「你……你是記掛著我，以致瘦成了這個樣子。大師哥，我現下全好啦。」令狐冲握著她手，低聲道：「這些日來，我日日夜夜望著這條路，就只盼著這一刻的時光，謝天謝地，你終於來了。」

岳靈珊道：「我卻時時見到你的。」令狐冲奇道：「你時時見到我？」岳靈珊道：「是啊，我生病之時，一合眼，便見到你了。那一日發燒發得最厲害，媽說我老說囈語，儘是跟你說話。大師哥，媽知道了那天晚上我來陪你的事。」

令狐冲臉一紅，心下有些驚惶，問道：「師娘有沒生氣？」岳靈珊道：「媽沒生氣，不過……不過……」說到這裏，突然雙頰飛紅，不說下去了。令狐冲道：「不過怎樣？」岳靈珊道：「我不說。」令狐冲見她神態忸怩，心中一蕩，忙鎮定心神，道：「小師妹，你大病剛好了點兒，不該這麼早便上崖來。我知道你身子漸漸安好了，五師弟、六師弟給我送飯的時候，每天都說給我聽的。」岳靈珊道：「那你為甚麼還這樣瘦？」令狐冲笑了笑，道：「你病一好，我即刻便胖了。」

岳靈珊道：「你跟我說實話，這些日子中到底你每餐吃幾碗飯？六猴兒說你只喝酒，不吃飯，勸你也不聽，大師哥，你……為甚麼不自己保重？」說到這裏，眼眶兒又紅了。

令狐冲道：「胡說，你莫只聽他。不論說甚麼事，六猴兒都愛加上三分虛頭，我那裏只喝酒不吃飯了？」說到這裏，一陣寒風吹來，岳靈珊機伶伶的打了個寒戰。其時正當嚴寒，危崖四面受風，並無樹木遮掩，華山之巔本已十分寒冷，這崖上更加冷得厲害。令狐冲心中憐惜，伸臂便想將她摟在懷裏，但隨即想到師父師娘，便即縮回手臂，說道：「小師妹，你身子還沒大好，這時候千萬不能再著涼了，快快下崖去罷，等那一日出大太陽，你又十分健壯了，再來瞧我。」岳靈珊道：「我不冷。這幾天不是颳風，便是下雪，要等大太陽，才不知等到幾時呢。」令狐冲急道：「你再生病，那怎麼辦？我……我……」

岳靈珊見他形容憔悴，心想：「我倘若眞的再病，他也非病倒不可。在這危崖之上，沒人服侍，那不是要了他命嗎？」只得道：「好，那麼我去了。你千萬保重，少喝些酒，每餐吃三大碗飯。我去跟爹爹說，你身子不好，該得補一補才是，不能老吃素。」

令狐冲微笑道：「我可不敢犯戒吃葷。我見到你病好了，心裏歡喜，過不了三天，馬上便會胖起來。好妹子，你下崖去罷。」

岳靈珊目光中含情脈脈，雙頰暈紅，低聲道：「你叫我甚麼？」令狐冲頗感不好意思，道：「我衝口而出，小師妹，你別見怪。」岳靈珊道：「我怎會見怪？我喜歡你這樣叫。」令狐冲心口一熱，又想張臂將她摟在懷裏，但隨即心想：「她這等待我，我當敬她重她，豈可冒瀆了她？」忙轉過了頭，柔聲道：「你下崖時一步步的慢慢走，累了便歇一會，可別像平時那樣，一口氣奔下崖去。」岳靈珊道：「是！」慢慢轉過身子，走到崖邊。

令狐冲聽到她腳步聲漸遠，回過頭來，見岳靈珊站在崖下數丈之處，怔怔的正瞧著他。兩人這般四目交投，凝視良久。令狐冲道：「你慢慢走，這該去了。」岳靈珊道：「是！」這才眞的轉身下崖。

這一天中，令狐冲感到了生平從未經歷過的歡喜，坐在石上，忍不住自己笑出聲來，突然間縱聲長嘯，山谷鳴響，這嘯聲中似乎在叫喊：「我好歡喜，我好歡喜！」

第二日天又下雪，岳靈珊果然沒再來。令狐冲從陸大有口中得知她復原甚快，一天比一天壯健，不勝之喜。

過了二十餘日，岳靈珊提了一籃粽子上崖，向令狐冲臉上凝視了一會，微笑道：「你沒騙我，果眞胖得多了。」令狐冲見她臉頰上隱隱透出血色，也笑道：「你也大好啦，見到你這樣，我眞開心。」

岳靈珊道：「我天天吵著要來給你送飯，可是媽說甚麼也不許，又說天氣冷，又說濕氣重，倒好似一上思過崖來，便會送了性命一般。我說大師哥日日夜夜都在崖上，又不見他生病。媽說大師哥內功高強，我怎能和他相比。媽背後讚你呢，你高興不高興？」令狐冲笑著點了點頭，道：「我常想念師父、師娘，兩位老人家都好罷？只盼能早點見到他兩位一面。」

岳靈珊道：「昨兒我幫媽裹了一日粽子，心裏想，我要拿幾隻粽子來給你吃就好啦。那知道今日媽沒等我開口，便說：『這籃粽子，你拿去給冲兒吃。』當眞意想不到。」

令狐冲喉頭一酸，心想：「師娘待我眞好。」岳靈珊道：「粽子剛煮好，還是熱的，我剝兩隻給你吃。」提著粽子走進石洞，解開粽繩，剝開了粽箬。

令狐冲聞到一陣清香，見岳靈珊將剝開了的粽子遞過來，便接過咬了一口。粽子雖是素餡，但草菇、香菌、腐衣、蓮子、豆瓣等物混在一起，滋味鮮美。岳靈珊道：「這草菇，小林子和我前日一起去採來的……」令狐冲問：「小林子？」岳靈珊笑了笑，道：「啊，是林師弟，最近我一直叫他小林子。前天他來跟我說，東邊山坡的松樹下有草菇，陪我一起去採了半天，卻只採了小半籃兒。雖然不多，滋味卻好，是不是？」令狐冲道：「當眞鮮得緊，我險些連舌頭也吞了下去。小師妹，你不再罵林師弟了嗎？」

岳靈珊道：「爲甚麼不罵？他不聽話便罵。不過近來他乖了些，我便少罵他幾句。他練劍用功，有進步時，我也誇獎他幾句：『啫，啫，小林子，這一招使得還不錯，比昨天好得多了，就是還不夠快，再練，再練。』嘻嘻！」

令狐冲道：「你在教他練劍麼？」岳靈珊道：「嗯！他說的福建話，師兄師姊們都聽不大懂，我去過福州，懂得他話，爹爹就叫我閒時指點他。大師哥，我不能上崖來瞧你，悶得緊，反正沒事，便教他幾招。小林子倒也不笨，學得很快。」令狐冲笑道：「原來師姊兼做了師父，他自然不敢不聽你的話了。」岳靈珊道：「當眞聽話，卻也不見得。昨天我叫他陪我去捉山雞，他便不肯，說那兩招『白虹貫日』和『天紳倒懸』還沒學好，要加緊練練。」

令狐冲微感詫異，道：「他上華山來還只幾個月，便練到『白虹貫日』和『天紳倒懸』了？小師妹，本派劍法須得按部就班，可不能躁進。」

岳靈珊道：「你別躭心，我才不會亂教他呢。小林子要強好勝得很，日也練，夜也練，要跟他閒談一會，他總是說不了三句，便問到劍法上來。旁人要練三個月的劍法，他只半個月便學會了。我拉他陪我玩兒，他總是不肯爽爽快快的陪我。」

令狐冲默然不語，突然之間，心中湧現了一股說不出的煩擾，一隻粽子只吃了兩口，手中拿著半截粽子，只感一片茫然。

岳靈珊拉了拉他衣袖，笑道：「大師哥，你把舌頭吞下肚去了嗎？怎地不說話了？」令狐冲一怔，將半截粽子送到口中，粽子清香鮮美，但黏在嘴裏，竟沒法下咽。岳靈珊指住了他，格格嬌笑，道：「吃得這般性急，黏住了牙齒。」令狐冲臉現苦笑，努力把粽子吞下咽喉，心想：「我恁地傻！小師妹愛玩，我又不能下崖，她便拉林師弟作伴，那也尋常得很，我竟這等小氣，爲此介意！」言念及此，登時心平氣和，笑道：「這隻粽子定是你裹的，裹得也眞黏，可將我牙齒和舌頭都黏在一起啦。」岳靈珊哈哈大笑，隔了一會，說道：「可憐的大師哥，在這崖上坐牢，饞成了這副樣子。」

這次她過了十餘日才又上崖，酒飯之外又有一隻小小竹籃，盛著半籃松子、栗子。

令狐冲早盼得頭頸也長了，這十幾日中，向送飯來的陸大有問起小師妹，陸大有神色總有些古怪，說話不大自然。令狐冲心下起疑，卻又問不出半點端倪，問得急了，陸大有便道：「小師妹身子很好，每日裏練劍用功得很，想是師父不許她上崖來，免得打擾了大師哥的功課。」他日等夜想，陡然見到岳靈珊，如何不喜？只見她神采奕奕，比生病之前更顯得嬌艷婀娜，心中不禁湧起一個念頭：「她身子早已大好了，怎地隔了這許多日子才上崖來？難道是師父、師娘不許？」

岳靈珊見到令狐冲眼光中困惑的神色，臉上突然一紅，道：「大師哥，這麼多天沒來看你，你怪我不怪？」令狐冲道：「我怎會怪你？定是師父、師娘不許你上崖來，是不是？」岳靈珊道：「是啊，媽教了我一套新劍法，說這路劍法變化繁複，我倘若上崖來跟你聊天，便分心了。」令狐冲道：「甚麼劍法？」岳靈珊道：「你倒猜猜？」令狐冲道：「『養吾劍』？」岳靈珊道：「不是。」令狐冲道：「『希夷劍』？」岳靈珊搖頭道：「再猜？」令狐冲道：「難道是『淑女劍』？」岳靈珊伸了伸舌頭，道：「這是媽的拿手本領，我可沒資格練『淑女劍』。跟你說了罷，是『玉女劍十九式』！」言下甚是得意。

令狐冲微感吃驚，喜道：「你起始練『玉女劍十九式』了？嗯，那的確是十分繁複的劍法。」言下登時釋然，這套「玉女劍」雖只一十九式，但每一式都變化繁複，倘若記不清楚，連一式也不易使全。他曾聽師父說：「這玉女劍十九式主旨在於變幻奇妙，跟本派著重以氣馭劍的法門頗有不同。女弟子膂力較弱，遇上勁敵之時，可憑此劍法以巧勝拙，但男弟子便不必學了。」因此令狐冲也沒學過。

憑岳靈珊此時的功力，似乎還不該練此劍法。當日令狐冲和岳靈珊以及其他幾個師弟妹同看師父、師娘拆解這套劍法，師父連使各家各派的不同劍法進攻，師娘始終以這

「玉女劍十九式」招架，一十九式玉女劍，居然跟十餘門劍法的數百招高明劍招鬥了個旗鼓相當。當時衆弟子瞧得神馳目眩，大爲驚歎，岳靈珊便央著母親要學。岳夫人道：「你年紀還小，一來功力不夠，二來這套劍法太過傷腦勞神，總得到了二十歲再學。再說，這劍法專爲剋制別派劍招之用，如單是由本門師兄師姊跟你拆招，練來練去，變成專門剋制華山劍法了。沖兒的雜學很多，記得許多外家劍法，等他將來跟你拆招習練罷。」這件事過去已近兩年，此後一直沒提起，不料師娘竟教了她。

令狐冲道：「難得師父有這般好興致，每日跟你拆招。」這套劍法重在隨機應變，決不可拘泥於招式，一上手練便得拆招。華山派中，只岳不羣和令狐冲博識別家劍法，岳靈珊要練「玉女劍十九式」，勢須由岳不羣親自出馬，每天跟他餵招。

岳靈珊臉上又微微一紅，忸怩道：「爹才沒功夫呢，是小林子每天跟我餵招。」令狐冲奇道：「林師弟？他懂得許多別家劍法？」岳靈珊笑道：「他只懂得一門他家傳的辟邪劍法。爹說，這辟邪劍法威力雖不強，但變招奇幻，大有可以借鏡之處，我練『玉女劍十九式』，不妨由對抗辟邪劍法起始。」令狐冲點頭道：「原來如此。」

岳靈珊道：「大師哥，你不高興嗎？」令狐冲道：「沒有！我怎會不高興？你修習本門的一套上乘劍法，我爲你高興還來不及呢，怎會不高興了？」岳靈珊道：「可是我見你臉上神氣，明明很不高興。」令狐冲強顏一笑，問道：「你練到第幾式了？」

岳靈珊不答，過了好一會，說道：「是了，本來娘說過叫你幫我餵招的，現今要小林子餵招，因此你不願意了，是不是？可是，大師哥，你在崖上一時不能下來，我又心急著想早些練劍，因此不能等你了。」令狐冲哈哈大笑，道：「你又來說孩子話了。同門師兄妹，誰給你餵招都一樣。」他頓了一頓，笑道：「我知道你寧可要林師弟給你餵招，不願要我陪你。」岳靈珊臉上又是一紅，道：「胡說八道！小林子的本領和你相比，那是相差十萬八千里了，要他餵招有甚麼好？」

令狐冲心想：「林師弟入門才幾個月，就算他當眞絕頂聰明，能有多大氣候？」說道：「要他餵招自然大有好處。你每一招都殺得他沒法還手，豈不快活得很？」

岳靈珊格格嬌笑，說道：「憑他的三腳貓辟邪劍法，還想還手嗎？」

令狐冲素知小師妹甚爲要強好勝，料想她跟林平之拆招，這套新練的劍法自然使來得心應手，招招都佔上風，此人武功低微，確是最好的對手，當下鬱悶之情立去，笑道：「那麼讓我來給你過幾招，瞧瞧你的『玉女劍十九式』練得怎樣了。」

岳靈珊大喜，笑道：「好極了，我今天……今天上崖來就是想……」含羞一笑，拔出了長劍。令狐冲道：「你今天上崖來，便是要將新學的劍法試給我看，好，出手罷！」岳靈珊笑道：「大師哥，你劍法一直強過我，可是等我練成了這路『玉女劍十九式』，就不會受你欺侮了。」令狐冲道：「我幾時欺侮過你了？當眞冤枉好人。」岳靈珊長劍一立，道：「你還不拔劍？」

令狐冲笑道：「且不忙！」左手攏個劍訣，右掌迭地竄出，說道：「這是青城派的松風劍法，這一招叫做『松濤如雷』！」以掌作劍，向岳靈珊肩頭刺了過去。

岳靈珊斜身退步，揮劍往他手掌上格去，叫道：「小心了！」令狐冲笑道：「不用客氣，我擋不住時自會拔劍。」岳靈珊嗔道：「你竟敢用空手鬥我的『玉女劍十九式』？」令狐冲笑道：「現下你還沒練成。練成之後，我空手便不能了。」

岳靈珊這些日子中苦練「玉女劍十九式」，自覺劍術大進，縱與江湖上一流高手相比，也已不輸於人，是以十幾日不上崖，便是要不洩露了風聲，好得一鳴驚人，讓令狐冲大爲佩服，不料他竟不加重視，只以一雙肉掌來接自己的「玉女劍十九式」，當下臉孔一板，說道：「我劍下如傷了你，你可莫怪，也不能跟爹爹媽媽說。」

令狐冲笑道：「這個自然，你盡力施展好了，如劍底留情，便顯不出眞本領了。」說著左掌突然呼的一聲劈了出去，喝道：「小心了！」

岳靈珊吃了一驚，叫道：「怎……怎麼？你左手也是劍？」

令狐冲剛才這一掌若劈得實了，岳靈珊肩頭已然受傷，他迴力不發，笑道：「青城派有些人使雙劍。」

岳靈珊道：「對！我曾見到有些青城弟子佩帶雙劍，這可忘了。看招！」回了一劍。

令狐冲見她這一劍來勢飄忽，似是「玉女劍」的上乘招數，讚道：「這一劍很好，就是還不夠快。」岳靈珊道：「還不夠快？再快，可割下你的膀子啦。」令狐冲笑道：「你倒割割看。」右手成劍，削向她左臂。

岳靈珊心下著惱，運劍如風，將這數日來所練的「玉女劍十九式」一式式使出來。這一十九式劍法，她記到的還只九式，而這九式之中眞正能用的不過六式，但單是這六式劍法，已頗具威力，劍鋒所指之處，確讓令狐冲不能過分逼近。令狐冲繞著她身子遊鬥，每逢向前搶攻，總給她以凌厲的劍招逼了出來，有一次向後急躍，背心竟在一塊凸出的山石上重重撞了一下。岳靈珊甚是得意，笑道：「還不拔劍？」

令狐冲笑道：「再等一會兒。」引著她將「玉女劍」一招招的使將出來，又鬥片刻，眼見她翻來覆去，所能使的只是六式，心下已經了然，突然間一個踏步上前，右掌劈出，喝道：「松風劍的煞手，小心了！」掌勢頗爲沉重。岳靈珊見他手掌向自己頭頂劈到，忙舉劍上撩。這一招正在令狐冲的意中，左手疾伸而前，中指彈出，噹的一聲，彈中長劍的劍身。岳靈珊虎口劇痛，把捏不定，長劍脫手飛出，滴溜溜的向山谷中直墮下去。

岳靈珊臉色蒼白，呆呆的瞪著令狐冲，一言不發，上顎牙齒緊緊咬住下唇。

令狐冲叫聲「啊喲！」忙衝到崖邊，那劍早已落入了下面千丈深谷，無影無蹤。突然之間，只見山崖邊青影閃動，似是一片衣角，令狐冲定神看時，再也見不到甚麼，一顆心怦怦而跳，暗道：「我怎麼了？我怎麼了？跟小師妹比劍過招，不知已有過幾千百次，我向來讓她，從沒一次如今日的出手不留情。我做事可越來越荒唐了。」

岳靈珊轉頭向山谷瞧了一眼，叫道：「這把劍，這把劍！」令狐冲又是一驚，知道小師妹的長劍是一口斷金削鐵的利器，叫做「碧水劍」，三年前師父在浙江龍泉得來，小師妹一見之下愛不釋手，向師父連求數次，師父始終不給，直至今年她十八歲生日，師父才給了她當生日禮物，這一下墮入了深谷，再也難以取回，今次當眞是鑄成大錯了。

岳靈珊左足在地下蹬了兩下，淚水在眼眶中滾來滾去，轉身便走。令狐冲叫道：

「小師妹！」岳靈珊更不理睬，奔下崖去。令狐冲追到崖邊，伸手待要拉她手臂，手指剛碰到她衣袖，又自縮回，眼見她頭也不回的去了。

令狐冲悶悶不樂，尋思：「我往時對她甚麼事都儘量容讓，怎地今日一指便彈去了她的寶劍？難道師娘傳了她『玉女劍十九式』，我便起了妒忌的念頭麼？不，不會，決無此事。『玉女劍十九式』本是華山派女弟子的功夫，何況小師妹學的本領越好，我只有越高興。唉，總是獨個兒在崖上過得久了，脾氣暴躁。只盼她明日又再上崖來，我好好給她賠不是，最好再來比劍，我讓她施展高招，在我手臂上劃上一劍。只要出血多了，她就會不好意思，不生我的氣了。」

這一晚說甚麼也睡不著，盤膝坐在大石上練了一會氣功，只覺心神難以寧定，便不敢勉強練功。月光斜照進洞，射在石壁之上。令狐冲見到壁上「風清揚」三個大字，伸出手指，順著石壁上凹入的字跡，一筆一劃的寫了起來。

突然之間，眼前微暗，一個影子遮住了石壁，令狐冲一驚之下，順手搶起身畔長劍，不及拔劍出鞘，反手便即向身後刺出，劍到中途，陡地喜叫：「小師妹！」硬生生凝力不發，轉過身來，卻見洞口丈許之外站著一個男子，身形瘦長，穿一襲青袍。

這人身背月光，臉上蒙了塊青布，只露出一雙眼睛，瞧身形顯是從來沒見過的。令狐冲喝問：「閣下是誰？」隨即縱出石洞，拔出了長劍。

那人不答，伸出右手，向右前方連劈兩下，竟然便是岳靈珊日間所使「玉女劍十九式」中的兩招。令狐冲大奇，敵意登時消了大半，問道：「閣下是本派前輩嗎？」

突然之間，一股疾風直撲而至，逕襲臉面，令狐冲不及思索，揮劍削出，便在此時，左肩頭微微一痛，已給那人手掌擊中，只是那人似乎未運內勁。令狐冲駭異之極，忙向左滑開幾步。那人卻不追擊，以掌作劍，頃刻之間，將「玉女十九劍」中那六式的數十招一氣呵成的使了出來，這數十招便如一招，手法之快，直是匪夷所思。每一招都是岳靈珊日間曾跟令狐冲拆過的，令狐冲這時在月光下瞧得清清楚楚，可是怎麼能將數十招劍法使得猶如一招相似？一時開大了口，全身猶如僵了一般。

那人長袖一拂，轉身走入崖後。

令狐冲隔了半晌，大叫：「前輩，前輩！」追向崖後，但見遍地清光，那裏有人？

令狐冲倒抽一口涼氣，尋思：「他是誰？似他這般使『玉女十九劍』，別說我萬萬彈不了他手中長劍，他每一招都能把我手掌削了下來。不，豈僅削我手掌而已，要刺我那裏便刺那裏，要斬我那裏便那裏。在這六式『玉女十九劍』之下，令狐冲惟有聽由宰割的份兒。原來這套劍法竟有偌大威力。」轉念又想：「那顯然不是在於劍招的威力，而是他使劍的法子。這等使劍，不論如何平庸的招式，我都對付不了。這人是誰？怎麼會在華山之上？」

思索良久，不得絲毫端倪，但想師父、師娘必會知道這人來歷，明日小師妹上崖來，要她去轉問師父、師娘便是。

可是第二日岳靈珊並沒上崖，第三日、第四日仍沒上來。直過了十八天，她才和陸大有一同上崖。令狐冲盼望了十八天、十八晚才見到她，有滿腔言語要說，偏偏陸大有在旁，沒法出口。

吃過飯後，陸大有明白令狐冲的心意，說道：「大師哥、小師妹，你們多日不見了，在這裏多談一會，我把飯籃子先提下去。」岳靈珊笑道：「六猴兒，你想逃麼？一塊兒來一塊兒去。」說著站了起來。令狐冲道：「小師妹，我有話跟你說。」岳靈珊道：「好罷，大師哥有話說，六猴兒你也站著，聽大師哥教訓。」令狐冲搖頭道：「我不是教訓。你那口『碧水劍』……」岳靈珊搶著道：「我跟媽說過了，說是練『玉女劍十九式』時，一個不小心，脫手將劍掉入了山谷，再也找不到了。我哭了一場，媽非但沒罵我，反而安慰我，說下次再設法找一口好劍給我。這件事早過去了，又提他作甚？」說著雙手一伸，笑了一笑。

她愈是不當一回事，令狐冲愈是不安，說道：「我受罰期滿，下崖之後，定到江湖上去尋一口好劍來還你。」岳靈珊微笑道：「自己師兄妹，老是記著一口劍幹麼？何況那劍確是我自己失手掉下山谷的，那只怨我學藝不精，又怪得誰來？大家『蛋幾寧施，個必踢米』罷了！」說著格格格的笑了起來。令狐冲一怔，問道：「你說甚麼？」岳靈珊笑道：「啊，你不知道，這是小林子常說的『但盡人事，各憑天命』，他口齒不正，我便這般學著取笑他，哈哈，『蛋幾寧施，個必踢米』！」

令狐冲微微苦笑，突然想起：「那日小師妹使『玉女劍十九式』，我為甚麼要用青城派的松風劍法跟她對拆。莫非我心中存了對付林師弟的辟邪劍法之心？他林家福威鏢局家破人亡，全傷在青城派手中，我是故意的譏刺於他？我何以這等刻薄小氣？」轉念又想：「那日在衡山羣玉院中，我險些便命喪余滄海的掌力之下，全憑林師弟不顧自身安危，喝一聲『以大欺小，好不要臉』，余滄海這才留掌不發。說起來林師弟實可說於我有救命之恩。」言念及此，不由得好生慚愧，吁了一口氣，說道：「林師弟資質聰明，又肯用功，這幾個月來得小師妹指點劍法，想必進境迅速。可惜這一年中我不能下崖，否則他有恩於我，我該當好好助他練劍才是。」

岳靈珊秀眉一軒，道：「小林子怎地有恩於你了？我可從來不曾聽他說起過。」

令狐冲道：「他自己自然不會說。」於是將當日情景詳細說了。

岳靈珊出了會神，道：「怪不得爹爹讚他爲人有俠氣，因此在『塞北明駝』的手底下救了他出來。我瞧他傻呼呼的，原來他對你也曾挺身而出，這麼大喝一聲。」說到這裏，禁不住嗤的一聲笑，道：「憑他這一點兒本領，居然救過華山派的大師兄，曾爲華山掌門的女兒出頭而殺了青城掌門的愛子，單就這兩件事，已足以在武林中轟傳一時了。只是誰也料想不到，這樣一位愛打抱不平的大俠，嘿嘿，林平之林大俠，武功卻如此稀鬆平常。」

令狐冲道：「武功是可以練的，俠義之氣卻是與生俱來，人品高下，由此而分。」

岳靈珊微笑道：「我聽爹爹和媽媽談到小林子時，也這麼說。大師哥，除了俠氣，還有一樣氣，你和小林子也不相上下。」令狐冲道：「甚麼還有一樣氣？脾氣麼？」岳靈珊笑道：「是傲氣，你兩個都驕傲得緊。」

陸大有突然插口道：「大師哥是一衆師弟妹的首領，有點傲氣是應該的。那姓林的是甚麼東西，憑他也配在華山耍他那一份傲氣？」語氣中竟對林平之充滿了敵意。令狐冲一愣，問道：「六猴兒，林師弟甚麼時候得罪你了？」陸大有氣憤憤的道：「他可沒得罪我，只是師兄弟們大夥兒瞧不慣他那副德性。」

岳靈珊道：「六師哥怎麼啦？你老是跟小林子過不去。人家是師弟，你做師哥的該當包涵點兒才是。」陸大有哼了一聲，道：「他安份守己，那就罷了，否則我姓陸的第一個便容他不得。」岳靈珊道：「他到底怎麼不安份守己了？」陸大有道：「他……他……他……」說了三個「他」字便不說下去了。岳靈珊道：「到底甚麼事啊？這麼吞吞吐吐。」陸大有道：「但願六猴兒走了眼，看錯了事。」岳靈珊臉上微微一紅，就不再問。陸大有嚷著要走，岳靈珊便也和他一同下崖。

令狐冲站在崖邊，怔怔的瞧著他二人背影，直至二人轉過山坳。突然之間，山坳後面飄上來岳靈珊清亮的歌聲，曲調甚是輕快流暢。令狐冲和她自幼一塊兒長大，曾無數次聽她唱歌，這首曲子可從來沒聽見過。岳靈珊過去所唱都是陝西小曲，尾音吐得長長的，在山谷間悠然搖曳，這一曲卻猶似珠轉水濺，字字清圓。令狐冲傾聽歌詞，依稀只聽到：「姊妹，上山採茶去」幾個字，但她發音古怪，十分之八九只聞其音，不辨其義，心想：「小師妹幾時學了這首新歌，好聽得很啊，下次上崖來請她從頭唱一遍。」

突然之間，胸口忽如受了鐵鎚的重重一擊，猛地省悟：「這是福建山歌，是林師弟教她的！」

這一晚心思如潮，令狐冲再也沒法入睡，耳邊便是響著岳靈珊那輕快活潑、語音難辨的山歌聲。幾番自怨自責：「令狐冲啊令狐冲，你往日何等瀟洒自在，今日只爲了一首曲子，心裏卻如此擺脫不開，枉自爲男子漢大丈夫了。」

儘管自知不該，岳靈珊那福建山歌的音調卻總是在耳邊繚繞不去。他心頭痛楚，提起長劍，向著石壁亂砍亂削，但覺丹田中一股內力湧將上來，挺劍刺出，運力姿式，宛然便是岳夫人那一招「無雙無對，寧氏一劍」，嚓的一聲，長劍竟爾插入石壁之中，直沒至柄。

令狐冲吃了一驚，自忖就算這幾個月中功力再進步得快，也決無可能一劍刺入石壁，直沒至柄，那要何等精純渾厚的內力貫注於劍刃之上，才能使劍刃入石，如刺朽木，縱然是師父、師娘，也未必有此能耐。他呆了一呆，向外一拉，拔出劍刃，手上登時感到，那石壁其實只薄薄的一層，隔得兩三寸便是空處，石壁彼端竟是空洞。

他好奇心起，提劍又是一刺，啪的一聲，一口長劍斷爲兩截，原來這一次內勁不足，連兩三寸的石板也沒法穿透。他罵了一句，到石洞外拾起一塊斗大石頭，運力向石壁上砸去，石頭相擊，石壁後隱隱有回聲傳來，顯然其後有很大的空曠之處。他運力再砸，突然間砰的一聲響，石頭穿過石壁，落在彼端地下，但聽得砰砰之聲不絕，石頭不住滾落。

他發現石壁後別有洞天，霎時間便將滿腔煩惱抛在九霄雲外，又去拾了石頭再砸，砸不到幾下，石壁上破了一個洞孔，腦袋已可從洞中伸入。他將石壁上的洞孔再砸得大些，點了個火把，鑽將進去，只見裏面是一條窄窄的孔道，低頭看時，突然間全身出了一陣冷汗，只見便在自己足旁，伏著一具骷髏。

這情景實在太過出於意料之外，他定了定神，尋思：「難道這是前人的墳墓？但這具骸骨怎地不仰天躺臥，卻如此俯伏？瞧這模樣，這窄窄的孔道也不是墓道。」俯身看那骷髏，見他身上衣著已腐朽成爲塵土，露出皚皚白骨，骷髏身旁放著兩柄大斧，在火把照耀下兀自燦然生光。

他提起一柄斧頭，入手沉重，無虞四十來斤，舉斧往身旁石壁砍去，嚓的一聲，登時落下一大塊石頭。他又是一怔：「這斧頭如此鋒利，大非尋常，定是一位武林前輩的兵器。」又見石壁上斧頭斫過處十分光滑，猶如刀切豆腐一般，旁邊也都是利斧砍過的一片片切痕，微一凝思，不由得呆了，舉火把一路向下走去，滿洞都是斧削的痕跡，心下驚駭無已：「原來這條孔道竟是這人用利斧砍出來的。是了，他遭人囚禁在山腹之中，於是用利斧砍山，意圖破山而出，可是功虧一簣，離出洞只不過數寸，就此灰心，力盡而死。這人命運不濟，一至於此。」走了十餘丈，孔道仍未到盡頭，又想：「這人開鑿了如此長的山道，毅力之堅，武功之強，當眞千古罕有。」不由得對他好生欽佩。

又走幾步，只見地下又有兩具骷髏，一具倚壁而坐，一具蜷成一團，令狐冲尋思：「原來給囚在山腹中的，不止一人。」又想：「此處是我華山派根本重地，外人不易到來，難道這些骷髏，都是我華山派犯了門規的前輩，給囚死在此地的麼？」

再行數丈，順著甬道轉而向左，眼前出現了個極大的石洞，足可容得千人之衆，洞中又有七具骸骨，或坐或臥，身旁均有兵刃。一對鐵牌，一對判官筆，一根鐵棍，一根銅棒，一具似是雷震擋，另一件則是生滿狼牙的三尖兩刃刀，更有一件兵刃似刀非刀、似劍非劍，從來沒見過。令狐冲尋思：「使這些外門兵刃和那利斧之人，決不是本門弟子。」不遠處地下拋著十來柄長劍，他走過去俯身拾起一柄，見那劍較常劍爲短，劍身卻闊了一倍，入手沉重，心道：「這是泰山派的用劍。」其餘長劍，有的輕而柔軟，是恆山派的兵刃；有的劍身彎曲，是衡山派所用三種長劍之一；有的劍刃不開鋒，只劍尖極爲尖利，知是嵩山派中某些前輩喜用的兵刃；另有三柄劍，長短輕重正是本門的常規用劍。他越來越奇：「這裏拋滿了五嶽劍派的兵刃，那是甚麼緣故？」

舉起火把往山洞四壁察看，只見右首山壁離地數丈處突出一塊大石，似是個平台，大石之下石壁上刻著十六個大字：「五嶽劍派，無恥下流，比武不勝，暗算害人。」每四字一行，一共四行，每個字都有尺許見方，深入山石，是用極鋒利的兵刃刻入，深達數寸。十六個字稜角四射，大有劍拔弩張之態。又見十六個大字之旁更刻了無數小字，都是些「卑鄙無賴」、「可恥已極」、「低能」、「懦怯」等等詛咒字眼，滿壁盡是罵人的語句。令狐冲甚是氣惱，心想：「原來這些人是給我五嶽劍派擒住了囚禁在此，滿腔氣憤，無可發洩，便在石壁上刻些罵人的話，這等行逕才卑鄙無恥。」又想：「卻不知這些是甚麼人？既與五嶽劍派爲敵，自不是甚麼好人了。」

舉起火把更往石壁上照看時，只見一行字刻著道：「范松趙鶴破恆山劍法於此。」這一行之旁是無數人形，每兩個人形一組，一個使劍而另一個使斧，粗略一計，少說也有五六百個人形，顯然是使斧的人形在破解使劍人形的劍法。

在這些人形之旁，赫然出現一行字跡：「張乘風張乘雲盡破華山劍法。」令狐冲勃然大怒，心道：「無恥鼠輩，大膽狂妄已極。華山劍法精微奧妙，天下能擋得住的已屈指可數，有誰膽敢說得上一個『破』字？更有誰膽敢說是『盡破』？」回手拾起泰山派的那柄重劍，運力往這行字上砍去，噹的一聲，火花四濺，那個「盡」字給他砍去了一角，但便從這一砍之中，察覺石質甚是堅硬，要在這石壁上繪圖寫字，雖有利器，卻也十分不易。

一凝神間，看到那行字旁一個圖形，使劍人形雖只草草數筆，線條甚爲簡陋，但從姿形之中可以明白看出，那正是本門基本劍法的一招「有鳳來儀」，劍勢飛舞而出，輕盈靈動。與之對拆人形手中持著一條直線形的兵刃，不知是棒棍還是槍矛，但見這件兵刃之端直指對方劍尖，姿式異常笨拙。令狐冲嘿嘿一聲冷笑，尋思：「本門這招『有鳳來儀』，內藏五個後著，豈是這一招笨招所能破解？」

但再看那圖中那人的身形，笨拙之中卻含著有餘不盡、綿綿無絕之意。「有鳳來儀」這一招儘管有五個後著，可是那人這一條棒棍之中，隱隱似乎含有六七種後著，大可對付得了「有鳳來儀」的諸般後著。

令狐冲凝視著這個寥寥數筆的人形，不勝駭異，尋思：「本門這一招『有鳳來儀』招數本極尋常，但後著卻威力極大，敵手知機的便擋格閃避，倘若犯難破拆，非吃大虧不可，可是對方這一棍，委實便能破了我們這招『有鳳來儀』，這……這……這……」漸漸的自驚奇轉爲欽佩，內心深處，更不禁大有惶恐之情。

他呆呆凝視這兩個人形，也不知過了多少時候，突然之間，右手上覺得一陣劇烈疼痛，卻是火把燃到盡頭，燒到了手上。他甩手拋開火把，心想：「火把一燒完，洞中便黑漆一團。」忙奔到前洞，拿了十幾根用以燒火取暖的松柴，奔回後洞，在即將燒盡的火把上點著了，仍瞧著這兩個人形，心想：「這使棍的如功力和本門劍手相若，本門劍手便有受傷之虞；如對方功力稍高，則兩招相逢，本門劍手立時便得送命。我們這招『有鳳來儀』……確確實實是給人家破了，不管用了！」

他側頭再看第二組圖形時，見使劍的所使是本門一招「蒼松迎客」，登時精神一振，這一招他當年足足花了一個月時光才練得純熟，已成爲他臨敵時的絕招之一。他興奮之中微感惶恐，只怕這一招又爲人所破，看那使棍的人形時，卻見他手中共有五條棍子，分擊使劍人形下盤五個部位。他登時一怔：「怎地有五條棍子？」但一看使棍人形的姿式，便即明白：「這不是五條棍子，是他在一剎那間連續擊出五棍，分取對方下盤五處。可是他快我也快，他未必來得及連出五棍。這招『蒼松迎客』畢竟破解不了。」正自得意，忽然一呆，終於想到：「他不是連出五棍，而是在這五棍的方位中任擊一棍，我卻如何躲避？」

他拾起一柄本門的長劍，使出「蒼松迎客」那一招來，再細看石壁上圖形，想像對方一棍擊來，倘若知道他定從何處攻出，自有對付之方，但他那一棍可以從五個方位中任何一個方位擊至，那時自己長劍已刺在外門，勢必不及收回，除非這一劍先行將他刺死，否則自己下盤必遭擊中，但對方既屬高手，豈能期望一劍定能制彼死命？眼見敵人沉肩滑步的姿式，定能在間不容髮的情勢下避過自己這一劍，這一劍既給避過，反擊之來，自己可就避不過了。這麼一來，華山派的絕招「蒼松迎客」豈不又給人破了？

令狐冲回想過去三次曾以這一招「蒼松迎客」取勝，倘若對方見過這石壁上的圖形，知道以此反擊，則對方不論使棍使槍、使棒使矛，如此還手，自己非死即傷，只怕今日世上早已沒有令狐冲這個人了。他越想越心驚，額頭冷汗涔涔而下，自言自語：「不會的，不會的！要是『蒼松迎客』眞有此法可以破解，師父怎會不知？怎能不向我警告？」但他對這一招的精要訣竅確實所知甚稔，眼見使棍人形這五棍之來，凌厲已極，雖只石壁上短短的五條線，每一線卻都似重重打在他腿骨、脛骨上一般。突然之間，大腿一陣抽痛，不自禁的坐倒在地。

慢慢起身，再看下去，石壁上所刻劍招皆是本門絕招，而對方均以巧妙無倫、狠辣之極的招數破去，令狐冲越看越心驚，待看到一招「無邊落木」時，見對方棍棒的還招軟弱無力，純係守勢，不由得吁了口長氣，心道：「這一招你畢竟破不了啦。」

記得去年臘月，師父見大雪飛舞，興致甚高，聚集了一衆弟子講論劍法，最後施展了這招「無邊落木」出來，但見他一劍快似一劍，每一劍都閃中了半空中飄下來的一朵雪花，連師娘都鼓掌喝采，說道：「師哥，這一招我可服你了，華山派確該由你做掌門人。」師父笑道：「執掌華山一派門戶，憑德不憑力，未必一招劍法使得純熟些，便能做掌門人了。」師娘笑道：「羞不羞？你那一門德行比我高了？」師父笑了笑，便不再說。師娘極少服人，常愛和師父爭勝，連她都服，則這招「無邊落木」的厲害可想而知。後來師父講解，這一招的名字取自一句唐詩，就叫做「無邊落木」甚麼的，師父當時唸過，可不記得了，好像是說千百棵樹木上的葉子紛紛飄落，這招劍法也要如此四面八方的都照顧到。

再看那使棍人形，但見他縮成一團，姿式極不雅觀，一副招架無方的挨打神態，令狐冲正覺好笑，突然之間，臉上笑容僵硬了起來，背上一陣冰涼，寒毛直豎。他目不轉瞬的凝視那人手中所持棍棒，越看越覺得這棍棒所處方位委實巧妙到了極處。「無邊落木」這一招中刺來的九劍、十劍、十一劍、十二劍……每一劍勢必都刺在這棍棒之上，這棍棒驟看之下似是極拙，卻乃極巧，形似奇弱，實則至強，當眞到了「以靜制動，以拙御巧」的極詣。

霎時之間，他對本派武功信心全失，只覺縱然學到了如師父一般爐火純青的劍術，遇到這使棍棒之人，那也是縛手縛腳，絕無抗禦的餘地，那麼這門劍術學下去更有何用？難道華山派劍術當眞如此不堪一擊？眼見洞中這些骸骨腐朽已久，少說也有三四十年，何以五嶽劍派至今仍稱雄江湖，沒聽說那一派劍法眞的能爲人所破？但若說壁上這些圖形不過紙上談兵，卻又不然，嵩山等派劍法是否爲人所破，他雖不知，但他嫺熟華山劍法，深知倘若陡然間遇上對方這等高明之極的招數，定非一敗塗地不可。

他便如給人點中了穴道，呆呆站著不動，腦海之中，一個個念頭卻層出不窮的閃過，也不知過了多少時候，只聽得有人在大叫：「大師哥，大師哥，你在那裏？」

令狐冲一驚，急從石洞中轉身而出，急速穿過窄道，鑽過洞口，回入自己的山洞，只聽得陸大有正向著崖外呼叫。令狐冲從洞中縱出，轉到後崖一塊大石之後，盤膝坐好，叫道：「我在這裏打坐。六師弟，有甚麼事？」

陸大有循聲過來，喜道：「大師哥在這裏啊！我給你送飯來啦。」令狐冲從黎明起始凝視石壁上的招數，心有專注，不知時刻之過，此時竟然已是午後。他居住的山洞是靜居思過之處，陸大有不敢擅入，那山洞甚淺，一瞧不見令狐冲在內，便到崖邊尋找。

令狐冲見他右頰上敷了一大片草藥，血水從青綠的草藥糊中滲將出來，顯是受了不輕的創傷，忙問：「咦！你臉上怎麼了？」陸大有道：「今早練劍不小心，迴劍時劃了一下，眞蠢！」令狐冲見他神色間氣憤多於慚愧，料想必有別情，便道：「六師弟，到底是怎生受的傷？難道你連我也瞞麼？」

陸大有氣憤憤的道：「大師哥，不是我敢瞞你，只是怕你生氣，因此不說。」令狐冲問：「是給誰刺傷的？」心下奇怪，本門師兄弟素來和睦，從沒打架相鬥之事，難道是山上來了外敵？陸大有道：「今早我和林師弟練劍，他剛學會了那招『有鳳來儀』，我一個不小心，給他劃傷了臉。」令狐冲道：「師兄弟們過招，偶有失手，平常得很，那也不用生氣。林師弟初學乍練，收發不能自如，須怪不得他。只是你未免太大意了。這招『有鳳來儀』威力不小，該當小心應付才是。」

陸大有道：「是啊，可是我怎料得到這……這姓林的入門沒幾個月，便練成了『有鳳來儀』？我是拜師後第五年上，師父才要你傳我這一招的。」

令狐冲微微一怔，心想林師弟入門數月，便學成這招「有鳳來儀」，進境確是太過快速，若非天縱聰明而有過人之能，那便根基不穩，邋等以求速成，於他日後練功反而大有妨礙，不知師父何以這般快的傳他。

陸大有又道：「當時我乍見之下，吃了一驚，便給他劃傷了。小師妹還在旁拍手叫好，說道：『六猴兒，你連我的徒弟也打不過，以後還敢在我面前逞英雄麼？』那姓林的小子自知不合，過來給我包紮傷口，卻給我踢了個觔斗。小師妹怒道：『六猴兒，人家好心給你包紮，你怎地打不過人家，便老羞成怒了？』大師哥，原來是小師妹偷偷傳給他的。」

剎那之間，令狐冲心頭感到一陣強烈的酸苦，這招「有鳳來儀」甚是難練，五個後著變化繁複，又有種種訣竅，小師妹教會林師弟這招劍法，定是花了無數心機、不少功夫，這些日子中她不上崖來，原來整日便和林師弟在一起。岳靈珊生性好動，極不耐煩做細磨功夫，爲了要強好勝，自己學劍尙有耐心，要她教人，卻極難望其能悉心指點，現下居然將這招變化繁複的「有鳳來儀」教會了林平之，則對這師弟的關心愛護可想而知。他過了好一陣，心頭較爲平靜，才淡淡的道：「你怎地去和林師弟練劍了？」

陸大有道：「昨日我和你說了那幾句話，小師妹聽了很不樂意，下峯時一路跟我嘮叨，今日一早便拉我去跟林師弟拆招。我毫無戒心，拆招便拆招。那知小師妹暗中教了姓林的小子好幾手絕招。我出其不意，中了他暗算。」

令狐冲越聽越明白，定是這些日子中岳靈珊和林平之甚爲親熱，陸大有和自己交好，看不過眼，不住的冷言譏刺，甚至向林平之辱罵生事，也不出奇，便道：「你罵過林師弟好幾次了，是不是？」

陸大有氣憤憤的道：「這卑鄙無恥的小白臉，我不罵他罵誰？他見到我怕得很，我罵了他，從來不敢回嘴，一見到我，轉頭便即避開，沒想到……沒想到這小子竟這般陰毒。哼！憑他能有多大氣候，若不是師妹背後撐腰，這小子能傷得了我？」

令狐冲心頭湧上一股難以形容的苦澀滋味，隨即想起後洞石壁上那招專破「有鳳來儀」的絕招，從地下拾起一根樹枝，隨手擺了個姿式，便想將這一招傳給陸大有，但轉念一想：「六師弟對那姓林的小子惱恨已極，此招既出，定然令他重傷，師父師娘追究起來，我們二人定受重責，這事萬萬不可。」便道：「吃一次虧，學一次乖，以後別再上當，也就是了。自己師兄弟，過招時的小小勝敗，也不必在乎。」

陸大有道：「是。可是大師哥，我能不在乎，你……你也能不在乎嗎？」

令狐冲知他說的是岳靈珊之事，心頭感到一陣劇烈痛楚，臉上肌肉也扭曲了起來。

陸大有一言既出，便知這句話大傷師哥之心，忙道：「我……我說錯了。」令狐冲握住他手，緩緩的道：「你沒說錯。我怎能不在乎？不過……不過……」隔了半晌，道：「六師弟，這件事咱們此後再也別提。」陸大有道：「是！大師哥，那招『有鳳來儀』，你教過我的。我一時不留神，才著了那小子的道兒。我一定好好去練，用心去練，要教這小子知道，到底大師哥教的強，還是小師妹教的強。」

令狐冲慘然一笑，說道：「那招『有鳳來儀』，嘿嘿，其實也算不了甚麼。」

陸大有見他神情落寞，只道小師妹冷淡了他，以致他心灰意懶，當下也不敢再說甚麼，陪著他吃過了酒飯，收拾了自去。

令狐冲閉目養了會神，點了個松明火把，又到後洞去看石壁上的劍招。初時總是想著岳靈珊如何傳授林平之劍術，說甚麼也不能凝神細看石壁上的圖形，壁上寥寥數筆勾勒成的人形，似乎一個個都幻化為岳靈珊和林平之，一個在教，一個在學，神態親密。他眼前晃來晃去，都是林平之那俊美的相貌，不由得嘆了口長氣，心想：「林師弟相貌比我俊美十倍，年紀又比我小得多，只比小師妹大一兩歲，兩人自然容易說得來。」

突然之間，瞥見石壁上圖形中使劍之人刺出一劍，運勁姿式，劍招去路，宛然便是岳夫人那一招「無雙無對，寧氏一劍」，令狐冲大吃一驚，心道：「師娘這招明明是她臨時自創的，怎地石壁上早就刻下了？這可奇怪之極了。」

仔細再看圖形，才發覺石壁上這一劍和岳夫人所創的劍招之間，實有頗大不同，石壁上的劍招更加渾厚有力，更為樸實無華，顯然出於男子之手，一劍之出，眞正便只一劍，不似岳夫人那一劍暗藏無數後著，只因更為單純，就也更為凌厲。令狐冲暗暗點頭：「師娘所創的這一劍，原來暗合前人劍意。其實也並不奇怪，兩者都是從華山劍法的基本道理中變化出來的，只消兩人的功力和悟性相差不遠，自然會有大同小異的創製。」又想：「如此說來，這石壁上的種種劍招，有許多是連師父和師娘都不知道了。難道師父於本門的高深劍法竟沒學全麼？」但見對手那一棍也是逕自直點，以棍端對準劍尖，一劍一棍，聯成了一條直線。

令狐冲看到這一條直線，情不自禁的大叫一聲：「不好了！」手中火把落地，洞中登時全黑。他心中出現了極強的懼意，只說：「那怎麼辦？那怎麼辦？」

他清清楚楚的看到了，一棍一劍既針鋒相對，棍硬劍柔，雙方均以全力點出，則長劍非從中折斷不可。這一招雙方的後勁都綿綿不絕，棍棒不但會乘勢直點過去，而且劍上後勁還會反擊自身，委實無法可解。

跟著腦海中又閃過了一個念頭：「當眞無法可解？卻也不見得。兵刃既斷，對方棍棒疾點過來，這當兒還可拋去斷劍，身子向前疾撲，便能消解了棍上之勢。可是像師父、師娘這等大有身分的劍術名家，能使這般姿式麼？那自然是寧死不辱的了。唉，一敗塗地！一敗塗地！」

悄立良久，取火刀火石打著了火，點起火把，向石壁再看下去，只見壁上所刻劍招愈出愈奇，越來越精，最後數十招直是變幻難測，奧秘無方，但不論劍招如何厲害，對方的棍棒必有更加厲害的剋制之法。華山派劍法圖形盡處，刻著使劍者拋棄長劍，俯首屈膝，跪在使棍者的面前。令狐冲胸中憤怒早已盡消，只餘一片沮喪之情，雖覺使棍者此圖形未免驕傲刻薄，但華山派劍法爲其盡破，再也沒法與之爭雄，卻也是千眞萬確，絕無可疑。

這一晚間，他在後洞來來回回的不知繞了幾千百個圈子，他一生之中，從未受過這般巨大的打擊。心中只想：「華山派名列五嶽劍派，是武林中享譽已久的名門大派，豈知本派武功竟如此不堪一擊。石壁上的劍招，至少有百餘招是連師父、師娘也不知道的，但即使練成了本門的最高劍法，連師父也遠遠不及，卻又有何用？只要對方知曉了破解之法，本門的最強高手還是要棄劍投降。倘若不肯服輸，便只有自殺了。」

徘徊來去，焦慮苦惱，這時火把早已熄了，也不知過了多少時候，又點燃火把，看著那跪地投降的人形，愈想愈氣惱，提起劍來，便要往石壁上削去，劍尖將要及壁，突然動念：「大丈夫光明磊落，輸便是輸，贏便是贏，我華山派技不如人，有甚麼話可說？」拋下長劍，長嘆了一聲。

再去看石壁上的其餘圖形時，只見嵩山、衡山、泰山、恆山四派的劍招，也全讓對手破盡破絕，其勢無可挽救，最後也均跪地投降。令狐冲在師門日久，見聞廣博，於嵩山等派的劍招雖不能明其精深之處，但大致要義卻都聽人說過，眼見石壁上所刻四派劍招，沒一招不是十分高明凌厲之作，但每一招終是爲對方所破。

他驚駭之餘，心中充滿了疑竇：「范松、趙鶴、張乘風、張乘雲這些人，到底是甚麼來頭？怎地花下如許心思，在石壁上刻下破我五嶽劍派的劍招之法，他們自己在武林中卻沒沒無聞？而我五嶽劍派居然又得享大名至今？」

心底隱隱覺得，五嶽劍派今日在江湖上揚威立萬，實不免頗有點欺世盜名，至少也是僥倖之極。五家劍派中數千名師長弟子，所以得能立足於武林，全仗這石壁上的圖形未得洩漏於外，心中忽又生念：「我何不提起大斧，將石壁上的圖形砍得乾乾淨淨，不在世上留下絲毫痕跡？那麼五嶽劍派的令名便可得保了。只當我從未發見過這個後洞，那便是了。」

他轉身去提起大斧，回到石壁之前，但看到壁上種種奇妙招數，這一斧始終砍不下去，沉吟良久，終於大聲說道：「這等卑鄙無恥的行逕，豈是令狐冲所為？」

突然之間，又想起那個青袍蒙面客來：「這人劍術如此高明，多半和這洞裏的圖形大有關連。這人是誰？這人是誰？」

回到前洞想了半日，又到後洞去察看壁上圖形，這等忽前忽後，也不知走了多少次，眼見天色向晚，忽聽得腳步聲響，岳靈珊提了飯籃上來。令狐冲大喜，急忙迎到崖邊，叫道：「小師妹！」聲音也發顫了。

岳靈珊不應，上得崖來，將飯籃往大石上重重一放，一眼也不向他瞧，轉身便行。令狐冲大急，叫道：「小師妹，小師妹，你怎麼了？」岳靈珊哼了一聲，右足一點，縱身便即下崖，任由令狐冲一再叫喚，她始終不應一聲，也始終不回頭瞧他一眼。令狐冲心情激盪，一時不知如何是好，打開飯籃，但見一籃白飯，兩碗素菜，卻沒了那一小葫蘆酒。他痴痴的瞧著，不由得呆了。

他幾次三番想要吃飯，但只吃得一口，便覺口中乾澀，食不下咽，終於停箸不食，尋思：「小師妹倘若惱了我，何以親自送飯來給我？倘若不惱我，何以一句話不說，眼角也不向我瞧一眼？難道是六師弟病了，以致要她送飯來？可是六師弟不送，五師弟、七師弟、八師弟他們都能送飯，為甚麼小師妹卻要自己上來？」思潮起伏，推測岳靈珊的心情，卻把後洞石壁的武功置之腦後了。

次日傍晚，岳靈珊又送飯來，仍一眼也不向他瞧，一句話也不向他說，下崖之時，卻大聲唱起福建山歌來。令狐冲更加心如刀割，尋思：「原來她是故意氣我來著。」

第三日傍晚，岳靈珊又這般將飯籃在石上重重一放，轉身便走，令狐冲再也忍耐不住，叫道：「小師妹，留步，我有話跟你說。」岳靈珊轉過身來，道：「有話請說。」令狐冲見她臉上猶如罩了一層嚴霜，竟沒半點笑意，喃喃的道：「你……你……你……」岳靈珊道：「我怎樣？」令狐冲道：「我……我……」他平時瀟洒倜儻，口齒伶俐，但這時竟然一句話也說不出來。岳靈珊道：「你沒話說，我可要走了。」轉身便行。

令狐冲大急，心想她這一去，要到明晚再來，今日不將話問明白了，這一晚心情煎熬，如何能挨得過去？何況瞧她這等神情，說不定明晚便不再來，甚至一個月不來也不出奇，情急之下，伸手便拉住她左手袖子。岳靈珊怒道：「放手！」用力一掙，嗤的一聲，登時將那衣袖扯了下來，露出雪白的大半條手膀。

岳靈珊又羞又急，只覺一條裸露的手膀無處安放，她雖是學武之人，於小節不如尋常閨女般拘謹，但突然間裸露了這一大段臂膀，卻也狼狽不堪，叫道：「你……大膽！」令狐冲忙道：「小師妹，對……對不起，我……我不是故意的。」岳靈珊將右手袖子翻起，罩在左膀之上，厲聲道：「你到底要說甚麼？」

令狐冲道：「我便是不明白，爲甚麼你對我這樣？當眞是我得罪了你，小師妹，你……你……拔劍在我身上刺十七八個窟窿，我……我也死而無怨。」

岳靈珊冷笑道：「你是大師兄，我們怎敢得罪你啊？還說甚麼刺十七八個窟窿呢，我們是你師弟師妹，你不加打罵，大夥兒已謝天謝地啦。」令狐冲道：「我苦苦思索，當眞想不明白，不知那裏得罪了師妹。」岳靈珊氣虎虎的道：「你不明白！你叫六猴兒在爹爹、媽媽面前告狀，你就明白得很了。」令狐冲大奇，道：「我叫六師弟向師父、師娘告狀了？告……告你麼？」岳靈珊道：「你明知爹爹媽媽疼我，告我也沒用，偏生這麼鬼聰明，去告了……告了……哼哼，還裝腔作勢，你難道眞的不知道？」

令狐冲心念一動，登時雪亮，卻愈增酸苦，道：「六師弟和林師弟比劍受傷，師父師娘知道了，因而責罰了林師弟，是不是？」心想：「只因師父師娘責罰了林師弟，你便如此生我的氣。」

岳靈珊道：「師兄弟比劍，一個失手，又不是故意傷人，爹爹卻偏袒六猴兒，狠狠罵了小林子一頓，又說小林子功力未到，不該學『有鳳來儀』這等招數，不許我再教他練劍。好了，是你贏啦！可是……可是……我……我再也不來理你，永遠永遠不睬你！」這「永遠永遠不睬你」七字，原是平時她和令狐冲鬧著玩時常說的言語，但以前說時，眼波流轉，口角含笑，那有半分「不睬你」之意？這一次卻神色嚴峻，語氣中也充滿了當眞割絕的決心。

令狐冲踏上一步，道：「小師妹，我……」他本想說：「我確實沒叫六師弟去向師父師娘告狀。」但轉念又想：「我問心無愧，並沒做過此事，何必為此向你哀懇乞憐？」說了一個「我」字，便沒接口說下去。

岳靈珊道：「你怎樣？」

令狐冲搖頭道：「我不怎麼樣！我只是想，就算師父師娘不許你教林師弟練劍，也不是甚麼大不了的事，又何必惱我到這等田地？」

岳靈珊臉上一紅，道：「我便是惱你，我便是惱你！你心中儘打壞主意，以為我不教林師弟練劍，便能每天來陪你了。哼，我永遠永遠不睬你。」右足重重一蹬，下崖去了。

這一次令狐冲不敢再伸手拉扯，滿腹氣苦，耳聽得崖下又響起了她清脆的福建山歌。走到崖邊，向下望去，只見她苗條的背影正在山坳邊轉過，依稀見到她左膀攏在右袖之中，不禁躭心：「我扯破了她的衣袖，她如去告知師父師娘，他二位老人家還道我對小師妹輕薄無禮，那……那……那便如何是好？這件事傳了出去，連一衆師弟師妹也都要瞧我不起了，我令狐冲還能做人麼？」隨即心想：「我又不是眞的對她輕薄。人家愛怎麼想，我管得著麼？」

但想到她只是爲了不能對林平之教劍，竟如此惱恨自己，實不禁心中大爲酸楚，初時還可自己寬慰譬解：「小師妹年輕好動，我既在崖上思過，沒人陪她說話解悶，她便找上了年紀和她相若的林師弟作個伴兒，其實又豈有他意？」但隨即又想：「我和她一同長大，情誼何等深重？林師弟到華山來還不過幾個月，可是親疏厚薄之際，竟能這般不同。」言念及此，卻又氣苦。

這一晚，他從洞中走到崖邊，又從崖邊走到洞中，來來去去，不知走了幾千百次，次日又是如此，心中只是想著岳靈珊，對後洞石壁上的圖形，以及那晚突然出現的青袍人，盡皆置之腦後了。

到得傍晚，卻是陸大有送飯上崖。他將飯菜放在石上，盛好了飯，說道：「大師哥，用飯。」令狐冲嗯了一聲，拿起碗筷扒了兩口，實是食不下咽，向崖下望了一眼，緩緩放下了飯碗。陸大有道：「大師哥，你臉色不好，身子不舒服麼？」令狐冲搖頭道：「沒甚麼。」陸大有道：「這草菇是我昨天去給你採的，你試試味道看。」令狐冲不忍拂他之意，挾了兩隻草菇來吃了，道：「很好。」其實草菇滋味雖鮮，他何嘗感到了半分甜美之味？

陸大有笑嘻嘻的道：「大師哥，我跟你說一個好消息，師父師娘打從前兩天起，不許小林子跟小師妹學劍啦。」令狐冲冷冷的道：「你鬥劍鬥不過林師弟，便向師父師娘哭訴去了，是不是？」陸大有跳了起來，道：「誰說我鬥他不過了？我……我是為……」說到這裏，立時住口。

令狐冲早已明白，雖然林平之憑著一招「有鳳來儀」出其不意的傷了陸大有，但畢竟陸大有入門日久，林平之無論如何不是他對手。他所以向師父師娘告狀，實則是為了自己。令狐冲突然心想：「原來一眾師弟師妹，心中都在可憐我，都知小師妹從此不跟我好了。只因六師弟和我交厚，這才設法幫我挽回。哼哼，大丈夫豈受人憐？」

突然之間，他怒發如狂，拿起飯碗菜碗，一隻隻的都投入了深谷之中，叫道：「誰要你多事？誰要你多事？」

陸大有吃了一驚，他對大師哥素來敬重佩服，不料竟激得他如此惱怒，心下甚是慌亂，不住倒退，只道：「大師哥，大……師哥。」令狐冲將飯菜盡數拋落深谷，餘怒未息，隨手拾起一塊塊石頭，不住投入深谷之中。陸大有道：「大師哥，是我不好，你……打我好了。」

令狐冲手中正舉起一塊石頭，聽他這般說，轉過身來，厲聲道：「你有甚麼不好？」陸大有嚇得又退了一步，囁嚅道：「我……我……我不知道！」令狐冲一聲長嘆，將手中石頭遠遠投了出去，走過去拉住陸大有雙手，溫言道：「六師弟，對不起，是我自己心中發悶，可跟你毫不相干。」

陸大有鬆了口氣，道：「我下去再給你送飯來。」令狐冲搖頭道：「不，不用了，我不想吃。」陸大有見大石上昨日飯籃中的飯菜兀自完整不動，不由得臉有憂色，說道：「大師哥，你昨天也沒吃飯？」令狐冲強笑一聲，道：「你不用管，這幾天我胃口不好。」

陸大有不敢多說，次日還不到未牌時分，便即提飯上崖，心想：「今日弄到了一大壺好酒，又煮了兩味好菜，無論如何要勸大師哥多吃幾碗飯。」上得崖來，卻見令狐冲睡在洞中石上，神色憔悴。他心中微驚，說道：「大師哥，你瞧這是甚麼？」提起酒葫蘆晃了幾晃，拔開葫蘆上的塞子，登時滿洞都是酒香。

令狐冲當即接過，一口氣喝了半壺，讚道：「這酒可不壞啊。」陸大有甚是高興，道：「我給你裝飯。」令狐冲道：「不，這幾天不想吃飯。」陸大有道：「只吃一碗罷。」說著給他滿滿裝了一碗。令狐冲見他一番好心，只得道：「好，我喝完了酒再吃飯。」

可是這一碗飯，令狐冲畢竟沒吃。次日陸大有再送飯上來時，見這碗飯仍滿滿的放在石上，令狐冲卻躺在地下睡著了。陸大有見他雙頰潮紅，伸手摸他額頭，觸手火燙，竟是在發高燒，不禁躭心，低聲道：「大師哥，你病了麼？」令狐冲道：「酒，酒，給我酒！」陸大有雖帶了酒來，卻不敢給他，倒了一碗清水送到他口邊。令狐冲坐起身來，將一大碗水喝乾了，叫道：「好酒，好酒！」仰天重重睡倒，兀自喃喃的叫道：「好酒，好酒！」

陸大有見他病勢不輕，甚是憂急，偏生師父師娘這日一早又有事下山去了，當即飛奔下崖，去告知了勞德諾等衆師兄。岳不羣雖有嚴訓，除了每日一次送飯外，不許門人上崖和令狐冲相見，眼下他既有病，上去探病，諒亦不算犯規。但衆門人仍不敢一同上崖，商量了大夥兒分日上崖探病，先由勞德諾和梁發兩人上去。

陸大有又去告知岳靈珊，她餘憤兀自未息，冷冷的道：「大師哥內功精湛，怎會有病？我才不上這當呢。」

令狐冲這場病來勢著實兇猛，接連四日四晚昏睡不醒。陸大有向岳靈珊苦苦哀求，請她上崖探視，差點便要跪在她面前。岳靈珊才知不假，也著急起來，和陸大有同上崖去，只見令狐冲雙頰深陷，蓬蓬的鬍子生得滿臉，渾不似平時瀟洒倜儻的模樣。岳靈珊心下歉仄，走到他身邊，柔聲道：「大師哥，我來探望你啦，你別再生氣了，好不好？」

令狐冲神色漠然，睜大了眼睛向她瞧著，眼光中流露出迷茫之色，似乎並不相識。

岳靈珊道：「大師哥，是我啊。你怎麼不睬我？」令狐冲仍呆呆瞪視，過了良久，閉眼睡著了，直至陸大有和岳靈珊離去，他始終沒再醒來。

這場病直生了一個多月，這才漸漸痊可。這一個多月中，岳靈珊曾來探視了三次。第二次上令狐冲神智已復，見到她時十分欣喜。第三次她再來探病時，令狐冲已可坐起身來，吃了幾塊她帶來的點心。

但自這次探病之後，她卻又絕足不來。令狐冲自能起身行走之後，每日之中，倒有大半天是在崖邊等待這小師妹的倩影，可是每次見到的，若非空山寂寂，便是陸大有佝僂著身子快步上崖的形相。

令狐冲順手摸到腰間劍鞘，身子一矮，沉腰坐腿，
將劍鞘對準了岳夫人的來劍，聯成一線，
但聽得嚓的一聲響，岳夫人的長劍直插入劍鞘之中。

九
邀客

這日傍晚，令狐冲又在崖上凝目眺望，卻見兩個人形迅速異常的走上崖來，前面一人衣裙飄飄，是個女子。他見這二人輕身功夫甚高，在危崖峭壁之間行走如履平地，凝目看時，竟是師父和師娘。他大喜之下，縱聲高呼：「師父、師娘！」片刻之間，岳不羣和岳夫人雙雙縱上崖來，岳夫人手中提著飯籃。依照華山派歷來相傳門規，弟子受罰在思過崖上面壁思過，同門師兄弟除了送飯，不得上崖與之交談，即是受罰者的徒弟，也不得上崖叩見師父。那知岳不羣夫婦居然親自上崖，令狐冲不勝之喜，搶上拜倒，抱住了岳不羣的雙腿，叫道：「師父、師娘，可想煞我了。」

岳不羣眉頭微皺，他素知這個大弟子率性任情，不善律己，那正是修習華山派上乘氣功的大忌。夫婦倆上崖之前早已問過病因，衆弟子雖未明言，但從各人言語之中，已推測到此病是因岳靈珊而起，待得叫女兒來細問，見她言詞吞吐閃爍，神色忸怩尷尬，知道得更清楚了。這時眼見他眞情流露，顯然在思過崖上住了半年，自律功夫絲毫也沒長進，心下頗爲不懌，哼了一聲。

岳夫人伸手扶起令狐冲，見他容色憔悴，大非往時神采飛揚的情狀，不禁心生憐惜，柔聲道：「冲兒，你師父和我剛從關外回來，聽到你生了一場大病，現下可大好了罷？」令狐冲胸口一熱，眼淚險些奪眶而出，說道：「已全好了。師父、師娘兩位老人家一路辛苦，你們今日剛回，卻便上來……上來看我。」說到這裏，心情激動，話聲哽咽，轉過頭去擦了擦眼淚。

岳夫人從飯籃中取出一碗參湯，道：「這是關外野山人參熬的參湯，於身子大有補益，快喝了罷。」令狐沖想起師父、師娘萬里迢迢的從關外回來，攜來的人參第一個便給自己服食，心下感激，端起碗時右手微顫，竟將參湯潑了少許出來。岳夫人伸手過去，要將參湯接過來餵他。令狐沖忙大口將參湯喝完了，道：「多謝師父、師娘。」

岳不羣伸指過去，搭他脈搏，只覺弦滑振速，以內功修為而論，比之以前反而大大退步了，心中更加不快，淡淡的道：「病是好了！」過了片刻，又道：「沖兒，你在思過崖上這幾個月，到底在幹甚麼？怎地內功非但沒長進，反而後退了？」令狐沖俯首道：「是，師父、師娘恕罪。」岳夫人微笑道：「沖兒生了一場大病，現下還沒全好，內力自然不如從前。難道你盼他越生病，功夫越強麼？」

岳不羣搖了搖頭，說道：「我查考他的不是身子強弱，而是內力修為，這跟生不生病無關。本門氣功與別派不同，只須勤加修習，縱在睡夢中也能不斷進步。何況沖兒修練本門氣功已逾十年，若非身受外傷，本就不該生病，總之……總之是七情六慾不善控制之故。」

岳夫人知丈夫所說不錯，向令狐沖道：「沖兒，你師父向來諄諄告誡，要你用功練氣練劍，罰你在思過崖上獨修，其實也並非眞的責罰，只盼你不受外事所擾，在這一年之內，不論氣功和劍術都有突飛猛進，不料……不料……唉……」

令狐沖大是惶恐，低頭道：「弟子知錯了，今日起便當好好用功。」

岳不羣道：「武林之中，變故日多。我和你師娘近年來四處奔波，眼見所伏禍胎難以消解，來日必有大難，心下實是不安。」他頓了一頓，又道：「你是本門大弟子，我和你師娘對你期望甚殷，盼你他日能爲我們分任艱巨，抵擋禍患，光大華山一派。但你牽纏於兒女私情，不求上進，荒廢武功，可令我們失望得很了。」

令狐冲見師父臉上憂色甚深，更加愧懼交集，當即拜伏於地，說道：「弟子……弟子該死，辜負了師父、師娘的期望。」

岳不羣伸手扶他起來，微笑道：「你既已知錯，那便是了。半月之後，再來考較你的劍法。」說著轉身便行。令狐冲叫道：「師父，有一件事……」想要稟告後洞石壁上圖形和那青袍人之事。岳不羣揮一揮手，下崖去了。

岳夫人低聲道：「這半月中務須用功，熟習劍法。此事與你將來一生大有關連，千萬不可輕忽。」令狐冲道：「是。師娘……」又待再說石壁劍招和青袍人之事，岳夫人笑著向岳不羣背影指了指，搖一搖手，轉身下崖，快步追上了丈夫。

令狐冲自忖：「爲甚麼師娘說練劍一事與我將來一生大有關連，千萬不可輕忽？又爲甚麼師娘要等師父先走，這才暗中叮囑我？莫非……莫非……」登時想到了一件事，一顆心怦怦亂跳，雙頰發燒，再也不敢細想下去，內心深處，浮上了一個指望：「莫非師父師娘知道我是爲小師妹生病，竟肯將小師妹許配給我？只是我必須好好用功，不論氣功、劍術，都須能承受師父的衣缽。師父不便明言，師娘當我是親兒子一般，卻暗中叮囑我，否則的話，還有甚麼事能與我將來一生大有關連？」

想到此處，登時精神大振，提起劍來，將師父所授劍法中最艱深的幾套練了一遍，可是後洞石壁上的圖形已深印腦海，不論使到那一招，心中自然而然的浮起了種種破解之法，使到中途，凝劍不發，尋思：「後洞石壁上這些圖形，這次沒來得及跟師父師娘說，半個月後他二位再上崖來，細觀之後，必能解開我的種種疑竇。」

岳夫人這番話雖令他精神大振，可是這半個月中修習氣功、劍術，卻無多大進步，整日裏胡思亂想：「師父師娘如將小師妹許配於我，不知她自己是否願意？要是我眞能和她結爲夫婦，不知她對林師弟是否能夠忘情？其實，林師弟不過初入師門，向她討教劍法，平時陪她說話解悶而已，兩人又不是眞有情意，怎及得我和小師妹一同長大，十餘年來朝夕共處的情誼？那日我險些遭余滄海一掌擊斃，全蒙林師弟出言解救，這件事我可終身不能忘記，日後自當善待於他。他若遇危難，我縱然捨卻性命，也當挺身相救。」

半個月晃眼即過，這日午後，岳不羣夫婦又連袂上崖，同來的還有施戴子、陸大有與岳靈珊三人。令狐冲見到小師妹也一起上來，在口稱「師父、師娘」之時，聲音也發顫了。

岳夫人見他精神健旺，氣色比之半個月前大不相同，含笑點了點頭，道：「珊兒，你給大師哥裝飯，讓他先吃得飽飽地，再來練劍。」岳靈珊應道：「是。」將飯籃提進石洞，放在大石上，取出碗筷，滿滿裝了一碗白米飯，笑道：「大師哥，請用飯罷！」

令狐冲道：「多……多謝。」岳靈珊笑道：「怎麼？你還在發冷發熱？怎地說起話來聲音打顫？」令狐冲道：「沒……沒甚麼。」心道：「倘若此後朝朝暮暮，我吃飯時你能常在身畔，這一生令狐冲更無他求。」這時那裏有心情吃飯，三扒二撥，便將一碗飯吃完。岳靈珊道：「我再給你添飯。」令狐冲道：「多謝，不用了。師父、師娘在外邊等著。」

走出洞來，只見岳不羣夫婦並肩坐在石上。令狐冲走上前去，躬身行禮，想要說甚麼，卻覺得甚麼話都說來不妥。陸大有向他眨了眨眼睛，臉上大有喜色。令狐冲心想：「六師弟定是得到了訊息，在代我歡喜呢。」

岳不羣的目光在他臉上轉來轉去，過了好一刻才道：「根明昨天從長安來，說道田伯光在長安做了好幾件大案。」令狐冲一怔，道：「田伯光到了長安？幹的多半不是好事了。」岳不羣道：「那還用說？他在長安城一夜之間連盜七家大戶，這也罷了，卻在每家牆上寫上九個大字：『萬里獨行田伯光借用』。」

令狐冲「啊」的一聲，怒道：「長安城便在華山近旁，他留下這九個大字，明明是要咱們華山派的好看。師父，咱們……」岳不羣道：「怎麼？」令狐冲道：「只是師父、師娘身分尊貴，不值得叫這惡賊來污了寶劍。弟子功夫卻還不夠，不是這惡賊的對手，何況弟子是有罪之身，不能下崖去找這惡賊，卻讓他在華山腳下如此橫行，當眞可惱可恨。」

岳不羣道：「倘若你眞有把握誅了這惡賊，我自可准你下崖，將功贖罪。你將師娘所授那一招『無雙無對，寧氏一劍』練來瞧瞧。這半年之中，想來也已領略到了七八成，請師娘再加指點，未始便眞的鬥不過那姓田的惡賊。」

令狐冲一怔，心想：「師娘這一劍可沒傳我啊。」但一轉念間，已然明白：「那日師娘試演此劍，雖然沒正式傳我，但憑著我對本門功夫的造詣修爲，自該明白劍招中的要旨。師父估計我在這半年之中，琢磨修習，該當學得差不多了。」

他心中翻來覆去的說著：「無雙無對，寧氏一劍！無雙無對，寧氏一劍！」額頭上不自禁滲出汗珠。他初上崖時，確是時時想著這一劍的精妙之處，也曾一再試演，但自從見到後洞石壁上的圖形，發覺華山派的任何劍招都能爲人所破，那一招「寧氏一劍」更敗得慘不可言，自不免對這招劍法失了信心，一句話幾次到了口邊，卻又縮回：「這一招並不管用，會給人家破去的。」但當著施戴子和陸大有之面，可不便指摘師娘這招十分自負的劍法。

岳不羣見他神色有異，說道：「這一招你沒練成麼？那也不打緊。這招劍法是我華山派武功的極詣，你氣功火候未足，原也練不到家，假以時日，自可慢慢補足。」

岳夫人笑道：「冲兒，還不叩謝師父？你師父答允傳你『紫霞功』的心法了。」

令狐冲心中一凜，道：「是！多謝師父。」便要跪倒。

岳不羣伸手阻住，笑道：「紫霞功是本門最高的氣功心法，我所以不加輕傳，倒不是有所吝惜，只因一練此功之後，必須心無雜念，勇猛精進，中途不可有絲毫躭擱，否則於練功者實有大害，往往走火入魔。冲兒，我要先瞧瞧你近半年來功夫進境如何，再決定是否傳你這紫霞功的口訣。」

施戴子、陸大有、岳靈珊三人聽得大師哥將得傳「紫霞功」，都露出了豔羨之色。他三人均知「紫霞功」威力極大，自來有「華山九功，第一紫霞」的說法，他們雖知本門中武功之強，無人及得上令狐沖項背，日後必是他承受師門衣鉢，接掌華山派門戶，但料不到師父這麼快便將本門的第一神功傳他。陸大有道：「大師哥用功得很，我每日送飯上來，見到他不是在打坐練氣，便是勤練劍法。」岳靈珊橫了他一眼，偷偷扮個鬼臉，心道：「你六猴兒當面撒謊，只是想幫大師哥。」

岳夫人笑道：「沖兒，出劍罷！咱師徒三人去鬥田伯光。臨時抱佛腳，上陣磨槍，比不磨總要好些。」令狐沖奇道：「師娘，你說咱們三人去鬥田伯光？」岳夫人笑道：「你明著向他挑戰，我和你師父暗中幫你。不論是誰殺了他，都說是你殺的，免得武林同道說我和你師父失了身分。」岳靈珊拍手笑道：「那好極了。既有爹爹媽媽暗中相幫，女兒也敢向他挑戰，殺了這壞人後，說是女兒殺的，豈不是好？」

岳夫人笑道：「你眼紅了，想來撿這現成便宜，是不是？你大師哥出死入生，曾和田伯光這廝前後相鬥數百招，深知對方虛實，憑你這點功夫，那裏能夠？再說，你好好一個女孩兒家，連嘴裏也別提這惡賊的名字，更不要說跟他見面動手了。」突然間嗤的一聲響，一劍刺到了令狐沖胸口。

她正對著女兒笑吟吟的說話，豈知剎那之間，已從腰間拔出長劍，直刺令狐沖的要害。令狐沖應變也是奇速，立即拔劍擋開，噹的一聲響，雙劍相交，令狐沖左足向後退了一步。岳夫人唰唰唰唰唰唰，連刺六劍，噹噹噹噹噹噹，響了六響，令狐沖一一架開。岳夫人喝道：「還招！」劍法陡變，舉劍直砍，快劈快削，卻不是華山派劍法。

令狐沖當即明白，師娘是在施展田伯光的快刀，以便自己從中領悟到破解之法，誅殺強敵。眼見岳夫人出招越來越快，上一招與下一招之間已無連接的蹤跡可尋，岳靈珊向父親道：「爹，媽這些招數，快是快得很了，只不過還是劍法，不是刀法。只怕田伯光的快刀不會是這樣子的。」

岳不羣微微一笑，道：「田伯光武功了得，要用他的刀法出招，談何容易？你娘也不是眞的模仿他刀法，只是將這個『快』字，發揮得淋漓盡致。要除田伯光，要點不在如何破他刀法，而在設法剋制他刀招的迅速。你瞧，好！『有鳳來儀』！」他見令狐冲左肩微沉，左手劍訣斜引，右肘一縮，跟著便是一招「有鳳來儀」，這一招用在此刻，實是恰到好處，心頭一喜，便大聲叫了出來。

不料這「儀」字剛出口，令狐冲這一劍卻刺得歪斜無力，不能穿破岳夫人的劍網而前。岳不羣輕輕嘆了口氣，心道：「這一招可使糟了。」岳夫人手下毫不留情，嗤嗤嗤三劍，只逼得令狐冲手忙腳亂。

岳不羣見令狐冲出招慌張，不成章法，隨手抵禦之際，十招之中倒有兩三招不是本門劍術，不由得臉色越來越難看，只是令狐冲的劍法雖雜亂無章，卻還是把岳夫人凌厲的攻勢擋住了。他退到山壁之前，已無退路，漸漸展開反擊，忽然間得個機會，使出一招「蒼松迎客」，劍花點點，向岳夫人眉間鬢邊滾動閃擊。

岳夫人噹的一劍格開，急挽劍花護身，她知這招「蒼松迎客」含有好幾個厲害後著，令狐冲對這招習練有素，雖不會眞的刺傷了自己，但也著實不易抵擋，是以轉攻為守，凝神以待，不料令狐冲長劍斜擊，來勢既緩，勁道又弱，竟絕無威脅之力。岳夫人叱道：「用心出招，你在胡思亂想甚麼？」呼呼呼連劈三劍，眼見令狐冲跳躍避開，叫道：「這招『蒼松迎客』成甚麼樣子？一場大病，生得將劍法全都還給了師父？」令狐冲道：「是。」臉現愧色，還了兩劍。

施戴子和陸大有見師父的神色越來越不善，心下均有惴惴之意，忽聽得風聲獵獵，岳夫人滿場遊走，一身青衫化成了一片青影，劍光閃爍，再也分不出劍招。令狐冲腦中卻混亂一片，種種念頭此去彼來：「我若使『野馬奔馳』，對方有以棍橫擋的精妙招法可破，我若使那招斜擊，卻非身受重傷不可。」他每想到本門的一招劍法，不自禁的便立即想到石壁上破解這一招的法門，先前他使「有鳳來儀」和「蒼松迎客」都半途而廢，沒使得到家，便因想到了這兩招的破法之故，心生懼意，自然而然的縮劍回守。

岳夫人使出快劍，原是想引他用那「無雙無對，寧氏一劍」來破敵建功，可是令狐冲隨手拆解，非但心神不屬，簡直是一副膽戰心驚、魂不附體的模樣。她素知這徒兒膽氣極壯，自小便生就一副天不怕、地不怕的性格，目下這等拆招，卻是從所未見，不由得大是惱怒，叫道：「還不使那一劍？」

令狐冲道：「是！」提劍直刺，運勁之法、出劍招式，宛然正便是岳夫人所創那招「無雙無對，寧氏一劍」。岳夫人叫道：「好！」知道這一招凌厲絕倫，不敢正攖其鋒，斜身閃開，迴劍疾挑。令狐冲心中卻是在想：「這一招不成的，沒有用，一敗塗地。」突然間手腕劇震，長劍脫手飛起。令狐冲大吃一驚，「啊」的一聲，叫了出來。

岳夫人隨即挺劍直出，劍勢如虹，嗤嗤之聲大作，正是她那一招「無雙無對，寧氏一劍」。此招之出，比之那日初創時威力又大了許多，她自創成此招後，心下甚是得意，每日裏潛心思索，如何發招更快，如何內勁更強，務求一擊必中，敵人難以抵擋。她見令狐冲使這一招自己的得意之作，初發時形貌甚似，劍至中途，實質竟然大異，當眞是「畫虎不成反類犬」，將一招威力奇強的絕招，使得猥猥葸葸，拖泥帶水，十足膿包模樣。她一怒之下，便將這一招使了出來。她雖絕無傷害徒兒之意，但這一招威力實在太強，劍刃未到，劍力已將令狐冲全身籠罩住了。

岳不羣眼見令狐冲已無法閃避，無可擋架，更加難以反擊，當日岳夫人長劍甫觸令狐冲之身，便以內力震斷己劍，此刻這一劍的勁力卻盡數集於劍尖，實是使得性發，收手不住。暗叫一聲：「不好！」忙從女兒身邊抽出長劍，踏上一步，岳夫人的長劍只要再向前遞得半尺，他便要搶上出劍擋格。他師兄妹功夫相差不遠，岳不羣雖然稍勝，但岳夫人既佔機先，是否眞能擋開，也殊無把握，只盼令狐冲所受創傷較輕而已。

便在這電光石火的一瞬之間，令狐冲順手摸到腰間劍鞘，身子一矮，沉腰坐腿，將劍鞘對準了岳夫人的來劍。這一招式，正是後洞石壁圖形中所繪，使棍者將棍棒對準對方來劍，棍劍聯成一線，雙方內力相對，長劍非斷不可。令狐冲長劍受震脫手，跟著便見師娘勢若雷霆的攻將過來，他心中本已混亂之極，腦海中來來去去的盡是石壁上的種種招數，岳夫人這一劍他無可抗禦，爲了救命，自然而然的便使出石壁上那一招來。來劍既快，他拆解亦速，這中間實無片刻思索餘地，又那有餘暇去找棍棒？隨手摸到腰間劍鞘，便將劍鞘對準岳夫人長劍，聯成一線。別說他隨手摸到的是劍鞘，即令是一塊泥巴，一根稻草，他也會使出這個姿式來，將之對準長劍，聯成一線。

此招一出，臂上內勁自然形成，但聽得嚓的一聲響，岳夫人的長劍直插入劍鞘之中。原來令狐冲驚慌之際，來不及倒轉劍鞘，一握住劍鞘，便和來劍相對，不料對準來劍的乃劍鞘之口，沒能震斷岳夫人長劍，那劍卻插入了鞘中。

岳夫人大吃一驚，虎口劇痛，長劍脫手，竟給令狐冲用劍鞘奪去。令狐冲這一招中含了好幾個後著，其時已然管不住自己，自然而然的劍鞘挺出，點向岳夫人咽喉，而指向她喉頭要害的，正是岳夫人所使長劍的劍柄。

岳不羣又驚又怒，長劍揮出，擊在令狐冲的劍鞘之上。這一下他使上了「紫霞功」，令狐冲只覺全身一熱，騰騰騰連退三步，一交坐倒。那劍鞘連著鞘中長劍，都斷成了三四截，掉在地下，便在此時，白光一閃，空中那柄長劍落將下來，插在土中，直沒至柄。施戴子、陸大有、岳靈珊三人只瞧得目為之眩，盡皆呆了。

岳不羣搶到令狐冲面前，伸出右掌，啪啪連聲，接連打了他兩個耳光，怒聲喝道：「小畜生，幹甚麼來著？」

令狐冲頭暈腦脹，身子晃了晃，跪倒在地，道：「師父、師娘，弟子該死！」岳不羣惱怒已極，喝道：「這半年之中，你在思過崖上思甚麼過？練甚麼功？」令狐冲道：「弟……弟子沒……沒練甚麼功。」岳不羣厲聲又問：「你對付師娘這一招，卻是如何胡思亂想而來的？」令狐冲囁嚅道：「弟子……弟子想也沒想，眼見危急，隨手……隨手便使了出來。」岳不羣嘆道：「我料到你是想也沒想，隨手使出，正因如此，我才這等惱怒。你可知自己已經走上了邪路，眼見便會難以自拔麼？」令狐冲俯首道：「請師父指點。」

岳夫人過了良久，這才心神寧定，見令狐冲給丈夫擊打之後，雙頰高高腫起，全成青紫之色，憐惜之情油然而生，說道：「你起來罷！這中間的關鍵所在，你本來不知。」轉頭向丈夫道：「師哥，冲兒資質太過聰明，這半年中不見到咱二人，自行練功，以致走上了邪路。如今迷途未遠，及時糾正，也尚未晚。」

岳不羣點點頭，向令狐冲道：「起來。」令狐冲站起身來，瞧著地下斷成了三截的長劍和劍鞘，心頭迷茫一片，不知何以師父和師娘都說自己練功走上了邪路。

岳不羣向施戴子等人招了招手，道：「你們都過來。」施戴子、陸大有、岳靈珊三人齊聲應道：「是。」走到他身前。

岳不羣在石上坐下，緩緩的道：「二十五年之前，本門功夫本來分為正邪兩途。」令狐冲等都大為奇怪，均想：「華山派武功便是華山派武功了，怎地又有正邪之分？怎麼以前從來不曾聽師父說起過。」岳靈珊道：「爹爹，咱們所練的，當然都是正宗功夫了。」岳不羣道：「這個自然，難道明知是旁門左道功夫，還會去練？只不過左道的一支，卻自認是正宗，說咱們一支才是左道。但日子一久，正邪自辨，旁門左道的一支終於煙消雲散，二十五年來，不復存在於這世上了。」岳靈珊道：「怪不得我從來沒聽見過。爹爹，這旁門左道的一支既已消滅，那也不用理會了。」

岳不羣道：「你知道甚麼？所謂旁門左道，也並非眞的邪魔外道，那還是本門功夫，只是練功的著重點不同。我傳授你們功夫，最先教甚麼？」說著眼光盯在令狐冲臉上。

令狐冲道：「最先傳授運氣的口訣，從練氣功開始。」岳不羣道：「是啊。華山一派功夫，要點是在一個『氣』字，氣功一成，不論使拳腳也好，動刀劍也好，便都無往而不利，這是本門練功正途。可是本門前輩之中另有一派人物，卻認為本門武功要點在『劍』，劍術一成，縱然內功平平，也能克敵致勝。正邪之間的分歧，主要便在於此。」

岳靈珊道：「爹爹，女兒有句說話，你可不能著惱。」岳不羣道：「甚麼話？」岳靈珊道：「我想本門武功，氣功固然要緊，劍術可也不能輕視。單是氣功厲害，倘若劍術練不到家，也顯不出本門功夫的威風。」岳不羣哼了一聲，道：「誰說劍術不要緊了？要點在於主從不同。到底是氣功為主。」

岳靈珊道：「最好是氣功劍術，兩者都是主。」岳不羣怒道：「單是這句話，便已近魔道。兩者都為主，那便是說兩者都不是主。所謂『綱舉目張』，甚麼是綱，甚麼是目，務須分得清清楚楚。當年本門正邪之辨，曾鬧得天覆地翻。你這句話如在三十年前說了出來，只怕過不了半天，便已身首異處了。」

岳靈珊伸了伸舌頭，道：「說錯一句話，便要叫人身首異處，那有這麼強兇霸道的？」岳不羣道：「我在少年之時，本門氣劍兩宗之爭勝敗未決。你這句話如果在當時公然說了出來，氣宗固然要殺你，劍宗也要殺你。你說氣功與劍術兩者並重，不分軒輊，氣宗自然認為你抬高了劍宗的身分，劍宗則說你混淆綱目，一般的大逆不道。」岳靈珊道：「誰對誰錯，那有甚麼好爭的？一加比試，豈不是非立判！」

岳不羣嘆了口氣，緩緩的道：「五十多年前，咱們氣宗是少數，劍宗中的師伯、師叔們佔了大多數。再者，劍宗功夫易於速成，見效極快。大家都練十年，定是劍宗佔上風；各練二十年，那是各擅勝場，難分上下；要到二十年之後，練氣宗功夫的才漸漸的越來越強；到得三十年時，練劍宗功夫的便再也不能望氣宗之項背了。然而要到二十餘年之後，才眞正分出高下，這二十餘年中雙方爭鬥之烈，可想而知。」

岳靈珊道：「到得後來，劍宗一支認錯服輸，是不是？」

岳不羣搖頭不語，過了半晌，才道：「他們死硬到底，始終不肯服輸，雖然在玉女峯上大比劍時一敗塗地，卻大多數……大多數橫劍自盡。剩下不死的則悄然歸隱，再也不在武林中露面了。」

令狐冲、岳靈珊等都「啊」的一聲，輕輕驚呼。岳靈珊道：「大家是同門師兄弟，比劍勝敗，打甚麼緊！又何必如此看不開？」

岳不羣道：「武學要旨的根本，那也不是師兄弟比劍的小事。當年五嶽劍派爭奪盟主之位，說到人材之盛，武功之高，原以本派居首，只以本派內爭激烈，玉女峯上大比劍，死了二十幾位前輩高手，劍宗固然大敗，氣宗的高手卻也損折不少，這才將盟主之席給嵩山派奪了去。推尋禍首，實是由於氣劍之爭而起。」令狐冲等都連連點頭。

岳不羣道：「本派不當五嶽劍派的盟主，那也罷了；華山派威名受損，那也罷了；最關重大的，是派中師兄弟內鬨，自相殘殺。同門師兄弟本來親如骨肉，結果你殺我，我殺你，慘酷不堪。今日回思當年華山上人人自危的情景，兀自心有餘悸。」說著眼光轉向岳夫人。

岳夫人臉上肌肉微微一動，想是回憶起本派高手相互屠戮的往事，不自禁的害怕。

岳不羣緩緩解開衣衫，袒裸胸膛。岳靈珊驚呼一聲：「啊喲，爹爹，你……你……」只見他胸口橫過一條兩尺來長的傷疤，自左肩斜伸右胸，傷疤雖愈合已久，仍作淡紅之色，想見當年受傷極重，只怕差一點便送了性命。令狐冲和岳靈珊都是自幼伴著岳不羣長大，但直到今日，才知他身上有這樣一條大傷疤。岳不羣掩上衣襟，扣上鈕扣，說道：「當日玉女峯大比劍，我給本門師叔斬上了一劍，昏暈在地。他只道我已經死了，沒再加理會。倘若他隨手補上一劍，嘿嘿！」

岳靈珊笑道：「爹爹固然沒有了，今日我岳靈珊更加不知道在那裏。」

岳不羣笑了笑，臉色隨即十分鄭重，說道：「這是本門的大機密，誰也不許洩漏出去。別派人士，雖然都知華山派在一日之間傷折了二十餘位高手，但誰也不知眞正的原因。我們只說是猝遇瘟疫侵襲，決不能將這件貽羞門戶的大事讓旁人知曉。其中的前因後果，今日所以不得不告知你們，實因此事關涉太大。冲兒倘若沿著目前的道路走下去，不出三年，那便是『劍重於氣』的局面，委實危險萬分，不但毀了你自己，毀了當年無數前輩用性命換來的本門正宗武學，連華山派也給你毀了。」

令狐冲只聽得全身冷汗，俯首道：「弟子犯了大錯，請師父、師娘重重責罰。」

岳不羣喟然道：「本來嘛，你原是無心之過，不知者不罪。但想當年劍宗的諸位師伯、師叔們，也都是存著一番好心，要以絕頂武學光大本門，只不過一經誤入歧途，陷溺既深，到後來便難以自拔了。今日我若不給你當頭棒喝，以你的資質性子，極易走上劍宗那條抄近路、求速成的邪途。」令狐冲應道：「是！」

岳夫人道：「冲兒，你適才用劍鞘奪我長劍這一招，是怎生想出來的？」令狐冲慚愧無地，道：「弟子只求擋過師娘這凌厲之極的一擊，沒想到……沒想到……」

岳夫人道：「這就是了。氣宗與劍宗的高下，此刻你已必然明白。你這一招固然巧妙，但一碰到你師父的上乘氣功，再巧的招數也無能爲力。當年玉女峯上大比劍，劍宗的高手招式變幻，層出不窮，但你師祖憑著練得了紫霞功，以拙勝巧，以靜制動，盡敗劍宗的十餘位高手，奠定本門正宗武學千載不拔的根基。今日師父的教誨，大家須得深思體會。本門功夫以氣爲體，以劍爲用；氣是主，劍爲從；氣是綱，劍是目。練氣倘若不成，劍術再強，總歸無用。」令狐冲、施戴子、陸大有、岳靈珊一齊躬身受教。

岳不羣道：「冲兒，我本想今日傳你紫霞功的入門口訣，然後帶你下山，去殺了田伯光那惡賊，這件事眼下可得擱一擱了。這兩個月中，你好好修習我以前傳你的練氣功夫，將那些旁門左道、古靈精怪的劍法盡數忘記，待我再行考核，瞧你是否眞有進益。」說到這裏，突然聲色俱厲的道：「倘若你執迷不悟，繼續走劍宗的邪路，嘿嘿，重則取你性命，輕則廢去你全身武功，逐出門牆，那時再來苦苦哀求，卻是晚了。可莫怪我事先沒跟你說明白！」

令狐冲額頭冷汗涔涔而下，說道：「是，弟子決計不敢。」

岳不羣轉向女兒道：「珊兒，你和大有二人，也都是性急鬼，我教訓你大師哥這番話，你二人也當記住了。」陸大有道：「是。」岳靈珊道：「我和六師哥雖然性急，卻沒大師哥這般聰明，自己創不出劍招，爹爹儘可放心。」岳不羣哼了一聲，道：「自己創不出劍招？你和沖兒不是創了一套沖靈劍法麼？」

令狐沖和岳靈珊霎時間都滿臉通紅。令狐沖道：「弟子胡鬧。」岳靈珊笑道：「這是很久以前的事了，那時我還小，甚麼也不懂，和大師哥鬧著玩的。爹爹怎麼也知道了呢？」岳不羣道：「我門下弟子要自創劍法，自立門戶，做掌門人的倘若矇然不知，豈不胡塗。」岳靈珊拉著父親袖子，笑道：「爹爹，你還在取笑人家！」令狐沖見師父的語氣神色之中絕無絲毫說笑之意，不禁心中又是一凜。

岳不羣站起身來，說道：「本門功夫練到深處，飛花摘葉，俱能傷人。旁人只道華山派以劍術見長，那未免小覷咱們了。」說著左手衣袖一捲，勁力到處，陸大有腰間的長劍從鞘中躍出。岳不羣右手袖子跟著拂出，掠上劍身，喀喇一聲響，長劍斷爲兩截。令狐沖等無不駭然。岳夫人瞧著丈夫的眼光之中，盡是傾慕敬佩之意。

岳不羣道：「走罷！」與夫人首先下崖，岳靈珊、施戴子等跟隨其後。

令狐沖瞧著地下的兩柄斷劍，心中又驚又喜，尋思：「原來本門武學如此厲害，任何一招劍法在師父手底下施展出來，又有誰能破解得了？」又想：「後洞石壁上刻了種種圖形，註明五嶽劍法的絕招盡數可破。但五嶽劍派卻得享大名至今，始終巍然存於武林，原來各劍派都有上乘氣功爲根基，劍招上倘若附以渾厚內力，可就不是那麼容易破去了。這道理本也尋常，只是我想得鑽入了牛角尖，竟爾忽略了，其實同是一招『有鳳來儀』，在林師弟劍下使出來，又或是在師父劍下使出來，豈能一概而論？石壁上使棍之人能破林師弟的『有鳳來儀』，卻破不了師父的『有鳳來儀』。」

想通了這一節，數月來的煩惱一掃而空，雖然今日師父未以「紫霞功」相授，更沒有出言將岳靈珊許配，他卻絕無沮喪之意，反因對本門武功回復信心而大為欣慰，想到這半月來痴心妄想，以為師父、師娘要將女兒許配於己，不由得面紅耳赤，暗自慚愧。

次日傍晚，陸大有送飯上崖，說道：「大師哥，師父、師娘今日一早上陝北去啦。」令狐冲微感詫異，道：「上陝北？怎地不去長安？」陸大有道：「田伯光那廝在延安府又做了幾件案子，原來這惡賊不在長安啦。」

令狐冲「哦」了一聲，心想師父、師娘出馬，田伯光定然伏誅；內心深處，卻不禁微感惋惜，覺得田伯光好淫貪色，為禍世間，自是死有餘辜，但此人武功可也真高，與自己兩度交手，磊落豪邁，不失男兒漢的本色，只可惜專做壞事，成為武林公敵。

此後兩日之中，令狐冲勤練氣功，別說不再去看石壁上的圖形，連心中每一憶及，也立即將那念頭逐走，避之唯恐不速，常想：「幸好師父及時喝阻，我才不致誤入歧途，成為本門罪人，當真凶險之極。」

這日傍晚，吃過飯後，打坐了一個多更次，忽聽得遠遠有人走上崖來，腳步迅捷，來人武功著實不低，他心中一凜：「這人不是本門中人，他上崖來幹甚麼？莫非是那蒙面青袍人嗎？」忙奔入後洞，拾起一柄本門的長劍，懸在腰間，再回到前洞。

片刻之間，那人已然上崖，大聲道：「令狐兄，故人來訪。」語音熟悉，竟然便是「萬里獨行」田伯光，令狐冲一驚，心想：「師父、師娘正下山追殺你，你卻如此大膽，上華山來幹甚麼？」走到洞口，笑道：「田兄遠道過訪，當眞意想不到。」

只見田伯光肩頭挑著副擔子，放下擔子，從兩隻竹籮中各取出一隻大罈子，笑道：「聽說令狐兄在華山頂上坐牢，嘴裏一定淡出鳥來，小弟在長安謫仙酒樓的地窖之中，取得兩罈一百三十年的陳酒，來和令狐兄喝個痛快。」

令狐冲走近幾步，月光下只見兩隻極大的酒罈之上，果然貼著「謫仙酒樓」的金字紅紙招牌，招紙和罈上篦箍均已陳舊，確非近物，忍不住一喜，笑道：「將這一百斤酒挑上華山絕頂，這份人情可大得很啦！來來來，咱們便來喝酒。」從洞中取出兩隻大碗。田伯光將罈上的泥封開了，一陣酒香直透出來，醇美絕倫。酒未沾唇，令狐冲已有醺醺之意。田伯光提起酒罈倒了一碗，道：「你嘗嘗，怎麼樣？」令狐冲舉碗喝了一大口，大聲讚道：「眞好酒也！」將一碗酒喝乾，大拇指一翹，道：「天下名酒，世所罕有！」

田伯光笑道：「我曾聽人言道，天下名酒，北爲汾酒，南爲紹酒。最好的汾酒不在山西而在長安，而長安醇酒，又以當年李太白時時去喝得大醉的『謫仙樓』爲第一。當今之世，除了這兩大罈酒之外，再也沒第三罈了。」令狐冲奇道：「難道『謫仙樓』的地窖之中，便只剩下這兩罈了？」田伯光笑道：「我取了這兩罈酒後，見地窖中尚有二百餘罈，心想長安城中的達官貴人、凡夫俗子，只須腰中有錢，便能上『謫仙樓』去喝到這樣的美酒，又如何能顯得華山派令狐大俠的矯矯不羣，與衆不同？因此上乒乒乓乒，希里花拉，地窖中酒香四溢，酒漲及腰。」

令狐冲又吃驚，又好笑，道：「田兄竟把二百餘罈美酒都打了個稀巴爛？」田伯光哈哈大笑，道：「天下只此兩罈，這份禮才有點貴重啊，哈哈！」令狐冲道：「多謝，多謝！」又喝了一碗，說道：「其實田兄將這兩大罈酒從長安城挑上華山，何等辛苦麻煩，別說是天下名釀，縱是兩罈清水，令狐冲也挺見你的情。」

田伯光豎起右手拇指，大聲道：「大丈夫，好漢子！」令狐冲問道：「田兄如何稱讚小弟？」田伯光道：「田某是個無惡不作的淫賊，曾把你砍得重傷，又在華山腳邊犯案纍纍，華山派上下無不想殺之而後快。今日擔得酒來，令狐兄卻坦然而飲，竟不怕酒中下了毒，也只有如此胸襟的大丈夫，才配喝這天下名酒。」

令狐冲道：「取笑了。小弟與田兄交手兩次，深知田兄品行不端，但暗中害人之事卻不屑爲。再說，你武功比我高得多，要取我性命，拔刀相砍便是，有何難處？」

田伯光哈哈大笑，說道：「令狐兄說得甚是。但你可知道這兩大罈酒，卻不是逕從長安挑上華山的。我挑了這一百斤美酒，到陝北去做了兩件案子，又到陝東去做兩件案子，這才上華山來。」令狐冲一驚，心道：「卻是爲何？」略一凝思，便已明白，道：「原來田兄不斷犯案，故意引開我師父、師娘，以便來見小弟，使的是個調虎離山之計。田兄如此不嫌煩勞，不知有何見教。」田伯光笑道：「令狐兄且請猜上一猜。」

令狐冲道：「不猜！」斟了一大碗酒，說道：「田兄，你來華山是客，荒山無物奉敬，借花獻佛，你喝一碗天下第一美酒。」田伯光道：「多謝。」將一碗酒喝乾了。令狐沖陪了一碗。兩人舉著空碗一照，哈哈一笑，一齊放下碗來。令狐沖突然右腿飛出，砰砰兩聲，將兩大罈酒都踢入了深谷，隔了良久，谷底才傳上來兩下悶響。

田伯光驚道：「令狐兄踢去酒罈，卻爲甚麼？」令狐沖道：「你我道不同不相爲謀，田伯光，你作惡多端，濫傷無辜，武林之中，人人切齒。令狐沖敬你落落大方，不算是卑鄙猥屑之徒，才跟你喝了三大碗酒。見面之誼，至此而盡。別說兩大罈美酒，便是將普天下珍寶都堆在我面前，難道便能買得令狐沖做你朋友嗎？」唰的一聲，拔出長劍，叫道：「田伯光，在下今日再領教你快刀高招。」

田伯光卻不拔刀，搖頭微笑，說道：「令狐兄，貴派劍術是極高的，只是你年紀還輕，火候未到，此刻要動刀動劍，畢竟還不是田某對手。」

令狐沖略一沉吟，點點頭，道：「此言不錯，令狐沖十年之內，沒法殺得了田兄。」啪的一聲，將長劍還入劍鞘。

田伯光哈哈大笑，道：「識時務者爲俊傑！」令狐沖道：「令狐沖不過是江湖上的無名小卒，田兄不辭辛勞的來到華山，想來不是爲了取我頸上人頭。你我是敵非友，田兄有何所命，在下一概不允。」田伯光笑道：「你還沒聽到我的說話，便先拒卻了。」

令狐沖道：「正是。不論你叫我做甚麼事，我都決不照辦。可是我又打你不過，在下腳底抹油，這可要逃了。」說著身形一晃，轉到了崖後。他知這人號稱「萬里獨行」，腳下奇快，他刀法固然了得，武林中勝過他的畢竟也爲數不少，但他十數年來作惡多端，俠義道幾次糾集人手，大舉圍捕，始終沒能傷到他一根寒毛，便因他爲人機警、輕功絕佳之故。是以令狐冲這一發足奔跑，立時使出全力。

不料他轉得快，田伯光比他更快，令狐冲只奔出數丈，便見田伯光已攔在面前。令狐冲立即轉身，想要從前崖躍落，只奔了十餘步，田伯光又已追上，在他面前伸手一攔，哈哈大笑。令狐冲退了三步，叫道：「逃不了，只好打。我可要叫幫手了，田兄莫怪。」

田伯光笑道：「尊師岳先生倘若到來，只好輪到田某腳底抹油。可是岳先生與岳夫人此刻尚在陝東五百里外，來不及趕回相救。令狐兄的師弟、師妹人數雖多，叫上崖來，卻仍不是田某敵手，男的枉自送了性命，女的……嘿嘿，嘿嘿！」這幾下「嘿嘿」之聲，笑得大是不懷好意。

令狐冲心中一驚，暗道：「思過崖離華山總堂甚遠，我就算縱聲大呼，師弟師妹們也沒法聽見。這人是出名的採花淫賊，倘若小師妹給他見到……啊喲，好險！剛才我幸虧沒能逃走，否則田伯光必到華山總堂去找我，小師妹定會給他撞見。小師妹這等花容月貌，落入了這萬惡淫賊眼中，我……我可萬死莫贖了。」眼珠一轉，已打定了主意：「眼下只有跟他敷衍，拖延時光，既難力敵，便當智取，只須拖到師父、師娘回山，便平安無事了。」說道：「好罷，令狐冲打是打你不過，逃又逃不掉，叫不到幫手……」雙手一攤，作個無可奈何之狀，意思是說你要如何便如何，我只有聽天由命了。

田伯光笑道：「令狐兄，你千萬別會錯了意，只道田某要跟你為難，其實此事於你有大大好處，將來你定會重重謝我。」令狐冲搖手道：「你惡事多為，聲名狼藉，不論這件事對我有多大好處，令狐冲潔身自愛，決不跟你同流合污。」

田伯光笑道：「田某是聲名狼藉的採花大盜，令狐兄卻是武林中第一正人君子岳先生的得意弟子，自不能跟我同流合污。只是既有今日，何必當初？」令狐冲道：「甚麼叫做既有今日，何必當初？」田伯光笑道：「在衡陽迴雁樓頭，令狐兄和田某曾有同桌共飲之誼。」令狐冲道：「令狐冲向來好酒如命，一起喝幾杯酒，何足道哉？」田伯光道：「在衡山羣玉院中，令狐兄和田某曾有同院共嫖之雅。」令狐冲呸的一聲，道：「其時令狐冲身受重傷，爲人所救，暫在羣玉院中養傷，怎說得上一個『嫖』字？」

田伯光笑道：「可是便在那羣玉院中，令狐兄卻和兩位如花似玉的少女，曾有同被共眠之樂。」令狐冲心中一震，大聲道：「田伯光，你口中放乾淨些！令狐冲聲名清白，那兩位姑娘更加冰清玉潔。你這般口出污言穢語，我要不客氣了。」

田伯光笑道：「你今日對我不客氣有甚麼用？你要維護華山派的清白令名，當時對那兩位姑娘就該客氣尊重些，卻爲甚麼當著青城派、衡山派、恆山派衆英雄之前，和這兩個小姑娘大被同眠，上下其手，無所不爲？哈哈，哈哈！」

令狐冲大怒，呼的一聲，出拳向他猛擊過去。

田伯光笑著避過，說道：「這件事你要賴也賴不掉啦，當日你若不是在床上被中，對這兩個小姑娘大肆輕薄，爲甚麼她們今日會對你苦害相思？」

令狐冲心想：「這人是個無恥之徒，甚麼話也說得出口，跟他這般莫名其妙的纏下去，不知他將有多少難聽的話說出來，那日在衡陽迴雁樓頭，他中了我的詭計，這是他生平的奇恥大辱，唯有以此塞他之口。」當下不怒反笑，說道：「我道田兄千里迢迢的到華山幹甚麼來著，卻原來是奉了你師父儀琳小尼姑之命，送兩罈美酒給我，以報答我代她收了這樣一個乖徒弟，哈哈，哈哈！」

田伯光臉上一紅，隨即寧定，正色道：「這兩罈酒是田某自己的一番心意，但田某來到華山，倒確與儀琳小師父有關。」

令狐冲笑道：「師父便是師父，怎還有甚麼大師父、小師父之分？大丈夫一言既出，駟馬難追，難道你想不認帳麼？儀琳師妹是恆山派的名門高弟，你拜上了這樣一位師父，眞是你的造化，哈哈！」

田伯光大怒，手按刀柄，便欲拔刀，但隨即忍住，冷冷的道：「令狐兄，你手上的功夫不行，嘴頭的功夫倒很厲害。」令狐冲笑道：「刀劍拳腳既不是田兄對手，只好在嘴頭上找點兒便宜。」田伯光道：「嘴頭上輕薄，田伯光甘拜下風。令狐兄，這便跟我走罷。」

令狐冲道：「不去！殺了我也不去！」

田伯光道：「你可知我要你上那裏去？」令狐冲道：「不知道！上天也好，入地也好，田伯光到那裏，令狐冲總之不去。」

田伯光緩緩搖頭，道：「我是來請令狐兄去見一見儀琳小師父。」

令狐冲大吃一驚，道：「儀琳師妹又落入你這惡賊之手麼？你忤逆犯上，膽敢對自己師父無禮！」田伯光怒道：「田某師尊另有其人，已於多年之前歸天，此後休得再將儀琳小師父牽扯在一起。」他神色漸和，又道：「儀琳小師父日思夜想，便是牽掛著令狐兄，在下當你是朋友，從此不敢對她再有半分失敬，這一節你倒可放心。咱們走罷！」

令狐冲道：「不去！一千個不去，一萬個不去！」

田伯光微微一笑，卻不作聲。令狐冲道：「你笑甚麼？你武功勝過我，便想開硬弓，將我拿下山去嗎？」田伯光道：「田某對令狐兄並無敵意，原不想得罪你，只是既乘興而來，便不想敗興而歸。」令狐冲道：「田伯光，你刀法甚高，要殺我傷我，確然不難，可是令狐冲可殺不可辱，最多性命送在你手，要想擒我下山，卻萬萬不能。」

田伯光側頭向他斜睨，說道：「我受人之託，請你去和儀琳小師父一見，實無他意，你又何必拚命？」令狐冲道：「我不願做的事，別說是你，便是師父、師娘、五嶽盟主、皇帝老子，誰也沒法勉強。總之是不去，一萬個不去，十萬個不去。」田伯光道：「你既如此固執，田某只好得罪了。」嚓的一聲，拔刀在手。

令狐冲怒道：「你存著拿我之心，早已得罪我了。這華山思過崖，便是今日令狐冲畢命之所。」說著一聲清嘯，拔劍在手。

田伯光退了一步，眉頭微皺，說道：「令狐兄，你我無怨無仇，何必性命相搏？咱們不妨再打一個賭。」令狐冲心中一喜：「要打賭，那是再好也沒有了，我倘若輸了，還可強詞奪理的抵賴。」口中卻道：「打甚麼賭？我贏了固然不去，輸了也是不去。」

田伯光微笑道：「華山派的掌門大弟子，對田伯光的快刀刀法怕得這等厲害，連三十招也不敢接。」令狐冲怒道：「怕你甚麼？大不了給你一刀殺了。」

田伯光道：「令狐兄，非是我小覷了你，只怕我這快刀，你三十招也接不下。只須你擋得住我快刀三十招，田某拍拍屁股，立即走路，再也不敢向你囉唣。但若田某僥倖在三十招內勝了你，你只好跟我下山，去和儀琳小師父會上一會。」

令狐冲心念電轉，將田伯光的刀法想了一遍，暗忖：「自從和他兩番相鬥之後，將他刀法的種種凌厲殺著，早已想過無數遍，又曾請教過師父、師娘。我只求自保，難道連三十招也擋不住？」喝道：「好，便接你三十招！」唰的一劍，向他攻去。這一出手便是本門劍法的殺著「有鳳來儀」，劍刃顫動，嗡嗡有聲，登時將田伯光的上盤盡數籠罩在劍光之下。

田伯光讚道：「好劍法！」揮刀格開，退了一步。令狐冲叫道：「一招了！」跟著一招「蒼松迎客」，又攻了過去。田伯光又讚道：「好劍法！」知道這一招之中，暗藏後著甚多，不敢揮刀相格，斜身滑步，閃了開去。這一下避讓其實並非一招，但令狐冲喝道：「兩招！」手下毫不停留，又攻了一招。

他連攻五招，田伯光或格或避，始終沒反擊，令狐冲卻已數到了「五」字。待得他第六招長劍自下而上的反挑，田伯光大喝一聲，舉刀硬劈，刀劍相撞，令狐冲手中長劍登時沉了下去。田伯光喝道：「第六招、第七招、第八招、第九招、第十招！」口中數一招，手上砍一刀，連數五招，鋼刀砍了五下，招數竟然並無變化，每一招都是當頭硬劈。

這幾刀一刀重似一刀，到得第六刀再下來時，令狐冲只覺全身都爲對方刀上勁力所脅，連氣也喘不過來，奮力舉劍硬架，錚的一聲巨響，刀劍相交，手臂痠酸，長劍落下地來。田伯光又是一刀砍落，令狐冲雙眼一閉，不再理會。

田伯光哈哈一笑，問道：「第幾招？」令狐冲睜開眼來，說道：「你刀法固然比我高，膂力內勁，也都遠勝於我，令狐冲不是你對手。」田伯光笑道：「這就走罷！」

令狐冲搖頭道：「不去！」田伯光臉色一沉，道：「令狐兄，田某敬你是男子漢大丈夫，言而有信，三十招內令狐兄既然輸了，怎麼又來反悔？」令狐冲道：「我本來不信你能在三十招內勝我，現下是我輸了，可是我並沒說輸招之後便跟你去。我說過沒有？」田伯光心想這句話原是自己說的，令狐冲倒確沒說過，當下將刀一擺，冷笑道：「你姓名中有個『狐』，果然名副其實。你沒說過便怎樣？」令狐冲道：「適才在下輸招，是輸在力不如你，心中不服，待我休息片刻，咱們再比過。」

田伯光道：「好罷，要你輸得口服心服。」坐在石上，雙手叉腰，笑嘻嘻的瞧著他。

令狐冲尋思：「這惡賊定要我隨他下山，不知有何奸計，說甚麼去見儀琳師妹，定非實情。他又不是儀琳師妹的眞徒弟，何況儀琳師妹一見他便嚇得魂不附體，又怎會和他去打甚麼交道？只是我眼下給他纏上了，卻如何脫身才是？」想到適才他向自己連砍這六刀，刀法平平，勢道卻沉猛無比，實不知該當如何拆解。

突然間心念一動：「那日荒山之夜，莫大先生殺了大嵩陽手費彬，衡山劍法靈動難測，以此對敵田伯光，定然不輸於他。後洞石壁之上，刻得有衡山劍法的種種絕招，我去學得三四十招，便可和田伯光拚上一拚了。」又想：「衡山劍法精妙無比，頃刻間豈能學會，終究是我的胡思亂想。」

田伯光見他臉色瞬息間忽愁忽喜，忽又悶悶不樂，笑道：「令狐兄，破解我這刀法的詭計，可想出來了麼？」

令狐冲聽他將「詭計」二字說得特別響亮，不由得氣往上衝，大聲道：「要破你刀法，又何必使用詭計？你在這裏囉哩囉唆，吵鬧不堪，令我心亂意煩，難以凝神思索，我要到山洞裏好好想上一想，你可別來滋擾。」田伯光笑道：「你去苦苦思索便是，我不來吵你。」令狐冲聽他將「苦苦」二字又說得特別響亮，低低罵了一聲，走進山洞。

令狐冲點燃蠟燭，鑽入後洞，逕到刻著衡山派劍法的石壁前去觀看，但見一路路劍法變幻無方，若非親眼所見，眞不信世間有如此奇變橫生的劍招，心想：「片刻之間要眞的學會甚麼劍法，決無可能，我只揀幾種最爲希奇古怪的變化，記在心中，出去跟他亂打亂鬥，說不定可以攻他一個措手不及。」當下邊看邊記，雖見每一招衡山派劍法均爲敵方所破，但想田伯光決不知此種破法，此點不必顧慮。

他一面記憶，一面手中比劃，學得二十餘招變化後，已花了大半個時辰，只聽得田伯光的聲音在洞外傳來：「令狐兄，你再不出來，我可要衝進來了。」令狐冲提劍躍出，叫道：「好，我再接你三十招！」

田伯光笑道：「這一次令狐兄若再敗了，那便如何？」令狐冲道：「那也不是第一次敗了。多敗一次，又有何妨？」說這句話時，手中長劍已如狂風驟雨般連攻七招。這七招都是他從後洞石壁上新學來的，果是極盡變幻之能事。

田伯光沒料到他華山派劍法中竟有這般變化，倒給他鬧了個手足無措，連連倒退，到得第十招上，心下暗暗驚奇，呼嘯一聲，揮刀反擊。他刀上勢道雄渾，令狐冲劍法中的變化便不易施展，到得第十九招上，兩人刀劍一交，令狐冲長劍又遭震飛。

令狐冲躍開兩步，叫道：「田兄只是力大，並非在刀法上勝我。這一次仍輸得不服，待我去再想三十招劍法出來，跟你重新較量。」田伯光笑道：「令師此刻尚在五百里外，正在到處找尋田某的蹤跡，十天半月之內未必能回華山。令狐兄施這推搪之計，只怕無用。」令狐冲道：「要靠我師父來收拾你，那又算甚麼英雄好漢？我大病初愈，力氣不足，給你佔了便宜，單比招數，難道連你三十招也擋不住？」田伯光笑道：「是刀法勝你也好，是膂力勝你也好，輸便是輸，贏便是贏，口舌上爭勝，又有何用？」

令狐冲道：「好！你等著我，是男兒漢大丈夫，可別越想越怕，就此逃走下山，你輕功太高，令狐冲可追你不上！」田伯光哈哈大笑，退了兩步，坐在石上。

令狐冲回入後洞，尋思：「田伯光傷過泰山派的天松道長、鬥過恆山派的儀琳師妹，適才我又以衡山派劍法和他相鬥，但嵩山派的武功他未必知曉。」尋到嵩山派劍法的圖形，學了十餘招，心道：「衡山派的絕招剛才還有十來招沒使，我給他夾在嵩山派劍法之中，再突然使幾招本門劍招，說不定便能搞得他頭暈眼花。」不等田伯光相呼，便出洞相鬥。

他劍招忽而嵩山，忽而衡山，中間又將華山派的幾下絕招使了出來。田伯光連叫：「古怪，古怪！」但拆到二十二招時，終究還是將刀架在令狐冲頸中，逼得他棄劍認輸。

令狐冲道：「第一次我只能接你五招，動腦筋想了一會，便接得你十八招，再想一會，已接得你二十一招。田兄，你怕不怕？」田伯光笑道：「我怕甚麼？」令狐冲道：

「我不斷潛心思索，再想幾次，便能接得你三十招了。又多想幾次，便能反敗爲勝了，那時我就算不殺你，你豈非糟糕之極？」田伯光道：「田某浪蕩江湖，生平所遇對手之中，以令狐兄最爲聰明多智，只可惜武功和田某還差著一大截，就算你進步神速，要想在幾個時辰之中便能勝過田某，天下決無此理！」

令狐冲道：「令狐冲浪蕩江湖，生平所遇對手之中，以田兄最爲膽大妄爲，眼見得令狐冲越戰越強，居然並不逃走，難得啊難得。田兄，少陪了，我再進去想想。」

田伯光笑道：「請便。」

令狐冲慢慢走入洞中，他嘴上跟田伯光胡說八道，似乎漫不在乎，心中其實越來越擔憂：「這惡徒來到華山，決不存好心。他明知師父、師娘正在追殺他，又怎有閒情來跟我拆招比武？將我制住之後，縱然不想殺我，也該點了我穴道，令我動彈不得，卻何以一次又一次的放我？到底是何用意？」

料想田伯光來到華山，實有個恐怖之極的陰謀，但到底是甚麼陰謀，卻全無端倪可尋，尋思：「倘若是要絆住了我，好讓旁人收拾我一衆師弟、師妹，又何不直截了當的殺我？那豈不乾脆容易得多？」思索半晌，一躍而起，心想：「今日之事，看來我華山派是遇上了極大危難。師父、師娘不在山上，令狐冲是本門之長，這副重擔是我一個人挑了。不管田伯光有何圖謀，我須當竭盡心智，和他纏鬥到底，只要有機可乘，便即一劍將他殺了。」

心念已決，又去觀看石壁上的圖形，這一次卻只揀最狠辣的殺著用心記憶。待得步出山洞，天色已明，令狐冲已存了殺人之念，臉上卻笑嘻嘻地，說道：「田兄，你駕臨華山，小弟沒盡地主之誼，當眞萬分過意不去。這場比武之後，不論誰輸誰贏，小弟當請田兄嘗一嘗本山的土釀名產。」

田伯光笑道：「多謝了！」令狐冲道：「他日又在山下相逢，你我卻是決生死的拚鬥，不能再如今日這般，客客氣氣的數著招數賭賽了。」田伯光道：「像令狐兄這般朋友，殺了實在可惜。只是我如不殺你，你武功進展神速，他日劍法比我爲強之時，你卻不肯饒我這採花大盜了。」令狐冲道：「正是，如今日這般切磋武功，實是機會難得。田兄，小弟進招了，請你多多指教。」田伯光笑道：「不敢，令狐兄請！」

令狐冲笑道：「小弟越想越覺不是田兄的對手。」一言未畢，挺劍刺了過去，劍尖將到田伯光身前三尺之處，驀地裏斜向左側，猛然迴刺。田伯光舉刀擋格。令狐冲不等劍鋒碰到刀刃，忽地從他下陰挑了上去。這一招陰狠毒辣，凌厲之極。田伯光吃了一驚，縱身急躍。令狐冲乘勢直進，唰唰唰三劍，每一劍都竭盡平生之力，攻向田伯光的要害。田伯光失了先機，登處劣勢，揮刀東擋西格，只聽得嗤的一聲響，令狐冲長劍從他右腿之側刺過，將他褲管刺穿一孔，劍勢奇急，與他腿肉相去不及一寸。

田伯光左手砰的一拳，將令狐冲打了個觔斗，怒道：「你招招要取我性命，這是切磋武功的打法麼？」令狐冲躍起身來，笑道：「反正不論我如何盡力施爲，終究傷不了田兄的一根寒毛。你左手拳的勁道可眞不小啊。」田伯光笑道：「得罪了。」令狐冲笑嘻嘻的走上前去，說道：「似乎已打斷了我兩根肋骨。」越走越近，突然間劍交左手，反手刺出。

這一劍當眞匪夷所思，卻是恆山派的一招殺著。田伯光大驚之下，劍尖離他小腹已不到數寸，百忙中一個打滾避過。令狐冲居高臨下，連刺四劍，只攻得田伯光狼狽不堪，眼見再攻數招，便可將他一劍釘在地下，不料田伯光突然飛起左足，踢上他手腕，跟著鴛鴦連環，右足又已踢出，正中他小腹。令狐冲長劍脫手，向後仰跌出去。

田伯光挺身躍起，撲上前去，將刀刃架上他咽喉，冷笑道：「好狠辣的劍法！田某險些命送你手，這一次服了嗎？」令狐冲笑道：「當然不服。咱們說好比劍，你卻連使拳腳。又出拳，又出腿，這招數如何算法？」

田伯光放開了刀，冷笑道：「便是將拳腳合併計算，也沒足三十之數。」令狐冲站起身來，怒道：「你在三十招內打敗了我，算你武功高強，那又怎樣？你要殺便殺，何以恥笑於我？你要笑便笑，卻何以要冷笑？」田伯光退了一步，說道：「令狐兄責備得對，是田某錯了。」一抱拳，說道：「田某這裏誠意謝過，請令狐兄恕罪。」

令狐冲一怔，萬沒想到他大勝之餘，反肯賠罪，當下抱拳還禮，道：「不敢！」尋思：「禮下於人，必有所圖。他對我如此敬重，不知有何用意？」苦思不得，索性便開門見山的相詢，說道：「田兄，令狐冲心中有一事不明，不知田兄是否肯直言相告？」田伯光道：「田伯光事無不可對人言。姦淫擄掠、殺人放火之事，旁人要隱瞞抵賴，田伯光做便做了，何賴之有？」令狐冲道：「如此說來，田兄倒是個光明磊落的好漢子。」田伯光道：「『好漢子』三字，可不敢當，總算得還是個言行如一的眞小人。」

令狐冲道：「嘿嘿，江湖之上，如田兄這等人物，倒也罕有。請問田兄，你深謀遠慮，將我師父遠遠引開，然後來到華山，一意要我隨你同去，到底要我去那裏？有何圖謀？」田伯光道：「田某早對令狐兄說過，是請你去和儀琳小師父一見，以慰她相思之苦。」令狐冲搖頭道：「此事太過怪誕離奇，令狐冲又非三歲小兒，豈能相信？」

田伯光怒道：「田某敬你是英雄好漢，你卻當我是下三濫的無恥之徒。我的話你如何不信？難道我說的不是人話，卻是大放狗屁麼？田某若有虛言，連豬狗也不如。」

令狐冲見他說得十分真誠，實不由得不信，不禁大奇，問道：「田兄拜那小師父為師之事，只是一句戲言，原當不得真，卻何以為了她，千里迢迢的來邀我下山？」田伯光神色頗為尷尬，道：「其中當然另有別情。憑她這點微末本事，怎能做得我師父？」

令狐冲心念一動，暗忖：「莫非田伯光對儀琳師妹動了真情，一番慾念，竟爾化成了愛意麼？」說道：「田兄是否對儀琳小師太一見傾心，心甘情願的聽她指使？」

田伯光搖頭道：「你不要胡思亂想，那有此事？」令狐冲道：「到底其中有何別情，還盼田兄見告。」田伯光道：「這是田伯光倒霉之極的事，你何必苦苦追問？總而言之，田伯光要是請不動你下山，一個月之後，便會死得慘不堪言。」

令狐冲一驚，臉上卻不動聲色，道：「天下那有此事？」

田伯光捋起衣衫，袒裸胸膛，指著雙乳之下的兩枚錢大紅點，說道：「田伯光給人在這裏點了死穴，又下了劇毒，被迫來邀你去見那小師父。倘若請你不到，這兩塊紅點在一個月後便腐爛化膿，逐漸蔓延，從此無藥可治，終於全身都化為爛肉，要到三年六個月後，這才爛死。」他神色嚴峻，說道：「令狐兄，田某跟你實說，不是盼你垂憐，乃是要你知道，不管你如何堅決拒卻，我是非請你去不可的。你當眞不去，田伯光甚麼事都做得出來。我平日便已無惡不作，在這生死關頭，更有甚麼顧忌？」

令狐冲尋思：「看來此事非假，我只須設法能不隨他下山，一個月後他身上毒發，這個爲禍世間的惡賊便除去了，倒不須我親手殺他。」當下笑吟吟道：「不知是那一位高手如此惡作劇，給田兄出了這樣一個難題？田兄身上所中的卻又不知是何種毒藥？不管是如何厲害的毒藥，也總有解救的法門。」

田伯光氣憤憤的道：「點穴下毒之人，那也不必提了。要解此死穴奇毒，除了下手之人，天下只怕惟有『殺人名醫』平一指一人，可是他又怎肯給我解救？」令狐冲微笑道：「田兄善言相求，或是以刀相迫，他未必不肯解。」田伯光道：「你別儘說風涼話，總而言之，我要是眞請你不動，田某固然活不成，你也難以平安大吉。」令狐冲道：「這個自然，但田兄只須打得我口服心服，令狐冲念你如此武功得來不易，隨你下山走一趟，也未始不可。田兄稍待，我可又要進洞去想想了。」

他走進山洞，心想：「那日我曾和他數度交手，未必每一次都拆不上三十招，怎地這一次反而退步了，說甚麼也接不到他三十招？」沉吟片刻，已得其理：「是了，那日我爲了救儀琳師妹，跟他性命相撲，管他拆的是三十招，還是四十招。眼下我口中不斷數著一招、兩招、三招，心中想著的只是如何接滿三十招，這般分心，劍法上自不免大打折扣。令狐冲啊令狐冲，你怎如此胡塗？」想明白了這一節，精神一振，又去鑽研石壁上的武功。

這一次看的卻是泰山派劍法。泰山劍招以厚重沉穩見長，一時三刻，無論如何學不到其精髓所在，而其規矩謹嚴的劍路也非他性之所喜。看了一會，正要走開，一瞥眼間見到圖形中以短槍破解泰山劍法的招數，卻十分輕逸靈動。他越看越著迷，不由得沉浸其中，忘了時刻已過，直到田伯光等得實在不耐煩，呼他出去，兩人這才又動手相鬥。

這一次令狐冲學得乖了，再也不去數招，一上手便劍光霍霍，向田伯光急攻。田伯光見他劍招層出不窮，每進洞去思索一會，出來時便大有新意，卻也不敢怠慢。兩人以快打快，瞬息之間，已拆了不知若干招。突然間田伯光踏進一步，伸手快如閃電，已扣住了令狐冲的手腕，扭轉他手臂，將劍尖指向他咽喉，只須再使力一送，長劍便在他喉頭一穿而過，喝道：「你輸了！」

令狐冲手腕奇痛，口中卻道：「是你輸了！」田伯光道：「怎地是我輸了？」令狐冲道：「這是第三十二招。」田伯光道：「三十二招？」令狐冲道：「正是第三十二招！」田伯光道：「你口中又沒數。」令狐冲道：「我口中不數，心中卻數著，清清楚楚，明明白白，這是第三十二招。」其實他心中又何嘗數了？三十二招云云，只是信口胡吹。

田伯光放開他手腕，說道：「不對！你第一劍這麼攻來，我便如此反擊，你如此招架，我又這樣砍出，那是第二招。」他一刀一式，將適才相鬥的招式從頭至尾的複演一遍，數到伸手抓住令狐冲的手腕時，卻只二十八招。令狐冲見他記心如此了得，兩人拆招這麼快捷，他卻每一招每一式都記得清清楚楚，次序絲毫不亂，實是武林中罕見的奇才，不由得好生佩服，大拇指一翹，說道：「田兄記心驚人，原來是小弟數錯了，我再去想過。」

田伯光道：「且慢！這山洞中到底有甚麼古怪，我要進去看看。洞裏是不是藏得有甚麼武學秘笈？爲甚麼你進洞一次，出來後便多了許多古怪招式？」說著便走向山洞。

令狐冲吃了一驚，心想：「倘若給他見到石壁上的圖形，那可大大不妥。」臉上卻露出喜色，隨即又將喜色隱去，假裝出一副十分擔憂的神情，雙手伸開攔住，說道：「這洞中所藏，是敝派武學秘本，田兄非我華山派弟子，可不能入內觀看。」

田伯光見他臉上喜色一現即隱，其後的憂色顯得甚是誇張，多半是假裝出來的，心念一動：「他聽到我要進山洞去，爲甚麼當即喜動顏色？其後卻又假裝憂愁，顯是要掩飾內心眞情，只盼我闖進洞去。山洞之中，必有對我大大不利的物事，多半是甚麼機關陷阱，或是他養馴了的毒蛇怪獸，我可不上這個當。」說道：「原來洞內有貴派武學秘笈，田某倒不便進去觀看了。」令狐冲搖了搖頭，顯得頗爲失望。

此後令狐冲進洞數次，又學了許多奇異招式，不但有五嶽劍派各派絕招，而破解五派劍法的種種怪招也學了不少，只倉卒之際難以融會貫通，現炒現賣，高明有限，始終沒法擋得住田伯光快刀的三十招。田伯光見他進洞去思索一會，出來後便怪招紛呈，精采百出，雖無大用，克制不了自己，但招式之妙，平生從所未睹，實令人歎爲觀止，心中固然越來越不解，卻也亟盼和他鬥得越久越好，俾得多見識一些匪夷所思的劍法。

眼見天色過午，田伯光又一次將令狐冲制住後，驀地想起：「這一次他所使劍招，似乎大部份是嵩山派的，莫非山洞之中，竟有五嶽劍派的高手聚集？他每次進洞，便有高手傳他若干招式，叫他出來和我相鬥。啊喲，幸虧我沒貿然闖進洞去，否則怎鬥得過五嶽劍派的一衆高手？」他心有所思，隨口問道：「他們怎麼不出來？」令狐冲道：「誰不出來？」田伯光道：「洞中教你劍法的那些前輩高手。」

令狐冲一怔，已明其意，哈哈一笑，說道：「這些前輩，不……不願與田兄動手。」田伯光大怒，大聲道：「哼，這些人沽名釣譽，自居清高，不屑和我淫賊田伯光過招。你叫他們出來，只消是單打獨鬥，他名氣再大，也未必便是田伯光的對手。」

令狐冲搖搖頭，笑道：「田兄倘若有興，不妨進洞向這十一位前輩領教領教。他們對田兄的刀法，言下倒也頗爲看重呢。」他知田伯光在江湖上作惡多端，樹敵極衆，平素行事向來十分謹愼小心，他既猜想洞內有各派高手，那便說甚麼也不會激得他闖進洞去，他不說十位高手，偏偏說個十一位的畸零數字，更顯得實有其事。

果然田伯光哼了一聲，道：「甚麼前輩高手？只怕都是些浪得虛名之徒，否則怎地一而再、再而三的傳你種種招式，始終連田某的三十招也擋不過？」他自負輕功了得，心想就算那十一個高手一擁而出，我雖然鬥不過，逃總逃得掉，何況既是五嶽劍派的前輩高手，他們自重身分，決不會聯手對付自己。

令狐冲正色道：「那是由於令狐冲資質愚魯，內力膚淺，學不到這些前輩武功的精要。田兄嘴裏可得小心些，莫要惹怒了他們。任是那一位前輩出手，田兄不等一月後毒發，轉眼便會在這思過崖上身首異處了。」田伯光道：「你倒說說看，洞中到底是那幾位前輩。」令狐冲神色詭秘，道：「這幾位前輩歸隱已久，早已不預聞外事，他們在這裏聚集，更和田兄毫不相干。別說這幾位老人家名號不能外洩，就是說了出來，田兄也不會知道。不說也罷，不說也罷！」

田伯光見他臉色古怪，顯是在極力掩飾，說道：「嵩山、泰山、衡山、恆山四派之中，或許還有些武功不凡的前輩高人，可是貴派之中，卻沒甚麼耆宿留下來了。那是武林中眾所週知之事。令狐兄信口開河，難入人信。」令狐冲道：「不錯，華山派中，確無前輩高人留存至今。當年敝派不幸為瘟疫侵襲，上一輩的高手凋零殆盡，華山派元氣大傷，否則的話，也決不能讓田兄單槍匹馬的闖上山來，打得我華山派全無招架之力。田兄之言甚是，山洞之中，的確並無敝派高手。」

田伯光既然認定他是在欺騙自己，他說東，當然是西，他說華山派並無前輩高手留存，那麼一定是有，思索半晌，猛然間想起一事，一拍大腿，叫道：「啊！我想起來了！原來是風清揚風老前輩！」

令狐冲登時想起石壁上所刻的那「風清揚」三個大字，忍不住一聲驚噫，這一次倒非作假，心想這位風前輩難道此時還沒死？不管怎樣，連忙搖手，道：「田兄不可亂說。風……風……」他想「風清揚」的名字中有個「清」字，那是比師父「不」字輩高了一輩的人物，接著道：「風太師叔歸隱多年，早不知去向，也不知他老人家是否尚在人世，怎麼會到華山來？田兄不信，最好自己到洞中去看看，那便真相大白了。」

田伯光越見他力邀自己進洞，越不肯上當，心想：「他如此驚慌，果然我所料不錯。聽說華山派前輩當年一夕之間盡數暴斃，只風清揚一人其時不在山上，逃過了這場劫難，原來尚在人世，但說甚麼也該有七八十歲了，武功再高，終究精力已衰，一個糟老頭子，我怕他個屁？」說道：「令狐兄，咱們已鬥了一日一晚，再鬥下去，你終究是鬥我不過的，雖有你風太師叔不斷指點，終歸無用。你還是乖乖的隨我下山去罷。」

令狐冲正要答話，忽聽得身後有人冷冷的道：「倘若我當眞指點幾招，難道還收拾不下你這小子？」

那老者點點頭，嘆了口氣，

慢慢走到大石之前，坐了下來。

田伯光喝道：「看刀！」揮刀向令狐冲砍了過來。

令狐冲側身閃避，長劍還刺。

一〇 傳劍

令狐冲大吃一驚，回過頭來，見山洞口站著一個白鬚青袍老者，神氣抑鬱，臉如金紙。令狐冲心道：「這老先生莫非便是那晚的蒙面青袍人？他是從那裏來的？怎地站在我身後，我竟沒半點知覺？」心下驚疑不定，只聽田伯光顫聲道：「你……你便是風老先生？」

那老者嘆了口氣，說道：「難得世上居然還有人知道風某的名字。」

令狐冲心念電轉：「本派中還有一位前輩，我可從來沒聽師父、師娘說過，倘若他是順著田伯光之言隨口冒充，我如上前參拜，豈不令天下好漢恥笑？再說，事情那裏眞有這麼巧法？田伯光提到風清揚，便眞有一個風清揚出來。」

那老者搖頭嘆道：「令狐冲你這小子，實在也太不成器！我來教你。你先使一招『白虹貫日』，跟著便使『有鳳來儀』，再使一招『金雁横空』，接下來使『截手式』……」一口氣滔滔不絕的說了三十招招式。

那三十招招式令狐冲都曾學過，但出劍和腳步方位，卻無論如何連不在一起。那老者道：「你遲疑甚麼？嗯，三十招一氣呵成，憑你眼下修爲，的確有些不易，你倒先試演一遍看。」他嗓音低沉，神情蕭索，似含有無限傷心，但語氣之中自有一股威嚴。令狐冲心想：「便依言一試，卻也無妨。」當即使一招「白虹貫日」，劍尖朝天，第二招「有鳳來儀」便接不下去，不由得一呆。

那老者道：「唉，蠢才，蠢才！無怪你是岳不羣的弟子，拘泥不化，不知變通。劍術之道，講究如行雲流水，任意所之。你使完那招『白虹貫日』，劍尖向上，難道不會順勢拖下來嗎？劍招中雖沒這姿式，難道你不會別出心裁，隨手配合麼？」

這一言登時將令狐冲提醒，他長劍一勒，自然而然的便使出「有鳳來儀」，不等劍招變老，已轉「金雁橫空」。長劍在頭頂劃過，一勾一挑，輕輕巧巧的變為「截手式」，轉折之際，天衣無縫，心下甚是舒暢。當下依著那老者所說，一招一式的使將下去，使到「鐘鼓齊鳴」收劍，堪堪正是三十招，突然之間，只感到說不出的歡喜。

那老者臉色間卻無嘉許之意，說道：「對是對了，可惜斧鑿痕跡太重，也太笨拙。不過和高手過招固然不成，對付眼前這小子，只怕也將就成了。上去試試罷！」

令狐冲雖尚不信他便是自己太師叔，但此人是武學高手，卻絕無可疑，當即長劍下垂，深深躬身為禮，說道：「多謝指點。」轉身向田伯光道：「田兄請！」

田伯光道：「我已見你使了這三十招，再跟你過招，還打個甚麼？」令狐冲道：「田兄不願動手，那也很好，這就請便。在下要向這位老前輩多多請教，無暇陪伴田兄了。」田伯光大聲道：「那是甚麼話？你不隨我下山，田某一條性命難道便白白送在你手裏？」轉面向那老者道：「風老前輩，田伯光是後生小子，不配跟你老人家過招，你若出手，未免有失身分。」那老者點點頭，嘆了口氣，慢慢走到大石之前，坐了下來。

田伯光大為寬慰，喝道：「看刀！」揮刀向令狐冲砍了過來。

令狐冲側身閃避，長劍還刺，使的便是適才那老者所說的第四招「截手式」。他一劍既出，後著源源傾瀉，劍法輕靈，所用招式有些是那老者提到過的，有些卻在那老者所說的三十招之外。他既領悟了「行雲流水，任意所之」這八字精義，劍術登時大進，翻翻滾滾的和田伯光拆了一百餘招。突然間田伯光一聲大喝，舉刀直劈，令狐冲眼見難以閃避，一抖手，長劍指向他胸膛。田伯光迴刀削劍，噹的一聲，刀劍相交，他不等令狐冲抽劍，放脫單刀，縱身而上，雙手扼住了他喉頭。令狐冲登時爲之窒息，長劍也即脫手。

田伯光喝道：「你不隨我下山，老子扼死你。」他本來和令狐冲稱兄道弟，言語甚是客氣，但這番百餘招的劇鬥一過，打得性發，牢牢扼住他喉頭後，居然自稱起「老子」來。令狐冲滿臉紫脹，搖了搖頭。田伯光咬牙道：「一百招也好，二百招也好，老子贏了，便要你跟我下山。他媽的三十招之約，老子不理了。」令狐冲想要哈哈一笑，可是給他十指扼住了喉頭，無論如何笑不出聲。

忽聽那老者道：「蠢才！手指便是劍。那招『金玉滿堂』，定要用劍才能使嗎？」

令狐冲腦海中如電光一閃，右手五指疾刺，正是一招「金玉滿堂」，中指和食指戳在田伯光胸口「膻中穴」上。田伯光悶哼一聲，委頓在地，抓住令狐冲喉頭的手指登時鬆了。

令狐冲沒想到自己隨手這麼一戳，竟將這個名動江湖的「萬里獨行」田伯光輕輕易易的便點倒在地。他伸手摸摸自己給田伯光扼得十分疼痛的喉頭，只見這快刀高手蜷縮在地，不住輕輕抽搐，雙眼翻白，已暈了過去，不由得又驚又喜，霎時之間，對那老者欽佩到了極點，搶到他身前，拜伏在地，叫道：「太師叔，請恕徒孫先前無禮。」說著連連磕頭。

那老者淡淡一笑，說道：「你再不疑心我是招搖撞騙了麼？」令狐冲磕頭道：「萬萬不敢！徒孫有幸，得能拜見本門前輩風太師叔，實爲萬千之喜。」

那老者風清揚道：「你起來。」令狐冲又恭恭敬敬的磕了三個頭，這才站起，眼見那老者滿面病容，神色憔悴，道：「太師叔，你肚子餓麼？徒孫洞裏藏得有些乾糧。」說著便欲去取。風清揚搖頭道：「不用！」瞇著眼向太陽望了望，輕聲道：「日頭好暖和啊，可有好久沒晒太陽了。」令狐冲好生奇怪，卻不敢問。

風清揚向縮在地下的田伯光瞧了一眼，說道：「他給你戳中了膻中穴，憑他功力，一個時辰後便會醒轉，那時仍會跟你死纏。你再將他打敗，他便只好乖乖的下山去了。你制服他後，須得逼他發下毒誓，關於我的事決不可洩漏一字半句。」

令狐冲道：「徒孫適才取勝，不過是出其不意，僥倖得手，劍法上畢竟不是他敵手，要制服他……制服他……」風清揚搖搖頭，說道：「你是岳不羣的弟子，我本不想傳你武功。但我當年……當年……曾立下重誓，有生之年，決不再與人當眞動手。那晚試你劍法，不過讓你知道，華山派『玉女十九劍』倘若使得對了，又怎能讓人彈去手中長劍？我若不假手於你，難以逼得這田伯光立誓守秘，你跟我來。」說著走進山洞，鑽過了孔穴，來到後洞。令狐冲跟了進去。

風清揚指著石壁說道：「壁上這些華山派劍法的圖形，你大都已經看過記熟，只是使將出來，卻全不是那一回事。唉！」說著搖了搖頭。令狐冲尋思：「我在這裏觀看圖形，原來太師叔早已瞧在眼裏。想來每次我都瞧得出神，以致全然沒發覺洞中另有旁人，倘若……倘若太師叔是敵人……嘿嘿，倘若他是敵人，我就算發覺了，也難道能逃得性命？」

只聽風清揚續道：「岳不羣那小子，當眞狗屁不通。你本是塊大好的材料，卻給他教得變成了蠢牛木馬。」令狐冲聽得他辱及恩師，心下氣惱，當即昂然道：「太師叔，我不要你教了，我出去逼田伯光立誓不可洩漏太師叔之事就是。」

風清揚一怔，已明其理，淡淡的道：「他要是不肯呢？你這就殺了他？」令狐冲躊躇不答，心想田伯光數次得勝，始終不殺自己，自己怎能一佔上風，便即殺他？風清揚道：「你怪我罵你師父，好罷，以後我不提他便是，他叫我師叔，我稱他一聲『小子』，總稱得罷？」令狐冲道：「太師叔不罵我恩師，徒孫自當恭聆教誨。」風清揚微微一笑，道：「倒是我來求你學藝了。」令狐冲躬身道：「徒孫不敢，請太師叔恕罪。」

風清揚指著石壁上華山派劍法的圖形，說道：「這些招數，確是本派劍法的絕招，其中泰半已經失傳，連岳……岳……嘿嘿……連你師父也不知道。只是招數雖妙，一招招的分開來使，終究能給旁人破了……」

令狐冲聽到這裏，心中一動，隱隱想到了一層劍術的至理，不由得臉現狂喜之色。風清揚道：「你明白了甚麼？說給我聽聽。」令狐冲道：「太師叔是不是說，要是各招渾成連綿，敵人便沒法可破？」

風清揚點了點頭，甚是歡喜，說道：「我原說你資質不錯，果然悟性極高。這些魔教長老……」一面說，一面指著石壁上使棍棒的人形。令狐冲道：「這是魔教中的長老？」風清揚道：「你不知道麼？這十具骸骨，便是魔教十長老了。」說著手指地下一具骸骨。令狐冲奇道：「怎麼這魔教十長老都死在這裏？」風清揚道：「再過一個時辰，田伯光便醒轉了，你儘問這些陳年舊事，還有時刻學武功麼？」令狐冲道：「是，是，請太師叔指點。」

風清揚嘆了口氣，說道：「這些魔教長老，也確都是了不起的聰明才智之士，竟將五嶽劍派中的高招破得如此乾淨徹底。只不過他們不知道，世上最厲害的招數，不在武功之中，而是陰謀詭計、機關陷阱。倘若落入了別人巧妙安排的陷阱，憑你多高明的武功招數，那也全然用不著了……」說著抬起了頭，眼光茫然，顯是想起了無數舊事。

令狐冲見他說得甚是苦澀，神情間更有莫大憤慨，便不敢接口，心想：「莫非我五嶽劍派果然是『比武不勝，暗算害人』？風太師叔雖是五嶽劍派中人，卻對這些卑鄙手段似乎頗不以為然。但對付魔教人物，使些陰謀詭計，似乎也不能說不對。」

風清揚又道：「單以武學而論，這些魔教長老們也不能說眞正已窺上乘武學之門。他們不懂得，招數是死的，發招之人卻是活的。死招數破得再妙，遇上了活招數，免不了縛手縛腳，只有任人屠戮。這個『活』字，你要牢牢記住了。學招時要活學，使招時要活使。倘若拘泥不化，便練熟了幾千幾萬手絕招，遇上了眞正高手，終究還是給人家破得乾乾淨淨。」

令狐冲大喜，他生性飛揚跳脫，風清揚這幾句話當眞說到了他心坎裏去，連稱：「是，是！須得活學活使。」

風清揚道：「五嶽劍派中各有無數蠢才，以為將師父傳下來的劍招學得精熟，自然而然便成高手，哼哼，熟讀唐詩三百首，不會作詩也會吟！熟讀了人家詩句，做幾首打油詩是可以的，但若不能自出機杼，能成大詩人麼？」他這番話，自然是連岳不羣也罵在其中了，但令狐冲一來覺得這話十分有理，二來他並未直提岳不羣的名字，也就沒加抗辯。

風清揚道：「活學活使，只是第一步。要做到出手無招，那才眞是踏入了高手的境界。你說『各招渾成連綿，敵人便沒法可破』，這句話還只說對了一小半。不是『渾成』，而是根本無招。你的劍招使得再渾成，只要有跡可尋，敵人便有隙可乘。但如你根本並無招式，敵人如何來破你的招式？」

令狐冲一顆心怦怦亂跳，手心發熱，喃喃的道：「根本無招，如何可破？根本無招，如何可破？」斗然之間，眼前出現了一個生平從所未見、連做夢也想不到的新天地。

風清揚道：「要切肉，總得有肉可切；要斬柴，總得有柴可斬；敵人要破你劍招，你須得有劍招給人家來破才成。一個從未學過武功的常人，拿了劍亂揮亂舞，你見聞再博，也猜不到他下一劍要刺向那裏，砍向何處。就算是劍術至精之人，也破不了他的招式，只因並無招式，『破招』二字，便談不上了。只是不曾學過武功之人，雖無招式，卻會給人輕而易舉的打倒。眞正上乘的劍術，則是能制人而決不能爲人所制。」他拾起地下的一根死人腿骨，隨手以一端對著令狐冲，道：「你如何破我這一招？」

令狐冲不知他這一下是甚麼招式，一怔之下，便道：「這不是招式，因此破解不得。」風清揚微微一笑，道：「這就是了。學武之人使兵刃，動拳腳，總是有招式的，你只須知道破法，一出手便能破招制敵。」

令狐冲道：「要是敵人也沒招式呢？」風清揚道：「那麼他也是一等一的高手了，二人打到如何便如何，說不定是你高些，也說不定是他高些。」嘆了口氣，說道：「當今之世，這等高手是難找得很了，只要能僥倖遇上一兩位，那是你畢生的運氣，我一生之中，也只遇上過三位。」令狐冲問道：「是那三位？」

風清揚向他凝視片刻，微微一笑，道：「岳不羣的弟子之中，居然有如此多管閒事、不肯專心學劍的小子，好極，妙極！」令狐冲臉上一紅，忙躬身道：「弟子知錯了。」風清揚微笑道：「沒有錯，沒有錯！你這小子心思活潑，很對我的脾胃。只是現下時刻不多了，你將這華山派的三四十招融合貫通，設想如何一氣呵成，然後全部將它忘了，忘得乾乾淨淨，一招也不可留在心中。待會便以甚麼招數也沒有的華山劍法，去跟田伯光打。」

令狐冲又驚又喜，應道：「是！」凝神觀看石壁上的圖形。

過去數月之中，他早已將石壁上的本門劍法記得甚熟，這時也不必再花時間學招，只須將許多毫不連貫的劍招設法串成一起就是。風清揚道：「一切須當順其自然。行乎其不得不行，止乎其不得不止，倘若串不成一起，也就罷了，總之不可有半點勉強。」令狐冲應了，只須順乎自然，那便容易得緊，串得巧妙也罷，笨拙也罷，那三四十招華山派的絕招，片刻間便聯成了一片，不過要融成一體，其間全無起迄轉折的刻劃痕跡可尋，可就十分爲難了。他提起長劍左削右劈，心中半點也不去想石壁圖形中的劍招，像也好，不像也好，只隨意揮洒，有時使到順溜處，亦不禁暗暗得意。

他從師練劍十餘年，每一次練習，總是全心全意的打醒精神，不敢有絲毫怠忽。岳不羣課徒極嚴，衆弟子練拳使劍，舉手提足間只要稍離了尺寸法度，他便立加糾正，每一個招式總要練得十全十美，沒半點錯誤，方能得到他點頭認可。令狐冲是開山門的大弟子，又生來要強好勝，爲了博得師父、師娘讚許，練習招式時加倍的嚴於自律。不料風清揚教劍全然相反，要他越隨便越好，這正投其所好，使劍時心中暢美難言，只覺比之痛飲數十年的美酒還要滋味無窮。

正使得如痴如醉之時，忽聽得田伯光在外叫道：「令狐兄，請你出來，咱們再比。」

令狐冲一驚，收劍而立，向風清揚道：「太師叔，我這亂揮亂削的劍法，能擋得住他的快刀麼？」風清揚搖頭道：「擋不住，還差得遠呢！」令狐冲驚道：「擋不住？」風清揚道：「要擋，自然擋不住，可是你何必要擋？」

令狐冲一聽，登時省悟，心下大喜：「不錯，他爲了求我下山，不敢殺我。不管他使甚麼刀招，我不必理會，只管自行進攻便了。」當即仗劍出洞。

只見田伯光橫刀而立，叫道：「令狐兄，你得風老前輩指點訣竅之後，果然劍法大進，不過適才給你點倒，乃一時疏忽，田某心中不服，咱們再來比過。」令狐冲道：「好！」挺劍歪歪斜斜的刺去，劍身搖搖晃晃，沒半分勁力。

田伯光大奇，說道：「你這是甚麼劍招？」眼見令狐冲長劍刺到，正要揮刀擋格，卻見令狐冲突然間右手後縮，向空處隨手刺了一劍，跟著劍柄疾收，似乎要撞上他自己胸膛，跟著手腕立即反抖，這一撞便撞向右側空處。田伯光更加奇怪，向他輕輕試劈一刀。令狐冲不避不讓，劍尖一挑，斜刺對方小腹。田伯光叫道：「古怪！」回刀反擋。

兩人拆得數招，令狐冲將石壁上數十招華山劍法使了出來，只攻不守，便如自顧自練劍一般。田伯光給他逼得手忙腳亂，叫道：「我這一刀你如再不擋，砍下了你的臂膀，可別怪我！」令狐冲笑道：「可沒這麼容易。」唰唰唰三劍，全是從希奇古怪的方位刺削而至。田伯光仗著眼明手快，一一擋過，正待反擊，令狐冲忽將長劍向天空拋了上去。田伯光仰頭看劍，砰的一聲，鼻上已重重吃了一拳，登時鼻血長流。

田伯光一驚之間，令狐冲以手作劍，疾刺而出，又戳中了他膻中穴。田伯光身子慢慢軟倒，臉上露出十分驚奇、又十分憤怒的神色。

令狐冲回過身來，風清揚招呼他走入洞中，道：「你又多了一個半時辰練劍，他這次受創較重，醒過來時沒第一次快。只不過下次再鬥，說不定他會拚命，未必肯再容讓，須得小心在意。你去練練衡山派的劍法。」

令狐冲得風清揚指點後，劍法中有招如無招，但存招式之意，而無招式之形，衡山派的絕招本已變化莫測，似鬼似魅，這一來更無絲毫跡象可尋。田伯光醒轉後，鬥得七八十招，又讓他打倒。

眼見天色已晚，陸大有送飯上崖，令狐冲將點倒了的田伯光放在巖石之後，風清揚則在後洞不出。令狐冲道：「這幾日我胃口大好，六師弟明日多送些飯菜上來。」陸大有見大師哥神采飛揚，與數月來鬱鬱寡歡的情形大不相同，心下甚喜，又見他上身衣衫都汗濕了，只道他在苦練劍法，說道：「好，明兒我提一大籃飯上來。」

陸大有下崖後，令狐冲解開田伯光穴道，邀他和風清揚及自己一同進食。風清揚只吃小半碗飯便飽了。田伯光憤憤不平，食不下咽，一面扒飯，一面罵人，突然間左手使勁太大，啪的一聲，竟將一隻瓦碗揑成十餘塊，碗片飯粒，跌得身上地下都是。

令狐冲哈哈大笑，說道：「田兄何必跟一隻飯碗過不去？」

田伯光怒道：「他媽的，我是跟你過不去。只因爲我不想殺你，咱們比武，你這小子只攻不守，這才佔盡了便宜，你自己說，這公道不公道？倘若我不讓你哪，三十招之內便砍下了你腦袋。哼！哼！他媽的那小尼……小尼……」他顯是想罵儀琳那小尼姑，但不知怎的，話到口邊，沒再往下罵了，站起身來，拔刀在手，叫道：「令狐冲，有種的再來鬥過。」令狐冲道：「好！」挺劍而上。

令狐冲又施故技，對田伯光的快刀並不拆解，自行另以巧招相刺。不料田伯光這次出手甚狠，拆得二十餘招後，唰唰兩刀，一刀砍中令狐冲大腿，一刀在他左臂上劃了一道口子，但畢竟還是刀下留情，所傷不重。令狐冲又驚又痛，劍法散亂，數招後便給田伯光踢倒。

田伯光將刀刃架在他喉頭，喝道：「還打不打？打一次便在你身上砍幾刀，縱然不殺你，也要你肢體不全，流乾了血。」令狐冲笑道：「自然再打！就算令狐冲鬥你不過，難道我風太師叔袖手不理，任你橫行？」田伯光道：「他是前輩高人，不會跟我動手。」說著收起單刀，心下畢竟也甚惴惴，生怕將令狐冲砍傷了，風清揚一怒出手，看來這人雖老得很了，糟卻半點不糟，神氣內斂，眸子中英華隱隱，顯然內功著實了得，劍術之高更不用說了，他也不必揮劍殺人，只須將自己逐下華山，那便糟糕之極。

令狐冲撕下衣襟，裹好了兩處創傷，走進洞中，搖頭苦笑，說道：「太師叔，這傢伙改變策略，當眞砍殺啦！如給他砍中了右臂，使不得劍，這可就難以勝他了。」風清揚道：「好在天色已晚，你約他明晨再鬥。今晚你不要睡，咱們窮一晚之力，我教你三招劍法。」令狐冲道：「三招？」心想只三招劍法，何必花一晚時光來教。

風清揚道：「我瞧你人倒挺聰明的，也不知是眞聰明，還是假聰明，倘若眞的聰明，那麼這一個晚上，或許能將這三招劍法學會了。要是資質不佳，悟心平常，那麼……那麼……明天早晨你也不用再跟他打了，自己認輸，乖乖的跟他下山去罷！」

令狐冲聽太師叔如此說，料想這三招劍法非比尋常，定然十分難學，不由得激發了要強好勝之心，昂然道：「太師叔，徒孫要是不能在一晚間學會這三招，寧可給他一刀殺了，決不投降屈服，隨他下山。」

風清揚笑了笑，道：「那也很好。」抬起了頭，沉思半晌，道：「一晚之間學會三招，未免強人所難，第二招暫且用不著，咱們只學第一招和第三招。不過……不過……第三招中的許多變化，是從第二招而來，好，咱們把有關的變化都略去，且看是否管用。」自言自語，沉吟一會，卻又搖頭。

令狐冲見他如此顧慮多端，不由得心癢難搔，一門武功越難學，自然威力越強，只聽風清揚又喃喃的道：「第一招中的三百六十種變化如果忘記了一變，第三招便會使得不對，這倒有些爲難了。」

令狐冲聽得單是第一招便有三百六十種變化，不由得吃了一驚，只見風清揚屈起手指，數道：「歸妹趨無妄，無妄趨同人，同人趨大有。甲轉丙，丙轉庚，庚轉癸。子丑之交，辰巳之交，午未之交。風雷是一變，山澤是一變，水火是一變。乾坤相激，震兌相激，離巽相激。三增而成五，五增而成九……」越數越是憂色重重，嘆道：「沖兒，當年我學這一招，花了三個月時光，要你在一晚之間學會兩招，那是開玩笑了，你想：『歸妹趨無妄……』」說到這裏，便住了口，顯是神思不屬，過了一會，問道：「剛才我說甚麼來著？」

令狐冲道：「太師叔剛才說的是歸妹趨無妄，無妄趨同人，同人趨大有。」風清揚雙眉一軒，道：「你記性倒不錯，後來怎樣？」令狐冲道：「太師叔說道：『甲轉丙，丙轉庚，庚轉癸……』」一路背誦下去，竟然背了一小半，後面的便記不得了。

風清揚大奇，問道：「這獨孤九劍的總訣，你曾學過的？」令狐冲道：「徒孫沒學過，不知這叫做『獨孤九劍』。」風清揚問道：「你沒學過，怎麼會背？」令狐冲道：「我剛才聽得太師叔這麼唸過。」

風清揚滿臉喜色，一拍大腿，道：「這就有法子了。一晚之間雖然學不全，然而可以硬記，第一招不用學，第三招只學小半招好了。你記著。歸妹趨無妄，無妄趨同人，同人趨大有……」一路唸將下去，足足唸了三百餘字，才道：「你試背一遍。」令狐冲早就在全神記憶，當下依言背誦，只錯了十來個字。風清揚糾正了，令狐冲第二次再背，只錯了七個字，第三次便沒再錯。

風清揚甚是高興，道：「很好，很好！」又傳了三百餘字口訣，待令狐冲記熟後，又傳三百餘字。那「獨孤九劍」的總訣足足有三千餘字，而且內容不相連貫，饒是令狐冲記性特佳，卻也不免記得了後面，忘記了前面，直花了一個多時辰，經風清揚一再提點，這才記得一字不錯。風清揚要他從頭至尾連背三遍，見他確已全部記住，說道：「這總訣是獨孤九劍的根本關鍵，你此刻雖記住了，只是為求速成，全憑硬記，不明其中道理，日後甚易忘記。從今天起，須得朝夕唸誦。」令狐冲應道：「是！」

風清揚道：「九劍的第一招『總訣式』，有種種變化，用以體演這篇總訣，現下且不忙學。第二招是『破劍式』，用以破解普天下各門各派劍法，現下也不忙學。第三招『破刀式』，用以破解單刀、雙刀、柳葉刀、鬼頭刀、大砍刀、斬馬刀種種刀法。田伯光使的是單刀中的快刀法，今晚只學專門對付他刀法的這一部份。」

令狐冲聽得獨孤九劍的第二招可破天下各門各派劍法，第三招可破種種刀法，驚喜交集，說道：「這九劍如此神妙，徒孫直是聞所未聞。」興奮之下，說話聲音也顫抖了。

風清揚道：「獨孤九劍的劍法你師父沒見識過，這劍法的名稱，他倒聽見過的。只不過他不肯跟你們提起罷了。」令狐冲大感奇怪，問道：「卻是為何？」風清揚不答他此問，說道：「這第三招『破刀式』講究以輕御重，以快制慢。田伯光那廝的快刀是快得很了，你卻要比他更快。似你這等少年，和他比快，原也可以，只是或輸或贏，並無必勝把握。至於我這等糟老頭子，卻也要比他快，唯一的法子便是比他先出招。你料到他要出甚麼招，卻搶在他頭裏。敵人手還沒提起，你長劍已指向他要害，他再快也沒你快。」令狐冲連連點頭，道：「是，是！想來這是教人如何料敵機先。」

風清揚拍手讚道：「對，對！孺子可教。『料敵機先』這四個字，正是這劍法的精要所在，任何人一招之出，必定有若干朕兆。他下一刀要砍向你左臂，眼光定會瞧向你左臂，如果這時他的單刀正在右下方，自然會提起刀來，劃個半圓，自上而下的斜向下砍。」於是將這第三劍中剋破快刀的種種變化，一項項詳加剖析。令狐冲只聽得心曠神怡，便如一個鄉下少年忽地置身於皇宮內院，目之所接，耳之所聞，莫不新奇萬端，而又莫不華麗輝煌。

這第三招變化繁複之極，令狐冲於一時之間，所能領會的也只十之二三，其餘的便都硬記在心。一個教得起勁，一個學得用心，竟不知時刻之過，猛聽得田伯光在洞外大叫：「令狐兄，天光啦，睡醒了沒有？」

令狐冲一呆，低聲道：「啊喲，天亮啦。」風清揚嘆道：「只可惜時刻太過迫促，但你學得極快，已遠過我的指望。這就出去跟他打罷！」

令狐冲道：「是。」閉上眼睛，將這一晚所學大要，默默存想了一遍，突然睜開眼來，道：「太師叔，徒孫尚有一事未明，何以這種種變化，盡是進手招數，只攻不守？」

風清揚道：「獨孤九劍，有進無退！招招都是進攻，攻敵之不得不守，自己當然不用守了。創制這套劍法的獨孤求敗前輩，名字叫做『求敗』，他老人家畢生想求一敗而不可得，這劍法施展出來，天下無敵，又何必守？如有人攻得他老人家迴劍自守，他老人家眞要心花怒放，喜不自勝了。」

令狐冲喃喃的道：「獨孤求敗，獨孤求敗。」想像當年這位前輩仗劍江湖，無敵於天下，連找一個對手來逼得他迴守一招都不可得，委實令人可驚可佩。

只聽田伯光又在呼喝：「快出來，讓我再砍你兩刀。」令狐冲叫道：「我來也！」

風清揚皺眉道：「此刻出去和他接戰，有一事大是凶險，他如上來一刀便將你右臂或右腕砍傷，那只有任他宰割，更無反抗之力了。這件事可真叫我躭心。」

令狐冲意氣風發，昂然道：「徒孫盡力而為！無論如何，決不能辜負了太師叔這一晚盡心教導。」提劍出洞，立時裝出一副委靡之狀，打了個呵欠，又伸了個懶腰，揉了揉眼睛，說道：「田兄起得好早，昨晚沒好睡嗎？」心中卻在盤算：「我只須挨過眼前這個難關，再學幾個時辰，便永遠不怕他了。」

田伯光一舉單刀，說道：「令狐兄，在下確實無意傷你，但你太也固執，說甚麼也不肯隨我下山。這般鬥將下去，逼得我要砍你十刀廿刀，令得你遍體鱗傷，豈不是十分對你不住？」令狐冲心念一動，說道：「倒也不須砍上十刀廿刀，你只須一刀將我右臂砍斷，要不然砍傷了我右手，叫我使不得劍。那時候你要殺要擒，豈不是悉隨尊便？」田伯光搖頭道：「我只不過要你服輸，何必傷你右手右臂？」令狐冲心中大喜，臉上卻裝作深有憂色，說道：「只怕你口中雖這麼說，輸得急了，到頭來還是甚麼野蠻的毒招都使將出來。」田伯光道：「你不用以言語激我。田伯光一來跟你無怨無仇，二來敬你是條有骨氣的漢子，三來眞的傷你重了，只怕旁人要跟我為難。出招罷！」

令狐冲道：「好！田兄請。」田伯光虛晃一刀，第二刀跟著斜劈而出，刀光映日，勢道甚爲猛惡。令狐冲待要使用「獨孤九劍」中第三劍的變式予以破解，那知田伯光的刀法實在太快，甫欲出劍，對方刀法已轉，終於慢了一步。他心中焦急，暗叫：「糟糕，糟糕！新學的劍法竟然完全用不上，太師叔一定在罵我蠢才。」一再拆數招，額頭汗水已涔涔而下。

豈知自田伯光眼中看出來，卻見他劍法凌厲之極，每一招都是自己刀法的剋星，心下也吃驚不小，尋思：「他這幾下劍法，明明已可將我斃了，卻爲甚麼故意慢了一步？是了，他是手下留情，要叫我知難而退。可是我雖然『知難』，苦在不能『而退』，非硬挺到底不可。」他心中這麼想，單刀劈出時勁力便不敢使足。兩人互相忌憚，均小心翼翼的拆解。

又鬥一會，田伯光刀法漸快，令狐冲應用獨孤氏第三劍的變式也漸趨純熟，刀劍光芒閃爍，交手越來越快。驀地裏田伯光大喝一聲，右足飛起，踹中令狐冲小腹。令狐冲身子向後跌出，心念電轉：「我只須再有一日一夜的時刻，明日此時定能制他。」當即摔劍脫手，雙目緊閉，凝住呼吸，假作暈死之狀。

田伯光見他暈去，吃了一驚，但深知他狡譎多智，不敢俯身去看，生怕他暴起襲擊，敗中求勝，當下橫刀身前，走近幾步，叫道：「令狐兄，怎麼了？」叫了幾聲，才見令狐冲悠悠醒轉，氣息微弱，顫聲道：「咱們……咱們再打過。」支撐著要站起身來，左腿一軟，又摔倒在地。田伯光道：「你是不行的了，不如休息一日，明兒隨我下山去罷。」令狐冲不置可否，伸手撐地，意欲站起，口中不住喘氣。

田伯光更無懷疑，踏上一步，抓住他右臂，扶了他起來，但踏上這一步時若有意、若無意的踏住了令狐冲落在地下的長劍，右手執刀護身，左手又正抓在令狐冲右臂的穴道之上，叫他沒法行使詭計。令狐冲全身重量都掛在他左手之上，顯得全然虛弱無力，口中卻兀自怒罵：「誰要你討好？他奶奶的。」一跛一拐，回入洞中。

風清揚微笑道：「你用這法子取得了一日一夜，竟不費半點力氣，只不過有點兒卑鄙無恥。」令狐冲笑道：「對付卑鄙無恥之徒，說不得，只好用點卑鄙無恥的手段。」風清揚正色道：「要是對付正人君子呢？」令狐冲一怔，道：「正人君子？」一時答不出話來。

風清揚雙目烱烱，瞪視著令狐冲，森然問道：「要是對付正人君子，那便怎樣？」令狐冲道：「就算他眞是正人君子，倘若想要殺我，我也不能甘心就戮，到了不得已的時候，卑鄙無恥的手段，也只好用上這麼一點半點了。」風清揚大喜，朗聲道：「好，好！你說這話，便不是假冒爲善的僞君子。大丈夫行事，愛怎樣便怎樣，行雲流水，任意所之，甚麼武林規矩，門派教條，全都是放他媽的狗臭屁！」

令狐冲微微一笑，風清揚這幾句話當眞說到了他心坎中去，聽來說不出的痛快，可是平素師父諄諄叮囑，寧可性命不要，也決計不可違犯門規，不守武林規矩，以致敗了華山派清譽，太師叔這番話是不能公然附和的；何況「假冒爲善的僞君子」云云，似乎是在譏刺他師父那「君子劍」的外號，當下只微微一笑，並不接口。

風清揚伸出乾枯的手指撫摸令狐冲頭髮，微笑道：「岳不羣門下，居然有你這等人才，這小子眼光是有的，倒也不是全無可取。」他所說的「這小子」，自是指岳不羣了。

他拍拍令狐冲的肩膀，說道：「小娃子很合我心意，來來來，咱們把獨孤大俠的第一劍和第三劍再練上一些。」當下又將獨孤氏的第一劍擇要講述，待令狐冲領悟後，再將第三劍中的有關變化，連講帶比，細加指點。後洞中所遺長劍甚多，兩人都以華山派的長劍比劃演式。令狐冲用心記憶，每逢不明，便即詢問。這一日時候充裕，學劍時不如前晚之迫促，一劍一式均能闡演周詳。晚飯之後，令狐冲睡了兩個時辰，又再學招。

次日清晨，田伯光只道他早一日受傷不輕，竟然並不出聲索戰。令狐冲樂得在後洞繼續學劍，到得午末未初，獨孤式第三劍的種種變化已盡數學全。風清揚道：「今日倘若仍然打他不過，也不要緊。再學一日一晚，無論如何，明日必勝。」

令狐冲應了，倒提本派前輩所遺下的一柄長劍，緩步走出洞來，見田伯光在崖邊眺望，假作驚異之色，說道：「咦，田兄，怎麼你還不走？」田伯光道：「在下恭候大駕。昨日得罪，今日好得多了罷？」令狐冲道：「也不見得好，腿上給田兄所砍的這一刀，痛得甚是厲害。」田伯光笑道：「當日在衡陽相鬥，令狐兄傷勢可比今日重得多了，卻也不曾出過半句示弱之言。我深知你鬼計多端，你這般裝腔作勢，故意示弱，想攻我一個出其不意，在下可不會上當。」

令狐冲笑道：「你這當已經上了，此刻就算醒覺，也來不及啦！田兄，看招！」一劍隨聲出，直刺其胸。田伯光舉刀急擋，卻擋了個空。令狐冲第二劍又已刺了過來。田伯光讚道：「好快！」橫刀封架。令狐冲第三劍、第四劍又已刺出，口中說道：「還有快的。」

第五劍、第六劍跟著刺出，攻勢既發，竟一劍連著一劍，一劍快似一劍，渾成一體，連綿不絕，當眞學到了這獨孤劍法的精要，「獨孤九劍，有進無退」，每一劍全是攻招。

十餘劍一過，田伯光膽戰心驚，不知如何招架才是，令狐冲刺一劍，他便退一步，刺得十餘劍，他已退到了崖邊。令狐冲攻勢絲毫不緩，唰唰唰唰，連刺四劍，全是指向他要害之處。田伯光奮力擋開了兩劍，第三劍無論如何擋不開了，左足後退，卻踏了個空。他知道身後是萬丈深谷，這一跌下去勢必粉身碎骨，便在這千鈞一髮之際，猛力一刀砍向地下，借勢穩住身子。令狐冲的第四劍已指在他咽喉之上。田伯光臉色蒼白，令狐冲也一言不發，劍尖始終不離他咽喉。過了良久，田伯光怒道：「要殺便殺，婆婆媽媽作甚？」

令狐冲右手一縮，向後縱開數步，道：「田兄一時疏忽，給小弟佔了機先，不足爲憑，咱們再打過。」田伯光哼了一聲，舞動單刀，猶似狂風驟雨般攻將過來，叫道：「這次由我先攻，可不能讓你佔便宜了。」

令狐冲眼見他鋼刀猛劈而至，長劍斜挑，逕刺他小腹，自己上身一側，已避開了他的刀鋒。田伯光見他這一劍來得峻急，疾迴單刀，往他劍上砸去，自恃力大，只須刀劍相交，準能將他長劍砸飛。令狐冲只一劍便搶到了先著，第二劍、第三劍源源不絕的發出，每一劍都是既狠且準，劍尖始終不離對手要害。田伯光擋架不及，只得又再倒退，十餘招過去，竟重蹈覆轍，又退到了崖邊。令狐冲長劍削下，逼得他提刀護住下盤，左手伸出，五指虛抓，正好搶到空隙，五指指尖離他胸口膻中穴已不到兩寸，凝指不發。

田伯光曾兩次給他以手指點中膻中穴，這一次若再點中，身子委倒時不再是暈在地下，卻要跌入深谷之中了，眼見他手指虛凝，顯是有意容讓。兩人僵持半晌，令狐冲又再向後躍開。

田伯光坐在石上，閉目養了會神，突然間一聲大吼，舞刀搶攻，一口鋼刀直上直下，勢道威猛之極。這一次他看準了方位，背心向山，心想縱然再給你逼得倒退，也是退入山洞之中，說甚麼也要決一死戰。

令狐冲此刻於單刀刀招的種種變化，已盡數了然於胸，待他鋼刀砍至，側身向右，長劍便向他左臂削去。田伯光迴刀相格，令狐冲的長劍早已改而刺他左腰。田伯光左臂與左腰相去不到一尺，但這一迴刀，守中帶攻，含有反擊之意，力道甚勁，鋼刀直盪了出去，急切間已不及收刀護腰，只得向右讓了半步。令狐冲長劍起處，刺向他左頰。田伯光舉刀擋架，劍尖忽地已指向左腿。田伯光沒法再擋，再向右踏出一步。令狐冲一劍連著一劍，盡是攻他左側，逼得他一步又一步的向右退讓，十餘步一跨，已將他逼向右邊石崖的盡頭。

該處一塊大石壁阻住了退路，田伯光背心靠住巖石，舞起七八個刀花，再也不理令狐冲長劍如何來攻，耳中只聽得嗤嗤聲響，左手衣袖、左邊衣衫、左足褲管已讓長劍接連劃中了六劍。這六劍均是只破衣衫，不傷皮肉，但田伯光心中雪亮，這六劍的每一劍都能教自己斷臂折足，破肚開膛，到這地步，霎時間只覺萬念俱灰，哇的一聲，張嘴噴出一大口鮮血。

令狐冲接連三次將他逼到了生死邊緣，數日之前，此人武功還遠勝於己，此刻竟是生殺之權操於己手，而且勝來輕易，大是行有餘力，臉上不動聲色，心下卻已大喜若狂，待見他大敗之後口噴鮮血，不由得歉疚之情油然而生，說道：「田兄，勝敗乃是常事，何必如此？小弟也曾敗在你手下多次！」

田伯光拋下單刀，搖頭道：「風老前輩劍術如神，當世無人能敵，在下永遠不是你的對手了。」令狐冲拾起單刀，雙手遞過，說道：「田兄說得不錯，小弟僥倖得勝，全憑風太師叔的指點。風太師叔想請田兄答允一件事。」田伯光不接單刀，慘然道：「田某命懸你手，有甚麼好說的。」令狐冲道：「風太師叔隱居已久，不預世事，不喜俗人煩擾。田兄下山之後，請勿對人提起他老人家的事，在下感激不盡。」

田伯光冷冷的道：「你只須這麼一劍刺將過來，殺人滅口，豈不乾脆？」令狐冲退後兩步，還劍入鞘，說道：「當日田兄武藝遠勝於我之時，倘若一刀將我殺了，焉有今日之事？在下請田兄不向旁人洩露我風太師叔的行蹤，乃是相求，不敢有絲毫脅迫之意。」田伯光道：「好，我答允了。」令狐冲深深一揖，道：「多謝田兄。」

田伯光道：「我奉命前來請你下山。這件事田某幹不了，可是事情沒完。講打，我這一生一世是打你不過的了，卻未必便此罷休。田某性命攸關，只好爛纏到底，你可別怪我不是好漢子的行逕。令狐兄，再見了。」說著一抱拳，轉身便行。

令狐冲想到他身中劇毒，此番下山，不久便毒發身亡，和他惡鬥數日，不知不覺間已對他生出親近之意，一時衝動，脫口便想叫將出來：「我隨你下山便了。」但隨即想起，自己受罰在崖上思過，不奉師命，決不能下崖一步，何況此人是個作惡多端的採花大盜，這一隨他下山，變成了跟他同流合污，將來身敗名裂，禍患無窮，話到口邊，終於縮住。

眼見他下崖而去，當即回入山洞，向風清揚拜伏在地，說道：「太師叔不但救了徒孫性命，又傳了徒孫上乘劍術，此恩此德，永難報答。」

風清揚微笑道：「上乘劍術，上乘劍術，嘿嘿，還差得遠呢。」他微笑之中，大有寂寞淒涼的味道。令狐冲道：「徒孫斗膽，求懇太師叔將獨孤九劍的劍法盡數傳授。」風清揚道：「你要學獨孤九劍，將來不會懊悔麼？」

令狐冲一怔，心想將來怎麼會懊悔？一轉念間，心道：「是了，這獨孤九劍並非本門劍法，太師叔是說只怕師父知道之後會見責於我。但師父本來不禁我涉獵別派劍法，曾說他山之石，可以攻玉。再者，我從石壁的圖形之中，已學了不少恆山、衡山、泰山、嵩山各派的劍法，連魔教十長老的武功也已學了不少。這獨孤九劍如此神妙，實是學武之人夢寐以求的絕世妙技，我得蒙本門前輩指點傳授，正是莫大的機緣。」當即拜道：「這是徒孫的畢生幸事，將來只有感激，決無懊悔。」

風清揚道：「好，我便傳你。這獨孤九劍我若不傳你，過得幾年，世上便永遠沒這套劍法了。」說時臉露笑容，顯是深以為喜，說完之後，神色卻轉淒涼，沉思半晌，這才說道：「田伯光決不會就此甘心，但縱然再來，也必在十天半月之後。你武功已勝於他，陰謀詭計又勝於他，永遠不必怕他了。咱們時候大爲充裕，須得從頭學起，紮好根基。」於是將獨孤九劍第一劍的「總訣式」依著口訣次序，一句句的解釋，再傳以種種附於口訣的變化。

令狐冲先前硬記口訣，全然未能明白其中含意，這時得風清揚從容指點，每一刻都領悟到若干上乘武學的道理，每一刻都學到幾項奇巧奧妙的變化，不由得歡喜讚嘆，情難自已。

一老一少，便在這思過崖上傳習獨孤九劍的精妙劍法，自「總訣式」、「破劍式」、「破刀式」以至「破槍式」、「破鞭式」、「破索式」、「破掌式」、「破箭式」而學到了第九劍「破氣式」。那「破槍式」包括破解長槍、大戟、蛇矛、齊眉棍、狼牙棒、白蠟桿、禪杖、方便鏟種種長兵刃之法。「破鞭式」破的是鋼鞭、鐵鐗、點穴橛、拐子、蛾眉刺、匕首、板斧、鐵牌、八角鎚、鐵椎等等短兵刃，「破索式」破的是長索、軟鞭、三節棍、鏈子槍、鐵鏈、漁網、流星飛鎚等等軟兵刃。雖只一劍一式，卻變化無窮，學到後來，前後式融會貫通，更是威力大增。

最後這三劍更加難學。「破掌式」破的是拳腳指掌上的功夫，對方既敢以空手來鬥自己利劍，武功上自有極高造詣，手中有無兵器，相差已是極微。天下的拳法、腿法、指法、掌法繁複無比，這一劍「破掌式」，將長拳短打、擒拿點穴、鷹爪虎爪、鐵沙神掌，諸般拳腳功夫盡數包括在內。「破箭式」這個「箭」字，則總羅諸般暗器，練這一劍時，須得先學聽風辨器之術，不但要能以一柄長劍擊開敵人發射來的種種暗器，還須借力反打，以敵人射來的暗器反射傷敵。

至於第九劍「破氣式」，風清揚只傳以口訣和修習之法，說道：「此式是爲對付身具上乘內功的敵手而用，神而明之，存乎一心。獨孤前輩當年挾此劍橫行天下，欲求一敗而不可得，那是他老人家已將這套劍法使得出神入化之故。同是一門華山劍法，同是一招，使出來時威力強弱大不相同，這獨孤九劍自也一般。你縱然學得了劍法，倘若使出時劍法不純，畢竟還是敵不了當世高手。此刻你已得到了門徑，要想多勝少敗，再苦練二十年，便可和天下英雄一較短長了。」

令狐冲越學得多，越覺這九劍之中變化無窮，不知要有多少時日，方能探索到其中全部奧秘，聽太師叔要自己苦練二十年，絲毫不覺驚異，再拜受教，說道：「徒孫倘能在二十年之中，通解獨孤前輩當年創製這九劍的遺意，領會太師叔所授的心法，那是大喜過望了。」

風清揚道：「你倒也不可妄自菲薄。獨孤大俠是絕頂聰明之人，學他的劍法，要旨在一個『悟』字，決不在死記硬記。等到通曉了這九劍的劍意，則無所施而不可，便是將全部變化盡數忘記，也不相干，臨敵之際，更是忘記得越乾淨徹底，越不受原來劍法的拘束。你資質甚好，正是學練這套劍法的材料。何況當今之世，眞有甚麼了不起的英雄人物，嘿嘿，只怕也未必。以後自己好好用功，我可要去了。」

令狐冲大吃一驚，顫聲道：「太師叔，你……你上那裏去？」風清揚道：「我本在這後山居住，已住了數十年，日前一時心喜，出洞來授了你這套劍法，只是盼望獨孤前輩的絕世武功不遭滅絕而已。怎麼還不回去？」令狐冲喜道：「原來太師叔便在後山居住，那再好沒有了。徒孫正可朝夕侍奉，以解太師叔的寂寞。」

風清揚厲聲道：「從今以後，我再也不見華山派門中之人，連你也不例外。」見令狐冲神色惶恐，便語氣轉和，說道：「冲兒，我跟你既有緣，亦復投機。我暮年得有你這樣一個佳子弟傳我劍法，實是大暢老懷。你如心中有我這樣一個太師叔，今後別來見我，以致令我爲難。」令狐冲心中酸楚，道：「太師叔，那爲甚麼？」風清揚搖搖頭，說道：「你見到我的事，連對你師父也不可說起。」令狐冲含淚道：「是，自當遵從太師叔吩咐。」

風清揚輕輕撫摸他頭，說道：「好孩子，好孩子！」轉身下崖。令狐冲跟到崖邊，眼望他瘦削的背影飄飄下崖，在後山隱沒，不由得悲從中來，俯首墮淚。

令狐冲和風清揚相處十餘日，雖聽他所談論指教的只是劍法，但於他議論風範，不但欽仰敬佩，更覺親近之極，說不出的投機。風清揚是高了他兩輩的太師叔，但令狐冲內心，卻隱隱有一份平輩知己、相見恨晚的交誼，比之恩師岳不羣，似乎反而親切得多，心想：「太師叔年輕之時，只怕性子和我差不多，也是一副天不怕、地不怕、任性行事的性格。他教我劍法時，總說是『人使劍法，不是劍法使人』，總說『人是活的，劍法是死的，活人不可給死劍法所拘』。這道理千眞萬確，卻爲何師父從來不說？」

他微一沉吟，便想：「這道理師父豈有不知？他知我性子太過隨便，跟我一說了這道理，只怕我得其所哉，亂來一氣，練劍時便不能循規蹈矩。等到我將來劍術有了小成，師父自會給我詳加解釋。師弟師妹們武功未夠火候，自然更加不能明白這上乘劍理，跟他們說了也是白說。」又想：「太師叔的劍術自已出神入化，只可惜他老人家從來沒顯一下身手，令我大開眼界。比之師父，太師叔的劍法當然又高一籌了。」

回想風清揚臉帶病容，尋思：「這十幾天中，他有時輕聲嘆息，顯然有甚麼重大的傷心事，不知爲了甚麼？」嘆了口氣，提了長劍，出洞便練了起來。

練了一會，順手使出一劍，竟是本門劍法的「有鳳來儀」。他一呆之下，搖頭苦笑，自言自語：「錯了！」跟著又練，過不多時，順手一劍，又是「有鳳來儀」，不禁發惱，尋思：「我只因本門劍法練得純熟，在心中已印得根深蒂固，使劍時稍一滑溜，便將練熟了的本門劍招夾了進去，卻不是獨孤劍法了。」突然間心念一閃，心道：「太師叔叫我使劍時須當心無所滯，順其自然，那麼使本門劍法，有何不可？甚至便將衡山、泰山諸派劍法、魔教十長老的武功夾在其中，又有何不可？倘若硬要劃分，某種劍法可使，某種劍法不可使，那便是有所拘泥了。」

此後便即任意發招，倘若順手，便將本門劍法、以及石壁上種種招數摻雜其中，頓覺樂趣無窮。但五嶽劍派的劍法固然各不相同，魔教十長老更似出自六七個不同門派，要將這許多不同路子的武學融爲一體，幾乎絕無可能。他練了良久，始終沒法融合，忽想：「融不成一起，那又如何？又何必強求？」

當下再也不去分辨是甚麼招式，一經想到，便隨心所欲的混入獨孤九劍之中，但使來使去，總是那一招「有鳳來儀」使得最多。又使一陣，隨手一劍，又是一招「有鳳來儀」，心念一動：「要是小師妹見到我將這招『有鳳來儀』如此使法，不知會說甚麼？」

他凝劍不動，臉上現出溫柔的微笑。這些日子來全心全意的練劍，便在睡夢之中，想到的也只是獨孤九劍的種種變化，這時驀地裏想起岳靈珊，不由得相思之情難以自已。跟著又想：「不知她是否暗中又在偷偷教林師弟學劍？師父命令雖嚴，小師妹卻向來大膽，恃著師娘寵愛，說不定又在教劍了。就算不教劍，朝夕相見，兩人必定越來越好。」漸漸的，臉上微笑轉成了苦笑，再到後來，連一絲笑意也沒有了。

他心意沮喪，慢慢收劍，忽聽得陸大有的聲音叫道：「大師哥，大師哥！」叫聲甚爲惶急。令狐冲一驚：「啊喲不好！田伯光那廝敗退下山，說道心有不甘，要爛纏到底，莫非他打我不過，竟把小師妹擄劫了去，向我挾持？」忙搶到崖邊，只見陸大有提著飯籃，氣急敗壞的奔上來，叫道：「大……大師哥……大……師哥，大……事不妙。」

令狐冲更加焦急，忙問：「怎麼？小師妹怎麼了？」陸大有縱上崖來，將飯籃在大石上一放，道：「小師妹？小師妹沒事啊。糟糕，我瞧事情不對。」令狐冲聽得岳靈珊無事，已放了一大半心，問道：「甚麼事情不對？」陸大有氣喘喘的道：「師父、師娘回來啦。」令狐冲心中一喜，斥道：「呸！師父、師娘回山來了，那不是好得很麼？怎麼叫做事情不對？胡說八道！」

陸大有道：「不，不，你不知道。師父、師娘一回來，剛坐定還沒幾個時辰，就有好幾個人拜山，嵩山、衡山、泰山三派中，都有人在內。」令狐冲道：「咱們五嶽劍派聯盟，嵩山派他們有人來見師父，那也平常得緊哪。」陸大有道：「不，不……你不知道，還有三個人跟他們一起上來，說是咱們華山派的，師父卻不叫他們師兄、師弟。」

令狐冲微感詫異，道：「有這等事？那三個人怎生模樣？」

陸大有道：「一個人焦黃面皮，說是姓封，叫甚麼封不平。還有一個是個道士，另一個則是矮子，都叫『不』甚麼的，倒眞是『不』字輩的人。」

令狐冲點頭道：「或許是本門叛徒，早就給清出了門戶的。」

陸大有道：「是啊！大師哥料得不錯。師父一見到他們，就很不高興，說道：『封兄，你們三位早已跟華山派沒有瓜葛，又上華山來作甚？』那封不平道：『華山是你岳師兄買下來的？就不許旁人上山？是皇帝老子封給你的？』師父哼了一聲，說道：『各位要上華山遊玩，當然聽便，可是岳不羣卻不是你師兄了，「岳師兄」三字，原封奉還。』那封不平道：『當年你師父行使陰謀詭計，霸佔了華山一派，這筆舊帳，今日可得算算。你不要我叫「岳師兄」，哼哼，算帳之後，你便跪在地下哀求我再叫一聲，也難求得動我呢。』」

令狐冲「哦」了一聲，心想：「師父可眞遇上了麻煩。」

陸大有又道：「咱們做弟子的聽得都十分生氣，小師妹第一個便喝罵起來，不料師娘這次卻脾氣忒也溫和，竟不許小師妹出聲。師父顯然沒將這三人放在心上，淡淡的道：『你要算帳？算甚麼帳？要怎樣算法？』那封不平大聲道：『你氣宗篡奪華山派掌門之位，已二十多年啦，到今天還做不夠？應該讓位了罷？』師父笑道：『各位大動陣仗的來到華山，卻原來想奪在下這掌門之位。那有甚麼希罕？封兄如自忖能當這掌門，在下自當奉讓。』那封不平道：『當年你師父憑著陰謀詭計，篡奪了本派掌門之位，現下我已稟明五嶽盟主左盟主，奉得旗令，來執掌華山一派。』說著從懷中掏出一支小旗，展將開來，果然便是五嶽令旗。」

令狐冲怒道：「左盟主管得未免太寬了，咱們華山派本門之事，可用不著他來管閒事。他有甚麼資格能廢立華山派的掌門？」

陸大有道：「是啊，師娘當時也就這麼說。可是嵩山派那姓陸的老頭仙鶴手陸柏，就是在衡山劉師叔府上見過的那老傢伙，卻極力給那封不平撐腰，說道華山派掌門該當由那姓封的來當，和師娘爭執不休。泰山派、衡山派那兩人，說來氣人，也都和封不平做一夥兒。他們三派聯羣結黨，來跟華山派爲難來啦。就只恆山派沒人參預。大……大師哥，我瞧著情形不對，趕緊來給你報訊。」

令狐冲叫道：「師門有難，咱們做弟子的只教有一口氣在，說甚麼也要給師父賣命。六師弟，走！」陸大有道：「對！師父見你是爲他出力，一定不會怪你擅自下崖。」令狐冲飛奔下崖，說道：「師父就算見怪，也不打緊。師父是彬彬君子，不喜和人爭執，說不定眞的將掌門人之位讓給了旁人，那豈不糟糕……」說著展開輕功疾奔。

令狐冲正奔之間，忽聽得對面山道上有人叫道：「令狐冲，令狐冲，你在那兒？」令狐冲道：「是誰叫我？」跟著幾個聲音齊聲問道：「你是令狐冲？」令狐冲道：「不錯！」

突然間兩個人影一晃，擋在路心。山道狹窄險陡，一邊更下臨萬丈深谷，這二人突如其來的在山道上現身，突兀無比，令狐冲奔得正急，險些撞在二人身上，急忙止步，和那二人相去已不過尺許。只見這二人臉上盡是凹凹凸凸，又滿是皺紋，甚爲可怖，一驚之下，轉身向後縱開丈餘，喝問：「是誰？」

卻見背後也是兩張極其醜陋的臉孔，也是凹凹凸凸，滿是皺紋，這兩張臉和他相距更不到半尺，兩人的鼻子幾乎要碰到他鼻子，令狐冲這一驚更加非同小可，向旁踏出一步，只見山道臨谷處又站著二人，這二人的相貌與先前四人頗爲相似。陡然間同時遇上這六個怪人，令狐冲心中怦怦大跳，一時手足無措。

在這霎息之間，令狐冲已給這六個怪人擠在不到三尺見方的一小塊山道之中，前面二人的呼吸直噴到他臉上，而後頸熱呼呼地，顯是後面二人的呼吸。他忙伸手去拔劍，手指剛碰到劍柄，六個怪人各自跨上半步，往中間一擠，登時將他擠得絲毫沒法動彈。只聽得陸大有在身後大叫：「喂，喂，你們幹甚麼？」

饒是令狐冲機變百出，在這剎那之間，也不由得嚇得沒了主意。這六人如鬼如魅，似妖似怪，容顏固然可怖，行動更是詭異。令狐冲雙臂向外力振，要想推開身前二人，但兩條手臂給那二人擠住，卻那裏推得出去？他心念電閃：「定是封不平他們一夥的惡徒。」驀地裏全身一緊，幾乎氣也喘不過來，四個怪人加緊擠攏，只擠得他骨骼格格有聲。令狐冲不敢與面前怪人眼睜睜的相對，忙閉住了雙眼，只聽得有個尖銳的聲音說道：「令狐冲，我們帶你去見小尼姑。」

令狐冲心道：「啊喲，原來是田伯光這廝的一夥。」叫道：「你們不放開我，我便拔劍自殺！令狐冲寧死……」突覺雙臂已遭兩隻手牢牢握住，兩隻手掌直似鐵鉗。令狐冲空自學了獨孤九劍，卻半點施展不出，心中只是叫苦。

只聽得又一人道：「乖乖小尼姑要見你，聽話些，你也是乖孩子。」又一人道：「死了不好，你如自殺，我整得你死去活來。」另一人道：「他死都死了，你還整得他死去活來幹麼？」又一人道：「你要嚇他，便不可說給他聽。給他一聽見，便嚇不倒了。」先一人道：「我偏要嚇，你又待怎樣？」另一人道：「我說還是勸他聽話的好。」先一人道：「我說要嚇，便是要嚇。」另一人道：「我喜歡勸。」兩人竟爾互相爭執不休。

令狐冲又驚又惱，聽他二人這般瞎吵，心想：「這六個怪人武功雖高，卻似乎蠢得厲害。」當即叫道：「嚇也沒用，勸也沒用，你們不放我，我可要自己咬斷舌頭自殺了。」突覺臉頰上一痛，已給人伸手揑住了雙頰。

只聽另一個聲音道：「這小子倔強得緊，咬斷了舌頭，不會說話，小尼姑可不喜歡。」又有一人道：「咬斷舌頭便死了，豈但不會說話而已！」另一人道：「未必便死。不信你倒咬咬看。」先一人道：「我說要死，因此不咬，你倒咬咬看。」另一人道：「我爲甚麼要咬自己舌頭？有了，叫他來咬。」

只聽得陸大有「啊」的一聲大叫，顯是給那些怪人捉住了，只聽一人喝道：「你咬斷自己舌頭來試試看，死還是不死？快咬，快咬！」陸大有叫道：「我不咬，咬了一定要死。」一人道：「不錯，咬斷舌頭定然要死，連他也這麼說。」另一人道：「他又沒死，這話作不得準。」另一人道：「他沒咬斷舌頭，自然不死。一咬，便死！」

令狐冲運勁雙臂，猛力一掙，手腕登時疼痛入骨，卻那裏掙得動分毫？突然間情急智生，大叫一聲，假裝暈了過去。六個怪人齊聲驚呼，捏住令狐冲臉頰的人立時鬆手。一人道：「這人嚇死啦！」又一人道：「嚇不死的，那會如此沒用。」另一人道：「就算是死了，也不是嚇死的。」先一人道：「那麼是怎生死的？」

陸大有只道大師哥真的給他們弄死了，放聲大哭。

一個怪人道：「我說是嚇死的。」另一人道：「你抓得太重，是抓死的。」又一人道：「到底是怎生死的？」令狐冲大聲道：「我自閉經脈，自殺死的！」

六怪聽他突然說話，都嚇了一跳，隨即齊聲大笑，都道：「原來沒死，他是裝死。」令狐冲道：「我不是裝死，我死過之後，又活轉來了。」一怪道：「你當眞會自閉經脈？這功夫可難練得緊，你教教我。」另一怪道：「這自閉經脈之法高深得很，這小子不會的，他是騙你。」令狐冲道：「你說我不會？我倘若不會，剛才又怎會自閉經脈而死？」那怪人搔了搔頭，道：「這個……這個……可有點兒奇了。」

令狐冲見這六怪武功雖然甚高，頭腦果然魯鈍之至，便道：「你們再不放開我，我可又要自閉經脈啦，這一次死了之後，可就活不轉了。」抓住他手腕的二怪登時鬆手，齊道：「你死不得，你要死了，大大的不妙。」令狐冲道：「要我不死也可以，你們讓開路，我有要事去辦。」擋在他身前的二怪同時搖頭，一齊搖向左，又一齊搖向右，齊聲道：「不行，不行。你得跟我去見小尼姑。」

令狐冲睜眼提氣，身子縱起，便欲從二怪頭頂飛躍而過，不料二怪跟著躍高，動作快得出奇，兩個身子便如一堵飛牆，擋在他身前。令狐冲和二怪身子一撞，便又掉下。他身在半空之時，已伸手握住劍柄，手臂向外一掠，便欲抽劍，突然間肩頭一重，在他身後的二怪各伸一掌，分按他雙肩，他長劍只離鞘一尺，便抽不出來。按在他肩頭的兩隻手掌上各有數百斤力道，他身子登時矮了下去，別說拔劍，連站立也已有所不能。

二怪將他按倒後，齊聲笑道：「抬了他走！」站在他身前的二怪各伸一手，抓住他足踝，便將他抬了起來。

陸大有叫道：「喂，喂！你們幹甚麼？」一怪道：「這人嘰哩咕嚕，殺了他！」舉掌便要往他頭頂拍落。令狐冲大叫：「殺不得，殺不得！」那怪人道：「好，聽你這小子的，不殺便不殺，點了他啞穴。」竟不轉身，反手一指，嗤的一聲響，已點了陸大有的啞穴。陸大有正在大叫，但那「啊」的一聲突然從中斷絕，恰如有人拿一把剪刀將他的叫聲剪斷了一般，身子跟著縮成一團。令狐冲見他這點穴手法認穴之準，勁力之強，生平實所罕見，不由得大爲欽佩，喝采道：「好功夫！」

那怪人大爲得意，笑道：「那有甚麼希奇，我還有許多好功夫呢，這就試演幾種給你瞧瞧。」若在平時，令狐冲原欲大開眼界，只是此刻掛念師父的安危，心下大爲焦慮，叫道：「我不要看！」那怪人怒道：「你爲甚麼不看？我偏要你看。」縱身躍起，從令狐冲和抓著他的四名怪人頭頂飛越而過，身子從半空橫過時平掠而前，有如輕燕，姿式美妙已極。令狐冲不由得脫口又讚：「好功夫！」那怪人輕輕落地，微塵不起，轉過身來時，一張長長的馬臉上滿是笑容，道：「這不算甚麼，還有更好的呢。」此人年紀少說也有四五十歲，但性子恰似孩童一般，得人稱讚一句，便欲賣弄不休，武功之高明深厚，與性格之幼稚淺薄，恰是兩個極端。

令狐冲心想：「師父、師娘正受困於大敵，對手有嵩山、泰山諸派好手相助，我便趕了去，那也無濟於事，何不騙這幾個怪人前去，以解師父、師娘之厄？」當即搖頭道：「你們這點功夫，到這裏來賣弄，那可差得遠了。」那人道：「甚麼差得遠？你不是給我們捉住了嗎？」令狐冲道：「我是華山派的無名小卒，要捉住我還不容易？眼前山上聚集了嵩山、泰山、衡山、華山各派好手，你們又豈敢去招惹？」那人道：「要招惹便去招惹，有甚不敢？他們在那裏？」另一人道：「我們打賭贏了小尼姑，小尼姑就叫我們來抓令狐冲，可沒叫我去惹甚麼嵩山、泰山派的好手。贏一場，只做一件事，做得多了，太不上算。這就走罷。」

令狐冲心下寬慰：「原來他們是儀琳小師妹差來的？那麼倒不是我對頭。看來他們是打賭輸了，不得不來抓我，卻要強好勝，自稱贏了一場。」當下笑道：「對了，那個嵩山派的好手說道，他最瞧不起那六個橘子皮的馬臉老怪，一見到便要伸手將他們一個個像揑螞蟻般揑死了。只可惜那六個老怪一聽到他聲音，便即遠遠逃去，說甚麼也找他們不到。」

六怪一聽，立時氣得哇哇大叫，抬著令狐冲的四怪將他身子放下，你一言我一語的道：「這人在那裏？快帶我們去，跟他們較量較量。」「甚麼嵩山派、泰山派，桃谷六仙不將他們放在眼裏。」「這人活得不耐煩了，膽敢要將桃谷六仙像捏螞蟻般捏死？」

令狐冲道：「你們自稱桃谷六仙，他口口聲聲的卻說桃谷六鬼，有時又說桃谷六小子。六仙哪，我勸你們還是遠而避之的爲妙，這人武功厲害得很，你們打他不過的。」

一怪大叫：「不行，不行！這就去打個明白。」另一怪道：「我瞧情形不妙，這嵩山派的高手既口出大言，必有驚人藝業。他叫我們桃谷六小子，定是我們的前輩，想來一定鬥他不過。多一事不如少一事，咱們快回去罷。」另一人道：「六弟最是膽小，打都沒打，怎知鬥他不過？」那膽小怪人道：「倘若當眞給他像捏螞蟻般捏死了，豈不倒霉？打過之後，已經給他捏死，又怎生逃法？」

令狐冲暗暗好笑，說道：「是啊，要逃就得趕快，倘若給他得知訊息，追將過來，你們就逃不掉了。」那膽小怪人一聽，飛身便奔，一晃之間便沒了蹤影。令狐冲吃了一驚：「這人輕身功夫竟如此了得。」卻聽一怪道：「六弟怕事，讓他逃走好了，咱們卻要去鬥鬥那嵩山派的高手。」其餘四怪都道：「去，去！桃谷六仙天下無敵，怕他何來？」

一個怪人在令狐冲肩上輕輕一拍，說道：「快帶我們去，且看他怎生將我們像捏螞蟻般捏死了。」令狐冲道：「帶你們去是可以的，但我令狐冲堂堂男子，決不受人脅迫。我不過聽那嵩山派的高手對你們六位大肆嘲諷，心懷不平，又見到你們六位武功高強，心下好生佩服，這才有意仗義帶你們去找他們算帳。倘若你們仗著人多勢衆，硬要我做這做那，令狐冲死就死了，決不依從。」

五個怪人同時拍手，叫道：「很好，你挺有骨氣，又有眼光，看得出我們六兄弟武功高強，我兄弟們也很佩服。」

令狐冲道：「既然如此，我便帶你們去，只是見到他之時，不可胡亂說話，胡亂行事，免得武林中英雄好漢恥笑桃谷六仙淺薄幼稚，不明世務。一切須聽我吩咐，否則的話，你們大大丟我的臉，大夥兒都面上無光了。」他這幾句話原只意存試探，不料五怪聽了之後，沒口子的答應，齊聲道：「那再好也沒有了，咱們決不能讓人家再說桃谷六仙淺薄幼稚，不明世務。」看來「淺薄幼稚，不明世務」這八字評語，桃谷六仙早就聽過許多遍，心下深以為恥，令狐冲這話正打中了他們心坎。

令狐冲點頭道：「好，各位請跟我來。」當下快步順著山道走去，五怪隨後跟去。行不到數里，只見那膽小怪人在山巖後探頭探腦的張望，令狐冲心想此人須加激勵，便道：「嵩山派那老兒的武功比你差得遠了，不用怕他。咱們大夥兒去找他算帳，你也一起去罷。」那人大喜，道：「好，我也去。」但隨即又問：「你說那老兒的武功和我差得遠，到底是我高得多，還是他高得多？」此人既然膽小，便十分的謹慎小心。令狐冲笑道：「當然是你高得多。剛才你脫身飛奔，輕功高明之極，那嵩山派的老兒無論如何追你不上。」那人大為高興，走到他身旁，不過兀自不放心，問道：「倘若他當眞追上了我，那便如何？」令狐冲道：「我和你寸步不離，他如膽敢追上了你，哼哼！」手拉長劍劍柄，出鞘半尺，啪的一聲，又推入了鞘中，道：「我便一劍將他殺了。」那人大喜，叫道：「妙極，妙極！你說過的話可不能不算數。」令狐冲道：「這個自然。不過他如追你不上，我便不殺他了。」那人笑道：「是啊，他追我不上，便由得他去。」

令狐冲暗暗好笑，心想：「你一發足奔逃，要想追上你可眞不容易。」又想：「這六個怪人生性純樸，不是壞人，倒可交交。」說道：「在下久聞六位的大名，如雷貫耳，今日一見，果然名不虛傳，只不知六位尊姓大名。」

六個怪人那想得到此言甚是不通，一聽到他說久聞大名，如雷貫耳，個個便心花怒放。一人道：「我是大哥，叫做桃根仙。」另一人道：「我是二哥，叫做桃幹仙。」又一人道：「我不知是三哥還是四哥，叫做桃枝仙。」指著一怪人道：「他不知是三哥還是四哥，叫做桃葉仙。」令狐冲奇道：「你們誰是三哥四哥，怎麼連自己也不知道？」

桃枝仙道：「不是我二人不知道，是我爹爹媽媽忘了。」桃葉仙插口道：「你爹娘生你之時，如忘了生過你，你當時一個小娃娃，怎知道世上有沒有你這個人？」令狐冲忍笑點頭，說道：「很是，很是，幸虧我爹娘記得生過我這個人。」桃葉仙道：「可不是嗎？」令狐冲問道：「怎地是你們爹媽忘了？」桃葉仙道：「爹爹媽媽生我們兩兄弟之時，是記得誰大誰小的，過得幾年便忘記了，因此也不知到底誰是老三，誰是老四。」指著桃枝仙道：「他定要爭作老三，我不叫他三哥，他便要和我打架，只好讓了他。」令狐冲笑道：「原來你們是兩兄弟。」桃枝仙道：「是啊，我們是六兄弟。」

令狐冲心想：「有這樣的胡塗父母，難怪生了這樣胡塗的六個兒子來。」向其餘二人道：「這兩位卻又怎生稱呼？」膽小怪人道：「我來說，我是六弟，叫做桃實仙。我五哥叫桃花仙。」令狐冲忍不住啞然失笑，心想：「桃花仙相貌這般醜陋，和『桃花』二字無論如何不相稱。」桃花仙見他臉有笑容，喜道：「六兄弟之中，以我的名字最好聽，誰都及不上我。」令狐冲笑道：「桃花仙三字，當真好聽，但桃根、桃幹、桃枝、桃葉、桃實，五個名字也都好聽得緊。妙極，妙極！要是我也有這樣美麗動聽的名字，我可要歡喜死了。」

桃谷六仙無不心花怒放，手舞足蹈，只覺此人實是天下第一好人。

令狐冲笑道：「咱們這便去罷。請那一位桃兄去解開我師弟的穴道。你們的點穴手段太高，簡直神妙無比，我是說甚麼也解不開的。」

桃谷六仙又各得一頂高帽，立時擁將過去，爭先恐後的給陸大有解開了穴道。

從思過崖到華山派的正氣堂，山道有十一里之遙，除陸大有外，餘人腳程均快，片刻間便到。

一到正氣堂外，便見勞德諾、梁發、施戴子、岳靈珊、林平之等數十名師弟、師妹都站在堂外，憂形於色，各人見到大師哥到來，都大為欣慰。

勞德諾迎了上來，悄聲道：「大師哥，師父和師娘在裏面見客。」

令狐冲回頭向桃谷六仙打個手勢，叫他們站著不可作聲，低聲道：「這六位是我朋友，不必理會。我想去瞧瞧。」走到客廳的窗縫中向內張望。本來岳不羣、岳夫人見客，弟子決不會在外窺探，但此刻本門遇上重大危難，衆弟子對令狐冲此舉誰也不覺得有甚麼不妥。

【金庸簡介】

本名查良鏞，浙江海寧人，一九二四年生。曾任報社記者、編譯、編輯，電影公司編劇、導演等；一九五九年在香港創辦明報機構，出版報紙、雜誌及書籍，一九九三年退休。先後撰寫武俠小說十五部，廣受當代讀者歡迎，至今已蔚爲全球華人的共同語言，並興起海內外金學研究風氣。曾獲頒衆多榮銜，包括英國政府O.B.E.勳銜，法國「榮譽軍團騎士」勳銜、「藝術文學高級騎士」勳章；香港大學、香港理工大學、香港公開大學、加拿大英屬哥倫比亞大學、日本創價大學和英國劍橋大學的榮譽博士學位；香港大學、加拿大UBC大學、北京大學、華東師範大學、中山大學、南開大學、蘇州大學和臺灣清華大學的名譽教授，以及英國牛津大學聖安東尼學院及慕蓮學院、英國劍橋大學魯賓森學院及李約瑟研究院、澳洲墨爾本大學和新加坡東亞研究所選爲榮譽院士。現任英國牛津大學漢學術研究院高級研究員、加拿大UBC大學文學院兼任教授、浙江大學人文學院院長、教授。其《金庸作品集》分由香港、臺灣及廣州出版，有英、日、韓、泰、越、印尼等多種譯文。

爲使全世界金庸迷能夠彼此分享閱讀心得，遠流特別架設「金庸茶館」網站，以整合、提供、聯結、傳播一切與金庸作品相關的資訊，站址是：http://jinyong.ylib.com

沈鳳「白衣大士門下」。

沈鳳（1685-1755），清康熙、雍正、乾隆年間江蘇江陰人，字凡民，工篆刻，古麗精峭，亦擅書畫，鄭板橋之印章多為其所刻。

全世界華人的共同語言　金庸新校新序・全十五部

金庸作品集

從台北到紐約，從香港到倫敦，從東京到上海，中國人在不同的地方，可能說不同的方言，可能吃不同的菜式，也可能有不同的政治立場，但他們都讀——金庸作品集。

【新修版共三十六冊，每冊定價二八〇元】 另有典藏版・平裝版・文庫版・大字版

1. 書劍恩仇錄（全二冊）
2. 碧血劍（全二冊）
3. 射鵰英雄傳（全四冊）
4. 神鵰俠侶（全四冊）
5. 雪山飛狐（含「白馬嘯西風」及「鴛鴦刀」，全一冊）
6. 飛狐外傳（全二冊）
7. 倚天屠龍記（全四冊）
8. 連城訣（全一冊）
9. 天龍八部（全五冊）
10. 俠客行（含「越女劍」，全二冊）
11. 笑傲江湖（全四冊）
12. 鹿鼎記（全五冊）

笑傲江湖 / 金庸作.-- 四版. -- 臺北市：
遠流, 2006 [民95]
冊；　公分. --（金庸作品集；28-31）
ISBN 957-32-5740-8（全套：精裝）
857.9　　　　95004568

金庸作品集㉘

笑傲江湖 (一)〔公元2006年金庸新修版〕

The Smiling, Proud Wanderer, Vol. 1

作者 金庸

執行主編 李佳穎
執行副主編 鄭祥琳
特約編輯 許雅婷
封面設計 霍榮齡
內頁插畫 王司馬
美術編輯 霍榮齡設計工作室
封面原圖 元 黃公望「富春山居圖」，國立故宮博物院（臺灣）藏品。

發 行 人 王榮文
出版・發行 遠流出版事業股份有限公司
臺北市南昌路二段81號6樓
電　話 886-2-23926899
傳　真 886-2-23926658
郵　撥 01894561

1987年2月1日 初版一刷
2019年3月1日 四版十四刷

新修版 每冊280元（本作品全四冊，共1120元）
〔另有典藏版共36冊（不分售），平裝版共36冊，文庫版共72冊，大字版共72冊（陸續出版中）〕

行政院新聞局局版臺業字第1295號

ISBN 957-32-5740-8（套：精裝）
ISBN 957-32-5741-6（第一冊：精裝）
Printed in Taiwan

金庸茶館網站
http://jinyong.ylib.com E-mail:jinyong@ylib.com
YLib 遠流博識網
http://www.ylib.com E-mail:ylib@ylib.com